10
18

12, AVENUE D'ITALIE. PARIS XIIIe

Sur l'auteur

Claude Izner est le pseudonyme de deux sœurs, Liliane Korb et Laurence Lefèvre. Liliane a longtemps exercé le métier de chef-monteuse de cinéma, avant de se reconvertir comme bouquiniste sur les quais de la Seine, qu'elle a quittés en 2004. Laurence a publié deux romans chez Calmann-Lévy, *Paris-Lézarde* en 1977 et *Les Passants du dimanche* en 1979. Elle est bouquiniste sur les quais. Elles ont réalisé plusieurs courts métrages et des spectacles audiovisuels. Elles écrivent ensemble et individuellement depuis de nombreuses années, tant pour la jeunesse que pour les adultes. Les enquêtes de Victor Legris sont aujourd'hui traduites en sept langues.

CLAUDE IZNER

LA MOMIE DE LA BUTTE-AUX-CAILLES

INÉDIT

10/18

« Grands Détectives »

créé par Jean-Claude Zylberstein

Du même auteur
aux Éditions 10/18

MYSTÈRE RUE DES SAINTS-PÈRES, n° 3505
LA DISPARUE DU PÈRE-LACHAISE, n° 3506
LE CARREFOUR DES ÉCRASÉS, n° 3580
LE SECRET DES ENFANTS-ROUGES, n° 3682
LE LÉOPARD DES BATIGNOLLES, n° 3808
LE TALISMAN DE LA VILLETTE, n° 3941
RENDEZ-VOUS PASSAGE D'ENFER, n° 4100
▶ LA MOMIE DE LA BUTTE-AUX-CAILLES, n° 4186
LE PETIT HOMME DE L'OPÉRA, n° 4345

ISBN 978-2-264-04491-4

À Bernard, Étia, Jaime et Maurice.
À Lise et Denis Selem et leurs trois fils.
À Monique Brion.

Cette nuit, au-dessus des quais silencieux,
Plane un calme lugubre et glacial d'automne.
Nul vent. Les becs de gaz en file monotone
Luisent au fond de leur halo, comme des yeux.

Éphraïm MIKHAËL (1866-1890),
L'Automne de Mikhaël.

PROLOGUE

Début janvier 1896

Une averse givrante poudrait les rues d'une fine couche de sucre glace. Paris dormait sous la nuit hivernale. Semblable à toute ville, elle recelait néanmoins de nombreuses poches de résistance à la torpeur. Les bambocheurs de retour d'un pas chancelant vers leur domicile, les proxénètes, les insomniaques maudissant leur sort n'en composaient qu'une infime partie. La majorité de ceux qui restaient debout obéissaient à un maître impitoyable : le travail. Au cœur des quartiers assoupis, le port Saint-Nicolas, livré à l'effervescence d'un train de péniches, sacrifiait lui-même à ce tyran, tandis que de paisibles rentiers savouraient la tiédeur de leur édredon au creux des lits de l'île de la Cité.

Lestée de marchandises chargées au Havre, l'*Étoile du matin* achevait son voyage à travers la capitale sur un fleuve d'encre où se diluaient les feux arrière d'un bateau ou le lumignon d'un réverbère. Elle longea les bains Vigier, près du pont Royal, et, comme elle approchait du pont du Carrousel, le ciel pâlit puis jaunit. Le pavillon de Flore se découpa en ombre chinoise sur des nuages clairs. La pointe du Vert-Galant révéla sa proue aiguë. Presque irréelles, les tours de Notre-Dame dessinèrent leurs cheminées massives. D'un mugissement, l'*Étoile du matin* annonça son arrivée au sein des dragues et des grues à vapeur. Elle s'amarra entre un caboteur s'apprêtant à rallier Londres et un énorme chaland au fond duquel les débardeurs s'épuisaient à emplir leurs pelles de plâtre au-dessus de bennes rapidement rassasiées et déversées sur le quai.

Ils s'étaient échoués sur la berge, sans se douter de leur existence réciproque. Bien que dénué de hargne, le chien, un affreux bâtard noir, avait des allures de loup décharné. Un rêve le tenaillait : manger. Dévorer n'importe quelle pitance, se lover contre un rouleau de cordages et s'abîmer au cœur du néant. L'enfant, les galoches éclatées, la mèche en bataille, était monté si vite en graine que sa tête trop grosse penchait vers la droite au sommet d'une carcasse filiforme. Un bouillon de légumes servi une heure auparavant dans un fourneau économique avait comblé son appétit. Maintenant, il convoitait un abri où fuir le froid et se reposer. Ensuite, il reprendrait la route. Ses parents l'avaient planté deux ans plus tôt au coin d'une avenue, lui intimant l'ordre de les attendre et depuis il marchait, il ne cessait de marcher et de mendier, mû par un mirage de plus en plus évanescent : retrouver des physionomies familières. Quand on lui demandait où il allait, il répondait d'une voix rauque, faute de connaître le but de sa divagation : « À la campagne. » Ce n'était qu'un demi-mensonge, puisque l'été il rôdait sur les fortifications et dans les bois de Vincennes ou de Saint-Cloud. Il eût pu y croiser le chien qui fouissait les taillis en quête d'une aubaine propre à calmer les tortures de la faim. Taupes, mulots, charognes des épandages d'ordures, tout lui faisait ventre. Plusieurs fois, des humains l'avaient traqué avec la ferme intention de l'emprisonner dans une large boîte grillagée tirée par un cheval, d'où fusaient des abois de rage ou d'angoisse. Malgré ses côtes saillantes, le chien n'avait rien perdu de sa vigueur. Doté d'un coriace instinct de survie, il était ingénieux, possédait des mâchoires puissantes et, jusqu'à cette aube, il avait su éviter la geôle mortelle dont il ignorait qu'on l'appelait fourrière.

Alors qu'un soleil timide veloutait les dômes de la Monnaie et de l'Institut et qu'un voile opaque s'effilochait le long du pont des Arts, du Pont-Neuf et des écluses barrant le petit bras de la Seine, le chien se tapit sous la poupe d'un bateau-lavoir. Une procession de coltineurs couronnés d'une coiffe de cuir à collet foulaient la rive, courbés sous des corbeilles d'osier bourrées de cinquante kilos de charbon qu'ils entassaient avant une nouvelle exploration des soutes. Des femmes aux cheveux emmaillotés louvoyaient autour de pyramides de meulière provenant de la forêt de Sénart et affectée à nourrir l'insatiable fièvre bâtisseuse des citadins. Un flux continu de porteurs s'écoulait de l'*Étoile du matin* au débarcadère, où ils accumulaient des caisses aussitôt délaissées pour repartir à l'assaut de la péniche. Une chaîne d'hommes de peine se saisissaient de ces caisses et les empilaient sur des charrettes garées à la queue leu leu.

De sa cachette, le chien jouissait d'une vue dégagée sur le port. Une émanation subtile effleura sa truffe. Les oreilles basses, l'échine aplatie dans l'espoir de devenir invisible, il se risqua en terrain ennemi. Un marinier le repéra et ébaucha un geste menaçant. Galopade éperdue, dérapage sur une plaque de verglas. Pantelant, le chien se calfeutra derrière une montagne de planches tandis que des rires épais et des « Vise donc c'te sale bête ! » se mêlaient au brouhaha.

L'animal amorça une seconde sortie vers l'objet de son avidité, sans autre résultat que de recevoir des salves de cailloux. Il s'esquiva et resta immobile, à distance, indécis.

Dissimulé au-delà d'un amoncellement de sable, le gamin épiait ce manège. Il s'identifiait au gueusard efflanqué parce qu'il partageait à l'année longue cette frénésie de se repaître, cette appréhension de la société, de ses lois iniques, de son indifférence. Aussi élabora-t-il un stratagème destiné à épauler son alter ego à quatre pattes. Il s'empara d'un billot, le souleva d'un rude effort le plus haut possible et, d'une suprême détente, le balança au centre d'une cuve pleine de gravillons. Une pluie cinglante aspergea les pavés, une bordée d'injures retentit parmi les portefaix, incapables de comprendre la cause de cette éruption. Ainsi l'attention fut-elle détournée du chien, enfin libre de se faufiler vers l'alléchant fumet qui s'exhalait d'un amas de sacs extraits de l'*Étoile du matin*.

Les yeux rivés à l'un d'entre eux, l'enfant observa le corniaud déchiqueter avec des grognements la toile de jute et enfouir son museau à l'intérieur de l'ouverture. Lorsque sa gueule réapparut, elle était maculée et mastiquait une purée dont le surplus dégoulinait de ses babines. Surpris, l'enfant se redressa. Le chien regagna en bonds apeurés son refuge. Constatant que le secteur était sûr, le gamin s'aventura près du sac. En élargir le trou à l'aide de ses doigts lui répugnait, toutefois c'était l'unique manière d'en extirper le contenu. À la faveur d'une éclaircie, il découvrit ce qu'il eût préféré ne jamais contempler. Il poussa un couinement et se rua d'une démarche épileptique vers l'escalier menant au parapet. Le chien opéra une retraite en direction opposée.

Une marchande de « petit noir » glapissait :

— La goutte ! La goutte ! Qui veut la goutte ?

À son bras droit était suspendu un panier où s'entrechoquaient des bouteilles de couleurs variées qui corseraient le liquide saumâtre maintenu au chaud dans le cylindre de fer-blanc accroché à son bras gauche. La mixture obtenue, similicafé et alcool frelaté, était susceptible de réconforter les gosiers engourdis des débardeurs, rivagiers professionnels ou carapatas[1] à la recherche de quelques sous. Intriguée, la marchande s'avança à son tour vers le sac, source de la voracité d'un cador pelé et de la terreur d'un jeune mendigot. Elle devait longtemps se reprocher sa curiosité, en raison des cauchemars qui hanteraient ses nuits. À la minute précise où elle l'aperçut, l'abomination s'imprima en elle, de même que le regret de ne pas avoir harponné le gamin. Elle se sentit défaillir, renversa son panier, les bouteilles volèrent en éclats. L'octroi était au diable, elle courut agripper un coltineur contrarié d'être dérangé. Il lui fallut palabrer un moment pour qu'il consentît à la suivre.

Quand ils se plantèrent à l'endroit où gisaient les tessons, les sacs avaient disparu. Seule demeurait une moitié de crâne humain festonnée de chair sanguinolente.

1. Embauchés au plus bas de l'échelle sociale des travailleurs des ports, ils remorquaient des bateaux le long des canaux traversant une ville.

CHAPITRE PREMIER

29 février 1896, début d'après-midi

La petite aiguille de la pendule semblait avoir été aimantée par le chiffre trois. Iris serait de retour à cinq heures. Victor ambitionnait de fatiguer suffisamment Daphné afin de s'accorder une pause, mais à peine l'allongeait-il dans son lit à barreaux qu'elle se redressait et tendait les bras pour qu'il la hissât sur ses épaules.

Sa sœur Iris lui avait téléphoné le matin. Elle devait sortir. Pouvait-il venir rue des Saints-Pères garder Daphné ? Kenji s'occupait de la librairie, grand-mère Euphrosine souffrait des genoux, son rhumatisme la tenaillait, quant à son époux Joseph, il livrait des bouquins, bref son frère aîné représentait sa bouée de sauvetage.

Victor avait argué qu'il ne connaissait rien aux enfants. Elle lui avait répliqué que c'était une excellente école pour apprendre, au cas où il aurait à son tour des descendants. Résigné, il avait accepté, furieux de sa propre complaisance, mais conscient de la nécessité d'assumer son rôle d'oncle. Daphné avait déjeuné, il s'agissait simplement de la surveiller pendant sa sieste.

La sieste ? Une utopie, un mirage, un espoir déçu.

Ils avaient joué sur le tapis, construit des maisons avec des cubes alphabet, déshabillé et rhabillé les deux poupées. Ils s'étaient perdus au sein d'une jungle de fauteuils et de coussins, à la poursuite d'un ours, d'une girafe et d'un éléphant en bois acquis l'année précédente par un Joseph détective chez un couple de commerçants victimes d'une situation confuse[1]. Ensuite Victor s'était transformé en monture et avait parcouru plusieurs fois les trois chambres à quatre pattes. La gamine, à cheval sur son dos, se cramponnait de toutes ses forces à ses cheveux et poussait des cris de joie en l'entendant hennir.

Daphné le mettait de bonne humeur, mais il n'en pouvait plus, ses reins le sommaient d'implorer merci. Il fit une énième tentative de coucher. Fiasco. Dès qu'il s'éloignait, Daphné sanglotait à briser le cœur d'un dur à cuire. Il capitula. Trois heures quarante-cinq.

— Sèche tes larmes, on va s'amuser, énonça-t-il d'une voix profonde, convaincante.

Il cala Daphné sur sa hanche et gagna la cuisine où il avait remarqué une pile de journaux sous l'évier.

Il installa Daphné sur sa chaise haute et plia en accordéon une page soustraite à l'un des quotidiens. Il se rappelait ses soirées d'enfant solitaire dans la résidence de Sloane Square. Monsieur son père l'autorisait parfois à faire des découpages dans de vieux *Times*, sous condition qu'il ne restât pas la moindre rognure de papier lorsqu'il en aurait terminé avec ces futilités, sinon : la cave.

Il chantourna une silhouette au ventre rebondi, coiffée d'un gros chignon. Lorsqu'il déploya l'accor-

1. Voir *Rendez-vous passage d'Enfer*, 10/18, n° 4100.

déon, une dizaine de matrones siamoises dansaient la farandole.

— Mmes Gros Paquet, annonça-t-il.

Daphné les regarda, sourit d'un air malin et secoua la tête pour signifier « non ».

— Pas gos paqué, répliqua-t-elle comme on chante victoire, mémé Phosine !

Ce point clarifié, elle éclata de rire et murmura, câline :

— Veux his-toi.

Il recueillit les pages du journal dépouillé et avisa l'entrefilet cerclé au crayon rouge :

> « L'homme qui a trouvé la mort hier après-midi devant le Palais des colonies aurait lui aussi été piqué par une abeille. Il s'agit d'un explorateur naturaliste américain, dont l'identité n'a pas encore été dévoilée. Arrivé depuis peu à Paris, il… »

Victor interrompit sa lecture. Ces quelques lignes, isolées de leur contexte, avaient sombré dans l'oubli et étaient allées rejoindre le lot des souvenirs perdus, et soudain, par une distorsion du temps, il se vit tel qu'il était sept ans auparavant en train d'acheter un bouquet de marguerites, petits soleils blancs au cœur jaune. Tasha ouvre la porte de sa mansarde, elle est pieds nus, drapée d'une blouse trop large, ses cheveux roux relevés par des peignes flamboient sous la lumière irisée de la tabatière…

Cette vision réveilla en lui une jubilation indicible.

« Tasha… Sans toi, je serais une âme en peine. »

Il sentit qu'on le tirait par la manche. En une fraction de seconde il fut projeté dans le présent.

— Mince, Daphné ! C'est la documentation de Joseph ! 1889, l'Exposition universelle, notre première enquête[1] ! Si ton papa découvre que ta grand-mère persiste à lui escamoter ses journaux en vue de confectionner du papier hygiénique… Hou là là, malheur ! Euphrosine va déguster !

Il froissa l'objet du délit, l'enfouit dans la poubelle, sous des épluchures de légumes. Il se rinça les mains, souleva Daphné et décrocha vers le canapé du salon. La gamine appuya sa joue contre son veston, ses paupières papillotèrent.

— Dodo, dodo, fredonna Victor qui en profita pour récupérer ces dames Gros Paquet et les rouler en boule avant de les fourrer dans sa poche.

Aussitôt Daphné écarquilla les yeux, prête à tout.

— Toto, his-toi.

— Soit, Toto va raconter… quoi ? Je n'en sais fichtrement rien.

C'était étrange de faire le pitre dans son ancien appartement. Là, grâce à un bouquet de marguerites, il avait goûté unc semaine de plaisirs clandestins avec Tasha au début de leur idylle.

Légèrement nostalgique, il fredonna :

C'est le temps qui vole, vole
Vole la vie de chacun
Et c'est ta vie qui s'envole
Hier, aujourd'hui ou demain[2]…

— Pas chanter, his-toi.

Il pensa aux marguerites. Il pensa à l'accueil de Tasha debout au seuil de sa mansarde : « Excusez ma tenue, je suis affreuse… » Il se lança.

— Alors c'est l'histoire d'une fleur qui était moche… Euh… Elle était vraiment moche. Elle avait

1. Voir *Mystère rue des Saints-Pères*, 10/18, n° 3505.

2. *La Danse du temps*, paroles de Marc Maurice, musique de Pierre Arvey.

juste quatre minuscules pétales gris, une tige mince comme un fil de fer et deux feuilles rondes rabougries. Elle était si vilaine que les abeilles qui tournicotaient autour d'elle, elles faisaient : « *Bzzz-bzzz-bzzz*... Ah ! Quelle horreur ! » Et elles allaient vite se poser sur une autre fleur. Les papillons, pareil, ils voletaient au-dessus d'elle et se sauvaient dare-dare, *floup-floup-floup*, en criant : « Au secours ! » Et la pauvre fleur moche était triste parce que jamais un insecte ne venait la butiner.

Bien qu'il n'eût aucune expérience pour juger de la compréhension de sa nièce, Victor savait d'instinct qu'il fallait joindre le geste à la parole, il mimait son récit avec la conviction d'un bateleur de la commedia dell'arte. Imperturbable, Daphné l'observait, un pouce vissé dans la bouche, une mèche de cheveux dans l'oreille.

« Comment fait-elle pour tenir le coup ? » se demanda-t-il en se torturant les méninges afin d'inventer une suite.

— Veux his-toi, To-to ! martela-t-elle en l'accablant de bisous.

— Oui, ça vient, minute...

Un homme de trente-six ans est-il de taille à lutter contre une séductrice de vingt mois ?

— ... Alors un jour qu'elle était très triste et qu'elle se sentait encore plus moche, reprit-il, la fleur moche décida d'aborder sa voisine. Sa voisine, c'était une fleur magnifique, avec des pétales chamarrés, des feuilles d'un vert éclatant et une tige droite. Elle était superbe. « Dis donc, toi, comment fais-tu pour être si radieuse ? questionna la fleur moche. — Moi, c'est simple, répondit la magnifique, je suis amie avec le soleil. — Avec le soleil ? Et comment fait-on pour être amie avec le soleil ? — Il suffit d'aller lui parler.

— Parfait », dit la fleur moche. Elle se mit à brasser l'air en faisant *flip-flip-flip* de ses deux feuilles riquiqui et réussit à arracher ses maigres racines de la terre. Elle tourbillonna d'un vol ridicule qui fit beaucoup rire les oiseaux qui passaient par là et elle arriva en vue du soleil. Une fois là-haut… Euh… Ben… On ne sait pas ce qu'il advint, parce que si on regarde le soleil, ça fait tellement mal aux yeux qu'on est obligé de les fermer[1]. Ferme les yeux, Daphné, dodo, dodo…

Des applaudissements retentirent. Joseph, ruisselant de pluie, se tenait dans l'embrasure de la porte.

— Bravo, cher beau-frère ! Toto, épatant diminutif !

— Chut ! Elle dort. Un conseil : gardez-vous de m'appeler Toto, compris ? chuchota Victor.

— *Yes, Sir.* Chapeau ! mâchonna Joseph. Vous avez une imagination débordante.

— Vous aimez ?

— J'adore vos *floup-floup-floup*. Si, si, sans blague.

— Ça vous laisse froid ?

— Pas du tout. Pourquoi ?

— Joseph, je vous en prie, je suis éreinté. J'ignore comment vous vous y prenez pour…

— Ah ! Enfin quelqu'un qui compatit ! Je l'ignore moi-même. Entre la librairie, vous, nos enquêtes, Kenji, ma mère, les livraisons, l'écriture, les nuits blanches, les popots, ça devient ingouvernable !… Dites, je ne suis pas à cheval sur les principes, seulement vous avouerez, balancer une histoire de fleur moche à ma fille, c'est un peu au-dessus de son âge, non ?

— Qui jeune n'apprend, vieux ne saura.

1. *La Fleur moche*, de Bernard Lefèvre.

Tha-ma-ra-boum-di-hé
Vot' bahut j'l'ai dans l'nez
La grammair' ça m'fait suer
Tha-ma-ra-boum-di-hé[1] !

Jean-Baptiste Bringart, dit Bringolo, cessa de brailler et expédia au fond de son gosier une généreuse lampée de ratafia. Il avait pataugé tout le jour sous une bruine piquante, une de ces bruines qui mouillent davantage qu'un orage et s'insinuent sous l'épiderme. Il avait pénétré dans le village de Gentilly à l'heure où les passants assez intrépides pour défier le vent d'est trottaient vers leur bercail. Alors qu'il désespérait de dénicher une tanière, un puits de lumière fendit le ciel bourbeux et, pareil à l'index divin, un rayon cuivré se pointa sur une cabane veillant à la frontière d'un jardinet. Bringolo y décela un signe de la Providence adressé à son humble personne et investit sur-le-champ cette modeste cahute dont la porte n'était pas cadenassée et qui ne contenait qu'une bêche, un râteau, et des cartons où pourrissaient des patates. Il souhaita que nul sergent de ville ne le délogeât de ce palace. Hélas, il n'était pas installé depuis une heure qu'un homme aux joues burinées surgit, une hotte sur le dos.

— Excusez-moi d'être entré chez vous, mon prince, dehors j'aurais crevé ! s'exclama Bringolo.

— Rassurez-vous, mon brave, je ne vous chasserai pas. Je m'étais souvenu que j'avais omis de boucler. Ben, puisque vous êtes là…

L'homme esquissa un geste signifiant qu'il n'en avait cure.

1. De Fabrice Lémon et E. Deransart. Cette chanson inspira Massenet pour quelques mesures de *Werther*.

— Ce potager, c'était notre joie, à moi et ma bourgeoise. On y plantait des choux, des salades, des poireaux. Oh, ce n'était pas l'Eldorado, mais vous savez, quand on exploite un lopin de terre, on se croit riche, je vous épargne les pois et les tomates, les tomates juteuses aux racines gavées de crotte de poule, eh oui, c'est comme ça, il n'y a rien de tel que ce qui s'éjecte des tripes pour fumer les légumes !

— Ouais, pis au moins c'est gratis !

— Ma femme est morte, et par-dessus le marché on m'exproprie. On m'avait prévenu, c'était du provisoire, mais ce provisoire durait. Qu'importe, j'ai perdu le goût de me promener ici le dimanche au printemps, de rafraîchir la bière dans un seau d'eau, de m'enfoncer sur la caboche mon chapeau de paille, et au boulot ! Sans Monette, ce serait trop triste.

— D'la bière... vous n'en auriez pas un reliquat d'boutanche, par chance ?

— Désolé, mon brave, il n'y a rien ici, je m'en vais emporter mes outils. Je ne suis pas Crésus, mais tenez, une pièce de deux sous. Sinon, allez donc toquer aux roulottes des biffins qui trient les chiffons, à vingt mètres, ils sont dans la panade en permanence mais ils sont partageux.

— Y a toujours plus malheureux qu'soi. Moi qui vous parle, j'sais comment on va me recevoir dans les patelins. Déjà soulagé d'avoir pas été complimenté par les autorités, parce que quand on vole ou qu'on tue, c'est ma pomme qu'on soupçonne, et moi, j'toucherais pas un ch'veu à une mouche ! jura Bringolo, paume en l'air.

— Je ne conteste pas votre honnêteté, ça se lit sur les gens. Nichez-vous ici jusqu'aux beaux jours, si ça vous tente, ils ne démoliront qu'en août, et moi, je vous visiterai, on ramassera ensemble la dernière récolte.

— Ah, c'que vous êtes franc du collier ! Grâce à vous j'éviterai la série blanche, ben oui, la neige, c'est pire que tout quand on crèche à la belle étoile.

— Je vais prier le gardien de l'affenage voisin de me céder du foin, vous vous aménagerez une litière douillette.

— L'affenage ? C'est quoi ? Une douane ?

— Non, non, un genre de caravansérail où les cochers dorment pendant que leurs chevaux mâchent leur picotin d'avoine. Vous n'avez pas l'impression que ça sent bizarre, d'un coup ?

Avant que Bringolo se soit enquis de son identité, le jardinier avait disparu. Il s'en voulut de n'avoir pas songé à réclamer un repas chaud, tant pis, il se contenterait du pain et des rognons enveloppés dans sa besace, largesse d'une charcutière à qui il avait conté fleurette.

À force de vaguer sur les routes, Bringolo avait acquis plusieurs règles de conduite. Ne jamais refuser l'aide d'un quidam, même s'il était envisageable qu'il fût acoquiné avec les roussins. S'abstenir de se laver de manière à se forger une cuirasse hostile aux piqûres du soleil et aux frimas, d'où l'odeur tenace qui collait à ses loques et lui offrait une protection efficace contre les importuns et les moustiques. Accueillir avec hospitalité les cohortes de bestioles déterminées à s'établir sur lui puisque son mode d'existence rendait inéluctable leur survenue, mais accepter de les partager avec quiconque s'attarderait à son côté. Posséder deux types de haillons destinés à attendrir les passants : une tenue estivale parsemée de trous d'aération, un costume hivernal mieux rapiécé et dont les extrémités s'effrangeaient. Boire en quantité raisonnable, mais éconduire l'ivrognerie et préférer les abats à toute autre viande, parce qu'ils étaient riches en fer. À l'occasion, il ne dédaignait pas les fruits secs et les carottes crues. Se pourvoir également de nourritures intellectuelles résumées en un bouquin qu'une fois lu et relu il jetait sans remords aux orties. Sa lecture actuelle s'intitulait *La Chanson des gueux*, et l'auteur en était Jean Richepin. Il l'ouvrit au hasard en attendant le retour de son bienfaiteur et déclama :

Voici venir l'hiver, tueur des pauvres gens.
Ainsi qu'un dur baron précédé de sergents,
Il fait, pour l'annoncer, courir le long des rues
La gelée aux doigts blancs et les bises bourrues.

Rasséréné par ces rimes, il pallia le manque d'un feu pétillant en resserrant les pans de sa pèlerine.

Même jour, crépuscule

La maison Romant, *Parfums et produits de beauté*, n'avait pas lésiné. Reconverti en salon de réception, le vaste hall où l'on entreposait les commandes avait été vidé de ses paquets et décoré de guirlandes multicolores. Aux lampes à gaz murales on avait ajouté des chandeliers répartis sur des tables à tréteaux drapées de nappes qui constituaient le buffet. Au-dessus d'une estrade, une bande de calicot affichait en caractères dorés :

VIVE BENOÎT MAGNUS !
En reconnaissance de trente ans
de fidèles et loyaux services.

À l'écart, aussi avenants qu'une brochette de croquemorts alignés en une parade solennelle, les administrateurs de l'entreprise, en complet noir, figuraient les membres d'une fratrie digne et réservée, aux traits alourdis de favoris ébouriffés, aux cheveux grisonnants comprimés sous des hauts-de-forme. Si les tailles de ces personnages variaient, leur maintien rigide les soudait en un rempart de probité dont chaque fraction représentait le tout. On eût été en peine de leur attribuer des pensées individuelles, tant leur fixité paraissait vouée à traduire cette volonté : puisqu'il est fatal que Benoît Magnus nous quitte, *alea jacta est* !

Regroupé au centre du hall, le personnel arborait des vêtements moins formels et des attitudes relâchées. Louchant vers les litres de mousseux et les brioches prodigués par la direction, chacun échafaudait la meilleure tactique d'abordage et se moquait comme d'une guigne de l'allocution prononcée par le doyen des gestionnaires.

— Mes amis, nous sommes assemblés ici ce soir pour fêter le départ, ô combien déploré, de notre valeureux collaborateur qui, durant sa carrière dans notre société, s'est appliqué à nous procurer entière satisfaction. Que son dévouement soit célébré et que…

Le vieillard fut secoué d'une incoercible quinte de toux qu'un de ses confrères noya d'une rasade de mousseux. Cette initiative, outre qu'elle faillit étouffer l'orateur, incita les assistants à fondre sur le buffet et ces messieurs en habit eurent beau émettre un cri unanime, leur dénégation n'eut pas plus d'effet que les braiments d'un troupeau d'ânes face à une nuée de criquets pèlerins. Sa flûte sifflée et sa toux calmée, le doyen poursuivit sa harangue :

— … Et que désormais ce vaillant travailleur, allégé de ses soucis, apprécie le merveilleux bonheur d'un repos mérité.

Il y eut une pause pendant laquelle on n'entendit que le bruit des mandibules en action et le « amen » d'un employé irrévérencieux.

Puis, la conclusion :

— Merci à vous, Benoît Magnus, les résultats que vous nous avez permis d'obtenir ont comblé nos aspirations !

Applaudissements de collègues dubitatifs. Seconde razzia. Un écrin lutta contre un mouchoir, une tabatière et un briquet avant de jaillir d'un veston et d'être proposé à l'enthousiasme général.

— Ne reculant devant aucun sacrifice, notre conseil d'administration a décidé de faire frapper en l'honneur de cette perle rare une médaille d'argent. Sur l'avers est gravé le profil de M. Benoît Magnus et sur l'envers les armes de notre société : un flacon torsadé, une branche de mimosa – souvenir de notre premier succès, *Mimosette*. Que M. Magnus ait la bonté de nous rejoindre.

Aux accents d'une trompette, un homme sanglé dans un complet de cheviotte élimé se détacha des convives. Un nez en bec de perroquet, surmonté d'yeux à fleur de peau, tentait de s'arrimer à une bouche quasiment inexistante soulignée d'un menton creusé d'une profonde fossette. L'ensemble était auréolé d'une toison poivre et sel coiffée à la malcontent. Benoît Magnus ajusta un lorgnon en écoutant le doyen chevroter :

— La direction, le président et les salariés vous disent…

Le facétieux responsable de l'amen articula un mot de cinq lettres que l'orateur ne perçut pas.

— Gloire à vous !

Acclamations nettement plus molles. Benoît Magnus se sentit obligé de vérifier l'exergue qu'on lui désignait, et de remercier l'auditoire d'un bref hochement de tête. On lui mit l'écrin dans la dextre, on lui broya vigoureusement la sénestre.

— Un discours, un discours ! bêla une grande gigue en robe jaune, avec une grimace de connivence à sa voisine, une courtaude en robe rose.

Benoît Magnus examina ses collègues où il était certain de ne dénombrer aucun ami, et, d'une voix chuintante, balbutia un : « Je vous… sais infiniment… gré de… » aussitôt enlisé sous les hourras et les bravos. À l'adresse du vieillard, il murmura :

— Merci, monsieur Clarence.

Puis l'émotion le terrassa et une larme se perdit le long de son nez.

L'orchestre, comptant, en sus du trompettiste, un trombone, un joueur d'ophicléide et un frappeur de caisse claire, attaqua la *Valse des potirons*, dernière scie à la mode. À travers une brume, Benoît Magnus discernait des couples virevoltants, la grande bringue jaune entre les bras d'un gommeux à rouflaquettes, la courtaude rose pâmée dans ceux d'un géant à barbiche assyrienne. Nul ne se préoccupait de lui, sauf un bonhomme voûté très myope qui lui tapota l'épaule en le félicitant. Cette fois, c'était la fin. Au milieu de ce charivari, il éprouvait une solitude telle qu'un sanglot lui étreignit la gorge. Son souffle s'accéléra, il frôla la syncope, bousculé par des pieds indifférents à son destin. Bien qu'il n'eût rien bu, il titubait, et ce fut d'une démarche hésitante qu'il se dirigea vers la cour où stationnaient divers camions dont les canassons embouteillaient une écurie adjacente.

L'obscurité et le froid étaient trompeurs, il n'était que six heures cinq. Avec de la chance, il attraperait le bateau de la demie. Il se battit les flancs, transi non seulement à cause de l'humidité, mais aussi du lâche abandon qui le poignardait.

« Mis au rancart au bout de trente ans de servitude ! »

— Une faute bénigne dans les dosages, avait-il affirmé à ses supérieurs.

— Étourderie impardonnable, lui avait-on répondu d'un ton doctoral. Vous êtes trop âgé. Jetez l'éponge, mon cher, votre poste ne vous convient plus.

La colère attisait son allure, de sorte que ses genoux ne tardèrent pas à renâcler et la douleur à les gripper. Heureusement, le pont de Charenton se devinait au-dessus du canal de la Marne. Non loin de là, on accédait au ponton des Bateaux Parisiens. Il n'eut que le temps de sauter à bord de l'embarcation constellée de publicités pour le chocolat Menier et le consommé Maggi. Il gratifia dc ses dix centimes le contrôleur qui lui remit un jeton de métal perforé à restituer à la descente.

Il salua quelques silhouettes familières. Des hommes accoudés au bastingage tétaient leur cigare, des femmes tricotaient sur les banquettes de l'entrepont. Il glissa la main dans la poche de sa redingote et s'assura de la présence de la médaille. Piètre consolation pour des heures d'abnégation à créer des senteurs originales !

— Regrettable bévue. Tranquillisez-vous, monsieur Magnus, nous allons déguiser cela en retraite légèrement anticipée, d'ailleurs, eu égard à votre carrière, c'est légitime. Rien ne s'ébruitera, votre réputation sera sauve. Pas d'esclandre, vous avez de sérieuses références, libre à vous de chercher une nouvelle situation, lui avait susurré d'une inflexion lénifiante M. Tadorne, l'adjoint du patron.

« Une nouvelle situation, à quarante-six ans, quand vos certificats précisent que vous avez été embauché par la firme à seize ans en tant qu'apprenti, et que vous vous êtes formé sur le tas ! »

La rancœur lui brouillait la vue, les rives défilaient, piquetées de points lumineux, muées en désert du purgatoire où on le propulsait.

« Ils se sont débarrassés de moi, un colis encombrant, pas un qui ait mes facultés, ils déchanteront quand leurs recrues leur distilleront du pipi de chat en guise de parfum ! »

Partagé entre la nausée et la suffocation, il distingua l'embarcadère du quai d'Austerlitz à l'instant où le bateau s'apprêtait à s'en éloigner. Il bondit à terre, et se précipita vers l'échoppe des marchands de bonbons avant qu'ils ne ferment.

— Il était moins une, monsieur Magnus ! s'écria la femme, une créature fripée à bonnet de dentelle. Un paquet de macarons ?

Revenant sur ses pas, il franchit le pont de Bercy en chipotant les gâteaux dont la saveur sucrée, réconfort coutumier de ses soirées, ne parvenait pas à l'apaiser. Le port de la Râpée, envahi de chantiers de bois et de briques, était, lui aussi, dépourvu de son charme habituel. Il observa les déchargeurs et, de l'autre côté, l'entrepôt des vins, séparé de la chaussée par une grille, submergé de tonneaux que manœuvraient des grues dotées de gueules acérées et que charriaient ensuite sur des haquets les dérouleurs en partance pour les chais. Une hallucination remplaça un de ces tonneaux par son propre corps coincé entre deux mâchoires d'acier, puis balancé dans l'eau noire. Il recracha le dernier macaron et s'époumona :

— Je me vengerai ! Je ne leur ai jamais juré le secret ! Je revendrai leurs formules à la concurrence, ils en crèveront, les salauds !

Ragaillardi, il choisit de mépriser ses raideurs articulaires et de se hâter vers le bistrot où on lui servirait son dîner, daube ou rôti arrosé d'un verre de rouge.

CHAPITRE II

1er mars

Un pâle rayon de lune coulait entre les rideaux, caressait la bibliothèque. La respiration douce de Tasha rythmait le silence de la chambre. Victor se tournait et se retournait avec précaution dans le lit pour éviter d'éveiller sa compagne. Ses idées fantasques prenaient une teinte de réalité, s'entrelaçaient devant ses yeux, l'entraînaient en une ronde joyeuse. D'habitude, les nuits d'insomnie, il se levait et s'enfermait dans son laboratoire pour retoucher quelques clichés. Plus d'une fois, Tasha avait gratté à la porte : « Viens te recoucher, Victor. » Il se faisait tirer l'oreille, puis cédait et la rejoignait. C'était alors un moment d'intense plénitude lorsque, à la lisière du sommeil, elle succombait à ses cajoleries et qu'ils allaient ensemble à la dérive.

Ce soir-là, il ne voulait prendre aucun risque, pas question d'éventer la surprise. Cela faisait plusieurs semaines qu'il se réjouissait du cadeau qu'il lui offrirait à l'occasion de son anniversaire. Il avait songé qu'un engouement commun les rapprocherait davantage, et, sur une impulsion, il lui avait acheté un vélocipède Alcyon. Dès qu'elle saurait pédaler, ils mettraient leurs engins dans le train et partiraient en tête à tête vers une destination lointaine. Ils baguenauderaient sur des routes de campagne, elle peindrait en extérieur, il ferait des photos, il serait sage, plus d'enquêtes.

« Je refuse dorénavant tout commerce avec le crime. »

Il avait souvent rêvé de suivre l'itinéraire de Robert-Louis Stevenson et de son ânesse Modestine à travers les Cévennes… Une bouffée de joie l'envahit.

Le rayon de lune n'était plus sur les livres. Sa ligne oblique moirait les cheveux de Tasha.

Appuyé sur un coude, Victor resta longtemps en contemplation et ses yeux emmagasinèrent la scène pour toujours.

Alphonse Ballu tergiversait, tiraillé entre l'envie d'étrenner son costume de serge à rayures et le désir d'épater la galerie en endossant son uniforme d'officier. Il rabroua pourtant cette tentation, de peur de tacher sa tenue de secrétaire du général Barnet. Depuis que sa constitution fragile l'avait obligé à renoncer au Sénégal, il était relégué au ministère de la Guerre, où il tenait à jour le courrier de son supérieur. Si cet emploi l'avait rebuté les premiers mois, il commençait à savourer le privilège d'être à l'abri des intempéries et des marches forcées, sans omettre le contentement de s'asseoir à la sortie du travail à une terrasse de café et de comparer les appas des passantes qui, parfois, le provoquaient d'un œil coquin. C'était ainsi qu'il avait séduit sa récente conquête, une certaine Lucy Grémille qui pommadait et tondait ses fidèles dans un salon de coiffure de la rue des Entrepreneurs. Il devait admettre qu'elle avait maintes capacités, cette donzelle. Sa décision de lui raser le menton afin de mettre en valeur sa moustache recourbée en girandoles, et de lui tracer une raie sur le côté, l'avait transfiguré.

Lorsqu'il s'arracha à son reflet dans l'armoire à glace et que, ayant opté pour les rayures, il descendit avec majesté l'escalier de la pension de famille, sa logeuse, Mme veuve Simonet, s'exclama : « Quel changement ! », preuve qu'il n'était plus le même.

— Le jugez-vous positif ou négatif, Armande ?

— De quoi parlez-vous donc ?

— Du changement, pardi !

— Oh, monsieur Ballu !... Capitaine, je ne vous autorise pas à utiliser mon prénom ! Cessez de vous pavaner et allez déjeuner, votre café et vos œufs sur le plat refroidissent.

Mme veuve Simonet regarda son locataire favori s'engouffrer dans la salle à manger et, en proie à un trouble qu'elle condamnait, regagna la cuisine. En réalité, elle n'avait rien d'une veuve, puisqu'elle avait exclu de sa vie les chaînes matrimoniales. Mais elle estimait que, si la possession d'un partenaire légal était une superfluité, son absence totale était propre à susciter la méfiance des bourgeois collet monté à qui elle proposait le gîte et le couvert. Aussi s'était-elle inventé un sort tragique agrémenté d'une union légitime, d'un époux volage, d'un accident de fiacre, du décès prématuré et prévisible de ce vil personnage qui trompait sans vergogne une femme constante, et d'un héritage mérité. Elle évacuait de la sorte une version moins raffinée de son passé.

Armande Simonet avait vécu de ses charmes dans le quartier des Halles jusqu'à ce qu'un vieux protecteur la couche sur son testament après l'avoir allongée sur son lit. Malgré cinq ans de communauté avec ce birbe de la rue Rambuteau, l'association n'avait été sanctifiée par aucun prêtre. L'âge et l'embonpoint avaient tellement modifié les traits et la silhouette d'Armande Simonet qu'elle ne craignait plus d'être reconnue. L'année précédente, elle avait investi ses économies dans cette maison de la rue Violet, une voie cossue de Grenelle, encore épargnée par les immeubles de rapport, une de ces rues où se regroupent les gens éduqués, proche d'une mairie, d'une église et d'un château reconverti en caserne de sapeurs-pompiers.

On sonna. Catherine, la servante, alla ouvrir. Elle introduisit une femme courte sur pattes, grassouillette, emmitouflée de châles et chapeautée d'une capote à plumes en qui Mme veuve Simonet identifia aussitôt Micheline Ballu, la cousine de ce flirteur d'Alphonse.

« Un dimanche sur deux, c'est recta, cette enquiquineuse s'éclipse au bras de son parent, avec qui elle va explorer quelque lieu impossible et se gaver dans une brasserie à prix fixe ! »

— Le capitaine Ballu se restaure, énonça-t-elle d'un ton désagréable.

— Eh ben, j'vais lui tailler une bavette pendant qu'il termine !

Mme veuve Simonet haussa les épaules. Sa respectabilité toute neuve lui interdisait désormais de frayer avec des gens de si vulgaire extraction. Tant pis, le capitaine Ballu serait privé de tartines supplémentaires, hors de question de supporter la présence de ce tonnelet empanaché.

Outre Alphonse Ballu, M. Adhémar Findorge, jadis professeur de latin dans une coûteuse institution religieuse, occupait la table. Maintenant qu'il était pensionné, il déclinait *rosa, rosa, rosam*, en compagnie de trottins racolés au jardin des Tuileries à l'heure de la pause. Ce docte individu pansu à cheveux longs teints en brun impressionnait d'autant Micheline Ballu que son cousin lui avait révélé un épisode glorieux de sa jeunesse. En effet, trente ans auparavant, le latiniste avait participé à des exhumations d'ossements préhistoriques dans une sablière de la rue Saint-Charles.

— Tu te rends compte, Mimine – sobriquet sous lequel Alphonse Ballu désignait sa cousine –, il a découvert une molaire d'hippopotame et un métacarpien de mégacéros !

— Et c'est rare, ces trucs-là ?

— Tu rigoles ! C'est his-to-ri-que !

Micheline Ballu gratifia d'une révérence avortée le noble professeur, qui se tapota la commissure des lèvres, plia sa serviette et s'esquiva, en quête d'admiratrices plus accortes.

— C'que c'est, l'instruction ! Sans mentir, ceux qu'tu fréquentes ici n'sont point des virgules dans l'Encyclopédie !

Le départ du couple permit à Mme veuve Simonet de desservir.

— Je n'ai que des louanges à formuler au sujet du capitaine Ballu. En revanche, sa cousine est un authentique fléau, maugréa-t-elle à l'intention de la servante.

— Ah ça ouiche, madame. Heureusement que vos autres pensionnaires y ont échappé, en particulier M. et Mme Dussault, ils sont si pisse-froid !

Mais M. et Mme Dussault, anciens herboristes, se heurtèrent aux Ballu devant le domicile du chimiste Anselme Payen, transformé par sa fille en maison de retraite, ce qui valut au mari cette réflexion de sa diaphane épouse, dont le buste demeurait plat en dépit de multiples écarts alimentaires :

— Elle creuse sa tombe avec ses dents, cette pipelette de la rue des Saints-Pères ! Une chichiteuse, une pourvue !

— Où qu'tu m'conduis ce dimanche, mon Poulot ? s'enquit Micheline Ballu.

Elle n'avait pas le droit de laisser son immeuble sans surveillance, mais elle s'était arrangée pour se faire remplacer par Lulu, la nièce de la patronne du *Temps perdu*, havre des élèves de l'École des beaux-arts qui refaisaient le monde en sirotant de la bière. Dès le début de ces sorties bimensuelles, Alphonse Ballu, alias Poulot, avait décrété qu'il aurait l'honneur de les organiser, et sa cousine celui de les payer.

— Eh bien, Mimine, j'avais pensé musarder vers le pont de Grenelle, nous pourrions détailler la réduction de la statue de la Liberté, ce qui fait de Paris le New York de la France, et je ne l'ai jamais examinée de près ! Ensuite, on irait se goberger dans un troquet de la rue de Javel.

À la mention de ce dernier nom, Micheline Ballu éprouva un haut-le-cœur, tant la dégoûtait le désinfectant employé à briquer l'immeuble de la rue des Saints-Pères confié à ses soins de concierge.

— Quelle bêtise ! grommela-t-elle. S'enterrer au fond d'un faubourg industriel, alors que ton garni de la rue de Lille était situé à deux pas de ton travail…

— Terriblement bruyant et peuplé de cafards. Qu'as-tu contre les usines ? Songe un peu que notre arrondissement centralise des ateliers de constructions mécaniques, une fabrique de jouets, une entreprise de charpente, un atelier d'appareils hydrauliques, j'en passe et des meilleures, on ne l'appelle pas « la ville du fer » pour rien. C'est très intéressant, les usines, et puis c'est nécessaire, justement, cet après-midi, je t'en montrerai quelques-unes, et si on a du poil au cœur, on poussera jusqu'au puits artésien de la place de Breteuil.

Il se garda de divulguer la motivation de la première phase de ce programme : emprunter dans les deux sens la rue des Entrepreneurs, où le salon de coiffure serait fermé mais où peut-être Lucy se pencherait à sa fenêtre. Un fracas coupa court à la conversation, le temps que deux chevaux blancs lancés au galop entraînent la pompe à incendie de la caserne Violet.

— C'est égal, protesta Micheline Ballu, dans une quinzaine je souhaite que tu dégotes un endroit qui m'élèvera l'esprit.

— Et où veux-tu gambader ? Sur la tour Eiffel ?

À la perspective de cette ascension, Alphonse Ballu étouffa un bâillement.

Benoît Magnus étira ses membres ankylosés après avoir subi un flot de cauchemars. Hébété, il fixa le papier mural parsemé de fleurs défraîchies. Il y discerna de minuscules pupilles exsudant une telle malveillance qu'il sauta hors du lit, puisa de l'eau dans son broc et s'humecta le front. Un bourdonnement lui fit dresser l'oreille. La pendule, pourquoi n'avait-elle pas sonné ? Neuf heures dix ! Mon Dieu ! Vite, se raser, endosser ses vêtements, zut, plus de café, trop long à préparer, tant pis, il s'en priverait. Au moment où il enduisait son blaireau de mousse la réalité lui pinça les entrailles. Licencié ! Un coup d'œil à la médaille le révolta. Sous prétexte de le béatifier, on l'envoyait moisir comme une épluchure dans le fumier d'une retraite honteuse. Il s'affala sur le matelas, frissonnant, son blaireau à la main. Une interminable journée vide s'étalait devant lui. Il haïssait cette disponibilité qui donne le champ libre à des élucubrations.

— Tu vois… Tu n'es qu'un déchet maintenant, tu fais partie des gens qui nuisent, quoi ! On t'accule à la mendicité, on t'accule à la misère, c'est tout, ça s'arrête là !

Voilà qu'il monologuait, à présent !

Ce qui le troublait, c'était de réfléchir, il se défiait des rêveries intérieures. Il ne lisait pas de romans, ne mettait jamais les pieds au théâtre ou au café-concert, détestait la campagne, n'avait que faire de la peinture. Les femmes ?… Des créatures futiles, écervelées, dénuées de créativité. Le sexe ? Chaque quinzaine au lupanar de la rue de Provence, pour la santé. En politique, il prisait les qualités bourgeoises. Tout avait son utilité : la moralité, la police, l'armée, les patrons, l'argent, et le travail, le seul univers au sein duquel il eût sa place. Le bel édifice s'écroulait.

Le froid et la faim eurent raison de son inertie. Quand il eut nourri de coke le poêle crapaud et sa propre personne d'une pomme et de camembert, il ouvrit les rideaux sur les façades rectilignes du boulevard de Bercy. Ni le soleil ni le ciel guilleret de cette matinée ne réussirent à gommer l'amertume et l'anxiété. Surtout, pas un mot aux voisins ou aux commerçants, continuer, paraître. Vaquer et rentrer selon les horaires quotidiens. Il se hâta de piocher dans les deux pièces en enfilade les articles vestimentaires qu'il avait disséminés la veille, et s'habilla en mâchouillant. Il ne s'accorda une pause que pour ajuster autour de son cou un petit nœud régate à élastique, enfouir la médaille dans les profondeurs de sa redingote et lisser sa chevelure de caniche face à un miroir encastré entre une bibliothèque sommaire qui contenait des manuels de chimie et une table envahie d'éprouvettes et de cornues.

Les quatre étages dévalés, il décida de se rendre à la comptabilité de la maison Romant. Ah, ils pensaient être quittes ! Qu'ils se détrompent, il ne leur ferait pas grâce d'un centime des indemnités qui lui étaient dues.

Le concierge arpentait le trottoir où il fumait son brûle-gueule en houspillant la marmaille exemptée de l'école publique et obligatoire jusqu'au lendemain. Quand il était certain de l'impunité, il lutinait une servante essoufflée trop craintive pour se rebiffer. Mauvais comme la gale, ce cerbère prénommé Jules prenait un plaisir sadique à terroriser ceux des locataires qui lui semblaient les plus vulnérables. Ses souffre-douleur de prédilection étaient une ex-matelassière borgne qui croupissait sous les toits, et Benoît Magnus.

— Ah, vous voilà, vous, je vous guette depuis avant-hier. Le terme, vous vous souvenez ? C'est à moi que vous êtes prié de le régler, le proprio a été formel. Bientôt, bientôt : c'est la rengaine que vous m'débitez !

— Ce soir, sans faute, je vous paierai, je suis en retard.

— Trop dormi, hein ? Et maintenant, vinaigre ! Un dimanche ? Vous marnez dans votre parfumerie un dimanche ? Vous êtes un privilégié, vous, d'habitude vous vous la coulez douce, le dimanche !

Benoît Magnus leva les sourcils. On était dimanche, il avait oublié. D'un geste délibéré, il tira sa montre de son gousset.

— Une course urgente, marmonna-t-il.

Le concierge ricana.

— Avec ça que ça ne sent pas la rose chez vous ! Un de ces quatre, vous flanquerez le feu à la baraque avec vos expériences !

Tout en se répétant rageusement que ce Jules portait le nom d'un vase de nuit, Benoît Magnus lui tourna le dos, pressé de fouler la rive de la Seine. Il n'avisa donc pas la mine éberluée du concierge alors qu'un coupé, stationné à une dizaine de mètres, se lançait à sa poursuite, se garait à son niveau, et que d'une portière entrebâillée surgissait une manche rehaussée de dentelle. Un gant blanc traça un signe à son intention.

Benoît Magnus inspecta les environs. Pas de doute, cette invite lui était destinée. Ahuri, il essaya vainement de se rappeler qui était l'inconnue. Il y renonça, son imagination s'enflamma, il parlementa un instant avec lui-même, mais comment résister à cette providentielle sollicitation ? Serrant contre lui sa sacoche, il se détendit, respira. Il lui fallait faire quelque chose. Quoi ? Brusquement, il jugula sa timidité maladive et s'engouffra dans le véhicule qui bondit avec un claquement de fouet.

— En voilà un drôle de zigue ! Il a le toupet de s'embarquer avec une racoleuse au lieu de s'acquitter de son loyer ! Une course urgente ! Faut pas se foutre de moi ! J't'en ficherai des courses urgentes ! Ça va barder ! brama le concierge qui en lâcha sa bouffarde.

CHAPITRE III

30 mai

Côté pile, Helga Becker évoquait un clown à pantalons bouffants. Que, malgré sa corpulence, elle se déplace avec aisance était en soi un défi aux lois de l'équilibre. Mais que ses oripeaux n'entravent nullement ses circonvolutions autour du bassin du Luxembourg, voilà qui ravissait Victor. Il y aurait eu là matière à une saynète cinématographique plus hilarante que *L'Arroseur arrosé* des frères Lumière.

« Une dame roule dans un jardin. Le poids de son costume et de son engin l'emporte jusqu'à une mare où elle s'enlise promptement et d'où non moins vite elle émerge, juchée sur les épaules d'un hercule de foire. »

Il avait récemment photographié un de ces athlètes, qui logeait rue de la Durance et se produisait place Daumesnil, et il imaginait ses tours de force captés par l'œil d'un opérateur. Il était persuadé que l'invention des frères Lumière ne représentait pas un perfectionnement technique du chronophotographe de Marey, mais il y voyait un remarquable moyen d'expression artistique sur le point de révolutionner l'univers statique de la photographie. À quand l'avènement de la couleur, de la parole ?

Il chassa la folle vision d'Helga Becker plongeant au milieu des cygnes et des voiliers miniatures manœuvrés par des petits garçons en habit de marin armés de perches. Attentif aux évolutions de Tasha fraîchement travestie par la maison Fraenckel, spécialisée dans les tenues sportives, il l'escorta, fier de leurs cycles jumeaux flambant neufs. Après deux ou trois chutes et une relative instabilité, elle avait dompté la bête avec une célérité imprévisible. Elle évita sans peine la chaisière épouvantée à la vue de cette femme-centaure et s'arrêta près de la voiture aux chèvres emplie de fillettes rayonnantes de joie.

Helga Becker lui proposa aussitôt son remède favori contre les éventuels refroidissements, un morceau de sucre imbibé d'alcool de menthe.

— Cette machine, si merveilleuse soit-elle, peut engendrer toutes sortes de tracas, *ja, ja, das ist richtig*[1], ma chère. Prenez le maquillage, il devient impossible ! C'est pourquoi j'utilise les bandelettes du Dr Dys, le soir je les enlève comme une éponge, *auf wiedersehen* les rides ! Et depuis que je porte un corset sans busc et à fenêtres, *auf wiedersehen* les maux d'estomac !

— Tasha a résolu le problème à sa façon, elle a banni le corset, confia Victor.

— Oh ! Monsieur Legris, ce n'est pas un sujet de conversation pour les hommes, vous allez me faire rougir ! clama Helga Becker avec si peu de discrétion qu'elle attira l'œil égrillard du loueur de bateaux.

Elle consulta sa montre.

— Il est déjà très tard. Je dois vous quitter, j'ai promis à Mme de Flavignol d'assister en sa compagnie à une course de lenteur pour bicyclettes, du parc de Montretout au pont de Saint-Cloud, c'est une nou-

1. « C'est vrai. »

velle mode. Excusez mon excitation, je ne suis pas encore remise de la victoire de Masson lors de la compétition vélocipédique aux Jeux olympiques d'Athènes[1] ! Lui, il a foncé. Une flèche ! Mais ralentir à la manière d'une tortue n'est pas du nanan !

Lorsqu'elle eut démarré en tanguant, Victor et Tasha sautèrent de leurs montures et se dirigèrent vers un kiosque au toit en saillie découpé en guirlande. La marchande leur confectionna des gaufres qu'ils dégustèrent en observant des gamines se balancer sur des chevaux hygiéniques.

— Ces mécaniques renforcent les muscles abdominaux, comme la bicyclette, dit Victor.

— Ah ! Vraiment ? Je croyais qu'elle affermissait ceux des mollets.

D'abord circonspecte, Tasha avait fini par accepter cette étrange innovation, à condition que son professeur fût une femme – Helga Becker en l'occurrence – rompue aux difficultés rencontrées par le sexe réputé faible au cours de cette pratique périlleuse.

— Tu n'as pas proféré un compliment à propos de ma mise, je l'étrenne aujourd'hui.

Il lui jeta un bref coup d'œil. À l'inverse de leur amie germanique vêtue d'une ample jupe écossaise qui se transformait en sarouel à l'aide de cordons, Tasha avait élu un ensemble assez collant, courte veste, culotte cintrée aux genoux révélant des jambes moulées de bas noirs camouflés à l'intérieur de bottines. Ce choix l'amincissait sans la muer complètement en jeune homme. Toutefois, son éternel bibi à marguerites ne suffisait pas à sauvegarder le charme auquel Victor était habitué.

1. Inaugurés le 25 mars 1896, à l'initiative du baron Pierre de Coubertin.

— Coupée un peu trop près du corps. Nécessaire, je suppose…

— Je subodore une désapprobation.

— Je ne souscris guère à ce que les femmes exhibent leur anatomie. Adieu, le mystère voilé dans un flot d'étoffes froufroutantes.

— Bonjour, la liberté de mouvements !

— Je crains que le perdant de cette récente conception ne soit l'amour. Si les femmes refusaient le port de la robe, les distinctions seraient abolies, il n'y aurait ni masculin, ni féminin, mais une confusion des genres qui interdirait le fantasme.

— Le fantasme lubrique des courtisans d'Eudoxie Allard, alias archiduchesse Maximova, effeuillant ses dessous sur la scène de l'Éden Théâtre ? Mon cher mari, serais-tu l'un de ces voyeurs ? Je te démontrerai ce soir qu'ôter cette barboteuse est aussi érotique que de dénouer un jupon ! Quant à l'abrogation des différences, c'est toi qui en es responsable, tu m'as changée en *sportswoman*, espèce de dourak ! Chiche que tu ne me rattrapes pas !

Elle monta en selle et déguerpit. Tandis qu'il la poursuivait sous un entrelacs de platanes menant à la fontaine Médicis, Victor ressentait un plaisir sensuel à étudier la silhouette d'éphèbe qu'il se figurait nue. L'ombre des arbres séculaires reflétée dans l'eau dessinait de vertes volutes où, semblable à une naïade, dansait Tasha, d'autant plus désirable qu'elle paraissait insaisissable.

Mussée au cœur d'une sorte de forêt vierge, la maison somnolait. C'était un quadrilatère construit sous le Second Empire à l'angle du boulevard d'Italie et de la rue Corvisart par un bottier de la rue Caumartin, à qui une fortune rapide avait donné des envies de faste. Une brutale faillite s'était abattue sur lui, son épouse avait déserté le foyer avec leurs enfants. Le bottier s'était tiré une balle dans la tempe, sans se soucier de ses travaux inachevés. L'héritage, nœud de complications notariales et de conflits familiaux, restait en suspens, si bien que le bâtiment n'en finissait pas de se dégrader dans un parc où proliféraient les plantes sauvages.

Alentour, le quartier débordait d'activité. Sur le boulevard, des voitures chargées de pieds de céleri, de carottes, de betteraves, disputaient le pavé de la Butte-aux-Cailles à des garçons livreurs, à un troupeau de moutons et à des cuisinières panier au bras. L'air charriait des effluves de vieille graisse, d'oignon, de latrines et résonnait de tintements de sonnettes et de refrains sifflotés ou braillés. Les rues étroites enclavaient des terrains occupés par des chiffonniers ou des artisans, des usines crachaient leur fumée aux façades des marchands de vin. Les passants s'interpellaient, les habitations vétustes n'avaient rien à cacher, hormis des caisses à savon vouées à l'élevage de cochons d'Inde ou un vernis du Japon dont les branches abritaient les jeux de gosses dépenaillés.

La maison, elle, se moquait de cette agitation. Isolée parmi des buissons enchevêtrés de lierre et de clématites, elle considérait de ses fenêtres aux carreaux crevés des allées moussues dominées par des lilas, des acacias et des noisetiers. Telle une belle fille qui se pare d'atours sophistiqués pour souligner ses appas, l'aile droite avait des prétentions de palais pseudo-Renaissance mais n'exposait qu'un aspect de mairie bâtie de guingois. Le pavillon central pansait ses lézardes sous une vigne vierge qui le rendait presque majestueux, malgré une surabondance d'éléments décoratifs : acanthes, oves, rinceaux. Des bas-reliefs, où des femmes et des enfants étaient drapés à l'antique, agrémentaient les clés des fenêtres. Au-dessus d'un rez-de-chaussée troué d'une porte cochère vermoulue, les corniches de l'entresol étaient soutenues de consoles ornées de fruits. Une toiture d'ardoises hérissée de fleurons couronnait les étages. Deux lions de pierre accroupis gardaient le portail accolé à une loge de concierge en ruine. L'aile gauche n'existait qu'à l'état de projet, petit édifice où se découpait une barrière de planches à demi pourries.

S'aventurer dans ce territoire exigeait un jarret sûr, capable de sauter d'un terrassement à l'autre, puisque, du fait de sa déclivité, le vaste jardin avait été aménagé en remblais successifs. De rares escaliers facilitaient l'accès d'un niveau au suivant, mais leurs marches effritées n'accordaient aucune stabilité et le meilleur moyen de progresser eût été de se suspendre d'arbuste en arbuste. Au milieu des taillis, une pièce d'eau où des bulles attestaient la présence d'hôtes aquatiques constituait un piège supplémentaire. Cependant, en dehors de quelques chats de gouttière et de gosses intrépides, personne ne tentait cette expédition, tant l'atmosphère du domaine était inquiétante. Une Vierge ébréchée braquait l'index en direction du ciel comme si elle implorait vengeance. Avait-elle été exaucée ? N'y avait-il plus rien à dérober, plus rien à détériorer dans la demeure dont chaque vitre avait été la cible de garnements armés de frondes ? La rumeur courait que l'endroit était hanté, qu'il portait malheur, qu'à la suite du bottier de la rue Caumartin un soupirant éconduit s'y était occis, et qu'une prostituée y avait été étranglée par son souteneur.

Le silence régnait sur cette jungle où même les oiseaux se faisaient discrets. Des années durant, la maison avait patienté. Une proie finirait par s'empêtrer dans sa toile. Le moment était proche, les pierres le pressentaient. En elles sourdait la conviction que, bientôt, la grande faucheuse allait se manifester.

— Mille trois cent soixante morts, c'est annoncé en lettres grasses ! Mais on avance le chiffre de trois mille ! claironna Raphaëlle de Gouveline, brandissant un journal et remorquant deux chiens, un bichon maltais et un schipperke, qui renâclaient à pénétrer dans la librairie Elzévir, 18, rue des Saints-Pères.

Tout juste si Kenji Mori daigna redresser sa tête courbée vers un paquet de fiches en cours de rédaction. Joseph, lui, tendit l'oreille.

— Un tremblement de terre ? Une éruption volcanique ? interrogea-t-il avec ferveur, au fait du goût de cette dame pour les événements dramatiques.

— Vous n'y êtes pas ! C'est un effroyable accident !

— Ben, les autres itou.

— Oui, seulement celui-là a été provoqué par une monstrueuse bousculade, en Russie, dans la plaine de Chodinskoje, à l'occasion du sacre de Nicolas II. Le sol était grossièrement étayé et jonché de fossés, il recelait un puits profond de vingt mètres. Les infortunés qui se sont rués pour recevoir les cadeaux du couple impérial – on avait promis à chacun une livre de pain blanc, des sucreries, un mouchoir et une coupe – ont trébuché et ont été piétinés par les grappes humaines qui se pressaient à leurs basques.

— J'en étais resté à un reportage sur le cortège impérial traversant la place Rouge, à Moscou, et sur les soixante et onze coups de canon tirés en honneur de l'intronisation. Jolie trouvaille de s'écrabouiller pour un autocrate ! constata Joseph.

— Désolée de vous désappointer, ce n'est pas tous les jours qu'une catastrophe se produit, rétorqua Raphaëlle de Gouveline. Ce pullulement du peuple est un danger incontesté, laissa-t-elle tomber, son éventail pointé comme un bouclier. Je suppose que vous auriez préféré m'entendre vous relater un meurtre, vous en êtes si friand !

— Ben oui, où est le mal ? Il y a moins de victimes ! J'y puise mon inspiration. Par exemple, je m'intéresse à ce fait divers : un homme a assassiné un quidam pour lui voler sa collection de timbres évaluée dix mille francs. Ensuite, il a enfoui le corps dans un coffre confié à la consigne de Couville, près de Cherbourg. C'est plus original, non ?

Son interlocutrice haussa les épaules et s'adressa à Kenji.

— Cher monsieur Mori, vous qui appréciez le chic vestimentaire, quelle est votre opinion à propos de la révolution que les *swells*[1] essaient de perpétrer contre le haut-de-forme ?

— Je souhaite que cette cabale anti-tuyau de poêle ait des conséquences moins funestes que la consécration du souverain russe. Je vous conseille d'alerter le prince de Galles et le prince de Sagan afin d'en revenir au feutre de Victor Hugo et de vous persuader qu'une tête bien remplie vaut mieux qu'une tête bien chapeautée.

Décontenancée, Raphaëlle de Gouveline câlina ses toutous adorés. Comme Joseph était seul à l'écouter, elle se rabattit sur lui, l'empêchant de classer les huit volumes in-douze des *Mille et Une Nuits* acquis la veille.

— J'aimerais tant procurer un moïse à mes chéris ! Ils ont lacéré celui dont votre épouse m'avait

1. Gens du beau monde.

comblée. Consentirait-elle à m'en confectionner un second ?

Il s'apprêtait à répliquer, lorsque la porte livra passage à une femme en toilette de soie jaune et large capote liserée de velours, qui honora d'un hochement de menton Raphaëlle de Gouveline et accosta Kenji d'un « Bonjour, monsieur Mori ! » retentissant.

— Mes hommages, madame. Quelle surprise ! La concurrence a cessé de vous contenter ?

Olympe de Salignac avait toujours jugé superflu d'admettre ses erreurs. Sur un coup de tête, parce qu'on ne la servait pas assez vite, elle avait, l'année précédente, claqué la porte de la librairie Elzévir. En réalité, elle regrettait son ambiance bon enfant et l'érudition de ses propriétaires et elle estimait les avoir suffisamment boudés. Elle enchaîna sans tenir compte de la remarque :

— Cet Émile Zola, je le méprise. Il s'obstine à souiller les nobles entreprises civilisatrices. Néanmoins, je tiens à parcourir son dernier roman, *Rome*, édité chez Charpentier, car on m'a assuré que, selon lui, la cité des papes est restée païenne et que sur les rives du Tibre déambulent les héritiers des Césars obsédés par la manie du grandiose. Voilà ce que je ne puis tolérer, surtout depuis que j'ai appris la nomination d'ambassadeur auprès du Saint-Siège de mon ami M. Poubelle[1].

— Je l'ai lu, moi, ce livre odieux ! s'exclama Raphaëlle de Gouveline. Le héros est un jeune prêtre qui énumère les changements de l'Église à travers les âges, et la conjure d'adopter l'idéal primitif dont elle est issue. Quel culot !

1. Eugène René Poubelle, préfet de la Seine, qui imposa l'usage de la boîte à ordures portant son nom.

Avec une exaspération non déguisée, Kenji congédia ses fiches.

— Nous n'en avons plus en réserve. Dois-je vous en commander un ?

— Portez-m'en deux. Ah ! Et puis adjoignez-y *Confidences conjugales*, de Mlle Marie Anne de Bovet, chez Lemerre. Ma nièce, Mme de Pont-Joubert, a soif de parfaire son éducation.

L'acidité de cette allusion irrita Joseph. Jadis, son cœur s'était emballé pour Valentine de Salignac, avant qu'elle n'épousât un gommeux à particule. Il enfila sa veste et se préparait à décamper, quand Raphaëlle de Gouveline l'interpella.

— Qu'en est-il du moïse ?

— Je transmettrai votre requête à Iris, nous ne vivons plus ici ! Mes respects. Au revoir, à lundi ! lança-t-il avec un geste de connivence à Kenji, qui lui rendit son salut et se leva.

— Mesdames, l'heure de la retraite a sonné.

— Ils n'habitent plus ici ? répéta Raphaëlle de Gouveline.

— Les oiseaux désertent le nid dès qu'ils ont la faculté de voler, les humains dès qu'ils peuvent se payer un loyer, décréta-t-il en les reconduisant jusqu'à la rue. Hélas ! ajouta-t-il in petto.

Jamais Joseph ne remercierait assez Remy de Gourmont, homme de lettres cultivé et timide auquel son *Joujou patriotisme* avait valu son renvoi de la Bibliothèque nationale en 1891, et qui travaillait désormais au *Mercure de France*. Tous deux affligés d'une disgrâce physique, une légère bosse pour l'un, un lupus tuberculeux au visage pour l'autre, tous deux épris de livres, que Remy de Gourmont, chineur invétéré, ne dédaignait pas de revendre par l'entremise d'une bouquiniste du quai Malaquais. Joseph avait conscience de n'être qu'un modeste feuilletoniste inapte à rivaliser avec l'auteur du *Latin mystique* et de *Sixtine*. Remy de Gourmont, client assidu de la librairie Elzévir, s'était montré encourageant envers celui qui avait exercé la fonction de commis, avant de devenir l'associé de ses beau-frère et beau-père, MM. Legris et Mori. Il lisait volontiers ses récits extravagants. Aussi, quand il avait su que Joseph aspirait à déménager, l'avait-il averti en bégayant qu'une de ses relations était sur le point de quitter un trois-pièces à loyer très raisonnable au 31, rue de Seine.

Convaincre Iris de s'expatrier du toit paternel s'était révélé moins ardu que son conjoint ne le redoutait. Elle tenait à son indépendance, restreinte par la naissance de leur fille, Daphné, et par l'amour un peu trop possessif de son père à l'égard de sa descendante. La proximité de leurs domiciles autoriserait de fréquentes visites mutuelles, non dénuées d'intérêt puisque le logis de la rue de Seine était, contrairement à celui de la rue des Saints-Pères, dépourvu de salle de bains. Mais la séparation mettrait un terme à la surveillance permanente de Kenji. Quant à Mme Pignot, qui logeait à deux pas, non loin de la boutique à l'enseigne du *Petit Maure*, à l'intersection des rue Visconti et de Seine, elle non plus ne se plaindrait guère d'être sevrée de son fils et de sa petite-fille.

L'appartement avait séduit Joseph et Iris. Les chambres étaient spacieuses et avaient vue sur un jardin où un tilleul prenait ses aises. Les rideaux de reps beige et les papiers verts à ramages, récemment posés, leur convenaient, d'où une économie notable. L'ami de Remy de Gourmont ayant proposé de leur céder à bas prix quelques pièces de son mobilier d'acajou, leurs ultimes réticences s'étaient évanouies, et ils signèrent le bail en un tournemain.

Ils étaient dans leurs meubles depuis le mois de mars et ne se lassaient pas de posséder un chez-soi. Ce soir-là, le cœur de Joseph piqua son galop quotidien quand la rampe de fer forgé et l'escalier aux marches fissurées le menèrent au deuxième étage. Penser que George Sand avait vécu ici à l'âge de vingt-sept ans et qu'elle s'y était costumée en homme pour la première fois ! Naturellement, il préférait qu'Iris ne fût pas tentée de l'imiter, pourtant il se plaisait à songer que la célèbre dame de Nohant patronnait sa carrière littéraire.

Quand il entra, il huma une appétissante odeur de gratin dauphinois, œuvre d'Euphrosine, qui partageait le dîner avec son fils et sa bru. La défection de Zulma Tailleroux, qui lui prêtait main-forte aux fourneaux chez Kenji Mori et qui, suite à ses épousailles avec André Bognol, ex-maître d'hôtel des Legris, débitait avec son mari des fritures-pommes Pont-Neuf dans un bouchon nogentais, l'obligeait à se démultiplier afin de pourvoir au bonheur de tous. Elle nettoyait l'appartement de Victor et Tasha, avant de leur cuisiner ce qu'elle nommait une tambouille roborative. M. Mori déclinait ses services ? La belle affaire ! Qu'il se débrouille avec sa nouvelle gouvernante, et surtout qu'il n'aille pas rouspéter !

Pendant que Joseph et sa mère échangeaient leurs impressions de la journée, Iris, installée dans le salon où siégeait le piano droit pour lequel elle brodait une couverture en drap doublé de satin, fredonnait une berceuse à Daphné qui allait sur ses deux ans et s'endormait en suçant son pouce. La respiration régulière de sa fille l'expédia dans l'univers onirique où elle se complaisait. Trois cahiers de contes, illustrés par

Tasha, étaient dissimulés dans un secrétaire où le dernier texte en date, *Le Chat de l'île de Man*, commençait à s'étoffer. Ce pauvre matou blanc privé d'appendice caudal se révoltait contre son sort et décidait d'acheter sur le continent un chat à neuf queues. Elle en était là de ses élucubrations quand un « À table ! » impératif l'attira vers la cuisine où se déroulaient les repas.

— Tu t'éreintes trop, mon minet, gronda Euphrosine. C'est du surmenage ! Bien joli, d'être associé, mais pourquoi M. Legris ne vous seconde-t-il pas le samedi ? J'les ai reluqués rue Fontaine pas plus tard que tout à l'heure, Mme Legris et lui, elle portait un de ces habits de cycliste chers à Helga Becker, on lui zyeutait les jambes, un scandale !

— Je t'ai déjà expliqué, maman, ça fait partie de notre organisation. Victor est de garde trois matinées et deux jours complets par semaine. Ça permet à Kenji de se prélasser au lit, sauf quand il se met en quête de marchandise chez les particuliers ou en salle des ventes. Moi, j'ai mon lundi libre, et j'effectue les livraisons le mardi et le jeudi. Nous y gagnons non seulement en tranquillité, mais en économies. Inutile de rétribuer un employé, ce ne sont que fainéants et compagnie. Victor a des loisirs pour ses photos, Kenji se repose sur moi, et moi... L'enseigne de la librairie va être modifiée, il y aura marqué : « Librairie ancienne et moderne, Mori-Legris-Pignot » !

— Et puis comme ça, votre fils se consacre davantage à sa famille et à ses livres. Vous devez être fière, *La Vengeance du lémure* va paraître dans *Le Passe-partout* la semaine prochaine, souligna Iris.

— Fière, parfaitement ! Mais j'affirme qu'il y a d'l'exploitation dans l'air ! Ils te sous-paient, tes éditeurs ! Je suis sûre que Pierre Decourcelle[1], lui, n'en est plus à casser sa tirelire ! rétorqua Euphrosine.

— Ben voyons ! Il dirige une écurie de collaborateurs obscurs, moi j'écris seul !

— C'est pas une raison.

Depuis que Mathilde de Flavignol lui avait donné un billet de faveur pour assister à une représentation des *Deux Gosses* à l'Ambigu, Euphrosine, qui avait quitté le théâtre en larmes, assommait son entourage avec ce drame.

— Ah ! En voilà une pièce émouvante. Pitoyables Fanfan et Claudinet, martyrs du bandit La Limace et de sa concubine Zéphirine. C'est ce genre d'histoire que tu devrais inventer ! Un gamin poitrinaire, un mioche dont le père accuse faussement sa femme de le tromper et se venge en confiant son fils à La Limace… C'est mieux que *Les Deux Orphelines* !

Mais Joseph n'écoutait pas. Il venait de dénicher, au milieu de son gratin, deux rondelles de pomme de terre évoquant des yeux diaboliques. Au même instant, il se rappela un événement survenu en février : le cheval du fiacre 10 536, fatigué d'attendre un client, s'était engagé dans l'escalier de la rue d'Alsace, en avait dévalé les deux étages et était allé se placer à la station voisine tandis que le cocher, affolé, sautait au vol.

— Le voilà, le sujet de ton futur roman, un fiacre tiré par un bourrin envoûté… *Le Fiacre infernal*, un titre ronflant, énorme succès ! articula une bouche de gruyère fondu sous les yeux malintentionnés des patates en rondelles.

1. Écrivain français (1856-1926). Ses romans populaires connurent un immense succès, entre autres : *Le Crime d'une sainte*, *La Bâillonnée*, *La Buveuse de larmes*, *Les Deux Gosses*…

Fasciné, Joseph considéra son assiette, puis, mû par la lubie de noter son scénario, expédia son dîner avec un enthousiasme qui emplit sa mère de satisfaction.

Les liserons grimpaient à l'assaut du mur de la rue Corvisart. Seuls les vantaux rouillés qui isolaient la propriété de la rue en étaient exempts. Le crépuscule assombrissait la Butte-aux-Cailles quand deux individus chargés de sacoches, l'un de forte carrure, le second malingre, actionnèrent une clé massive et s'introduisirent dans le parc. Ils suivirent un sentier envahi de ronces jusqu'à la maison qui lançait son pinacle vers le ciel safrané. À mi-parcours, le malingre ralentit devant la pièce d'eau qu'il arrosa d'une cascade de miettes. Des remous ridèrent la surface trouble, des poissons, carpes, tanches et cyprins dorés, se disputèrent la provende.

— Qu'as-tu besoin de les nourrir ? Un de ces quatre, je m'en vais les pêcher et nous cuire un festin ! grommela le robuste.

Il tenta de tirer par la manche son comparse qui lui échappa et le précéda dans les fourrés.

Le couple s'arrêta devant l'édifice accolé à la demeure, le malingre libéra de son cadenas la porte composée de planches délabrées fixées au chambranle par des gonds vert-de-gris et alluma une lanterne. Ils longèrent un boyau tricoté de toiles d'araignées au bout duquel un escalier aux marches raides menait à une cave. Une allumette enflamma les bobèches de bougies fichées dans une torchère de zinc et révéla un large volet posé sur deux tréteaux. Sous la lueur vacillante, une forme était étendue. Effrayé, le malingre se colla à son compagnon.

— Tu es sûr qu'il est réellement… ? chuchota-t-il.

— S'il bougeait, c'est que les trompettes du Jugement auraient résonné et nous serions au courant. Allez hop !

Ils rejetèrent la couverture et contemplèrent le corps rigide en pantalon et redingote, avant-bras sur la poitrine, yeux clos. Le robuste palpa les vêtements puis fouilla les poches du cadavre. Il récupéra un portefeuille qu'il inventoria avidement, désappointé de n'y découvrir que deux billets de banque. Il le glissa néanmoins dans son propre veston.

— Inutile de lui ôter ses fringues.

— Même pas ses godillots ?

— À quoi bon ? J'ai tout prévu, personne ne lui attribuera de nom, quelle que soit son apparence.

Le malingre objecta en se signant :

— Ce n'est pas chrétien, d'ensevelir quelqu'un de la sorte !

— Chrétien ? Là, tu m'en bouches un coin ! À ton avis, supprimer le bonhomme, c'était chrétien ? Le maintenir au frais dans cette planque, c'était chrétien ? Tes nobles sentiments ne pèsent pas lourd, nous avons attaqué le turbin, notre unique échappatoire est de le terminer, et recta, sinon nous risquons de nous dessécher sur le bat-flanc d'une geôle où tu auras le loisir d'égrener un chapelet et d'exhaler de majestueux sanglots à la Sainte-Trinité. Trop tard pour les scrupules, il fallait y réfléchir. Et souviens-toi que le jeu en valait la chandelle – ce jeu que tu as manigancé.

— Nous aurions dû procéder différemment. Si on le lestait de pavés, il s'enfoncerait dans le bassin, les poissons le boulotteraient !

— Ne sois pas ridicule, ce ne sont ni des piranhas, ni des alligators. Déballe plutôt tes deux sacs et dispose le matériel sur une étoffe, c'est rudement sale ici. Il est pâle, notre bonhomme, je lui appliquerai de jolies couleurs, qu'il ait un peu moins l'air d'un macchabée. Mais priorité à ses défroques, grouille, aboule mes outils.

Le malingre examina son acolyte avec un mélange d'admiration et de répulsion. Il lui dévoilait la facette d'un caractère mal appréhendé. Toutefois, lorsqu'il eut réitéré son ordre assorti d'un regard dur, il fallut obtempérer. À croupetons, le malingre tira de la première sacoche un coupon de drap qu'il défroissa sur le sol. Il y répartit des objets métalliques dont son complice s'empara. Pendant qu'il se démenait à l'extrémité de la cave, absorbé par sa besogne, le malingre se releva et, figé près du cadavre, débita d'une voix étouffée un « Je vous salue Marie ». Ensuite, soulagé, il soupira et plia en huit la couverture poussiéreuse.

CHAPITRE IV

9 septembre

Quel dommage de n'avoir pu conserver la jouissance de la cabane de Gentilly ! Bringolo s'y était pelotonné de l'hiver à la mi-été, chauffé et sustenté grâce à la bienveillance du propriétaire, Jean-Pierre Verberin. Fidèle à son serment, celui-ci avait partagé avec son hôte le fruit de ses semailles. Potées de légumes et assiettes de crudités étaient devenues leur ordinaire, et leur table de fortune, lattes de plancher clouées ensemble et couchées sur deux tonneaux, débordait des offrandes de la terre.

Et puis d'honorables messieurs en complet étaient arrivés, un mètre et des papiers timbrés en main. Quand ils eurent achevé leurs mesures et leurs exhortations, le jardinier et le vagabond se séparèrent, le premier en route vers la porte de Brancion où il vivotait dans un meublé d'une maigre pension d'ex-copiste, le second vers la ville immense. Il n'était pas allé au-delà du XIIIe arrondissement, afin de voir aussi souvent que possible son pote Jeannot, comme il l'appelait. La chance l'accompagnait, puisque, après quelques nuits à filer la comète[1], il avait atterri

1. Dormir à la belle étoile.

au *Fourneau* de la rue Jean-Marie-Jégo, dans les environs du puits artésien de la Butte-aux-Cailles. Là, on servait à ceux qui ne détenaient pas un liard un quignon ou un bol de bouillon. Mais pour dix centimes on faisait bombance. Dix centimes n'étaient pas trop difficiles à obtenir de la charité publique, et, en échange de ses piécettes, Bringolo se gavait selon le menu de ragoût, de saucisses, de macaronis ou de patates. Les clients de ces hospices n'étaient pas tous des gueux, beaucoup d'ouvrières s'y ravitaillaient faute de temps à consacrer au fricot familial. Quant aux gosses en haillons de ce quartier, le plus misérable de la capitale, baptisé « le faubourg souffrant », il leur était loisible de se laver au dispensaire et d'y recevoir du lait, du vin de quinquina, des vêtements et des soins médicaux.

Paulin Enfert, employé d'assurances, avait eu la générosité de fonder une soupe populaire, « La Mie de Pain », rue Martin-Bernard, dans un théâtre désaffecté, érigé avec des matériaux provenant de l'Exposition de 1889. Bringolo fréquentait également cet établissement à la devise magnanime :

> « Pourquoi refuserions-nous à nos indigents la mie de pain que nous donnerions volontiers aux moineaux de Paris ? »

À force de quadriller la zone, Bringolo se risqua à l'intérieur de la propriété de l'ancien bottier de la rue Caumartin. Un vrai paradis qu'il s'empressa d'arpenter. Les bruits afférents à la bâtisse ne l'alarmaient pas, il en avait vu d'autres ! Aussi se hâta-t-il d'édifier un abri en charroyant des pierres soustraites à la loge effondrée. Sur cette construction étayée de baliveaux, il empila plusieurs strates de branchages. Il n'y avait plus qu'à collecter le mobilier et un poêle, dont le tuyau s'insérerait entre les tôles prêtes à être placées sur le toit.

— J'ai le gîte, j'ai le couvert, je suis un richard, mon Jeannot !

Bringolo exultait, au bras de son copain, à qui il était venu indiquer son adresse de la rue Corvisart. Dès qu'il aurait fignolé son installation, il l'inviterait à pendre la crémaillère et ils dégusteraient une platée de nouilles à s'en faire péter la sous-ventrière.

— En attendant, allons nous rincer la glotte dans un abreuvoir des fortifs, je régale !

Alors qu'ils atteignaient le sommet d'une butte, ils tombèrent sur un campement de romanichels. Un demi-cercle de roulottes peintes de couleurs vives où vaguaient des chiens les accueillit. Accrochées au-dessus de feux à l'odeur âcre, des marmites fleuraient bon le ragoût. Des femmes élancées, au teint cuivré, tordaient des lessives ou écossaient des haricots, repoussant d'une taloche une marmaille occupée à se battre en hurlant. Des hommes fumaient d'un air hautain. Adossé à un piquet auquel était attaché un âne, un vieillard tressait un panier. On les convia à dîner, ils acceptèrent. Bringolo se sentait chez lui parmi ces nomades, il les enviait d'avoir une véritable baraque, roulante de surcroît. Jean-Pierre Verberin, d'abord effarouché par leur langage guttural et leurs manières abruptes, se rasséréna quand on lui versa dans un gobelet un calva fabrication maison. Deux fillettes déguisées en coquettes minaudèrent autour d'eux, tapant sur des casseroles, leurs jupons retroussés.

— Z'auriez pas un sou, monsieur, pour la noce ?

— La noce ? Quelle noce ? demanda Jean-Pierre Verberin.

— Ben la noce en toc, avec eux !

Les gamines se trémoussaient et désignaient deux garçons attifés en gentlemen, pantalons trop serrés et melons trop larges.

— Fichez-nous donc la paix, bande de vauriens ! rugit une matrone empêtrée dans trois châles. Un verre de piccolo, m'sieu ? Il est gaillard !

— J'dis pas non ! articula Bringolo, un tantinet éméché. Ah ! Jeannot, c'est ça, la vie ! Une tribu, des cambuses qui se baladent partout, et des gonzesses ! Ça manque, une femme. Quand je serai dans mes meubles, j'irai en quérir une.

Bringolo siffla sa troisième rasade. Il songeait à Louise, qui lui avait fait découvrir l'amour plus de trente ans auparavant. Elle avait incarné tout ce qu'il tenait pour valable autrefois et qu'il avait banni de son existence. Il avait cru son avenir brisé le jour où elle lui avait enjoint de partir. L'image qu'il en gardait s'était obscurcie, il ne pouvait se rappeler l'inflexion de sa voix, et ses traits étaient flous dans sa mémoire. La blessure qu'elle lui avait infligée appartenait à une histoire lointaine, mais parfois, il ressentait une étrange mélancolie, cela ressemblait à un rêve paisible. Il se souvenait du nom du patelin, La Trimouille, une bourgade près d'une rivière qui serpentait sous la feuillée. Elle se nommait comment cette rivière ?... La Benaize ?... Oui, la Benaize. Oh ! Ces promenades en barque, pressé contre les seins de Louise ! Elle était belle, cette Louise, on la disait un peu sorcière, un peu folle. Un matin, elle avait lu dans sa main.

— Toi, mon blondinet, aucune femme ne te passera la corde au cou. Tu verras du pays, et puis tu deviendras vieux, tu t'envoleras et tu monteras droit au ciel. Si tu savais, c'est magnifique derrière les nuages !

Quand il avait quitté l'orphelinat de Montmorillon, Jean-Baptiste Bringart n'était pas encore Bringolo. Il avait quatorze ans. C'était un garçon imberbe, aux cheveux ras, au regard plein de curiosité, en route pour Châtellerault où il devait entrer au service d'un menuisier. Mais après tant d'années de réclusion sous la férule quasi militaire de religieuses en cornette, il brûlait de faire l'école buissonnière.

— Ah ! C'était l'bon temps, Jeannot. À chaque étape de mon périple, je trouvais des petits boulots. L'été, quand j'avais faim, j'me posais dans un pré, un bois, ou j'trempais mes arpions dans l'eau d'un ruisseau. J'tartinais un morceau de fromage sur du pain et j'farnientais au soleil. L'hiver, j'roupillais dans des granges, ou j'me creusais un trou dans une meule.

— Tu n'as jamais eu le besoin de te ranger, de te marier ?

— Oh, si ! Seulement j'ai eu un gros chagrin, j'préfère pas en parler. Louise, c'était son prénom, elle était piqueuse de bottines. Une fille brune, bien en chair. Elle m'a donné ce canif. Tu vois, j'ai gravé un cœur sur le manche.

Ces paroles embuèrent les yeux de Jean-Pierre Verberin.

— Ma Monette, personne ne la remplacera, elle était tellement gentille, pourquoi m'a-t-elle laissé ?

— Te fais pas d'mouron, Jeannot, sitôt qu'j'aurai harponné une femelle, j'la partagerai avec toi ! jura Bringolo. Tiens, tu sais quoi, j'te propose un gueuleton chez moi, après-demain, on sera le 11. Amène-toi vers les cinq heures, t'auras qu'à mettre les pieds sous la table. J'm'en vais te mitonner un de ces frichtis !

— Indigestes, les céleris braisés à la parmesane d'Euphrosine, décréta Victor, qui abhorrait ce légume.

— Mais ses ballottines de volaille à la romaine étaient délicieuses. Ce copieux dîner ne t'a pas empêché de m'honorer de tes prévenances, remarqua Tasha, allongée contre lui sur le lit bouleversé. Un vrai champ de bataille, n'est-ce pas, Kochka ? demanda-t-elle à la chatte qui s'était blottie sur l'un des oreillers expédié à terre.

Ils retapèrent la literie et se recouchèrent non sans que Victor eût pris soin d'enfermer Kochka dans la cuisine. Il ignorait qu'elle était experte dans l'art d'abaisser les poignées de porte en sautant, et que, dès qu'elle serait convaincue que ses maîtres dormaient, elle se faufilerait dans leur chambre.

Une dernière fois, Victor et Tasha s'embrassèrent. Puis chacun, taraudé par ses inquiétudes et ses projets, traqua vainement le sommeil.

Tasha se rongeait l'ongle du pouce en se posant le problème habituel : auraient-ils un enfant ? Et, dans le cas contraire, leur couple finirait-il par se déliter ? Elle balaya cette angoisse en essayant d'élaborer la manière dont elle allait illustrer une édition d'*Émaux et Camées* de Théophile Gautier qu'un commanditaire suisse lui avait confiée. Elle envisageait une planche pour les *Variations sur le carnaval de Venise* : au pied d'un dôme, au milieu d'un escalier, danseraient sous une pluie de paillettes un Arlequin, un joueur de guitare, une Colombine et un Pierrot, qu'un passant à redingote et chapeau melon croiserait avec indifférence. La vision se dilua et céda la place à des tableaux qu'elle avait examinés au début du mois au Salon de la Société des artistes français : *Madame la pluie* – une femme voilée assise à côté d'une des gargouilles de Notre-Dame –, *L'Heure de la grand'messe dans l'église de Capri*, *Lâcher de pigeons militaires à bord d'un torpilleur dans la*

Manche, ou *La Bergère de Rolleboise*. Voilà ce qui plaisait au public bourgeois, alors pourquoi s'étonner de vendre si peu ? Se plaindre eût d'ailleurs été malséant : Sir Reginald Leamington n'avait-il pas acquis une de ses toiles, une scène de fête foraine où se mêlaient gens du peuple et personnages énigmatiques évoquant un âge révolu ? Ne s'était-il pas entremis auprès de ses relations anglaises de passage à Paris pour qu'elles effectuent un détour par l'atelier de la rue Fontaine ? Deux d'entre elles, conquises, étaient devenues des clients assidus.

Nombre des amis de Tasha subissaient le régime des vaches maigres. Après tant d'efforts consacrés à la peinture, lui restait-il la moindre chance de percer ? Qu'adviendrait-il si Victor se lassait ? Non, il l'aimait trop. Elle supportait sa jalousie, ses folles enquêtes policières, parce qu'il la comblait au-delà de ses espérances.

« J'aurai trente ans l'année prochaine. Un tournant. Que n'ai-je le don de Camille Pissaro ! »

Elle ferma les yeux et en elle défilèrent les toitures brossées à Rouen admirées chez Durand-Ruel. Elle perçut le déclic de la porte de la cuisine, Kochka se coulait à pas feutrés. Elle sombra.

Victor divaguait entre veille et engourdissement. Il avait été assailli de réflexions morbides liées au décès de Paul Verlaine. Le « pauvre Lélian », qui partageait la vie d'une fille des rues[1] dans un logement pouilleux de la rue Descartes, s'était éteint en janvier. Quelle destinée maudite avait été celle de ce génie !

« Et moi, bercé par le confort, ai-je une étincelle de ce feu sacré qui stimulait le poète, et dont brille l'œuvre de Tasha ? Mes photographies valent-elles quelque chose ? Celles de Tasha posant sur sa bicy-

1. Eugénie Krantz.

clette, à la consternation d'Euphrosine, ne seront-elles que des souvenirs de famille ? »

Il avait enfin osé se servir de l'appareil Pocket Kodak, cadeau de Tasha le 14 janvier, jour de ses trente-six ans. Il était fier et heureux que deux de ses agrandissements aient été exposés dans les locaux du Photo-Club de Paris, à la galerie des Champs-Élysées. Cependant, il doutait de lui. Ses portraits, un forgeron d'Anduze et une chevrière du Larzac, choisis parmi les nombreux clichés pris au cours de ce merveilleux été de vacances avec Tasha, étaient-ils dignes de rivaliser avec le *Charretier lozérien*, la *Madone moderne* et *Les Éperviers au nid* ? Une envie le tenaillait. Apprendre à utiliser une caméra. Il serra les paupières. À l'instant où Kochka se lovait sur son ventre, il se promenait déjà en rêve, Tasha à son bras, sur une avenue où des becs de gaz plantés dans le macadam éclairaient des badauds attroupés autour d'un bonimenteur. La scène s'accélérait, il y avait de la couleur, des sons, et le vent muait les marronniers en pantins géants aux doigts grignotés de lichen.

10 septembre

Ni la pluie ni le tonnerre n'avertirent les Parisiens de se méfier. Pourtant, les huit premiers mois de 1896 avaient été fertiles en anomalies météorologiques. Plus de quarante orages s'étaient déversés sur la capitale. Le 26 juillet en avait essuyé quatre, dont une averse torrentielle de grêle responsable de dégâts importants au Jardin des Plantes.

Mais, en ce jeudi 10 septembre, malgré un été déclinant entre chien et chat, rien ne présageait ce qui allait se produire.

Bringolo s'était éveillé de bonne heure, à l'écoute des borborygmes de son estomac. Il alluma les deux lanternes Levant chapardées une nuit sur un chantier et se réchauffa un café au-dessus d'une lampe à pétrole. Ah ! Des patates noircies sous les braises et un juteux rôti ! Il salivait.

— Quand t'as les crocs, t'as pas l'pain et quand t'as l'pain, t'as plus d'crocs !

Il était trop tôt pour sonner aux institutions de charité, aussi eut-il recours à la combine qui l'avait souvent tiré d'embarras : se poster devant les maisons bourgeoises et y chiper les pots à lait suspendus aux boutons de porte. Il traîna ses durillons endoloris à la place d'Italie, loin de la misère de la Butte-aux-Cailles où les masures humides aux carreaux de papier huilé auraient été impropres à lui procurer son déjeuner. Tête basse, bâton à la main, musette en bandoulière contenant une bouteille vide, il réussit à se fournir gratis dans un immeuble où, sans alerter le concierge, il s'introduisit à la suite d'un noctambule. Puis, riche du litre qu'il avait dérobé, il bifurqua vers son éden.

Il s'y glissait à travers un trou circulaire masqué par des orties et du chèvrefeuille. À demi courbé, il émergea dans le parc livré aux ombres et parcourut la brousse où se dissimulait son cabanon. Il ingéra la moitié du lait, fourragea parmi un assortiment de cannes à pêche rudimentaires, en sélectionna une et ouvrit une boîte de fer-blanc peuplée d'asticots.

La pièce d'eau somnolait, festonnée de hampes de jonc. Bringolo n'oublia pas de caresser la joue de la Vierge lézardée.

— Si tu m'accordais ta protection, ma belle, que j'attrape une ou deux prises, une carpe ferait mon affaire, j'irais la vendre à la mère Adélaïde et avec la thune je m'payerais un gros tournedos, parce que l'poisson c'est pas ma tasse de thé. Ou juste deux ou trois tanches ? Rapport aux collets qu'j'ai posés dans la nature, tu m'as été défavorable, pourtant, ma main au feu qu'les parages abondent en gibier comestible…

Si la Vierge garda le silence, une corneille crailla en guise d'assentiment. Bringolo se signa et considéra l'autre divinité, qui, elle, régnait au centre de la mare. En équilibre sur un bloc sommairement équarri se tenait une statue dotée d'un faciès monstrueux. Bringolo l'exécrait, toutefois il s'obligeait à prétendre l'honorer, de peur que ce gardien des créatures aquatiques ne lui fût néfaste.

— T'en as une touche, toi… Un accoutrement de rupin, un front de grenouille et un nez plus pointu que celui d'un loup, soit dit sans intention vexatoire.

Indécis, il détailla de nouveau les cheveux emmêlés sur un mufle noir, les yeux aux pupilles embrumées d'une taie, la redingote qui bouchonnait aux coudes repliés sur la poitrine, le pantalon bosselé aux genoux.

— T'es rien moche, mon vieux, les gens n'savent quoi inventer question décoration. En tout cas, c'est pas c't'épouvantail qui m'interdira de turbiner. Ça bouge, là-dedans, mon instinct me souffle que c'est l'bon endroit, c'est fréquenté, crénom d'un chien !

À quatre pattes sur la rive, il scrutait la nappe obscure qu'égratignait l'aile d'un oiseau. L'aube ressuscitait de frêles dytiques qui patinaient à la surface.

— Y a peut-être des trous qu'ont quasiment point d'fond, s'agirait pas d'tomber. Ça m'rappelle la dame de la nuit dont ils nous débagoulaient les maléfices à l'orphelinat, celle qui tirait les orteils des gars assez mabouls pour se baigner en douce dans la rivière. Ils nous flanquaient la pétoche... Au diable, ces fadaises, appâtons !

Il saisit un ver et s'évertua à l'empaler sur une épingle fixée à la ficelle de sa canne.

— Raté ! Ben, t'as les pognes rouillées, mon frangin ! Magne-toi, sinon t'es condamné au régime lacté d'ici qu'ton gousset soit lesté !

Un vent violent commençait à agiter les arbres, le parc gémissait, en proie aux caprices de nuées mâchefer.

— C'est guère le moment de rechigner à l'ouvrage, y va dégringoler une sauce, et pas une de celles qui font passer l'goût du poisson !

Bringolo ignorait que, quelques instants plus tôt, au cœur de Paris, un tourbillon s'était formé place Saint-Sulpice et qu'il s'emballait, gonflé d'impétuosité et de feuilles mortes. Bientôt converti en tornade, il décida d'entamer une tournée à ras des pavés. À cet effet, il s'engouffra rue Mabillon et s'enfla à l'embouchure du Pont-Neuf, résolu à cingler vers la porte de Pantin via le Châtelet, la République et les Buttes Chaumont. Mais sur le point de franchir la Seine, il ne put résister au besoin d'exhaler un soupir en direction du Jardin des Plantes. C'était l'apothéose de cette expiration qui flagellait le domaine de la rue Corvisart.

Bringolo jugea prudent de se débarrasser de son attirail. Ployé en deux sous le coup de tabac, il découvrit une dénivellation protégée par un bouquet de coudriers. Il s'empressa de s'y terrer. Des tempêtes, il en avait enduré un grand nombre lors de ses pérégrinations, aussi affronta-t-il sans crainte celle qui étrillait le parc, si bien recroquevillé dans sa cache qu'il était prêt à s'endormir.

Un fracas de branches cassées l'en empêcha. À la pensée qu'il constituait une cible, il s'agrippa de toutes ses forces à une racine. En l'espace d'un éclair la tourmente pompa la mare. Eau, poissons, insectes, nénuphars jaillirent avant d'être recrachés en vrac. Une paille gigantesque semblait avoir aspiré le bassin, semblable à un gros œil crevé braqué vers le ciel. Quant à la statue, elle s'animait rapidement. Le ventre noué par l'anxiété, Bringolo la vit trembler sur sa base et se voûter en une génuflexion cocasse. Coupée à mi-mollets, la partie supérieure s'effondra dans la roselière. Le buste embrassa la berge, tandis que, des moignons, s'écoulait un fluide à la consistance de pain d'épice visqueux, n'eût été son odeur fétide. Des grappes de bulles mitraillèrent la boue. Étourdi, Bringolo clignait des paupières, persuadé que l'Apocalypse fondait sur lui. Il se colla au sol, les mains sur le crâne, chagriné d'être incapable d'invoquer une mère qu'il n'avait jamais connue. La terreur d'être écrasé le remit sur pied.

Autour de lui surgissaient les sortilèges. Sur les feuilles vernissées de pluie, des mouchetures phosphorescentes luisaient et se reflétaient le long du démon démantibulé. Allaient-elles insuffler vie à la chose ? S'enfuir ! Mais où ? Sa cabane était victime de coups de boutoir si puissants qu'ils menaçaient de pulvériser les murs. Un chuintement ininterrompu résonnait d'un bout à l'autre de la propriété, fouettée de courants d'air hostiles à la station verticale d'un pauvre chemineau. Derechef à croupetons, Bringolo, fasciné, ne parvenait plus à détacher son attention de l'effigie disloquée qui donnait l'impression de commander à l'ouragan. Devenir sourd et aveugle !

Sans préambule, le vent s'apaisa, les éléments déchaînés s'anéantirent. Une aurore chlorotique alluma les acacias ceinturant la mare secouée de gargouillis. Un énorme cumulus sombre aux contours déchiquetés surplombait le jardin raviné de ruisselets. Un rat musqué détala. Certain que le branle-bas était derrière lui, Bringolo s'ébroua, mais le déluge redoubla, se mua en grêlons responsables d'une débâcle de rameaux propres à assommer l'homme le plus solide.

— La malédiction d'Égypte ! Hé ! là-haut, y a erreur, j'suis pas pharaon, moi ! hurla Bringolo incontinent, étalé entre deux buissons.

Il rabattit sa pèlerine par-dessus sa tête et s'assoupit, terrassé.

Il rêva. Cet univers parallèle était un havre où toutes les vicissitudes qui avaient jalonné sa vie se dissolvaient en une palette d'émotions. Il ne sentait plus son poids, il était d'une légèreté incroyable…

Bringolo remua faiblement, le corps tétanisé, puis éternua en rafale. Roulant sur le dos, il inspecta une étendue gorge-de-pigeon dépourvue de nuages. Avait-il été le jouet d'une hallucination ? À vingt mètres de lui, la carcasse déracinée d'un bouleau attestait l'énergie de la bourrasque. La propriété était dévastée. Ce n'était pas le pire. De la pointe de son croquenot, Bringolo ébranla un obstacle. Une tête de canidé hideux le dévisageait de ses orbites creuses. Sous la redingote, déchirée, n'apparaissaient que d'infimes fragments blanchâtres. La statue s'était à moitié désagrégée. Pétrifié, Bringolo resta en suspens, respirant à peine de crainte que le spectre ne s'éveillât. Pas à pas, il recula. Telle une cuve débondée, la mare s'était asséchée des deux tiers de son contenu, sucés par une turbulence issue des profondeurs. Dans les larges flaques barattées par des nageoires affolées barbotaient les poissons rescapés.

— Tu parles d'une veine ! s'écria Bringolo, oublieux de son épouvante. Y m'faudrait une épuisette. Bah ! On va y remédier, les meilleures armes du pêcheur, c'est la patience, la ruse, et les méninges !

Un cassis sauvage épargné par le vent fut mis à contribution. Le clochard s'y suspendit et y préleva une tige fourchue. Ensuite, il se déshabilla, et, quand il eut ôté son tricot et que, torse nu, il n'eut plus sur lui que ses caleçons, il fut incommodé par une crise de sternutation. Il noua la défroque aux extrémités de la tige et pénétra dans l'eau en évitant les membres inférieurs de la statue. Il pataugeait à mi-cuisses et semait l'effroi dans la gent à écailles.

— Y a qu'à se baisser, ma parole, c'est mieux que la pêche miraculeuse, sauf que si tu te prends pour Jésus, mon vieux Bringolo, c'est que t'es vraiment frappé. Tiens, là, cette peau dorée, ces barbillons, c'est une carpe !

Il pourchassa l'animal un bon quart d'heure avant d'emprisonner dans sa nasse improvisée son butin, beaucoup plus acharné à s'en évader qu'il ne l'eût soupçonné. Ce fut une fameuse bagarre. Quand il serra contre sa poitrine le tricot immobile, le froid l'avait saisi, ses doigts étaient gourds, son épiderme bleui.

— Rassasie-toi de ça, mon gars, sinon c'est la pneumonie garantie. Quel morceau ! Aussi grasse qu'un brochet. Souhaitons que les autres n'aillent pas calancher trop vite, dans ce peu d'flotte.

Se revêtir lui prit du temps. Il guignait les débris de la statue, disposé à décamper si elle manifestait des velléités de mouvement.

— Toi, dès qu'j'aurai négocié mon poiscaille, je te réduirai en miettes.

La jupe, le manteau, les bas et les souliers de Micheline Ballu étaient crottés comme si elle s'était hasardée en un terrain bourbeux. Merveilleux projet qu'avait eu Poulot de l'emmener batifoler aux Catacombes en guise de randonnée culturelle fortement recommandée par Adhémar Findorge. Poulot avait déplacé leur rendez-vous un jeudi, heureusement, Lulu lui gardait la loge. Ces murailles de crânes auxquels ils s'étaient confrontés l'obséderaient longtemps. Jouant les farauds grâce à l'obtention d'un coupe-file de la préfecture, Alphonse l'avait traînée, une bougie à la main, parmi les excursionnistes anxieux ou hilares à la perspective de cette incursion dans les abysses d'une nécropole antédiluvienne. Pour sa part, Micheline Ballu eût volontiers renoncé à cette errance à travers un dédale d'ossuaires. Mais comment résister à son cousin ? Elle se consola en songeant que la fréquentation de squelettes valait nettement mieux qu'une matinée à l'Opéra, dont un contrepoids du lustre monumental s'était écroulé le 20 mai dernier, tuant une malheureuse concierge.

Elle discerna une silhouette féminine s'introduisant en catimini dans la librairie Elzévir, pourtant close à cette heure.

— Secret de polichinelle ! J'suis pas estropiée d'la citrouille, j'me doutais qu'y avait anguille sous roche depuis que M. Mori vit en ermite, lui qu'est point fichu de s'abstenir de compagnie galante ! Ils se figurent que leur manège m'échappe ? S'interdire de circuler par l'immeuble de peur que j'les dénonce… Ah ! J'en dégoiserais un paquet, si ça me démangeait, mais motus, j'me couds l'bec, la maman de Mme Tasha est nettement plus convenable que ses cocottes de jadis. Ben ça ! On est jeudi, c'est pas son jour !

Dès son entrée, Djina Kherson, enlacée par un Kenji fébrile, sentit des lèvres se presser contre les siennes et des doigts explorer son corsage.

— J'aspire à un répit, le fiacre m'a déposée boulevard Saint-Germain et j'ai couru, je suis sûrement échevelée... Que se passe-t-il ? Des ennuis ? Ton pneumatique m'a inquiétée, nous sommes jeudi !

— Je sais, je n'en pouvais plus de t'attendre, murmura Kenji, tu me manques.

Le séjour de Djina à Cracovie, au cours de l'hiver précédent, chez sa fille Ruhléa qui venait d'accoucher d'un petit Marcus, avait décuplé la ferveur de son amant frustré. Kenji était-il devenu sentimental parce que Iris, Joseph et Daphné, à la suite de Victor, son fils adoptif, avaient émigré ? S'estimait-il davantage maître de ses faits et gestes dans les deux appartements du premier étage, son royaume personnel ? Recevoir Djina une fois par semaine le contentait à peine et lorsque enfin elle apparaissait le samedi soir il faisait fi de sa pondération coutumière et se jetait sur elle comme un affamé.

Depuis qu'il jouissait de son indépendance, Kenji avait fait l'acquisition d'un vaste lit à deux places afin de pourvoir au confort de sa bien-aimée, mais il avait conservé sa chambre à coucher de style japonais, occupée par une alcôve au plancher surélevé recouvert d'une natte où étaient disposés une moelleuse couverture de coton et un oreiller de bois. Il y dormait quand il était seul, pour se maintenir en forme.

Djina reculait le moment de s'afficher ouvertement avec celui qu'elle chérissait. Non que son entourage ignorât la situation, ou qu'elle-même en eût honte, elle avait dépassé ce stade. Elle craignait tout bonnement l'usure de la vie commune, déjà expérimentée avec son époux, Pinkus, exilé à New York. Cette idylle avait un tel piquant ! Se savoir désirée l'émoustillait au long de la semaine et l'aidait à oublier qu'elle avait largement franchi le cap de la quarantaine.

— Ta gouvernante est là ?

— Je lui ai donné congé.

La gouvernante, Mélie Bellac, avait été embauchée en avril par Kenji après la défection d'Euphrosine, dont il était soulagé de se séparer tant elle était despotique. Cette domestique, patronnée par la tante de M. Chaudrey, l'apothicaire de la rue Jacob, était une veuve de soixante ans, originaire de Brive-la-Gaillarde, efficace et si discrète qu'elle eût presque été transparente, n'eût été son besoin de brailler à tout bout de champ :

Durara' co, pichounela
Durara' co toujourn
Tan que l'argen durara
La pichounela dansara[1].

Saturé de ce refrain, Kenji le débitait invariablement à Daphné les soirs où il s'invitait à dîner rue de Seine. Il insérait parfois, imprégné qu'il était de l'accent limousin, le son *a* dans la conversation, occasionnant la surprise des clients et les railleries de Joseph, qui marmonnait :

— Vraima larila nous vl'à dansara, avec un associé qui s'exprime en patois.

L'autre reproche de Kenji à l'égard de Mélie était sa spécialité de *farcis durs*, plat goûteux mais plutôt

1. Cela durera-t-il, fillette – Cela durera-t-il toujours ? – Tant que l'argent durera, – La fillette dansera.

lourd, à base de pommes de terre, d'œufs et de viande hachée.

Hormis ces travers, la recrue au visage poupin, yeux en grains de raisin noir, nez en pied de marmite, joues peintes en vermillon, et à la gentillesse aussi inusable que sa sempiternelle blouse grise, était une bénédiction.

— En ce cas, puisque notre intimité est complète, permets que je me plonge d'abord dans un bain, c'est un cérémonial que je ne savoure que chez toi, dit Djina.

Avant qu'il n'eût réagi, elle se délivra de son étreinte et gravit l'escalier à vis. Sis à l'extrémité de l'appartement de Kenji, qui ne s'était toujours pas décidé à investir les pièces récemment délaissées par Iris et Joseph, le cabinet de toilette constituait un luxe fort apprécié de Djina. Elle étudia dans la glace l'ensemble que son amant avait tenu à lui acheter au début du printemps : une robe en barège vieux bleu à col Médicis, une veste à basques ondulées sur un gilet à plis en soie côtelée maïs, un chapeau en velours ardoise garni de perles.

— Tu n'as plus l'âge de singer les princesses, railla-t-elle. Si elle n'a pas encore de bébé, Tasha a vingt-neuf ans et ta fille cadette t'a muée en aïeule !

Pendant que la baignoire de cuivre s'emplissait, elle commença de se dévêtir sans regarder la photo. Prisonnière d'un cadre ouvragé, elle trônait sur une tablette de marbre. On y voyait une jeune femme brune et un garçon d'une douzaine d'années qui lui ressemblait beaucoup. *Daphné et Victor, Londres, 1872*, était-il noté.

Elle était jalouse de cette Daphné, la folle passion de Kenji. Que cette créature infiniment séduisante fût décédée ne la rassurait en rien.

« Il aurait pu avoir la délicatesse de m'épargner ça », songea-t-elle.

— M'autorises-tu à assister au déshabillage ?

Elle sursauta et, confuse, eut le réflexe de plaquer contre son corset un des jupons qu'elle avait dégrafés.

— Escomptes-tu que je vais interpréter *Le Petit Coucher de l'infante* ? Je suis loin de posséder les talents de la légendaire Fiammetta qui fut la coqueluche de Paris… Comment une archiduchesse ose-t-elle s'exhiber de la sorte !

— Qui parle de talent ? Il n'est question que d'affection, celle que tu m'inspires.

Ce disant, Kenji entreprit de la dénuder. Cette tâche s'avéra plus difficile qu'il ne le supposait. Djina finit par coopérer, et ce fut en riant qu'elle se dépouilla de ses nombreux dessous.

— Ça va déborder ! s'exclama-t-il. Voilà, l'eau est tiède. Préfères-tu un savon à la lavande ou au jasmin ?

— Minute ! Crois-tu t'en tirer si facilement ? À mon tour.

Avant son voyage à Cracovie cette audace l'eût choquée, voire paralysée. Elle était revenue de Pologne affranchie des inhibitions imposées par la société et l'opinion d'autrui. Dans le train qui roulait vers Paris, un monsieur à la moustache cirée lui avait adressé d'éloquentes œillades, et sur le quai de la gare, l'accueil ardent de Kenji avait achevé de lui donner confiance en elle. S'il lui arrivait d'être la proie d'accès de pudeur, elle parvenait à les dominer et à se comporter comme elle ne l'eût jamais jugé possible.

Elle enleva fougueusement le veston de Kenji et déboutonna sa chemise. Il ôta le reste sans barguigner, et ils n'eurent d'autre choix que d'enjamber la baignoire. Face à face, ils se dévisageaient en souriant. Leurs mains se cherchèrent, les obligèrent à se rapprocher. Au moment où leurs corps s'épousaient, Kenji chassa la pensée saugrenue qu'après une telle performance nautique il mangerait de bel appétit le bouligou[1] de Mélie Bellac.

— Mon Dieu, que je suis émue ! Enfin ma Bélinda et mon Chérubin sont unis par des liens sacrés ! N'est-ce pas une vision angélique ?

Sanglée dans un corsage ajusté et une jupe rubis, Raphaëlle de Gouveline s'éventait en refoulant des sanglots au spectacle de ses chiens assis sur une estrade jonchée de fleurs d'oranger. Dans son modeste hôtel de la rue La Boétie, elle ne supportait son veuvage qu'à la condition de se vouer à ceux qu'elle considérait comme ses enfants : un bichon de sexe féminin et un schipperke mâle. Ces deux cadors, habillés sur mesure par le tailleur Ledouble, possédaient un trousseau complet : manteaux de voyage, bottes de caoutchouc, toilettes de plage en batiste crème au col marin brodé d'ancres.

En guise de garçon d'honneur, on avait emprunté à une bijoutière de la rue du Colisée son terrier du Yorkshire, un toutou effarouché aux poils aplatis sur les côtés et noués derrière la tête.

— Cette miniature a de faux airs de Cléo de Mérode, êtes-vous de mon avis ? questionna Raphaëlle de Gouveline.

— La nouvelle pensionnaire de notre Académie nationale de musique ? Quel tintouin assourdissant dans le landerneau parisien au sujet d'une intrigante ! Le principal titre de gloire de cette jeune danseuse est

1. Pâte à crêpe cuite avec des cerises.

de dissimuler ses oreilles sous des bandeaux à la Botticelli.

Les réjouissances s'étaient déroulées en présence d'un comité réduit. Raphaëlle de Gouveline avait insisté pour que Victor et Tasha soient témoins, attendu qu'elle s'était décidée à prier Mme Legris de la portraiturer.

Une collation fut proposée dans le salon d'apparat argent et céladon encombré de divans et de jardinières. L'ameublement moderne était surchargé d'œuvres de Lalique et de Gallé acquises à la galerie d'art de Samuel Bing[1].

— Ma chère, vos plafonds sont à trois mètres de haut ! observa, dépitée, Blanche de Cambrésis, à qui sa ressemblance avec une chèvre valait, dans la librairie Elzévir, le sobriquet dû à Joseph de « la Bique ».

Victor rongeait son frein, exaspéré par l'absurdité de la situation. Réfugié près d'une bibliothèque, il l'inventoriait d'un œil expert, espérant ainsi se soustraire aux avances de Mme de Flavignol.

Tasha prétexta un désir de se repoudrer, manière d'éconduire l'ennui. Au sommet d'un escalier ornementé de tapisseries et de plantes vertes, elle s'introduisit dans une chambre où paradait un lit de palissandre relevé de bronzes dorés sous un ciel chantourné. Elle accéda à un boudoir ovale où un canapé transformable rappelait qu'Octave de Gouveline avait souffert d'insomnies et fréquemment délaissé la couche commune. Sur un guéridon, on avait amoncelé des journaux encore entourés de leur bande et du courrier décacheté. Un carton attira son attention. S'en emparant, elle le lut et le relut, incrédule. Impossible ! Pas *lui* ! Peut-être était-ce une

1. Samuel Bing (1838-1905), céramiste allemand devenu critique d'art et marchand, fixé à Paris en 1871.

invitation périmée ? Hélas non, la date ne laissait planer aucun doute : *il* était à Paris, *il* y séjournerait jusqu'au début du mois d'octobre, puisqu'*il* participerait aux fêtes de l'arrivée de Nicolas II. Tasha reposa lentement le bristol, assaillie de souvenirs resurgis d'un passé qu'elle croyait révolu.

CHAPITRE V

11 septembre

C'était le matin du grand soir : Jean-Pierre Verberin venait souper. Dès potron-minet, Bringolo avait déambulé aux alentours de l'avenue de Choisy. Les boutiques défilaient, prodigues de ces camelotes dont se nourrit la convoitise des sans-le-sou, les gosses bayaient devant les pâtisseries et les échoppes de jouets. Bringolo avait soigneusement esquivé les étals, inutile d'exciter de dangereuses tentations. Il regrettait d'avoir troqué sa carpe contre un repas au lieu de la monnayer, mais ce qui est fait est fait.

Posté en une attitude pitoyable à la sortie de l'église Sainte-Anne de la Butte-aux-Cailles en fin de construction, il eut la bonne fortune de tomber sur une noce. Cette aubaine lui rapporta assez pour payer les ingrédients du festin.

Bringolo jubilait. Il avait récupéré une table bancale chez un marchand de bois. Deux caisses dénichées chez un fruitier, et voilà les chaises ! Il avait mis le vin à chambrer, une bouteille de gros bleu réglée rubis sur l'ongle – quand on convie un ami à dîner, on ne lésine pas sur la boisson. Il s'était éreinté à creuser une tranchée où crépitaient des braises. Dès que Jean-Pierre serait là, on ferait rôtir les saucisses sur une grille subtilisée dans un chantier. La préparation des nouilles acheva de le galvaniser. Il se frotta les mains. L'eau frissonnait dans une marmite suspendue au-dessus d'un feu de branchages, il pouvait s'accorder un peu de détente.

Il ouvrit *La Chanson des gueux* à l'aveuglette et déchiffra à voix haute *Idylle sanglante* en détachant les syllabes :

Oh ! oh ! l'frisé, mâchant d'la bave,
Tira son eustache raiguisé...

Il avait entendu un bruit.

— Jeannot ?

Les ombres demeurèrent silencieuses.

Ah ! ah ! la pauv'Margot la belle,
Elle eut dans le cou le couteau...

Il y eut un craquement. Tout d'abord, il ne sut pas s'il l'avait vraiment entendu ou s'il l'avait imaginé. Il resta sans bouger pendant quelques instants, puis il se retourna. Mais il n'y avait rien à voir, sinon sa cabane, des taillis et des arbres.

— C'est le feu qui pétille.

Au moment où il reprenait sa lecture, il perçut de nouveau le bruit.

— Hé, camarade, c'est toi ?

Un sifflotement lui répondit. Il connaissait cette ritournelle, une chanson apprise à l'orphelinat de Montmorillon. Le réfectoire gris souris aux fenêtres grillagées et les traits fripés de sœur Marie-Dominique en train de s'échiner sur son harmonium lui apparurent furtivement. Il cligna des paupières. Brusquement une forme jaillit de la brume, se dessina à ses côtés, incertaine, comme une entité éthérée.

À la lueur des flammes, il distingua un visage grimaçant, puis une main levée qui brandissait un marteau. Il voulut se redresser, un cri mourut sur ses lèvres, le marteau s'abattit sur lui, un éclair explosa sous son crâne. Il bascula en avant. Le livre qu'il tenait sur ses genoux fut projeté dans l'herbe à la page qu'il lisait.

— Monette, Monette, ma Monette chérie, j'espère que le petit Charlot va prévenir Bringolo à temps et qu'il ne m'en voudra pas. Il a dû se démener, le pauvre…

Courbé au bord du lit, Jean-Pierre Verberin reposa le portrait de son épouse. Trois ans qu'elle était partie. Ç'avait été bien triste d'être devant sa tombe et de jeter la terre sur son cercueil. C'était surtout le soir qu'elle lui manquait. Ce n'est pas qu'elle fût bavarde, mais être assis près d'elle, la regarder piquer à la machine, savoir qu'il lui appartenait, qu'ils avaient fait leur fils ensemble valaient tous les mots d'amour. Quand leurs yeux se croisaient, ils disaient un tas de choses… Comme une mélodie dont on ignore les paroles.

Il avait résilié le bail de l'appartement de la rue Saint-Paul, désormais trop vaste pour un homme seul. Son fils André vivait à Lyon, il écrivait une fois l'an, promettait de venir…

Jean-Pierre Verberin avait élu domicile dans une rue du quartier de la porte de Brancion, un meublé vétuste presque décent dans sa modestie. Sa médiocre pension lui permettait à peine d'assumer les frais du loyer et de la nourriture. Lorsqu'on montait les escaliers, une odeur méphitique picotait la gorge. Les « lieux » gîtaient au fond d'un corridor à la peinture écaillée, barbouillée d'insanités. On allait quérir l'eau à la fontaine publique, à deux cents mètres de là. Jean-Pierre Verberin occupait une chambre minuscule et une cuisine sans aération plus minuscule encore, le tout pour cent vingt francs par an.

Appuyé au dossier d'une chaise, il se traîna à la fenêtre. C'était bête, cette crise de rhumatisme. Ses reins le lâchaient, conséquence du travail de commis expéditionnaire confiné dans un local administratif privé d'âme. Une vie consumée entre des montagnes de chemises poussiéreuses, cassé en deux sur un pupitre parsemé de tampons et de paperasses. Il considéra la callosité de son médius, déformé à force d'avoir tenu le porte-plume. Combien de points, de virgules, de points-virgules, d'accents graves, circonflexes ou aigus ? Combien de voyelles, de consonnes avait-il tracées de son élégante calligraphie ? Des millions ?

Heureusement il y avait l'équipée hebdomadaire avec Monette vers le jardinet de Gentilly. Bêcher, planter, respirer à pleins poumons. Le soir, ils étaient moulus, mais quel plaisir de rapporter à la maison des paniers de légumes et de fleurs !

« Pourvu que Charlot ne s'égare pas dans le parc. »

C'était le fils aîné de Mme Lucette, la voisine qui s'épuisait en surfilages. Elle avait trois gosses au foyer et en dépit de la paye que lui remettait Charlot, elle avait beau se décarcasser, elle ne retombait jamais sur ses pieds. À douze ans, Charlot coupait le cuir chez un cordonnier. M. Lucette était régulièrement en prison. On venait de l'interpeller devant la Samaritaine sous prétexte qu'il s'adonnait sans patente à la vente de lacets et de cordons de souliers. Concurrence déloyale, trafic éhonté, insulte aux représentants de l'ordre : quatre mois ferme à Poissy. Ça faisait un trou de douze sous dans le budget. C'était,

Jean-Pierre Verberin le savait, la monnaie courante de la vie. Certains êtres ont à affronter des problèmes qui pour eux sont vitaux alors qu'ils semblent insignifiants à d'autres. Ils s'en tirent comme ils peuvent. Douze sous, un repas en moins. Aussi Jean-Pierre Verberin rétribuait-il Charlot pour de menus services.

Il s'accouda à la table, les yeux fixés sur les ombres crépusculaires qui noyaient les vêtements ravaudés et les ustensiles de cuisine pendus aux murs de sa chambre.

Bringolo émergea au milieu d'un univers blafard. Allongé sur le dos, il observait le motif des petites feuilles d'un buisson. La brise distillait un parfum d'anis. Très loin, il entendit sonner une cloche. Il avait froid. Autour de lui murmuraient des rumeurs confuses. Lentement, péniblement, il tourna la tête et prit conscience de la position bizarre de son buste, une jambe relevée sous le menton, le bras gauche coincé sous une fesse. Il essaya de bouger, la douleur tira aussitôt devant ses yeux un rideau sombre. Il n'arrivait pas à comprendre ce qui s'était passé ni où il se trouvait. Ses tempes palpitaient. Il vit une tache claire, rectangulaire, à environ un mètre de son nez. Un livre ? Il pivota centimètre par centimètre sur son flanc droit pour libérer son bras. Sa main se posa sur une page, y imprima une paume poissée d'un liquide chaud qui gouttait de sa manche. Son visage était engourdi, ses pensées se diluaient. D'un effort suprême, il parvint à glisser le livre sous sa ceinture.

Juste avant de perdre connaissance, il entrevit des mains tendues vers lui. Et soudain, il se sentit éjecté hors de son propre corps, il flottait au sein d'une lumière intense…

Il avait vingt ans, il foulait une prairie… Louise… Elle lui avait dit : « Le ciel… C'est magnifique ! » Elle n'avait pas menti. C'était splendide, cette immense emblavure de blé constellée de coquelicots. Là-bas, tout là-bas, au-delà d'une rivière, une silhouette frêle nimbée de bleu… Louise venait à sa rencontre.

La sentinelle laissa choir la dépouille sur les feuilles mortes, puis se pencha en sifflotant et pressa deux doigts sur la carotide de Bringolo. Aucun signe de vie. Ce fouineur loqueteux ne risquait plus de lui causer des ennuis.

CHAPITRE VI

13 septembre

Micheline Ballu souleva le heurtoir de la pension de famille, déterminée à obtenir de son cousin qu'il ne lui imposât ni un site industriel, ni un cimetière, ni surtout un musée. Elle se contenterait de flâner le long des vitrines de la Samaritaine qui, parmi ses nouveautés automne-hiver, exposait la robe de ses rêves : une merveille de mohair nuance sable, dépourvue de manches ballon selon le récent oukase de la mode.

Dans l'entrebâillement de la porte, la figure affable de Catherine se chiffonna.

« Encore ce lavement », songea-t-elle, précédant la concierge jusqu'au bureau de sa patronne.

Mme Armande Simonet se tirait les cartes. Le roi de carreau l'obsédait, fallait-il y voir le sosie du professeur Findorge, dont la complaisance envers elle ne cessait de croître ?

— Bonjour, madame, j'viens chercher Alphonse.

Mme Simonet se leva et gratifia la visiteuse d'un léger hochement de tête.

— M. Ballu est hélas absent depuis hier, il n'a pas daigné dormir ici. D'habitude, en dépit d'une vie privée dissolue, il juge délicat de me prévenir, même si je ne suis guère inquiète, le sachant lié à une dénommée Lucy Grémille, coiffeuse dans un salon de la rue des Entrepreneurs. Là, pas un mot, c'est une première.

Micheline Ballu en laissa choir son sac.

— Poulot exagère ! On était convenus d'aller hier à Rouen passer la journée en train de plaisir à marche rapide, j'avais commencé d'économiser à Noël. Dame, douze francs un billet de troisième, c'est une somme ! Et v'là qu'il me téléphone à la librairie Elzévir qu'on annule et qu'en guise de consolation on baguenaudera aujourd'hui dans Paris. J'me cavale, et patatras, tout est à l'eau !

— À quelle heure vous a-t-il appelée ?

— Il était presque dix heures, j'étais prête à partir à Saint-Lazare. Ça nous aurait fait rentrer vers minuit et demi, mais ça valait le coup !

— Donc cette femme était déjà venue ici et votre cousin l'avait suivie.

— Une femme ? Laquelle ? La coiffeuse ? Ah, il va m'entendre, Alphonse !

— La personne que nous avons reçue hier matin m'était étrangère. Étant donné la diligence de M. Ballu à l'escorter, j'en ai déduit qu'il s'agissait d'une relation fort ancienne.

— Décrivez-la-moi, ordonna la concierge.

Armande Simonet n'appréciait pas qu'on lui parlât à l'impératif. Elle tisonna les bûches brasillant dans la cheminée avant de répondre :

— Taille moyenne, cheveux teints, couleur auburn, de mauvais goût. Visage d'une banalité affligeante.

— Son nom ?

— Quelque chose comme Pioche… Zut ! Ça m'échappe, Amandine, Albertine… Ce dont je suis sûre, c'est qu'elle exerce une profession mercantile, elle a mentionné une emplette très curieuse quand M. et Mme Dussault quittaient la maison, ils me l'ont répété. J'ose croire que cette péronnelle monnaie des denrées plus attrayantes que ses charmes, qui n'ont rien de propre à séduire un homme tel que M. Alphonse. Mais je m'interroge, cette coiffeuse, cette Lucy, à qui il voue ses dimanches – voilà pourquoi il vous propose désormais des sorties en semaine –, est un brin vulgaire. Me serais-je trompée sur le compte de votre parent ?

— Albertine Pioche… Ça serait pas plutôt Alexandrine Piote ? s'écria Micheline Ballu, la mémoire subitement ranimée.

— J'ai l'impression que c'est en effet cela.

Et Mme Simonet ajouta perfidement :

— Vous êtes au fait de leur affinité ?

Cette question demeura en suspens, faute d'interlocutrice. Micheline Ballu s'était précipitée vers la rue, la bouche pleine d'imprécations à l'encontre de Victor Legris. N'était-ce pas lui qui avait présenté cette marchande à Poulot ?

— Ah, si Alphonse s'est amouraché d'elle, je lui réserve un chien de ma chienne, à m'sieu Legris ! gronda-t-elle.

14 septembre

À trois reprises Maurice Laumier avait traversé la cour et, au moment de frapper, s'était ravisé. Quoique l'aide apportée par Victor Legris en 1894 eût établi une relative entente entre les deux hommes, le peintre conservait une pointe de méfiance envers le libraire qui lui avait jadis soufflé la jolie Tasha.

« Il est rudement doué pour enquêter à la barbe de la police, et il s'est dévoué lors de la disparition de Loulou[1], mais il est un tantinet prétentieux, ce photographe dilettante qui joue aux créateurs ! N'empêche, c'est sans doute le seul qui se laissera taper. Alors foin de tes scrupules ! » se convainquit Maurice Laumier.

Il se décida à toquer.

Tasha le reçut vêtue d'une simple camisole et d'un jupon mal dissimulés sous une pèlerine, son chignon dénoué. Ce négligé magnifiait ses attraits.

— Maurice, quelle surprise ! Victor se rase.

À peine s'éloignait-elle vers le cabinet de toilette que le peintre effleura le galbe d'une épaule qu'il étreignit.

— Minute, papillon, laisse-moi profiter de notre intimité. Tu embellis de jour en jour.

— Chéri ! On te réclame.

Maurice Laumier adopta une expression d'autant plus désolée qu'à l'exclamation de Tasha se joignirent les miaulements de Kochka, dite Demi-Pinceau, ravie de se frotter à des pantalons noirs.

— C'est malin, je suis couvert de poils, marmotta le peintre à l'instant où Victor surgissait.

— Laumier ! Quel bon vent vous amène ? Vous avez déjeuné ?

Ils partagèrent un café dans la cuisine où ronflait une salamandre.

— Comment va Mimi ?

— Couci-couça, elle vous envoie ses amitiés. Si vous le permettez, je vais rafler un de ces croissants. C'est qu'elle mange rarement à sa faim, la pauvrette.

— Qu'est-ce que tu nous chantes ?

1. Voir *Le Talisman de la Villette*, 10/18, n° 3941.

— La vérité pure, ma cocotte – pardonnez ma familiarité, Legris. Tu as oublié la maigre chère et le gousset mité qui sont le lot des rapins.

— Tu étais pourtant sur la voie du succès il n'y a pas si longtemps, lorsque tu te targuais de croquer Georges Ohnet, objecta Tasha.

Maurice Laumier et Victor se soupesaient mutuellement. Victor fit rouler une cigarette entre ses doigts.

— Vous êtes gêné aux entournures, Laumier ? Vingt francs suffiront ?

La mine sombre, Maurice Laumier commença par repousser l'argent que lui allouait Victor, puis l'empocha prestement.

— En matière d'art, les engouements changent vite. Ma technique cloisonnée n'a plus l'heur de plaire à ces messieurs les gendelettres et les mondains. Trop académique, soutiennent-ils. Bref, je suis sur la corde raide.

Il épousseta les miettes collées à ses manches et se leva.

— Je vous remercie de vos largesses, je vous rembourserai dès que possible. Oh ! Pendant que j'y pense…

Il coinça entre la cafetière et une tasse deux cartons d'invitation.

— Une exposition à voir absolument. J'y dispense ma modeste contribution, il y aura des aquarelles, des tableaux, des sculptures. Des huiles, dont Rodin, se sont engagées à venir. Le vernissage se tiendra au café *Procope* après-demain à partir de sept heures du soir.

Tasha parcourut un bristol sur lequel s'alignaient plusieurs noms. Encore *lui* !

— À la prochaine ! Je dois rencontrer un copain place Saint-Sulpice, jeta Maurice Laumier, soulagé de fuir les chatteries de Kochka.

— Attends ! Je m'habille et je file chez un acheteur quai Conti, je t'offre le trajet, dit Tasha, sans remarquer la physionomie déconfite de Victor.

— Tu ne m'avais pas averti.

Elle l'embrassa et lui chuchota à l'oreille :

— Un Londonien de passage à Paris, appuyé par Sir Reginald, excuse mon étourderie. Je te promets de rentrer avant midi, mon chéri.

— Inutile de courir, je consacre la journée à la librairie.

Découragé, Victor les observa gagner le porche : l'intrus qu'il s'efforçait de supporter et Tasha, toujours aussi prompte à prendre la clé des champs. Kochka quémanda une caresse, il la gratouilla sous le menton.

— Salut, Vendredi, je m'appelle Robinson... Armons-nous de stoïcisme, ma douce, murmura-t-il.

Aux abords de l'Opéra, le fiacre s'englua dans un bouchon dû à la collision d'un tramway à vapeur et d'une voiture de livraison. Après avoir vilipendé ces mastodontes qui, non contents d'empuantir la capitale, représentaient un danger public, le cocher se résigna et, son tube incliné sur le front, bras ballants, somnola sur son siège. Tasha rabroua Maurice Laumier dont les mains s'égaraient.

— Donc, tu es ratissé ? lança-t-elle, les sourcils froncés.

— J'ai des hauts et des bas. Septembre nous a enfoncés dans la mouscaille, Mimi et moi, mais l'opulence est imminente. Un de mes poteaux est en cheville avec un commerçant spécialisé dans la vente de croûtes destinées aux bourgeois qui envisagent de décorer leur intérieur à l'économie. Ces gens refusent d'investir dans le moderne, ils n'aiment que le classique, tu me comprends ?

Il l'enlaça et récolta une chiquenaude.

— Teigne ! Tu tiens vraiment à te chamailler avec ton vieux complice dans cette ville de perdition ? Pourquoi cette agressivité ?

— Une punition pour ta muflerie et l'abdication de ton idéal. Tu tenais des propos différents quand tu nous assommais avec Berthelot et ses expériences de chimie organique !

La véhémence de Tasha sembla dissoudre l'embouteillage, le fiacre repartit cahin-caha.

— Ça te va bien, la morale, toi qui as épousé un type à l'abri de la débine. Je n'ai pas renoncé, tout est là, en veilleuse.

Il se vissa l'index sur la tempe.

— Seulement, d'ici à ce que les Beaux-Arts m'autorisent à vivre décemment, je vais travailler chez moi, à la grosse.

— À la grosse ?

— Je t'explique : les commandes concernent une douzaine de sujets identiques. Les peintres – je suis membre d'une équipe de paysagistes – se cantonnent à trois modèles. J'ai choisi une vallée arrosée d'une rivière, une flottille de pêche dans un port breton et un mariage à la campagne. D'aucuns exécutent des natures mortes, des scènes de chasse, des clairs de lune en montagne, n'importe quoi. Je me sens apte à torcher un chef-d'œuvre en douze heures. Au début, ce ne sera pas le pactole, la toile de quarante sur trente-trois centimètres ne me rapportera que trente centimes, et par-dessus le marché je fournirai les couleurs.

— Lamentable !

— Je suis d'accord. C'est pourquoi je me hâterai de me mettre à mon compte. Mes gouaches se vendront à la criée, douze, quinze francs la paire, encadrées, ma chère, avec dorure. Juge de l'effet apaisant dans une salle à manger.

— C'est pire ! Maurice, tu vas dilapider ton talent.

— Mimi et moi aspirons à un peu de confort. Ça t'épate, hein ? Mais voilà, on en a marre des soupes du fruitier de la rue Norvins. Quand j'aurai réalisé ma pelote, je louerai un atelier digne de ce nom et on découvrira mes remarquables aptitudes.

Tasha ébaucha une moue sceptique mais ravala ses commentaires. Elle eut la vision fugitive de son ancienne chambre sous les toits, rue Notre-Dame-de-Lorette, avant que Victor et elle ne tombent amoureux. De quel droit condamner un camarade moins chanceux qu'elle ? D'ailleurs, ce n'était pas la carrière de Maurice Laumier qui l'avait incitée à l'accompagner.

— Cette exposition au *Procope* va réunir pas mal de monde. Les autres artistes, je les connais ?

— Juste deux ou trois. Il y aura beaucoup d'étrangers, une Écossaise qui adule les bergers en kilt, un Roumain qui voue un culte à Diderot et en a modelé un nombre de bustes suffisant à paver les rues de Montmartre, un Belge fou de corons sous la pluie… Jamais entendu parler, pas plus que du statuaire italien, des deux Allemands, dont l'un s'est taillé un succès à Berlin, ou de la miniaturiste grecque.

Le fiacre roulait à belle allure rue de Rivoli, et la vitesse attisa les ardeurs du peintre. Un baiser échoua à se poser sur la joue de Tasha qui avait anticipé la manœuvre.

— Quoi, pas même un malheureux bécot en souvenir des années d'antan ? La Chapelle de Thélème, le

Bibulus… Et ce tableautin que j'avais achevé en quelques séances de pose, tes seins si rondelets ! Oh, je prévois un mauvais virage, je subodore un poupard agrippé à cette poitrine !

Elle rit malgré elle.

— Tu te trompes.

— Pas d'enfant en perspective ?

Rembrunie, elle se rongea l'ongle du pouce, de sorte que son gant de dentelle déjà abîmé se troua davantage.

— Tu ferais une mère parfaite.

Tasha se sentit acculée à la panique, elle refusait de penser à ce genre de chose, mais il insistait, le goujat !

— Un bébé… Oui… Je serais obligée de lâcher mon travail. De toute façon…

Comment lui avouer qu'elle adorerait avoir un bébé, mais qu'à chaque tentative ses attentes étaient déçues ?

Elle eut un geste signifiant son impuissance à forcer le sort.

— Excuse-moi si je t'ai blessée. Je suis stupide. Tu me pardonnes ?

— Naturellement, à condition que ma mansuétude se résume à une poignée de main… En un sens, cela m'arrange.

— De me serrer la pince ?

— Mais non, idiot ! Que nous restions libres, Victor et moi, tant que nous nous comblons mutuellement et que nos passions respectives nous aiguillonnent.

— Dommage que ton libraire m'ait évincé, ma poulette. Ton énergie et ta séduction m'auraient permis de surmonter mes déboires.

— Pas de regrets, tu as Mimi, une amante soumise. Nous deux, ça n'aurait duré que six mois. Je suis arrivée. Tu règleras la course, dit-elle, abandonnant un billet sur son coin de banquette.

— Vivement l'expo, je compte sur toi ! cria-t-il.

Tasha patienta jusqu'à ce que le fiacre eût disparu puis elle en héla un second. Aucun ami de Sir Reginald ne logeait quai Conti, elle n'avait inventé cette faribole que dans l'espoir d'en savoir plus à *son* sujet. Elle reprit le chemin de la rue Fontaine, résolue à se rendre au *Procope* afin d'en avoir le cœur net.

— Michel ! Hé ! Forestier ! Désolé de ce retard, c'était pour la bonne cause, j'ai les dix francs que je te devais.

Au débouché de la sinueuse rue Férou était piqué un gaillard en pantalon de drap et paletot, plongé dans la contemplation de deux sphinges de pierre gardant la porte d'un hôtel particulier. Il tourna vers Maurice Laumier une face imberbe couronnée d'une tignasse drue.

— Tu m'as reconnu de dos ?

— Pardi ! Je t'ai identifié à travers l'accroc de ton gilet. Je t'invite à boire un coup ?

— Concède-moi une étape au magasin pour m'assurer que la prochaine livraison est prête, et je suis ton homme.

Michel le mena rue Saint-Sulpice où se bousculaient des boutiques vouées aux chasubles, aux chaussures, aux chapeaux ou aux ouvrages liturgiques, antiphonaires ou missels parés de reliures chamarrées, sans oublier les images pieuses et les cierges. L'une de ces échoppes, emplie d'un peuple d'effigies religieuses, les engloutit. On entrevoyait dans ses replis obscurs la cornette blanche d'une sœur de la charité ou la capote à brides d'une douairière, en extase devant une sainte Thérèse en habit de nonne pâmée auprès d'une Jeanne d'Arc en costume guerrier. Maurice Laumier ne savait où donner de la tête. À sa gauche, un François Xavier vêtu de bure évangélisait des sauvages. À sa droite, un Benoît Labre hirsute emmailloté de lambeaux crispait sur son flanc un poing noueux et un saint Roch flattait un chien aux yeux globuleux. Plus ils avançaient, plus ils se heurtaient à un aréopage d'anges aux robes semées d'étoiles d'où jaillissaient des ailes. Un vieux chanoine priait dévotement au pied d'une Vierge à l'Enfant dont un maître coloriste ornait de rosaces la tunique bleue.

— Monsieur Forestier, je suis fort aise de vous voir. La sainte Rose de Lima qu'on est en train d'emballer pour le Brésil, on y ajoute un trousseau complet ?

— Exact, la facture a été réglée.

Incrédule, Maurice Laumier s'approcha d'une statue de tilleul, aux pupilles en émail et aux pommettes enluminées, enveloppée de velours rouge rehaussé de broderies.

— Un truc comme ça, ça n'a pas de prix !

— Que si, mon poteau ! Le manteau vaut mille cinq cents francs, la tunique dans les neuf cents et la lingerie cinq cents. On pourrait se goberger de janvier à décembre avec le coût de cette garde-robe.

— De la lingerie, pour une sainte, tu plaisantes ?

— Cette princesse a des dessous similaires à ceux d'une Parisienne, chemises, chemisettes de batiste, jupons, bas de soie noire, souliers de satin.

— C'est donc ça que tu sculptes ?

Michel Forestier acquiesça.

— Je ne me consacre qu'aux moules dans lesquels on coule le plâtre destiné aux saints Nicolas. C'est l'essentiel de mon boulot ici, avec la coordination des expéditions à l'étranger.

— Et c'est lucratif ?

— Il y a une clientèle si assidue que j'ai ouvert un petit atelier personnel. J'ai mis de l'eau dans mon vin de messe, figure-toi, j'avais trop besoin de briffer, marmonna Michel Forestier qui pénétra dans un hall vitré où il donna des instructions à un apprenti fignolant la chevelure d'un saint Joseph.

— Viens, je t'emmène chez un bougnat qui va nous préparer un grog à la cannelle, tu m'en diras des nouvelles.

Ils descendirent à l'entresol d'une boutique occupant l'angle de la rue du Vieux-Colombier et de la rue Bonaparte. Attablés devant des verres fumants, ils évoquèrent un passé dont le temps avait effacé les aspérités.

— Cette expo du *Soleil d'Or* que tu avais organisée, quel souvenir ! J'avais des acheteurs, je ne roulais pas sur les pièces de cent sous, mais je n'en étais pas réduit à fabriquer des bienheureux béatifiés en série.

— Kif-kif pour mézigue ! Tu n'imagines pas le nombre de tableaux médiocres qui se vendent ! Le goût du public est au ras des pâquerettes, quelle époque ! L'Amérique et l'Australie en redemandent, sans parler de la France où ces abominations se bazardent à tire-larigot. Enfin, en dépit de ce triste constat, j'espère m'en tirer moi aussi. À partir de vingt francs, on peut apposer sa signature, alors si jamais tu distingues un « A. Thalie » en lettres gothiques, tu sauras que ton serviteur est l'auteur.

— Mais… c'est le nom d'une héroïne de Racine !

— Chez les Grecs, la muse Thalie régnait sur les agapes et se moquait des faiblesses humaines. Admets que c'est chic : Alain Thalie, un artiste prometteur, qui va s'acoquiner avec un commissaire-priseur, et qui gagnera douze francs sur les vingt d'une vente. Au cas où tu voudrais en apprendre plus long et où tu posséderais un costume moins élimé...

Maurice Laumier offrit un bristol à Michel Forestier.

— Il y aura des petits-fours, des marchands, des célébrités. Auguste Rodin a été convié au *Procope* par un certain Kampers.

— Quoi ! Rodin ? C'est un sculpteur de génie ! J'ai admiré son buste de Puvis de Chavannes, un grand peintre : Rodin a présidé l'an dernier à l'hôtel *Continental* un banquet donné en l'honneur de son soixante-dixième anniversaire, j'ai réussi à m'y faufiler... Je viendrai !

Prétendant s'intéresser à une passante en toilette d'astrakan pressée de grimper dans l'omnibus de la Villette, les deux amis se prirent à rêver. Maurice Laumier enviait le talent de Gauguin, son idole, reparti pour Papeete fuir « l'éternelle lutte contre les imbéciles ». Michel Forestier se voyait recevant commande d'un Balzac en pied et refusant un dîner chez les Daudet ou les Goncourt parce qu'il croulait sous le travail.

Sans qu'aucun des deux ne s'en aperçût, un fiacre ralentit et une manche enjolivée de dentelle se dessina derrière une vitre embuée.

Échanger deux mots avec n'importe qui, il n'en demandait pas plus. Ah, si ! Jouir d'un peu de clarté, au lieu de moisir au sein de ce bain d'encre, ne pas croupir dans un brouillard qui abolissait la durée. Alphonse Ballu eût été inapte à préciser la date de cet enfermement. Comme un estropié qui sans cesse revit la chute responsable de son infirmité, les minutes précédant sa perte de liberté l'obsédaient. On le tuait à petit feu, on s'acharnait gratuitement sur lui pour le plaisir d'assister à son dépérissement. Quel crétin il avait été ! Accorder sa confiance comme ça, tout de go ! Grimper dans ce fiacre pour une destination mystérieuse !

Quand il avait recouvré ses esprits il était assis, adossé à une surface rugueuse et il n'y voyait goutte. Cette saleté de bandeau sur les yeux avait aggravé le sentiment d'impuissance procuré par les cordelettes qui lui entravaient poignets et chevilles. Il avait tendu l'oreille. Combien étaient-ils ? Où étaient-ils ? Il devait risquer le tout pour le tout. Laisser une trace. Son portefeuille ? Ses clés ? Son mouchoir ? Son peigne ? Il avait soulevé ses poignets garrottés, tâté son veston. On l'avait délesté. Un soulier ? Oui, un soulier ! Mais les liens maintenaient ses jambes si serrées qu'il n'avait pu se déchausser. Ils allaient revenir. Ses ravisseurs exigeraient-ils une rançon ? En ce cas, il était fichu. Il avait plié l'échine et écarté son bandeau. Le site s'apparentait à un cloaque parsemé de détritus végétaux. Un bois ? Une décharge ? Paniqué, il avait scruté le sol. Là, sous un buisson, cette tache claire. Vite, vite, agir avant qu'ils… La carte ! Il l'avait sentie contre sa cuisse, piètre bouée de sauvetage ! En se contorsionnant, il avait pu l'extirper entre deux doigts hors de son pantalon, puis il avait sautillé sur les fesses jusqu'à la tache. C'était un livre. Il s'était arrêté, épuisé, et avait étiré ses bras pour conjurer la crampe qui lui mordait les vertèbres. Encore un effort ! Il était parvenu à poser la carte sur une page du livre ouvert et, d'un coup de pied, l'avait enfoui en partie sous un paquet de feuilles mortes. Vite, reprendre sa place initiale, rajuster son bandeau. Il était temps.

On l'avait poussé sans ménagement dans cet endroit dépourvu de fenêtres, humide et nauséabond, où un poêle à sciure dispensait une chaleur intermittente. On le nourrissait deux fois par jour de pain rassis et d'un brouet qu'un chien aurait dédaigné. Dans quelle intention lui rabâcher, sans lui donner l'occasion de riposter, que sa délivrance était imminente, qu'il serait regrettable de désespérer, que dès qu'on aurait mis au point la manière dont on utiliserait ses services on le relâcherait ? Il avait entrevu un moyen de survivre en exagérant l'importance de sa position. Cela suffirait-il à le soustraire à ce cauchemar ?

CHAPITRE VII

Même jour, librairie

Victor broyait du noir. Le départ précipité de Tasha l'avait accablé d'un de ces spleens dont il était coutumier, lui ôtant brusquement confiance en soi et en l'avenir. Il avait enfourché sans entrain sa bicyclette et avait atteint la boutique avec une demi-heure de retard. Le travail constituait un antidote efficace à ces crises de neurasthénie, aussi profita-t-il de l'absence de Joseph pour trier et ranger en paix une tomaison de reliés. Kenji paressait au premier, signe qu'il s'était couché à une heure indue. Victor en devinait le motif, mais préférait feindre l'ignorance.

Sa quiétude fut de courte durée. Un ex-professeur de chimie au Collège de France, voûté et chancelant, trébucha sur le seuil de la librairie. Grâce à sa canne, il reconquit un équilibre précaire, et ce fut en boitillant qu'il infligea sa maigre carcasse auréolée de mèches grises à un Victor abattu.

— Bonjour, monsieur Mendole, ça va bien ?

— Bien ? J'ai failli vivre mon heure ultime quai Malaquais pendant ce stupide ouragan, les tuiles pleuvaient autour de moi, j'avais des cochonneries plein mon chapeau et j'ai cru devenir borgne ! Vous voyez cette balafre près de mon œil droit ? C'est une branche qui m'a dégringolé dessus !

— Il y a beaucoup de dégâts et de besogne pour les couvreurs.

— Nierez-vous que je sois défiguré ? Il y a quand même eu cinq morts et des centaines de blessés ! Les arbres étaient arrachés, des voitures ont été transportées d'une rue à l'autre ! Des platanes qui tournoient comme des toupies, voyagent par les airs et sont projetés chez les gens via les fenêtres, merci ! Sans compter les bateaux des blanchisseuses dont les débris agressaient les parapets. J'étais persuadé que ces phénomènes n'arrivaient que dans les romans de Gustave Aimard[1].

— Preuve est faite qu'ils surviennent également dans ceux de Paul Bourget. Le Dr Encausse[2] augure que les volontés réunies en faisceaux des millions de Parisiens sont susceptibles de produire une tornade, répliqua Victor.

— Ce Papus est un âne ! Mais ce n'est pas pour discuter de lui que je suis ici. Avez-vous enfin mes monographies de Chevreul[3] ?

Victor implora du ciel un secours qui se manifesta sous l'apparence de la concierge de l'immeuble attenant. Mais elle était en proie à un tel courroux qu'il douta d'avoir été exaucé.

— C'est votre faute ! C'est à cause de vous qu'ils se sont rencontrés !

— Bienvenue, madame Ballu. Qui, « ils » ?

Elle mâchonna un bonjour peu amène à l'égard des deux hommes.

1. Romancier français, de son vrai nom Olivier Gloux (1818-1883).
2. Gérard Anaclet Vincent Encausse, dit Papus (1865-1916).
3. Chimiste français (Angers, 1786-Paris, 1889).

— Cette brocanteuse qui appâte mon cousin avec ses médailles militaires, Alexandrine Piote, vous n'allez quand même pas jurer vos grands dieux qu'vous la connaissez pas ? Une poissarde à la tignasse rouge !

Coincé entre M. Mendole, goguenard, et Mme Ballu, outrée, Victor se rencogna contre la cheminée et prit le buste de Molière à témoin de son innocence.

— Ça, c'est un comble ! tonna Micheline Ballu. Alphonse m'a raconté qu'un jour qu'il traînait ses basques à la salle des ventes, vous vous étiez entremis entre cette Piote et lui ! Du coup, elle a pigé qu'il était prêt à se saigner à blanc pour d'la ferblanterie, et elle lui a collé des décorations appartenant au gendre du président Jules Grévy, qui arrondissait ses fins de mois en les négociant sous le manteau !

— Ce fut certes un trafic scandaleux, mais c'est de l'histoire ancienne, constata M. Mendole.

— Votre cousin a largement dépassé l'âge de la dépendance, libre à lui de dépenser son argent à sa guise, rétorqua Victor.

— Les médailles, je parierais qu'elles sont fausses. Mais le pire, c'est que cette femme s'ingénie à l'enjôler.

— Je ne suis pas responsable des incartades de votre cousin. Et puis, comment affirmer qu'ils se fréquentent ?

— Primo, cette Alexandrine Piote a attiré Alphonse en dehors de chez lui avant-hier. Deuzio, il n'est pas retourné dormir dans la pension où il réside. Tertio… je me fie à mon intuition !

Exaspéré, Victor leva les yeux au ciel, sans discerner un Kenji aux paupières gonflées se faufilant de l'escalier à l'arrière-boutique, où il décida de se confiner jusqu'à ce que les fâcheux débarrassent le plancher. Près de lui, l'armoire où il abritait les objets exotiques glanés au cours de ses voyages sollicita son attention. Entre une aiguille de tatouage et une calebasse enrichie de dessins géométriques se dressait un paquet oblong enveloppé de papier de soie. Il le prit et le dépiauta, ému de découvrir une lavallière pervenche à laquelle un mot était fixé par une épingle :

Un rempart contre les frimas, mon aimé.

Bien qu'elle n'eût pas signé, il identifia l'écriture de Djina. Une joie enfantine l'envahit, il enfouit son visage dans le tissu.

— Oh ! J'n'ambitionne pas de rivaliser avec cette Henriette Couedon qui se prétend inspirée par l'archange Gabriel et avait annoncé la tornade, moi j'me contente d'avoir du flair quand il est question des hommes. Tenez, la fois où feu mon Onésime méditait de roucouler avec la bonniche du deuxième qui s'évertuait à l'entortiller quand il sortait les poubelles, j'l'ai consigné deux jours à la maison ! éructa Mme Ballu.

— Qu'attendez-vous de moi ? Que je mette votre cousin au pain sec et à l'eau ?

— Ben déjà, si vous couriez vous informer rue Drouot, c'est votre métier d'acheter des livres…

— Monsieur Legris, vous n'avez pas répondu au sujet des monographies, je suppose qu'il s'en débite, là-bas, hasarda M. Mendole.

— Parfait, puisque j'ai deux bonnes raisons d'y faire un saut, je vous promets de parcourir la salle des ventes cet après-midi, repartit Victor.

Lorsque ses visiteurs l'eurent remercié et se furent esquivés, Kenji se risqua à quitter son refuge, la lavallière autour du cou.

— Et si vous y alliez maintenant ? Je crois que Mélie va nous préparer des cervelles de veau à la Mornay, si je ne me trompe vous en raffolez.

— Mais notre programme stipule…

— La vie est trop courte pour qu'on soit l'esclave du temps, déclara Kenji, désignant la porte à Victor.

Les abords de l'hôtel des ventes grouillaient de tapissières et de camions croulant de commissionnaires savoyards qui s'escrimaient à charrier vers le marteau du commissaire-priseur meubles, œuvres d'art et bouquins.

Victor détestait la cour des Massacres où pullulaient des buffets éventrés ou des outillages d'artisans saisis par la justice. Des ferrailleurs de la rue de Lappe brassaient ces épaves qu'ils se disputaient à prix d'or. Ce lieu servait aussi d'asile aux colis volumineux.

Il gravit des marches et pénétra dans un corridor appelé Mazas ou le Dépotoir. Alexandrine Piote, dite tata Bric-à-brac du fait de sa propension à employer l'onomatopée « taratata », se cachait-elle dans ce pandémonium consacré aux ventes après décès ou faillite ? Sous un lustre à quatre becs de gaz s'amoncelaient des mannequins de couturière, des glaces à l'étamage suspect, des couverts en faux ruolz. Victor pinça les narines, peu désireux de humer l'odeur de ranci et de poussière. Au premier rang d'une étroite pièce, une vingtaine de marchands à touche-touche suivaient les offres, le cou tendu, le gibus pelé. Nulle femme parmi eux.

Victor se résigna à gagner l'étage, fouilla du regard la salle 13 où s'écoulaient des pendules, des faïences, mais surtout des tableaux, puis examina une à une les expositions, gravures, bijoux, cristaux, alignés à l'intérieur de vitrines où s'agglutinaient des experts et des chalands. Les bibliophiles étaient en général des messieurs mûrs à redingote et haut-de-forme munis de lunettes et de rosettes honorifiques. Victor reconnut plusieurs de ses clients, membres de sociétés savantes ou d'académies, et battit en retraite. Le reflux des spectateurs lui apprit qu'une enchère venait de se terminer.

« Si tata Bric-à-brac était là ce matin, j'ai idée de l'endroit où elle s'est rendue », se dit-il, amusé à la pensée qu'Alphonse pût courir la prétentaine avec cette dame, de quinze ans son aînée. Il remonta la rue Chauchat et s'engouffra dans un bistrot tenu par un Aveyronnais aux épais sourcils neigeux. Cinq brocanteurs, dont une femme aux cheveux flamboyants, buvaient des bocks en se livrant à une opération nommée « révision ». Avant la transaction officielle, ils s'étaient mis d'accord sur l'acquisition de quelques lots. Pour qu'ils ne soient pas attribués à un particulier, ils poussaient les enchères au maximum. Découragés, les amateurs se désistaient et l'un des compères emportait alors l'affaire. Pour rattraper la perte d'argent, les rossignols étaient remis en adjudication entre les complices.

Un individu hâve aux paupières papillotantes peina à soulever deux appliques.

— Bronze factice, douze francs. Qui dit mieux ? Moi, Joséphin Grau, j'en propose quatorze. M. Alibert, seize, Mme Piote, dix-sept, je relance à dix-huit cinquante, une fois, deux fois…

Il frappa la table d'une fourchette.

— Adjugé à Joséphin Grau.

— Monsieur Legris ! Joignez-vous donc à nous ! s'exclama Alexandrine Piote. Que je vous dévide les derniers potins. Monsieur est libraire, expliqua-t-elle à l'assemblée. Devinez ce qu'un curé a déniché dans un volume dépareillé de Corneille qu'un de nos collègues venait de chiner et qu'il lui a cédé pour une bouchée de pain ? Un reçu qui a permis à un jeune homme de sa paroisse de se dégager des dettes contractées par son père.

— J'espère que ce prêtre jouira du Paradis, remarqua Victor.

— Un jour, j'ai dégoté un billet de cent francs dans un manuel d'usages mondains, chuchota un vieillard à monocle.

— Alexandrine, j'ai une requête à formuler : auriez-vous des textes de Chevreul ? demanda Victor.

— Le savant mort centenaire ? Possible. Suffit de rentrer à l'écurie et de fourrager les piles de bouquins. Salut tout le monde !

Tata Bric-à-brac était une corpulente quinquagénaire au chignon plus gros qu'une pastèque. Hiver comme été, elle protégeait son échine d'un châle noir au crochet. Bien qu'elle possédât un véritable don pour le commerce et qu'elle ne ratât pas une vente où s'approprier un bibelot hors du commun, elle vivait au jour le jour, car elle ne se privait d'aucun plaisir. Elle louait un logement et un hangar cour de Rohan[1], et depuis trente années y accumulait paperasses et babioles, partant du principe que les merles blancs trouvent toujours preneur. Elle vendait « dans le tas » ses flambeaux émaillés, ses assignats, ses médailles ou toute pacotille susceptible de tenter un jobard.

— Combien cette tocante, tata Bric-à-brac ?

— Elle a appartenu à Napoléon III. Admirez ce cadran au décor ciselé. Elle sonne les heures et les demies. L'empereur l'avait sur lui à Sedan. Pour vous, cent cinquante francs, un cadeau.

— Plutôt mourir !

— En ce cas, mes condoléances.

1. À l'origine cour de Rouen, car elle dépendait jadis de l'ancien hôtel des archevêques de Rouen.

La victime fulminait, suppliait, hésitait et finissait par payer cent francs une montre de gousset en plaqué or qui en avait coûté quinze.

Pendant le trajet en fiacre, luxe dont Alexandrine Piote fut reconnaissante au libraire en raison des rhumatismes qui la tenaillaient, ils devisèrent de choses et d'autres, sans que Victor eût le courage d'aborder un sujet crucial. Devait-il l'interroger sur la conduite d'Alphonse Ballu ? Mais à quel titre ? Il jugea plus prudent de renoncer.

— Vous êtes prévenant, monsieur Legris, une fois encore vous me rendez service. Je vais vous faire une faveur. En prime des livres de Chevreul sur lesquels vous aurez un rabais, vous allez apprécier un spécimen insolite. Je n'ignore rien de votre péché mignon, quand il y a un mystère, vous êtes sur des charbons ardents.

Le fiacre les mena au carrefour de Buci. Ils empruntèrent le passage du Commerce, allée décrépite où prospéraient des basses-cours entre des chaudronneries, des kiosques à journaux et des épiceries. L'entrée en était interdite aux musiciens ambulants. Victor ressentit un soupçon d'inquiétude quand ils atteignirent le numéro 9, où, en 1790, le Dr Guillotin avait expérimenté sur des moutons le couperet de sa machine à décapiter sur une grande échelle. Un serrurier avait installé ses fourneaux dans une tour datant de Philippe-Auguste. Des roues de bicyclettes et des jeux de clés en attente de soins se languissaient vis-à-vis de sa forge rougeoyante.

À mi-hauteur du passage, une ruelle s'ouvrait sur la cour de Rohan. Disloqués et patinés par l'âge, des hôtels des XVIe et XVIIe siècles s'épaulaient les uns les autres. Malgré la pauvreté du lieu, les fenêtres des soupentes arboraient des cages à oiseaux et des bacs, prodigues, au printemps, de giroflées. Un carton avait été cloué sur un figuier chétif :

On recherche des petites mains en vue confection, fleurs et plumes.

Aussi Victor ne fut-il pas surpris de croiser des ouvrières dont la chevelure était saupoudrée de filoches et de brindilles argentées.

Un coin de la cour à double issue était investi par les futailles d'un débit de boissons à la terrasse ombragée de volubilis étiolés. L'extrémité opposée accueillait des cadres vermoulus, des tuyaux de poêle et des ustensiles rouillés.

Le hangar de tata Bric-à-brac, sis au rez-de-chaussée d'une construction de l'époque Louis XIII, était bordé du « pas de mule » utilisé jadis par les docteurs en Sorbonne pour descendre de cheval. Il jouxtait l'atelier d'un menuisier où un chiot batifolait parmi des copeaux fleurant le sapin.

C'était au premier, dans son logement, qu'Alexandrine Piote conservait la récolte qu'elle estimait la plus précieuse et ne soumettait qu'aux clients sérieux. Victor s'était procuré auprès d'elle à plusieurs reprises, sans jamais en contester le montant, des ouvrages épuisés ainsi que des photographies, dont trois clichés de Gustave Le Gray[1].

Si le hangar ressemblait à une porcherie, le deux-pièces reluisait de propreté. Tapissés de cretonne, les murs, le lit et les trois fauteuils évoquaient une maison de poupée. Des pots de résédas et de pensées s'intercalaient entre les trésors entreposés sur des étagères, biscuits ou volumes dorés sur tranches, chacun pourvu d'une étiquette indiquant sa source et son prix. Victor musa devant ces merveilles, déçu de leur

1. Photographe (1820-1884).

banalité quand il les observa avec minutie. Dans l'ensemble, c'était une marchandise de second choix, toutefois, en liquidant ce stock, tata Bric-à-brac aurait pu filer quelques mois en villégiature. Mais elle pressentait que si elle suspendait ses occupations, ne fût-ce qu'un trimestre, son quotidien deviendrait insipide.

— Ce commerce, c'est mon obsession. Le matin, je rabâche : « Tata, c'est aujourd'hui que va t'échoir le mouton à cinq pattes ! » Je triture les antiquailles de la cour des Massacres, j'écume les salles, et parfois je distingue un drôle de truc qui me murmure : « On est faits pour s'entendre, emmène-moi… » Un café, monsieur Legris ?

Elle reparut bientôt avec deux tasses et une soucoupe de loukoums qu'elle plaça sur un guéridon, puis exhiba une blague à tabac et se roula une cigarette en fixant Victor d'un air malicieux. Sans le quitter des yeux, elle actionna la clé d'un bureau, s'empara d'une boîte de Migrainine, remède souverain et unique, et l'entrouvrit.

— Votre main, s'il vous plaît.

Victor s'exécuta, son hôtesse déposa sur sa paume un livre minuscule.

— C'est l'œuvre d'un enfant ? demanda-t-il.

— Étudiez-le mieux que ça.

Cinq bandes de papier avaient été pliées en accordéon et brochées par une couture grossière. Le résultat mesurait cinq centimètres sur quatre. Il était relié de papyrus enjolivé de hiéroglyphes. Le verso de ce carnet provenait en apparence d'une fiche de paie portant une adresse illisible.

— Ça m'intrigue, j'aimerais qu'on m'explique ce que signifient ces formules ! s'écria Alexandrine Piote.

Chaque espace était noirci soit d'additions et de pourcentages, soit de mots latins.

— Elle sent, votre miniature. On jurerait… Depuis quand taquinez-vous le goujon ?

— J'étais là quand on a exhumé ce livre des entrailles d'un poisson, une carpe pour être précise. Comment elle l'a ingurgité, c'est une énigme.

— Y a-t-il longtemps ?

— Le jeudi, je déjeune ponctuellement dans une gargote du quartier de mon enfance, *À la soupente garnie*. La patronne, Adélaïde Lesueur, est une bonne copine. C'était le jour de la tornade. Par chance j'étais déjà rendue et… Sauf votre respect, le reste me regarde.

Perplexe, Victor feuilleta de nouveau le carnet. De même que le dos, les pages avaient été découpées dans des bulletins de salaire. Sur le côté vierge de l'une d'elles, il déchiffra :

RMAT
Fa ri u e pa f s
2, r e l'Arc v
C RE T N

Sur les autres étaient inscrits des nombres à moitié effacés et seulement deux mots complets : *cinnamum* et *murra*. Une phrase épargnée concluait le carnet :

PENTAOUR CREAVIT

— Quel charabia ! Un point est avéré, ces feuillets n'ont aucune valeur, on les a récemment assemblés. Si un poisson s'en est rassasié, rien ne le prouve. Je suppose que personne n'aura envie d'encombrer sa bibliothèque d'un fascicule, si modeste soit-il, empestant l'huile de foie de morue.

— Taratata, monsieur Legris, vous essayez de m'embobiner pour l'obtenir à peu de frais, ce qui n'est pas dans vos habitudes. Mais je refuse de m'en séparer. Ce sera mon porte-bonheur, un placement pour ma vieillesse. Riez si ça vous chante, je suis convaincue que les objets ont plusieurs vies. Ces gribouillis ne datent pas de Mathusalem, néanmoins mon petit doigt m'assure qu'ils ont une origine lointaine, et que celui qui s'est évertué à les transcrire était en possession d'un secret. J'ai lu un conte où il est question d'une carpe qui se repaît d'un anneau magique. Ces caractères… Imaginez qu'ils déclenchent des forces inconnues ?

Pendant le silence qui succéda à ces paroles, les bruits de la cour s'amplifièrent, la chambre s'emplit de rires et d'appels joyeux, et des cris d'un crémier vantant ses fromages et son beurre.

Victor se préoccupa des monographies de Chevreul.

— Il vaut mieux que vous reveniez dans deux ou trois jours, si je ne les ai pas classées ici, c'est qu'elles sont en bas, et si elles sont en bas, ça va exiger du temps et surtout de la veine… À propos du livret, j'espère que vous n'avez pas pris la mouche, monsieur Legris. Je suis aussi curieuse que vous, je souhaiterais clarifier le sens de ce baragouin, d'ailleurs je m'en suis informée auprès de votre ami, le militaire collectionneur de médailles, hélas, il n'a pas été fichu de me renseigner.

— Alphonse Ballu ? Ma concierge le suspecte d'être votre… intime.

Victor s'était exprimé d'un ton flegmatique, mais il jubilait.

« Il était écrit que je débusquerais la vérité, après tout. »

— Taratata ! Cette courge ? Sec comme un écouvillon, astiqué comme une crosse de fusil, anguleux comme un plan de redoute ! Rond-de-cuir au ministère de la Guerre, mon idéal ! Moi qui vénère les aventuriers athlétiques ! Vous plaisantez, je présume. De toute façon, je me prive dorénavant de la bagatelle. Les hommes, ça n'attire que des contrariétés.

— Certains renvoient le compliment aux femmes... Serait-ce me conduire en tracassier masculin si je vous priais de m'autoriser à noter ce que recèle le carnet ?

— Au contraire, monsieur Legris ! Ne me confondez pas avec ces finaudes qui, sans conteste, vous tournicotent autour. Je vous estime, et j'ai confiance en vous. Ah, si j'avais trois ou quatre ans de moins...

Soucieux de couper court aux avances de tata Bric-à-brac, Victor, qui n'attachait pas d'importance à cette suite de mots et de numéros, les recopia dans son calepin, sûr qu'ils provoqueraient l'émoi de Joseph.

Avant de se soustraire à la brocanteuse, il insista pour se laver les mains, imprégnées d'un aigre fumet.

CHAPITRE VIII

16 septembre

La Butte-aux-Cailles émergeait de sa torpeur. Jean-Pierre Verberin s'engagea dans une rue sans trottoirs, aux pavés déboîtés entre lesquels ruisselait une lie nauséabonde. De loin en loin, accrochée à une potence saillant d'un mur, la lanterne d'un bec de gaz hébergeait une lueur vacillante. Lcs habitations, rapetassées de pièces de zinc, menaçaient de choir sur les passants. Une femme vida un seau hygiénique devant une maison dont les fenêtres avaient été blanchies à la céruse. Des portes claquèrent, des bébés vagirent, un coq fanfaronna sur un cageot. Rue Barrault, des marchands de poussier et des manœuvres s'égaillaient en proférant des obscénités.

Des immeubles se substituèrent aux masures. À présent les réverbères fleurissaient à même le trottoir. Des cheminées d'usine expiraient leurs fumées grises. Des voitures de laitiers, lancées dans une course sauvage, secouaient leur quincaillerie. Une porteuse de pain traînait sa charrette.

Des boutiques éclairées au pétrole. Le ferraillement d'un omnibus. Un boulevard. Quel boulevard ?

— Celui d'Italie, martela un ouvrier issu du flot des travailleurs qui sillonnaient le quartier avec à la main des outils et des paniers contenant leur déjeuner.

Jean-Pierre Verberin touchait au but. Bien qu'il répugnât à s'aventurer hors de son fief, il s'était résigné à cette expédition rue Corvisart. Il déplorait d'avoir fait faux bond à Bringolo et tenait à se disculper. La lettre confiée à Charlot dans laquelle il lui donnait les raisons de sa défection et le conviait à déguster un haricot de mouton le dimanche, porte de Brancion, ne lui était jamais parvenue, le gamin ne l'avait pas trouvé au gîte.

Jean-Pierre Verberin n'eut aucune difficulté à repérer la jungle dépeinte par Bringolo. De hauts murs en interdisaient l'accès. Il hésita. Les franchir équivaudrait à violer une propriété privée, de toute façon ses douleurs lombaires rendaient l'escalade impraticable. Quelques minutes lui furent nécessaires avant qu'il n'avisât l'orifice qui débouchait sur un fouillis végétal nappé de brume. Courbé en deux, il se hasarda dans l'herbe.

Il progressait avec prudence, se retenait aux branches griffues, évitait les racines. Il trébucha sur des déclivités ou des marches glissantes. Au bord d'une mare il piétina une berge boueuse et s'étala à plat ventre.

Avec force imprécations, il se remit debout. Son pantalon trempé se plaquait à ses cuisses, le froid s'infiltrait sous ses vêtements, il souffrait des reins, mais il ne pouvait repartir sans s'être excusé auprès de Bringolo. Il continua donc.

Comme il s'enfonçait sous les boqueteaux, il se sentit mal à l'aise. On l'observait. Il fit volte-face. Personne. Il discerna la statue lézardée d'une femme.

Au centre du bassin un piédestal supportait un fardeau imprécis et… là-bas, cet amoncellement de pierraille et d'abattis, le palais de Bringolo ?

Jean-Pierre Verberin se dirigea vers la cahute tel un naufragé nageant en direction d'un radeau. Enfin, il allait se réchauffer, boire un café, subir des jurons affectueux.

Quelle ne fut pas sa déception de découvrir une cabane à l'abandon jonchée de détritus ! S'était-il fourvoyé ? Pourtant, le paysage et la statue décrits par le chemineau étaient conformes à ceux qu'il venait d'examiner. Sans doute l'aube abusait-elle ses sens. Il se souvint que Bringolo avait mentionné une demeure inoccupée aux alentours du boulevard d'Italie et de la rue Corvisart.

Il rebroussa chemin, enjamba une souche. Un élancement douloureux le fit gémir tandis qu'il se frayait un passage entre des arbustes déracinés.

Il ne s'attarda guère près du couple de lions postés en faction à l'entrée. À l'opposé, le logis bas sur pattes troué d'une porte rafistolée était à coup sûr le nid où s'abritait le vagabond.

— Oui, c'est ça, après l'orage, il aura déménagé.

La porte résista à sa pression, un cadenas la bloquait. Ses efforts furent inefficaces. En l'absence du maître des lieux, son antre était préservé de toute intrusion.

Il appela. Rien.

Désemparé, Jean-Pierre Verberin recula afin de contempler la totalité de la construction. Il buta contre un obstacle. Les paupières plissées, il scruta le point où il venait d'achopper et distingua un rectangle clair à demi enfoui sous des feuilles mortes.

C'était un livre ouvert posé en accent circonflexe. Il le retourna entre ses mains, déchiffra le titre à demi effacé : *La Chanson des gueux*, de Jean Richepin.

— C'est le bouquin de Bringolo !

Sur l'une des pages, la carte-réclame d'un salon de coiffure était collée par l'humidité. Une poésie, *Idylle sanglante*, disparaissait sous des empreintes de doigts.

— On dirait... On dirait de la confiture... ou... Du sang séché ? souffla Jean-Pierre Verberin.

Il frissonna. L'intuition lui vint qu'il était peut-être arrivé des ennuis à son ami. Partagé entre l'envie de fuir et celle d'en apprendre davantage, il décida de ratisser les abords de la maison. À travers une brèche entre deux pans de mur éboulés, une étroite tranchée menait aux lions de pierre. Il la suivit. Son talon dérapa, il se rattrapa in extremis et étudia le sol. Là, à ses pieds, un petit canif à une lame.

— Oh, mon Dieu ! Ce cœur gravé sur le manche, c'est le canif de Bringolo !

Jean-Pierre Verberin flancha dans un mouvement de panique et coula des regards apeurés autour de lui.

« Fiche le camp ! »

Accomplissant comme à l'accoutumée une tâche intempestive, Euphrosine Pignot nettoyait au beau milieu de la matinée la devanture de la librairie Elzévir.

— Déjà que la lumière est en deuil, si en plus les vitres sont encrassées, pas moyen d'allécher les chalands, grommelait-elle tandis que son éponge dégorgeait une écume abondante.

— Ben là, le problème est réglé, rideau ! railla Micheline Ballu, alourdie de cabas. N'empêche, vous êtes dévouée, souligna-t-elle, désireuse d'atténuer sa critique.

— Normal de se décarcasser dans l'intérêt des siens.

— Il n'a pas votre serviabilité, m'sieu Legris. Il me déçoit.

— Ça, c'est de l'ingratitude. Grâce à lui, vous gardez votre loge et il vous laisse la jouissance d'une chambre de bonne !

— Exact, mais c'était rapport à mon cousin, volatilisé. J'en ai l'estomac révulsé. J'ai supplié m'sieu Victor d'enquêter, macache, il s'en fout !

— Et s'il était en mission confidentielle, votre Alphonse ? L'armée, c'est la grande muette, serments clandestins et chinoiseries, y a des consignes, surtout après cet imbroglio.

— Lequel ? Vous manquez d'clarté !

— C'était une allusion à ce présumé espion, Alfred Dreyfus.

— Pourquoi présumé ? Mon cousin certifie qu'il est coupable de haute trahison et qu'il mérite pire que sa dégradation et sa déportation au diable.

— À l'île du Diable, madame Ballu. Justement, M. Legris et M. Mori en ont causé hier soir, suite à la publication dans *L'Éclair* d'un article qui traîne ce Dreyfus dans la boue, et signale aussi un document secret, une lettre codée que l'attaché militaire d'Allemagne a expédiée en Italie, avec cette phrase : « Décidément, cet animal de Dreyfus devient trop exigeant. » Y a du louche, en a déduit le père de ma bru.

— Y a rien d'louche à constituer dans l'ombre un ensemble de pièces accablantes.

— Si, parce que le journal garantit que la lettre a été communiquée aux juges seuls, dans la salle des délibérations du Conseil de guerre, et donc camouflée à la défense. Alors, de là à supposer que ce dossier a été fabriqué… Enfin, c'est M. Legris et M. Mori qui l'envisagent, hein. L'embêtant, c'est qu'mon Joseph, revenu de livraison au moment de leur conversation, reproduit maintenant leurs propos à la façon d'un perroquet, et que, dès que j'lui préconise la prudence, il m'envoie promener.

Elle tordit son éponge au-dessus d'un seau empli d'une eau brouillée.

— Réflexion faite, la réaction de votre fils est naturelle, puisque la femme et la belle-mère de m'sieu Legris lui sont apparentées. Difficile de renier sa famille…

L'éponge avec laquelle Euphrosine se disposait à laver les vitrines se pétrifia près d'un meneau.

— Mon Joseph, il est charentais de mon côté, et du côté de son père, si on remonte aux bisaïeux, il est hollandais, de la Groningue précisément. Ça vous défrise ?

— Ne l'prenez pas sur ce ton ! Mme Tasha et sa maman, elles ont les mêmes origines que Dreyfus, non ?

— Mme Legris est française depuis son mariage, Mme Kherson est russe, et Alfred Dreyfus est alsacien. Vous avez quelque chose contre les Russes et les Alsaciens ?

Micheline Ballu exhala un soupir indigné.

— Ma parole, vous êtes obtuse, à moins que vous ne vous amusiez à « bisque, bisque, rage » ! C'est des étrangères, elles sont juives, et Dreyfus aussi, point final.

Euphrosine s'approcha d'elle à lui souffler dans la figure. Plus large que son amie, elle la dominait d'une tête. Micheline Ballu se recroquevilla.

— À ce compte, ma petite Daphné aussi est une étrangère, puisque ma bru est anglo-japonaise ! Une paria ! La chair de ma chair ! J'enseignerai à ceux qui essaieront de lui nuire de quel bois j'me chauffe, premier avertissement. En attendant, j'vous laisse une deuxième chance d'vous amender.

— Mais je n'la menaçais pas, ni elle ni personne, tout c'que je constatais c'était…

— C'était de mauvais aloi, madame Ballu.

Les deux femmes firent un saut de carpe, déconcertées par la voix de Joseph.

— Reste calme, mon minet, la langue de Micheline lui a fourché.

— Je conserve sur moi le papier d'Émile Zola paru dans *Le Figaro* du 16 mai. Vous méritez bien que je vous en lise un extrait, enchaîna Joseph :

> « Nous en sommes à détruire les frontières, à rêver la communauté des peuples […], à nous sentir tous frères par la douleur, à vouloir tous nous sauver de la misère de vivre en élevant un autel unique à la pitié humaine ! Et il y a là une poignée de fous, d'imbéciles ou d'habiles, qui nous crient chaque matin : “Tuons les Juifs, mangeons les Juifs, massacrons, exterminons, retournons aux bûchers et aux dragonnades !” »

Joseph s'était exprimé avec passion, d'une inflexion si vibrante que des quidams ralentirent le pas, aux aguets. Un galet froid obstrua la gorge de sa mère. Quant à Mme Ballu, elle eût souhaité être transportée chez elle.

Satisfait, Joseph replia la coupure.

— Maman, je t'implore de rincer ta mousse, on se croirait dans une lessiveuse à l'intérieur ! Oh ! Bonjour, madame de Réauville, je ne vous avais pas remarquée. Je vous tiens la porte ?

À travers son face-à-main, l'ex-Mme de Brix les examinait tour à tour avec l'expression d'une châtelaine confrontée à trois gredins. Le dialogue qu'elle avait surpris était édifiant. La raideur affectant son visage, crispé par l'hémiplégie, s'accentua. Son époux le colonel le lui avait seriné : ceux qui oseraient, en dépit des preuves les plus évidentes, controverser la félonie du capitaine Dreyfus, s'avéreraient des ennemis de la France. Elle pinça les lèvres et, renonçant à commander *Cœur déçu*, d'Édouard Delpit, poursuivit sa route sans répondre à l'invitation de Joseph, qui bougonna :

— Le temps est à l'orage, ça détraque les nerfs.

— Mon minet, pardonne à Micheline, elle est sans nouvelles de son cousin, c'est inexplicable, ça la tarabuste. Elle aimerait tant que M. Legris vienne à son secours et aille fureter chez une certaine créature qui se consacre au commerce des antiquités…

— Il a quel âge, Alphonse ?

— Trente-quatre ans, répliqua la concierge.

— En ce cas, il est responsable de ses actes. S'il l'avait jugé capital, il vous aurait envoyé un mot d'excuse. Bon, rassurez-vous, j'en aviserai Victor dès qu'il daignera nous combler de sa présence, il est très en retard.

— Attention ! V'là la Primolin, toujours l'oreille qui traîne, celle-là… Bonjour, madame Primolin, votre lumbago, ça va mieux ? s'enquit avec suavité Mme Ballu.

Juché sur sa bicyclette, Victor pédalait à vive allure. Rien ne lui importait, sinon de fuir. Fuir son quotidien, ses craintes, ses contraintes, sa propre personnalité, et même son amour envers Tasha, entaché de jalousie. Le vent de la célérité le purifiait, le changeait en un être neuf.

Il accéléra sur le quai Malaquais, dans l'espoir de rattraper le temps gaspillé à réparer le pneumatique percé d'une de ses roues. Joseph allait l'accuser de délaisser son travail. Aurait-il tort ? Si le goût des livres anciens perdurait en lui, il était concurrencé par celui de la photographie et, plus récemment, des images animées. Il effleura le portefeuille où il avait rangé le billet de la projection à laquelle il avait assisté la veille, juste avant de se rendre rue des Saints-Pères en fin d'après-midi. La première salle dédiée à cette technique novatrice, à Paris, 6, boulevard Saint-Denis ! Sur le carton étaient imprimés ces mots magiques :

CINÉMATOGRAPHE DE MRS LUMIÈRE FRÈRES
Carte d'entrée
Les séances ont lieu tous les jours et les dimanches
et fêtes de 2 h à 6 h et de 8 h 1/2 à 10 h 1/2.

L'argument des films était très simple, que ce fût le repas d'un bébé, une partie de cartes ou la démolition d'un mur qui, ô miracle, se reconstruisait à peine abattu. Victor avait été fasciné par ce « truc[1] » et par de nombreux effets, en particulier la fumée au cours d'une scène où figuraient des forgerons. Et il redoublait d'allégresse en songeant que Georges Méliès s'était engagé à lui projeter au théâtre Robert-Houdin les séquences qu'il avait tournées dans sa propriété de Montreuil et, durant l'été, en Normandie, à l'aide de son kinetograph.

Ce fut en sifflotant des mesures de *La Habanera* d'Emmanuel Chabrier qu'il accosta la librairie. Euphrosine Pignot et Micheline Ballu s'étaient éloignées, l'une préférant son filet à provisions à son éponge, l'autre obligée de cirer ses escaliers. Lorsqu'il eut garé son vélo dans l'arrière-boutique, Victor affronta un Jojo résigné, flanqué de l'ex-chimiste au

1. Attribué sans certitude à l'opérateur Félix Mesguich.

Collège de France. Il parlementa brièvement avec un étudiant de l'École des ponts et chaussées en quête de livres d'architecture. Il lui certifia être dans l'incapacité de se les procurer afin de s'en débarrasser.

— Je suis aise de vous voir ensemble, vous Joseph, je n'ai pas eu le temps de vous soumettre hier soir des notes qui vont vous intriguer, et vous, monsieur Mendole, parce que j'ai des questions à vous poser à leur sujet.

— Concernent-elles mes monographies de Chevreul ?

— Non, je les ai recopiées d'après un document détenu par une marchande assurée de me fournir ce que vous convoitez. M. Mori est à l'étage ?

— Il explore les boîtes des bouquinistes à l'affût d'incunables, rétorqua Joseph.

Victor, que l'absence de Kenji soulageait, exhiba son calepin, expliquant aux deux hommes ahuris que ce jargon était rédigé sur un livre miniature avalé par un poisson.

— Ça n'a pas de sens, marmotta Joseph.

— Vous permettez ? demanda M. Mendole, lui arrachant le carnet des mains et ajustant son lorgnon. *Cinnamum, murra*, facile. *…nyx, us, ardu, oes*, on pourrait en déduire, dans ce contexte, qu'il s'agit d'*onyx*, de *tus*, *nardus* et *aloe*, grogna-t-il.

— Que signifient ces mots ?

— Cela va de soi, monsieur Legris, c'est du latin : l'onyx, l'encens, le nard et l'aloès sont, tout comme le cinnamome et la myrrhe, des substances aromatiques entrant dans la composition d'une solution quelconque, un médicament par exemple. Les chiffres… Difficile à comprendre, sans doute des dosages.

— Et Pentaour *creavit* ?

— Pentaour est probablement un nom propre, de consonance égyptienne peut-être. *Creavit* est la troisième personne du singulier du verbe *creo*, *creare*, au parfait de l'indicatif, ce qui revient à « Pentaour a créé » ou « Pentaour l'a créé ».

— Et ce C RE T N ? Une abréviation de crétin ? Je plaisante, cher beau-frère, une adresse, ce « 2, r e » l'atteste, 2, rue de… l'Arc-de-la-Victoire ? Et encore plus haut, R MA T… Je donne ma langue au chat !

— Vous déclarez forfait, Joseph ? Je sais que les cryptogrammes sont un de vos passe-temps favoris.

— D'accord, à condition que vous me prêtiez ce précieux document.

Victor s'exécuta à contrecœur. Pourvu qu'il n'ait rien consigné de compromettant dans son calepin !

— Je vous sais gré de votre collaboration, monsieur Mendole.

— Broutille, en échange foncez dare-dare chez cette dame, dont j'ignore l'identité.

— Alexandrine Piote, dite tata Bric-à…

— C'est celle que m'a citée maman ! s'écria Joseph. Elle prétend que Micheline Ballu a des raisons de soupçonner son cousin d'avoir transporté ses pénates chez elle. C'est pas que ça soit ses oignons, mais quand elle est bilieuse, elle devient infernale. Les horreurs qu'elle débitait tout à l'heure sur le trottoir !

— Je préfère autant ne pas gâter cette journée, le ciel s'est éclairci, et puisque vous m'en priez, je vais en profiter pour me rendre chez Mme Piote. Si dame fortune est avec moi, je la surprendrai à son logis, cour de Rohan.

— Je file, dit M. Mendole, on m'attend au Collège de France. Je compte sur vous.

La sonnette tinta, Joseph leva les yeux au ciel.

— Lui et son Chevreul ! Et vous ! C'est inouï ! Vous n'êtes pas là depuis cinq minutes que vous vous débinez ! s'exclama Joseph, agacé.

— Voyons, n'est-ce pas vous qui avez sollicité mon intervention ? J'appréhende une deuxième crevaison, veillez sur ma bicyclette, j'en ai pour une vingtaine de minutes à pied.

— Donnant, donnant. Il y a une suite à votre histoire de fleur ? J'ai raconté le début à Daphné et elle s'endort aussi sec. Je brûle de savoir comment ça finit.

— J'ai oublié la trame.

— C'est une fleur moche qui est allée saluer le soleil.

Victor, exaspéré, eut une pensée fraternelle pour Shéhérazade.

— Eh bien… Quand la fleur moche redescendit, elle était d'une beauté à couper le souffle ! Les abeilles se jetaient sur elle en vrombissant *Bzzz-bzzz-bzzz*. Les papillons, attirés par son parfum, montaient à l'assaut avec de grands *Floup-floup-floup*… Euh… Joseph, c'est ridicule, vous tenez vraiment à…

— Oui, vraiment, c'est vital, moi aussi il faut que je dorme, vous comprenez ? Si je manque de sommeil je ne vous serai d'aucune utilité. Et, pour un motif qui m'échappe, votre conte opère mieux qu'un soporifique.

— Je vous remercie.

— Y a pas de quoi, c'est la pure vérité. Donc, la fleur moche était folle de bonheur…

— Au début, parce que après quelques jours elle devint consciente qu'avec toutes ces visites, elle n'avait plus une minute à elle. Et c'étaient des *bzzz-bzzz-bzzz*, des *floup-floup-floup*, et *bzzz* et *floup* et *bzzz* et *floup*, un bruit infernal… Profitant d'une bouffée de vent pour se courber vers un brin d'herbe chétif elle lui demanda : « Dis donc, toi, comment fais-tu pour être si petit ? — Moi, c'est simple, je suis ami avec la lune. » Bon, vous êtes satisfait, Joseph ?

— C'est une histoire sans fin.

— Vous n'avez qu'à en inventer une, je vous passe le relais.

Victor s'attarda passage du Commerce. En face du numéro 8 la veuve de Brissot avait, en 1794, aménagé un cabinet de lecture, contenant les livres de jurisprudence du girondin guillotiné. Elle résidait avec son enfant sous la vigilance d'un gendarme. Non loin de là, un an plus tôt, Marat corrigeait les épreuves de *L'Ami du peuple*. Cette période terrible paraissait très proche à Victor. Il s'imaginait qu'on allait le condamner pour la vente illicite de pamphlets interdits.

La réalité de son époque reprit ses droits cour de Rohan, sous les jardins surélevés d'un pensionnat d'où pendaient des branches de marronnier. Au fond d'une écurie, quelques chevaux mâchaient leur foin près des voitures vides de maraîchers.

D'un hangar aux battants entrebâillés bondirent en file indienne plusieurs chatons tigrés, suivis de leur mère.

« Une aubaine, je n'aurai pas besoin de courir rue Drouot », se dit Victor, sûr de harponner la revendeuse.

Il distingua d'abord les objets disparates. Puis son regard s'accoutuma à la pénombre zébrée de deux ou trois rais de soleil qui révélaient la maquette d'un trois-mâts aux filins poussiéreux, une amphore grecque privée de son anse, une loutre empaillée ou des fleurs artificielles sous globe.

— Tata Bric-à-brac ? articula-t-il, troublé par sa propre voix.

Des fantômes erraient parmi les vieilleries, prêts à l'encercler et à le charger de fers avant de le plonger dans une geôle où il croupirait jusqu'à son trépas.

Oppressé, il déguerpit et se calma au spectacle des chats faméliques étendus à côté de larges bornes de pierre patinée. La main en visière, il se démancha le cou, mais les vitres du premier étaient masquées et il ne discerna qu'une rangée de géraniums pâlichons.

Il frappa chez Alexandrine Piote, puis, n'obtenant pas de réponse, tourna le loquet. Il buta sur un repose-pied et l'expédia contre une plinthe. Un souvenir désagréable s'imposa soudain, l'emplissant de culpabilité. Il avait six ans, il s'était éveillé au milieu de la nuit, poursuivi par un loup. Il s'était rué jusqu'à la chambre de ses parents et s'y était engouffré, se cognant à la desserte où sa mère disposait chaque soir un nécessaire de toilette en Limoges. Fracas, cris, courroux de Monsieur son père. Paralysé, Victor avait attendu que la flamme d'une bougie dessinât une aiguille jaune auprès du lit et que la poigne paternelle agrippât son épaule.

Un courant d'air agitait les rideaux voilant les fenêtres entrouvertes. Sur les étagères, le clair-obscur déformait la bimbeloterie et les cartonnages en grotesques antiques. Une enveloppe voleta vers le parquet. Victor la ramassa, et, se redressant, tressaillit à la vue d'une silhouette accotée à un bahut.

— Vous êtes là ! À quoi jouez-vous ? Vous ne m'avez pas entendu toquer à votre porte ?

Tata Bric-à-brac pivota lentement vers Victor, qui lui sourit, heureux de cette présence grâce à laquelle le décor s'affranchissait de son étrangeté. Son sourire s'effaça. La position de la marchande était dépourvue de naturel, on eût dit qu'elle était ballottée au gré de la brise.

— Je suis venu pour les Che…

La femme se déplaçait bel et bien. Ses jambes oscillaient à cinq centimètres du sol et, au-dessus de son visage violacé, une corde grimpait à l'assaut de la poutre maîtresse.

CHAPITRE IX

Après-midi du même jour

En cette journée d'automne, les couloirs de la Préfecture semblaient plus lugubres, plus crasseux encore qu'à l'ordinaire.

Augustin Valmy gravissait lestement les escaliers de la police judiciaire qui conduisaient à son bureau. Autrefois territoire de l'inspecteur Lecacheur, c'était un local miteux au papier beige constellé de rectangles marron qui lui mettait les nerfs à vif. Seul avantage : un évier installé sous une glace tavelée.

Il longeait le corridor vert pâle, impatient de se laver les mains, lorsqu'il s'entendit héler par le planton.

— Monsieur l'inspecteur, ordre du patron. Vous devez rejoindre d'urgence la cour de Rohan. Le commissaire Pérot, du VIe arrondissement, a reçu un appel téléphonique : un quidam a découvert une femme morte au numéro 12. Le commissaire Pérot a fait un saut sur les lieux et a constaté les faits. Il a délégué ses deux agents Chavagnac et Gerbecourt, ils surveillent le périmètre, mais le patron tient absolument à ce que ce soit vous qui meniez l'enquête.

— Raoul Pérot est assermenté, le VIe, c'est son fief, non ? Je suis débordé, mes dossiers s'accumulent. Ma présence est-elle indispensable ?

— Moi, je vous transmets la consigne. Le patron a précisé que le quidam qui a donné l'alerte est un certain Victor Legris, bien connu de nos services, et que ce problème requérait de la diplomatie.

Augustin Valmy n'en revenait pas. Quand, neuf mois plus tôt, il avait recueilli les instructions de l'inspecteur Aristide Lecacheur, celui-ci, après des considérations générales sur les situations auxquelles son remplaçant serait confronté, avait cité Victor Legris. Cet individu, libraire de son état, montrait une fâcheuse propension à marcher sur les brisées de la police. Non content de piétiner des plates-bandes interdites, il commettait des bévues qui, en toute logique, eussent dû provoquer des catastrophes. Mais, secondé par son beau-frère ou par des comparses, et favorisé d'une chance insolente, il épinglait les assassins avec autant d'aisance qu'un tireur d'élite percute le centre de la cible.

Brillant limier de seulement trente-sept ans, gandin flegmatique et incrédule, Augustin Valmy avait réprimé un haussement d'épaules lors de cette diatribe contre un civil qu'il se jurait en lui-même de neutraliser à la moindre peccadille. Et voilà qu'en ce mercredi le sieur Legris avertissait la Préfecture ! Une mort suspecte était survenue cour de Rohan, et, incroyable hasard, ce satané libraire lanternait sur place.

Augustin Valmy intima au cocher d'accélérer. Il avait la sensation d'avoir omis quelque chose. Ses mains ! Il était sur le point de les savonner quand on l'avait prévenu. La précipitation du départ l'avait privé de ce rituel, il se sentait sale. Il déploya son mouchoir et s'essuya les doigts avec un soin méticuleux. Puis, grâce à un miroir de poche, il étudia ses traits et les revers de son manteau, soucieux de retracer de son peigne la raie séparant ses cheveux raides et bruns et d'effacer les plis sur ses manches de vigogne.

— Vous n'avez bougé aucun meuble ?

Mal remis de son émotion, Victor secoua la tête. À la suite de son coup de téléphone aux autorités, il avait ingéré deux verres de cognac dans un débit de boissons, puis s'était posté près du hangar de tata Bric-à-brac jusqu'à l'apparition du commissaire Raoul Pérot, un ami de longue date[1]. Hélas, ce dernier avait été évincé de l'enquête au profit du successeur d'Aristide Lecacheur, un type au patronyme de bataille révolutionnaire qui devait avoir avalé un balai.

— Reprenons depuis le commencement, monsieur Legris. Aviez-vous rendez-vous avec Mme Piote ?

Sous ses gants de suède, Augustin Valmy éprouvait des picotements presque douloureux. L'interrogatoire d'un accusé avait le don de l'exciter, toutefois tutoyer la mort le dotait d'un besoin accru de propreté. Sans ce libraire, il n'eût pas hésité à visiter l'appartement afin de tremper enfin ses mains dans de l'eau fraîche.

— Combien de fois allez-vous m'infliger cette question ? Une affaire fortuite m'a amené dans ce quartier, Mme Piote m'avait réservé des volumes qu'une de mes pratiques désire acquérir, alors…

— Avouez que c'est une curieuse coïncidence, surtout quand on est au courant de votre violon d'Ingres. Vous êtes féru d'investigations criminelles, aussi est-il normal que je m'étonne de l'opportunité de votre

1. Voir *Le Secret des Enfants-Rouges*, 10/18, n° 3682.

présence sur les lieux de ce qui pourrait être un meurtre.

— Ou un suicide.

— Je vous accorde que ce petit banc suggère une telle éventualité. Ce qui m'intrigue, c'est qu'il soit si éloigné de la femme. Mais elle a pu l'envoyer valdinguer quand le nœud s'est resserré. Puisque vous m'affirmez ne pas avoir déplacé quoi que ce soit…

Victor évita les yeux bleu ardoise rivés sur lui et considéra les trois fauteuils, le guéridon, le lit, les rayonnages, conscient que derrière lui se balançait toujours tata Bric-à-brac. Par mesure de prudence, il aimait mieux tenir secrète sa collision avec le repose-pied. L'inspecteur avait tiré les rideaux et, baignée d'une lumière froide, la cretonne rouge et jaune adoptait une apparence agressive.

— Mais pourquoi ? La dernière fois que je me suis entretenu avec elle, elle était gaie, satisfaite de son train-train et de ses achats.

— Monsieur Legris, il serait préférable que Mme Piote se soit pendue elle-même, parce que si quelqu'un l'a condamnée à la strangulation, je redoute que vous ne soyez le principal suspect.

— Vous n'avez aucune preuve contre moi ! Je suis arrivé ici vers onze heures, mon beau-frère et un de mes clients témoigneront que je travaillais dans ma librairie une demi-heure plus tôt. Or Mme Piote était rigide et glacée quand je l'ai découverte.

— Souhaitons très fort que le médecin légiste confirme votre thèse et certifie que le décès est antérieur à votre arrivée sur les lieux. Mais un détail me taquine : où étiez-vous avant de rejoindre votre associé ?

— J'ai quitté mon domicile et mon épouse, auprès de qui j'ai passé la nuit, à huit heures trente, mais un des pneus de ma bicyclette a crevé et j'ai dû m'en occuper.

— Vous a-t-on remarqué ?

— Comment le saurais-je ? Interrogez les centaines de pékins qui foulaient le boulevard des Capucines !

— Que faisiez-vous boulevard des Capucines ? C'est sur la rive droite, or, ici nous sommes rive gauche, à deux pas de votre librairie.

— J'habite rue Fontaine.

— Donc vous avez quitté la rue Fontaine à vélo, vous avez crevé et vous vous êtes présenté à la librairie en fin de matinée. Ensuite, vous avez couvert à pied la distance entre la rue des Saints-Pères et la cour de Rohan, quelle heure était-il ?

— Je vous l'ai dit, onze heures, onze heures cinq, je ne vis pas suspendu à ma montre !

— Et il vous a fallu deux heures pour venir à bout de votre pneu ? Je vous sens nerveux, monsieur Legris. La nervosité indique parfois qu'on a des reproches à se faire.

— Vos déductions sont erronées, je m'excuse.

— Qui s'excuse s'inculpe.

— Je me tairai tant que le légiste et vos collègues ne se seront pas attelés à la tâche.

— Courage, ils seront là d'un instant à l'autre, je suis persuadé que ce malentendu sera dissipé d'ici ce soir. Qu'y a-t-il dans la seconde pièce ?

— C'est une cuisine qui sert également de salle à manger.

— Je vais y jeter un coup d'œil. À tout de suite, monsieur Legris.

Pendant que l'inspecteur Valmy furetait à la recherche d'un récipient et d'un robinet, Victor frôla, fripée au fond de sa poche, l'enveloppe cueillie sur le plancher. Il avait lu et relu au café le feuillet qu'elle renfermait, et les questions se bousculaient en lui. Pourquoi Alexandrine Piote s'était-elle déterminée à léguer ses biens à une vague relation commerciale ? Ce testament olographe suffirait-il à démontrer qu'elle s'était tuée ?

Ceci est mon testament :

Je soussignée Alexandrine Piote, brocanteuse, domiciliée à Paris, 12 cour de Rohan, donne et lègue à M. Victor Legris, libraire rue des Saints-Pères, tous mes biens, ceux de mon logement, ceux de mon magasin et ceux de mon hangar.

Fait et écrit entièrement de ma main, à Paris, le 2 février 1896.

Il hésita. S'il gardait cette lettre par-devers lui, et que l'inspecteur soit ensuite informé de la succession, il risquait d'être incarcéré. Mieux valait la coincer entre deux livres dans l'espoir que les policiers en auraient connaissance le plus tard possible. Mais Victor ne se berçait d'aucune illusion : quand des limiers sont à l'œuvre, ils déterrent forcément des os. Ce papier le désignerait-il comme un assassin en le chargeant d'un mobile ?

Augustin Valmy ôta ses gants et plongea avec délectation ses mains au milieu d'une cuvette où trempaient des haricots blancs. Le contact de ces graines lui remémora celui des galets qui roulaient sous ses pieds nus un lointain après-midi où il barbotait dans le Guil, près de la maison de ses parents. La nostalgie le submergea. Reverrait-il les Alpes ? Se serait-il exilé de ses chères montagnes si, en ce dimanche de sa dixième année, il ne s'était figé face à la jeune fille couchée dans le torrent, un poignard planté entre les omoplates ? Son premier cadavre.

Il prospecta la cuisine et avisa un torchon nid-d'abeilles accroché à la crémone de la fenêtre. Il allait s'en saisir et s'immobilisa. Il se sécha avec son mouchoir, s'empara délicatement du torchon et le fourra dans un sac en papier extrait de son manteau.

— Vas-tu cesser de m'apporter des souris à moitié dévorées ? Tes trophées de chasse, voilà leur sépulture !

Furieuse, Tasha lâcha la queue de l'animal au-dessus de la poubelle, qu'elle scella aussitôt de son couvercle. Kochka eut beau réclamer le rongeur avec véhémence, Tasha refusa de céder et boucla la chatte dans la cuisine après s'être lavé les mains. Puis elle troqua sa blouse contre un corsage à col droit noir et une jupe de velours bleu, tenue austère dont un bouillonné autour des poignets constituait la seule fioriture. Elle souhaitait dissuader Maurice Laumier s'il renouvelait ses avances. Quant à *l'autre*... Pourvu qu'il la laissât en paix !

Le matin, Victor avait regretté de ne pouvoir se rendre au café *Procope* avant la fermeture de la librairie. Mais il avait suggéré :

— Je devine ton envie de me devancer, vas-y dès que tu seras prête, tu rencontreras des amis et tu t'épanouiras dans cette atmosphère artistique.

Tout attendrie, elle caressa la bague sertie d'une aigue-marine qu'elle portait en permanence depuis qu'il la lui avait remise un soir d'été. Munie d'une paire de gants de dentelle, d'un chapeau neuf orné de cerises et d'un paletot de laine, elle verrouilla l'appartement. À l'extrémité de la cour, l'atelier lui soufflait : « Viens finir de t'habiller ici, ce tableau s'ennuie, quand sera-t-il achevé ? »

Elle capitula. Sur le chevalet, le visage de Victor était empreint de bienveillance. Elle s'était récemment lassée des grandes compositions et, réservant son goût de l'allégorie aux illustrations d'*Émaux et Camées*, avait recommencé de peindre des portraits. Brosser la vérité intérieure d'un être représentait selon elle une difficulté majeure, et accepter ce défi la passionnait d'autant plus qu'elle était convaincue de décrypter sous la surface de ses modèles des signes perceptibles à sa sensibilité. Ainsi de Victor, dont elle s'appliquait à traduire les contradictions, sa force et sa fragilité, son énergie et ses atermoiements, son affabilité et sa possessivité parfois presque hostile.

Malgré sa volonté de retoucher le front où les rides exprimant la réflexion étaient trop superficielles, elle fit demi-tour.

La douceur de l'air, les couleurs qui se ternissaient et annonçaient l'automne l'incitaient à marcher. Elle parcourut d'un pas léger les rues Fontaine et Pigalle, traversa la place de la Trinité et fut surprise de découvrir, rue Scribe, le *Grand Café* et le *Jockey-Club*. Sa déambulation l'avait menée au-delà de ce qu'elle envisageait. Devant un magasin de cigares havanais, des Sud-Américains bavards et insolents l'apostrophèrent en gesticulant. En dépit de sa toilette simple, elle plaisait aux hommes et se le reprochait. Elle monta dans un fiacre. Les remords qui l'avaient harcelée au long de sa promenade se métamorphosèrent dans son imagination en un groupe de mégères hirsutes lancées dans une discussion venimeuse à son sujet.

— Quelle hypocrite ! Elle prétend adorer son époux, mais dès qu'il décampe, elle s'empresse de rallier un café, sous prétexte de soutenir un confrère. En réalité elle veut *le* guigner !

— *Il* l'obnubile, même si, je vous le concède, elle a été d'une sagesse exemplaire, alors qu'il lui eût été très facile de *le* contacter.

— Elle a rêvé de *lui* à maintes reprises, au réveil elle se répétait que c'était ridicule, pourtant le repentir n'endiguait pas la joie, certes répréhensible, qui l'habitait des heures durant.

— Et s'est-elle confiée à ce cher Victor, à cette crème des maris ? Que nenni ! Une fieffée chafouine !

Elle congédia les harpies, meurtrie de sa propre inconséquence. À quoi bon avoir saisi cette perche proposée en toute innocence par Maurice Laumier ? Que Victor fût lui aussi sollicité à fêter ce vernissage n'excusait pas sa conduite.

« Il est encore temps de modifier tes projets », conseillait une voix en elle, tandis qu'une autre lui susurrait : « Pourquoi renoncer, rien ne t'astreint à converser avec *lui*, bonjour, bonsoir. Tu obéis aux règles de la bienséance, sois ferme. Est-ce un délit de s'enquérir de sa santé ? »

Bien qu'il s'efforçât de fumer moins, Victor avait apprécié d'être autorisé à descendre griller quelques cigarettes pendant que le médecin légiste procédait aux premiers examens de la morte et les policiers à une fouille méthodique du deux-pièces. Il était soulagé de se dérober à Mme Piote, dépouille pitoyable et difforme.

Les heures s'écoulaient, le crépuscule absorbait la ville. Victor pria l'inspecteur de lui permettre de téléphoner à son associé et à son épouse. Il revint bredouille de la brasserie du boulevard Saint-Germain où il avait obtenu ses deux communications : le poste de la librairie était occupé, et ni celui de Kenji ni celui de la rue Fontaine ne répondaient. Tasha devait être en route pour le *Procope*.

Il était affamé. Il engloutit un cornet de frites avant de remonter chez tata Bric-à-brac. Le sol et les meubles de l'appartement étaient jonchés de paperasses qui emplissaient des sacs en partance pour les bureaux de la Préfecture. La brocanteuse avait été étendue sur son lit, près duquel le médecin, qui s'était longuement tenu penché, exposait, en se massant les reins, ses constatations à l'inspecteur Valmy. Ce dernier fit signe à Victor d'approcher.

— Cher monsieur Legris, le Dr Chenal m'informe que, selon lui, il y a plus de quinze heures que cette femme a quitté notre monde. Il convient néanmoins de l'autopsier afin d'en apprendre davantage sur les circonstances de sa mort. Vous êtes donc hors de cause, si votre épouse et vos collègues corroborent vos assertions.

— Allez-vous convoquer Mme Legris à la Préfecture ? demanda Victor, que cette possibilité alarmait.

— Je me contenterai d'un entretien à bâtons rompus chez vous. Mais rien ne presse. Le docteur et moi penchons pour la théorie du suicide, reste à en élucider le ou les motifs. Et puis il y a ce marchepied, un peu trop distant de la femme… Gageons que cette affaire ne vous concerne pas. Pourtant, il vaut mieux que vous demeuriez à la disposition de la police tant que l'enquête ne sera pas close. Ah, j'oubliais !

Augustin Valmy agença encrier, porte-plume et papier blanc sur la table.

— Monsieur Legris, veuillez avoir l'obligeance de me consigner l'adresse de votre domicile et celui de votre librairie.

Victor s'exécuta. Si l'inspecteur affichait une soudaine longanimité, son ton patelin trahissait une réserve peu rassurante. Victor le salua, ainsi que le médecin légiste, et, au vu de sa montre qui indiquait six heures, se dirigea sans tarder vers le carrefour de Buci, d'où il irait en fiacre se changer rue Fontaine. Il se retourna à deux reprises avec la pénible certitude d'être filé, rasséréné de ne surprendre qu'un chien en vadrouille.

CHAPITRE X

Soirée du même jour

Jean-Pierre Verberin avait ratissé les environs de la maison abandonnée : aucun indice relatif à la disparition de son ami Bringolo. Il décida de miser son va-tout sur la carte-réclame prisonnière de *La Chanson des gueux*.

S'il prisait peu la promiscuité des coudes et des genoux offerte par les omnibus, l'allure nonchalante des percherons constitua un répit dans son errance. Il arpenta ensuite des rues tracées au cordeau hantées par des usiniers, des chiffonniers et des horticulteurs. Derrière des murets s'alignaient des tas de fumier à l'odeur acide affectés à bonifier des plantations de légumes divers.

Au milieu de la rue des Entrepreneurs à peine assombrie, le salon de coiffure scintillait de trois lampes à gaz sous une enseigne orange représentant une grosse paire de ciseaux.

MODESTE CHAMPLAN
Shampoings dames et messieurs. Coupes soignées.
Soins du visage. Barbe et moustache.
La maison ne fait pas crédit.

était-il peint en lettres capitales sur la vitrine.

Une jolie fille à tablier garni de ruchés lui proposa un siège, car deux clients requéraient sa minutie et celle du patron. Celui-ci virevoltait autour d'un individu replet dont il élaguait les larges favoris bruns en commentant les cours de la Bourse et les échos propagés par la presse.

— Moi, ce bâton blanc qu'on va imposer à nos sergents de ville, je le considère comme une absurdité. Empêcher les voitures d'écrabouiller les passants en les menaçant d'un bâton !

— Oh ! On renoncera bientôt à ce caprice, il en sera de même que lorsqu'on a rejeté la course en fiacre au tarif unique de un franc.

— En tout cas, reprit le coiffeur, les sergots sont très fiers de leur baguette, ils se comparent aux maréchaux de France et surnomment le préfet de police le Maréchal de la Paix.

La fille, inclinée vers une dame au chignon gris enveloppée d'un peignoir, déclara, en lui enduisant les joues d'une crème à la consistance de poix :

— Les Français posent aux précurseurs, mais ils raffolent de la routine. C'est pas ici qu'on utiliserait des pigeons voyageurs pour porter des prescriptions aux malades, eh bien un docteur écossais l'a osé, lui.

— U... e... es... asseu... e... es... anar... as... mâchonna la dame, la bouche contractée de peur d'avaler la crème.

— Répétez, madame Burgan, je n'ai pas saisi !

La cliente s'essuya les lèvres avec son peignoir.

— Pourvu que les chasseurs ne les canardent pas !

L'homme aux favoris eut droit à une friction énergique et, soûlé par la faconde du coiffeur, acheta non sans réticence un remède miracle, à la fois lotion épilatoire et engrais du cuir chevelu.

— À la prochaine, monsieur Findorge, avouez qu'on n'est jamais si à l'aise que chez son merlan, au plaisir d'être tondu s'adjoint celui de disserter sur l'état du monde !

Il accompagna à la porte l'homme bedonnant dont il brossa le costume et le chapeau jusqu'à ce qu'un généreux pourboire lui soit versé.

— À nous deux ! clama-t-il à l'intention de Jean-Pierre Verberin.

Sans pouvoir faire « ouf », il fut lui aussi saucissonné dans un peignoir, une serviette roulée en tortillon sépara son cou de sa chemise et un blaireau spumeux agressa son menton. Malgré ses protestations, sa moustache drue fut taillée en pointe, et, pendant que son crâne était maintenu en arrière, un cliquetis métallique lui apprit qu'on s'attaquait à ses cheveux. L'émondage prit fin, un liquide fatal aux pellicules lui coula sur la nuque et dans les oreilles. Jean-Pierre Verberin affronta son reflet dans la psyché surmontée de boîtes, de fioles et de peignes. Un autre homme, rajeuni, fringant, béait face à lui. Le coiffeur, exténué de s'être démené et d'avoir abordé maints sujets, depuis le séjour du tsar à Copenhague à la compagnie de bicyclistes de l'armée, via les compétitions hippiques et l'ouragan du jeudi 10, hocha le chef, à bout de salive.

— Vous n'êtes pas loquace, vous. Mais au moins, êtes-vous satisfait ?

— Bonsoir, madame Burgan, n'omettez pas de vous badigeonner au coucher, le lendemain vous aurez un teint de rose ! recommanda la jeune fille.

Son patron eut une moue sceptique, la porte carillonna.

— C'est parfait, parfait, marmotta Jean-Pierre Verberin.

Tandis qu'on lui rendait la monnaie, il prit son courage à deux mains.

— Par hasard, vous ne connaîtriez pas un ami à moi, qui s'appelle Jean-Baptiste Bringart, Bringolo pour les intimes ?

Le coiffeur et l'employée secouèrent la tête.

— C'est un clown ou un magicien ? Avec un nom pareil...

— Non, c'est un... euh... un voyageur, affirma Jean-Pierre Verberin à la jeune fille qui daignait lui accorder une pointe d'intérêt tout en balayant le sol.

Il était séduit par le nez retroussé, les fossettes circonscrites de boucles blondes, les accroche-cœurs sur les tempes et les yeux pers qui composaient sa physionomie.

— Lucy, vous fermerez, je file, ma moitié va râler si le potage refroidit ! brailla le patron.

— Décidément, ce Bringolo m'est inconnu. D'où tenez-vous qu'il fréquente notre salon ? demanda-t-elle.

— C'est à cause de votre carte de visite, elle lui sert de marque-page.

— M. Champlan et moi coiffons souvent des gens anonymes. Écoutez, laissez-moi votre adresse, et si j'obtiens des indications concernant votre camarade, je vous avertirai.

Il nota sur le registre à souches qu'elle lui avait présenté :

> *Jean-Pierre Verberin, 4* bis, *impasse du Labrador, XVe arrondissement.*

— C'est près de la porte de Brancion, précisa-t-il.

— Vous avez une belle écriture.

— J'exerçais le métier de copiste dans une maison de commerce. J'ai manié le grattoir et la plume pendant trente ans.

Poings aux hanches, elle émit un sifflement approbateur.

— C'est admirable, l'instruction ! Mon fiancé travaille dans un ministère. Enfin, je dis mon fiancé, bien qu'il se soucie de moi comme d'une guigne, déjà presque une semaine que je suis sans nouvelles…

Intimidé par la façon appuyée dont elle l'examinait, Jean-Pierre Verberin allégua l'heure tardive et se retira. Il se blâmait d'avoir minimisé son inquiétude, il aurait dû être plus explicite, conter par le menu l'histoire de Bringolo, du livre, des empreintes, du canif. Mais, en dehors de Monette, il avait toute sa vie été embarrassé par le sexe faible. Cette jeune personne allait juger son attitude équivoque s'il insistait, il redoutait de bafouiller et de rougir. Son départ, semblable à un sauve-qui-peut, décupla au contraire la sympathie que ressentait à son égard Lucy Grémille.

— Est-il chou, celui-là ! murmura-t-elle à son balai.

Maurice Laumier accueillit Michel Forestier sur le trottoir de la rue de l'Ancienne-Comédie, devant le numéro 13 où se dressait le café *Procope*, un des plus anciens de Paris. Il s'extasia sur le superbe balcon de fer forgé décorant l'étage et lui assura que Fontenelle, Chamfort et Rivarol s'y étaient livrés à des calembours qu'ils n'avaient hélas consignés dans aucun de leurs ouvrages.

— Mimi est au coin du feu avec un grog, un rhume carabiné. Entre nous, c'est une aubaine, elle est spécialiste des bourdes, et comme il va y avoir du linge…

— Combien de toiles exposes-tu ?

— Seulement quatre, du fretin négligeable, juste pour amorcer des commandes.

Surchauffée par un gros poêle et pleine à craquer, la salle résonnait de bavardages. Tasha ne s'attarda pas auprès des œuvres de Maurice Laumier, des chromos qu'elle estimait indignes de lui. Elle concéda un coup d'œil à deux tableaux de houillères du nord de la France peints, lui sembla-t-il, à l'aide de charbon. À côté de leur auteur, un maigrichon blême, s'agitait une volubile poupée brune noyée sous les fanfreluches. Elle attrapa le bras de Tasha pour l'attirer vers la table où étaient réparties quantité de miniatures, dont certaines avaient la taille de médaillons. Toutes étaient consacrées aux costumes régionaux de la Grèce, pays de Mlle Électre Stamatis, impatiente d'abreuver de ses récriminations une oreille compatissante.

— C'est moi qui suis la plus douée de cette assemblée, et on m'a reléguée entre cette vieille bibliothèque et ce tuyau de fonte ! Mais maintenant que Verlaine est mort, un de mes compatriotes, Jean Moréas[1], porte enfin la dénomination honorifique de prince des cafés littéraires ! Ah ! Verlaine l'a pourtant bassement assaisonné dans ses *Invectives* récemment parues à titre posthume[2], où il l'accuse de se prétendre chef d'école et, écrit-il, « cela fait que de lui on rigole ». Mais on colporte qu'Eugénie Krantz, sa compagne, est dans une telle mistoufle qu'elle en est réduite à vendre aux touristes anglais les porte-plumes et les pipes du maître, qu'elle marchande dans un bazar !

La poupée se pourlécha méchamment les babines. Son vocabulaire et son accent, plus faubouriens que grecs, répugnèrent à Tasha, prompte à s'échapper.

1. Jean Papadiamantopoulos, poète français, né à Athènes en 1856, mort à Paris en 1910.

2. Le 12 septembre, chez Léon Vanier, qui lui-même mourut une semaine après cette publication.

Elle tomba en arrêt devant une plantureuse créature de marbre blanc totalement nue et lestée de deux seaux.

— C'est d'un goût discutable et d'une licence absolue, trancha une dame à toque verte.

— Madame, je vous certifie que cette laitière est la personnification du labeur paysan ! protesta en roulant les *r* un statuaire italien.

— Inutile de vous excuser, monsieur. Nous décrétons dangereux ceux qui ont l'esprit fait autrement que nous et immoraux ceux qui n'ont pas notre morale, énonça doucement un homme au nez busqué et à la barbe imposante.

— Monsieur France ! Quel plaisir de vous rencontrer ! s'écria Tasha.

Anatole France lui baisa la main et chuchota :

— Soyons discrets, ma chère enfant, je ne suis qu'un modeste promeneur. Il y a ici des artistes talentueux qui auraient besoin dc publicité. Je vous laisse, je vais remettre ma contribution à Auguste Rodin, vice-président du comité pour le monument de Paul Verlaine à ériger au Luxembourg[1].

Tasha suivit du regard l'écrivain et le vit accoster un homme trapu lui aussi détenteur d'une barbe abondante, en grande conversation avec un interlocuteur de haute stature qu'elle reconnut aussitôt bien qu'il se tînt de trois quarts. *Lui !* Juste plus âgé, avec des fils argentés sur les tempes. Elle sentit sa gorge se nouer. Il l'observait à la dérobée, sans que ses traits ne s'altèrent. Elle perdait pied et se détourna, les yeux ne mentent pas, ils ne peuvent dissimuler les émotions qu'ils expriment. Mon Dieu ! Quelle folie d'être venue ! Elle manœuvra de manière à feindre

1. Œuvre du sculpteur Rodo de Niederhausen qui ne fut inaugurée que le 28 mai 1911.

une vive curiosité pour les bustes de Diderot trônant sur une console qui jouxtait quelques bronzes longilignes, objet des éloges de Rodin.

— Monsieur Kampers, vous avez acquis une habileté remarquable, les photos que vous m'avez envoyées ne rendent qu'imparfaitement compte de vos qualités. J'apprécie particulièrement cet amoureux qui tente de retenir sa maîtresse.

— J'ai déjà à mon actif une dizaine d'expositions à Berlin et les articles parus dans les revues m'ont été très favorables. Toutefois, votre opinion m'est infiniment précieuse. J'ai séjourné à Calais cet été, vos *Bourgeois* sont une merveille. Chacun d'eux est l'égal d'un récit en mouvement, on devine leur désarroi, ils ont accepté d'être exécutés pour sauver leur ville, leur port traduit le désespoir et le courage des humains dignes de ce nom. Quant à votre *Baiser*, c'est une œuvre d'un érotisme torride. Vous seul exaltez l'éternel féminin.

— Mon cher, tel l'arbre qui reste noble sous la torture du jardinier, la femme, victime de la mode, reste encore l'unique échantillon ravissant de cette fin de siècle insipide et obscène.

— Je partage votre conviction, la femme est l'éclatant fleuron de notre univers.

« Ne suis-je qu'un échantillon pour ces messieurs ? » s'interrogea Tasha.

Cette voix un peu rauque, cette impeccable diction, cette façon de scander chaque labiale, provoquaient en elle un malaise insupportable. Il parlait couramment français et son pédantisme en était renforcé.

— Vous aimer Diderot ? souffla un individu ventripotent affligé de tics. Moi n'avoir apporté qu'une fraction de mes effigies, quatre-vingt-treize autres s'entasser dans mon atelier. Vous consentir à les voir ?

Elle eut un geste de dénégation et vira en direction de la sortie. Elle allait y accéder quand Anatole France l'invita à se désaltérer d'une coupe de champagne. Ils refluèrent vers le buffet, sous les portraits de Voltaire, de d'Alembert, de Piron, de Rousseau, de Mirabeau qui vouaient les murs de l'établissement à la mémoire des clients célèbres disparus.

— Dire que j'ai écouté ici même Gustave Aimard, traître à ses Peaux-Rouges, débiter des bluettes parisiennes ! Émile Goudeau y a déclamé des sonnets, et on y a créé la première œuvre de Verlaine, *Madame Aubin*. Cazals réunissait tous les jeudis et tous les dimanches des littérateurs novices, nous chantions, sur l'air de Cadet Rousselle : « Ah ! Ah ! Ah oui vraiment, l'*Procope* est un café charmant ! »

L'écrivain soupira.

— Où sont nos jeunes années ? La mort de Verlaine y a mis un terme, maintenant c'est à Montmartre que vont s'envoler les poètes.

Ils furent brièvement séparés par une femme à la coiffure et au maquillage tellement soignés qu'ils la délestaient d'une bonne dizaine d'années. Elle vogua vers Maurice Laumier qui trinquait un peu plus loin avec Michel Forestier.

— Enfin toi ! Maurice, voici ma tante par alliance, Mme Félicité Ducrest, une fervente d'art contemporain.

Le peintre toisa le nez presque inexistant, la bouche saignante révélant des incisives de lapin, et pensa « une jolie génisse sur le retour… ».

— Ce monsieur est un enthousiaste du cloisonnement, même s'il adapte aujourd'hui son talent à de viles expériences matérielles.

— Mon neveu a une nette tendance à l'exagération, je gage que vos tableaux reflètent vos conceptions modernes.

« Pourquoi l'ai-je traitée de génisse ? C'est une perle, cette petite femme ! » rectifia Maurice Laumier en son for intérieur.

— Vous allez être déçue, je suis incapable de surpasser les ineffables barbouillages accrochés au Salon des Champs-Élysées, *Opération de sérothérapie à l'hôpital Trousseau* et autres *Fils du Gaulois*.

— J'ai certes été très impressionnée par *Le Barbier* de Brispot, c'est si reposant, les scènes de genre lourdement académiques ! On se lasse des chevaux violets, des femmes orange et des arbres chocolat... Souriez, jeune homme, j'ai confondu repos avec incommensurable ennui. Pour moi, rien ne vaut Gauguin. Mais je confesse éprouver un faible envers Renoir, dont plusieurs toiles ornent mon modeste logement.

— Nom d'un chien, quelle époque ! s'exclama Michel Forestier. La vulgarité règne en despote, la critique porte au pinacle des sculptures d'une telle médiocrité ! *Après le bain*, par exemple, une ode à la maternité où des cupidons joufflus lutinent des nymphes effarouchées, quelle guimauve ! Je préfère encore ma cohorte de saints en plâtre.

— Allons, mon neveu, ton heure viendra, la vôtre aussi, monsieur...

Avant de décliner son identité, Maurice Laumier jaugea l'assistance, heureux de reconnaître Tasha, qu'il enleva à l'illustre écrivain.

— Voyons, Maurice, c'est d'une impolitesse...

— Il a eu raison, vous méritez mille fois qu'on vous délivre des vieux satyres, mademoiselle ! s'écria Michel Forestier.

— Monsieur, c'est d'Anatole France que vous parlez !

— Serait-ce du président de la République que cela ne changerait rien. Puisque nul ne s'en préoccupe, je me présente, je me nomme Michel Forestier, j'étais condisciple de Maurice aux Beaux-Arts, section sculpture.

— Et moi Tasha Kherson, ou plutôt Legris.

— Mon Dieu, on étouffe, je me pâme, quelle idée j'ai eue de réserver mes divorces à cette soirée ! grommela Félicité Ducrest.

— Vos divorces ? Avez-vous rompu différents mariages simultanément ? demanda le peintre.

— C'est une affaire personnelle, monsieur, je ne m'en entretiendrai qu'avec cette avenante personne, dont je requiers les services.

Elle guida Tasha vers l'autre bout de la salle, où seuls quelques audacieux se risquaient à étudier l'anatomie de bergers écossais parés de kilts et de chaussettes moulantes.

— Quels sont ces divorces ? murmura Tasha.

— Ma chère, ce sont des baleines qui préviennent l'éloignement des seins sur les côtés en les maintenant dans des gorges à gousset. Très esthétique, mais oppressant.

— J'ai résolu le problème à ma façon, je ne porte pas de corset, précisa Tasha à voix basse.

— *Good morrrning, ladies, my name is Ellen Mac Gregorrr*, clama l'imposante matrone responsable des bergers écossais, mais aussi de leurs troupeaux de moutons à poil long.

— Qui est cette vénus rousse ? Elle est superbe, pourquoi a-t-il fallu que Félicité m'en prive ? dit Michel Forestier.

— Tasha se mêle de peinture, hélas, c'est chasse gardée, elle est unie à un libraire dont la jalousie excessive décourage les conquérants.

— Je n'ai cure des époux, c'est une espèce nuisible, il convient de s'en débarrasser. Mais… que lui arrive-t-il ?

Michel Forestier se précipita au secours de Tasha, juste à temps pour la recevoir dans ses bras. Il parvint à la soutenir jusqu'à une chaise où elle s'affala, à demi prostrée, et pria sa tante d'aller lui chercher de l'eau. Déjà Tasha revenait à elle.

— Que s'est-il passé ?

— Un éblouissement. On suffoque.

— Ça va mieux ?

— Oui, un léger écœurement, marmonna-t-elle.

Profitant de son trouble, Michel Forestier fourra un morceau de papier dans son réticule.

— Mon nom et mon adresse, je vous supplie de venir chez moi. Dès que je vous ai vue, j'ai senti…

La survenue de sa tante, un verre à la main, le condamna au mutisme, mais ses doigts, qui s'étaient introduits sous les jupons de Tasha, s'efforçaient de palper sa cheville. Elle le repoussa et se redressa après avoir bu.

— Je vous remercie. Puisque mon mari n'est pas là, je vais rentrer.

— Permettez au moins que je vous appelle un fiacre.

— Merci de votre attention, j'ai envie de marcher.

— Dans la nuit ! Seule !

— Elle se tue à te répéter qu'elle va bien, bougonna sa tante.

— C'est un château branlant. Je la raccompagne.

— Non, monsieur. C'est moi qui m'en charge, décréta un homme élancé, glabre, aux cheveux châtains.

Envoûtée, Tasha se plia à cette autorité inopinée. Michel Forestier, sa tante et Maurice Laumier assistèrent pantois au départ du couple. Le peintre finit par mâchonner :

— Elle décanille avec ce Kampers et elle a le culot de se rebiffer contre mes avances sous prétexte de fidélité conjugale…

— Tu utilises le nom de ta mère, Hans Richter ? s'enquit Tasha dans l'estaminet où ils s'étaient réfugiés, place de l'Odéon.

— Un moyen d'en terminer avec mon ancienne existence. Du fait que Frida et moi sommes séparés, je...

— Tu l'as quittée ? Je parie que tu t'es trouvé une nouvelle Galatée. Est-elle chanteuse, écrivain, peintre, sculpteur ?

Elle lui parlait d'une voix posée. « Comment est-ce possible ? » se demanda-t-elle.

Ils étaient si proches qu'elle glissa vivement les mains sous la table pour ne pas lui effleurer la nuque comme autrefois.

Il eut un rire désabusé et ingurgita la moitié de son bock avant de répondre :

— Elle s'est amourachée d'un officier d'ordonnance qui habite Leipzig, ils élèvent notre rejeton.

— Tu as un fils ?

— Helmut, il a cinq ans. Et toi ?

— J'ai convolé avec un libraire, Victor Legris, l'homme de ma vie. Pas d'enfant.

— Je présume qu'il ne profère aucune critique à ton égard. Voilà pourquoi tes tableaux, bien que très supérieurs à ceux de ta période berlinoise, pâtissent toujours de tonalités trop claires et d'une perspective parfois faussée – à moins que ce ne soit à dessein que tu distordes tes sujets.

Les yeux braqués sur lui, elle se rongeait l'ongle du pouce.

— Tu m'as espionnée ?

— Il y a deux mois que je réside à Paris, j'ai cédé à la tentation. Des relations m'ont facilité l'accès à des collections privées, celles d'Anglais notamment, où figurent tes productions.

— Je devrais être flattée de cet intérêt et te louer de ce boniment à propos de mes compétences. Jolie revanche.

— Quelle revanche ? Tu pourrais faire preuve d'un peu de courtoisie. As-tu oublié ? Nous avons passé de bons moments ensemble.

— Oui, quand tu trompais la surveillance de ton épouse. Dirais-tu que tu as souffert de notre rupture ?

— Oui.

— En éprouves-tu du regret ?

Il ressentit un petit choc à l'estomac et dans les lombes.

— Oui, dit-il d'un ton grave.

— C'est trop tard, Hans, huit ans !

— Je sais, je suis heureux de te revoir. Tu m'en veux mais… Ce que je t'ai dit jadis de ton travail, je le pensais et je le pense aujourd'hui. Ne me foudroie pas ainsi ! Tu es extrêmement douée, mes remarques qui te semblaient désobligeantes visaient à ton perfectionnement. En ce qui me concerne les attaques ne m'ont guère été épargnées. Celles qui émanaient d'amis sincères m'ont permis de m'améliorer.

— Bravo, Hans Richter. Puisque Rodin te porte aux nues, j'en déduis que tu es apte à m'inculquer le nec plus ultra de la science des proportions.

Il soupira.

— Je constate que rien n'a évolué. Dommage que tu m'aies quitté…

— Déplorable fatalité. D'abord moi, ensuite ta légitime. Cela ne t'incite-t-il pas à te remettre en question ? Ton rôle de mentor indisposerait-il les femmes ?

— Personne n'est à l'abri de défaillances. Toutefois, il est un point sur lequel nous étions en parfaite harmonie, admets-le. Jamais – tu m'entends – jamais je n'ai connu un tel plaisir physique, ni avant, ni après toi.

Charmée par l'aménité de sa voix, elle s'immergea dans ce passé commun où chaque nuit était une fête sensuelle. C'était cet émoi que la seule vue de son nom sur un bristol éveillait en elle. La réminiscence du désir qu'il lui inspirait et qu'elle s'acharnait à combattre l'avait attirée ce soir au *Procope*. Et pourtant, elle aimait follement Victor, ses étreintes étaient tout aussi voluptueuses, plus encore, puisqu'un amour fondé sur le respect mutuel les unissait… Que de complications stupides ! Était-ce parce que Hans avait été le premier, et que le corps garde la mémoire de ce qui l'a bouleversé ?

Elle se sentait vulnérable. Elle se leva.

— Il est préférable de nous dire adieu.

— Allons, faisons la paix. J'avoue : je me suis renseigné sur toi. Je suis allé rue des Saints-Pères, j'ai discuté avec Victor Legris. C'est un type bien, ça me chagrine d'en convenir.

— Il sait qui tu es !

— Non, rassure-toi, je suis simplement un client de passage. Je pars bientôt.

L'espace d'un bref instant, elle en conçut un intense soulagement mêlé de tristesse.

— Reste, ordonna-t-il. Je retourne au *Procope* expliquer mon absence, et je reviens te déposer à ta porte. Je te promets d'être sage pendant le trajet.

Elle fut tentée de s'esquiver. Après tout, c'était une autre vie. Elle demeura rivée à son siège, et, quand il reparut, elle ressentit de l'euphorie.

— Zut, je me suis tachée avec du beurre, aurais-tu la complaisance de m'dégoter d'la Benzine Collas, mon minet ? dit Euphrosine en se gavant de truite aux amandes.

Joseph eut une expression accablée. Visage crispé, il s'exécuta. Iris et Kenji échangèrent un coup d'œil, mais s'abstinrent de piper.

— Oh ! là ! là ! monsieur Mori, quel cataclysme ! J'ai lu dans un des journaux que j'déchire pour les cabinets d'aisances qu'un terrible raz de marée a ravagé trois provinces du Japon sous une muraille de flotte gigantesque, y aurait eu vingt-sept mille morts, j'espère que personne de votre famille ne s'est noyé !

— Tranquillisez-vous, madame Pignot, je n'ai aucune parentèle dans les provinces de Miagi, Iwate et Aomari.

— Ben tant mieux. Et à Kyoto, vous avez des parents ?

— Un lointain cousin.

— Probable qu'il jubile, et vous aussi qui raffolez du progrès, le premier tram électrique de votre pays a été mis en service, il a vingt-six voitures et il parcourt dix-huit kilomètres !

— Mon pays, c'est la France, mais je vous félicite de l'attention que vous exprimez pour l'empire du Soleil-Levant.

— Faut c'qu'il faut, ma petite-fille est un peu de là-bas ! Qui sait, j'irai sans doute un jour chez les geishas avec vous tous, alors je m'informe.

— Tiens, maman, voilà la Benzine, ça sent mauvais, vaudrait mieux patienter jusqu'à la fin du dîner, Iris s'est donné du mal... chuchota Joseph.

— C'est très goûteux, vous les avez réussies, vos truites, encore que si ç'avait été moi qui les avais cuites, j'les aurais laissées griller un tantinet plus longtemps, avec davantage de lait et de farine et nettement moins de matière grasse.

Rompue aux remontrances culinaires de sa bellemère, Iris répliqua d'une intonation badine :

— Chère Euphrosine, si ce voyage chez les samouraïs que vous envisagez se réalise, ce sera une véritable délégation… Le cercle de famille va s'agrandir.

Cette déclaration plongea la tablée dans un silence effaré. Kenji regarda Joseph, Joseph regarda Kenji, Euphrosine avala de travers.

— Que… Que signifie… balbutia Joseph.

— J'ai consulté le Dr Reynaud cet après-midi, il a confirmé : je suis enceinte, c'est pour avril de l'année prochaine.

La stupéfaction paralysa la tablée. Joseph était partagé entre la joie et une vive appréhension. Allait-il être capable d'assumer les fonctions de chef de tribu ? Parviendrait-il à nourrir sa descendance ?

Il étouffa ses craintes et embrassa Iris en l'exhortant à se reposer. Kenji s'éclaircit la gorge en traçant de gracieux méandres dans ses arêtes, du bout de sa fourchette. Il enlaça sa fille et lui enjoignit de le doter d'un petit-fils. Quant à Euphrosine, dès qu'elle eut dégagé son gosier de l'amande qui l'obstruait, elle se répandit en hosannas, en Jésus-Marie-Joseph et en recommandations.

— Va falloir introduire un peu de bidoche dans votre régime, sinon vous risquez de nous fabriquer un garçon à la flan avec du sang d'navet dans les veines ! Du reste, interdiction d'vous occuper du fricot, je reprends mon tablier.

— Daphné me réclame, excusez-moi…

Iris évacua l'exaspération suscitée par ces injonctions en courant se pencher au-dessus du lit où sa fille dormait à poings fermés.

— Tu auras une sœur, je ne mangerai pas de viande, et je continuerai à préparer nos repas ! annonça-t-elle à son enfant.

Puis elle s'assit au piano. L'adagio de la *Sonate numéro 1 en sol mineur* de Bach s'échappa de l'instrument avec lenteur et maladresse. Iris savait qu'elle n'était guère douée, ce qui ne l'empêchait pas d'éprouver une immense satisfaction à malmener le clavier. Si la musique se contentait de palpiter en elle, elle s'épanouirait un jour en Daphné. Elle songea que, le temps d'une grossesse, elle aurait le loisir de rédiger l'histoire du chat de Man, mais peut-être aussi celle du tigre végétarien qu'elle avait inventée une nuit d'insomnie.

Non sans réticence, Joseph, suivi de sa mère et de Kenji, s'installa dans un fauteuil. Il perdit vite le fil de la mélodie hésitante pour s'absorber dans le projet littéraire qui, il le souhaitait ardemment, allait enfin lui apporter la fortune. Dame, deux petiots, ça dévore. *Le Fiacre infernal* commençait à rouler dans ses méninges et les quartiers interlopes du vieux Paris, son cocher nommé Diableteau fouettait deux canassons aux naseaux fumants qui avaient le pouvoir de métamorphoser en bovins les omnibus et les tramways.

« Ça, c'est le début, mais ensuite ?… » se demandait l'auteur que Bach anesthésiait.

Euphrosine s'emberlificotait dans la quantité de langes et de bavoirs à fournir, sans parler du berceau à racheter puisque le moïse avait été offert à de vilains canidés qui l'avaient réduit en miettes.

Kenji apercevait à l'horizon un aïeul courbé sur une canne à pommeau en forme de tête de cheval, un troupeau de garnements pendus à ses basques. En lui se révoltaient le dandy, le séducteur, le mâle. Il prétexta une migraine et détala à la recherche d'un fiacre.

Quand il sonna, rue des Dunes, à l'appartement où logeait Djina, celle-ci s'apprêtait à se coucher. Après avoir enfilé une chemise de nansouk blanc rehaussé de plumetis et recouvert ses cheveux d'un bonnet à fronces, elle retapait le lit enclos dans des murs tendus d'une étoffe mastic où alternaient des dessins d'Orient et des aquarelles de fleurs.

Elle entrouvrit la porte. Kenji monopolisa la parole, son débit saccadé traduisait l'excitation provoquée par cette entrevue, première rencontre nocturne au domicile de sa dulcinée.

— J'avais besoin de toi, impossible d'attendre, j'étais chez ma fille et mon gendre, et l'idée de me languir seul face à mes estampes m'a été insupportable. Si cela t'ennuie, je sommeillerai sur le canapé, demain je m'en irai tôt…

Elle le repoussa gentiment, déguisant sa victoire en une mine contrite.

— Nous avions conclu un pacte…

— Juste un baiser, un thé vert, et je file !

— Mais non, *metoumtam*, je te garde.

Elle triomphait, il avait franchi le pas, il était sous son emprise.

— *Metoum* quoi ?

— *Metoumtam*, nigaud en yiddish. Donc, tu m'aimes un peu ?

Jamais il ne lui avait octroyé de déclaration en bonne et due forme.

— Tu le sais.

— Dis-le.

Il jeta sa canne et son melon, la serra sur son torse.

— Eh bien oui, je t'aime, là !

Victor faisait les cent pas dans l'appartement. Chambre à coucher, laboratoire, cuisine, couloir, chambre à coucher, indifférent à Kochka qui trottinait derrière lui. Tasha serait fâchée, quelle fable lui servirait-il afin de justifier sa défection ? Il n'avait pas eu le courage de sortir de nouveau, tant pis pour le *Procope*. Pourquoi rentrait-elle si tard ? Que lui dire ? Un suicide ? Un meurtre ? Elle aurait beau jeu de l'accuser d'avoir entamé une enquête. Il se reprochait d'avoir dissimulé le testament de tata Bric-à-brac. Il n'avait reculé que pour mieux sauter. Tout à coup, il distingua des pas, des voix. Il gagna la fenêtre. Sur le trottoir, deux ombres indécises, qui tantôt s'écartaient, tantôt se réunissaient. Tasha et un homme, elle appuyée contre son épaule, lui rigide, acceptant cet hommage sans manifester d'émotion. Soudain, Tasha fit volte-face et se précipita dans l'atelier. L'homme temporisa quelques secondes et se dirigea vers la porte cochère.

Le front collé à la vitre, Victor écoutait son cœur battre violemment. Traverser la cour exigea un effort douloureux. Tasha n'avait allumé qu'une bougie et s'était allongée dans l'alcôve sans ôter son couvre-chef.

— Je suis désolé, j'ai eu un contretemps. Une marchande qui me montrait un lot de bouquins s'est évanouie. Tu es malade ?

— Fatiguée. Mes nerfs ont craqué. Tous ces rapins prétentieux qui méprisent les artistes féminins… Et puis j'ai surpris des réflexions antisémites. J'ai eu un malaise. Un ami de Laumier m'a déposée en fiacre.

— Je t'ai téléphoné, tu étais en route. Je n'ai pu joindre ni Kenji ni Joseph.

— Ce n'est pas grave, mon amour, tu n'as rien raté, cette exposition était d'une platitude !

— Tu restes ici ?

— Vas-y, j'arrive.

Préoccupé, Victor retourna à l'appartement. Il avait menti, elle aussi. Ces duperies le rendaient nauséeux. Il séquestra Kochka dans la cuisine et s'enfouit sous la courtepointe. Lorsque Tasha s'étendit à son tour, il voulut réchauffer ses pieds gelés. Elle roula sur le côté.

Victor affrontait son propre sentiment de culpabilité. Que ne s'était-il sauvé de la cour de Rohan pour galoper jusqu'au *Procope* ! Il voua aux gémonies l'inspecteur responsable de cette soirée désastreuse et se réfugia dans les bras de Morphée.

Tasha rêva qu'elle était poursuivie par une foule haineuse perpétrant un pogrom et qu'un homme châtain aux traits imprécis l'arrachait in extremis aux assassins.

CHAPITRE XI

17 septembre

La nuit était tiède. Dans quelques heures, le jour tirerait les rideaux et les habitudes reprendraient leur cours inéluctable. Sous la lueur bleutée de la lampe, Augustin Valmy ne distinguait plus les rectangles marron du papier beige qui tapissait les murs. Son bureau lui paraissait presque agréable.

Il bâilla, inspecta ses ongles et se carra au fond de son fauteuil. Le légiste lui avait relaté les points essentiels de ses déductions.

— Après l'examen au microscope du torchon provenant de la cuisine de la femme Piote, nous avons découvert des lambeaux infimes d'épiderme tels qu'aurait pu en enlever sur le cou de la victime une pression violente du tissu nid-d'abeilles. Nous en avons conclu qu'une strangulation précédant la pendaison pourrait avoir causé la mort.

— Vous parlez au conditionnel, vous n'en êtes pas sûr ?

— L'homicide par pendaison est un genre de meurtre auquel les malfaiteurs ont très rarement recours.

— À moins d'avoir affaire à un criminel qui veut maquiller son meurtre en suicide.

— Des suicides avérés, qui seraient patents aujourd'hui, ont été pris pour des meurtres, dont la justice a réclamé des comptes à des innocents. Le procès Calas en est l'exemple le plus fameux.

— Vous faites allusion à la condamnation de Jean Calas, dénoncée par Voltaire ?

— Parfaitement. Il est vrai que l'expert qui affirma que Jean Calas avait assassiné son propre fils n'était autre que le bourreau de Toulouse. On lui demanda si un homme pouvait se pendre aux deux battants d'une porte et il répondit que la chose n'était pas praticable, or c'est tout à fait possible.

— C'était il y a deux siècles ! Et la peau sur le torchon ?

— Preuve insuffisante. La femme Piote a très bien pu l'utiliser pour faire sa toilette. En revanche, lorsqu'un lien a été appliqué et maintenu serré autour du cou, il y laisse une empreinte en rapport avec sa forme et son mode de fixation. Cette empreinte consiste le plus souvent en un sillon transversal, presque horizontal, passant sur le larynx et sur la trachée, tandis que chez les pendus il est ascendant sur la nuque. Dans les circonstances qui nous intéressent, nous supposons que la femme Piote a d'abord été étranglée, peut-être à l'aide du torchon nid-d'abeilles, et pendue ensuite.

— Donc, c'est un meurtre ?

— D'après les faits observés, oui.

Augustin Valmy avait quitté le laboratoire de médecine légale vers les deux heures du matin. Il était rentré à pied en longeant la Seine. À la hauteur du pont Notre-Dame, il avait pensé à Javert. C'était là, au mitan de la nuit, que cet homme de l'autorité, en proie à un cas de conscience, s'était jeté à l'eau. Augustin Valmy frissonna. Il ne pouvait s'empêcher d'éprouver de la sympathie pour cet inspecteur de première classe tiraillé entre son sens du devoir inflexible et son humanité. *Les Misérables*, et à présent l'évocation de l'affaire Calas, le plongeaient dans une mélancolie qui le réduisait à désespérer de lui-même.

— Je n'ai pas l'impression d'apprécier beaucoup cette histoire... Pas du tout du tout... Cependant, si cette pauvre femme a été trucidée, j'irai jusqu'au bout. Trouver le mobile. Il y a toujours un mobile.

Impatiente d'être nourrie, Kochka se tortillait sur une bottine et chacune de ses roulades ébranlait le plancher en cadence. Malgré ce charivari, Victor perçut les coups à la porte. Il n'eut que le temps d'endosser un veston d'intérieur par-dessus son caleçon et d'introduire l'inspecteur Valmy dans le laboratoire photographique afin de permettre à Tasha de s'habiller. Des épis soulevaient ses cheveux, il avait chaussé des pantoufles éculées et il se sentait en état d'infériorité à côté du policier, chapeauté, ganté et sanglé dans un impeccable costume d'alpaga.

— Que me vaut l'honneur de cette intrusion matinale ?

— Je suis navré de vous extraire de votre lit, il n'est que sept heures, mais de multiples tâches me sollicitent. Si j'ai choisi de débuter par vous, c'est que je suis porteur d'une nouvelle qui vous réjouira. Nous avons, mes collègues et moi, trié cette nuit les papiers de Mme Piote... figurez-vous qu'elle vous a institué son légataire. Vous héritez donc de son mobilier et de sa marchandise – l'appartement et le hangar étant en location, il vous incombe de payer ce qui est dû et de résilier les baux. Voici les clés.

Victor répugnait à recevoir ce cadeau dont il avait en pure perte souhaité être exempté. Il avait élu une piètre cachette, la veille !

— Vous ne m'arrêtez pas sur-le-champ ?

— Pourquoi commettrais-je une telle iniquité ?

— Vous détenez un merveilleux mobile !

Augustin Valmy esquissa un sourire.

— Enfin, monsieur Legris, croyez-vous que je sois arriéré au point de vous imputer un tel crime ? Ces antiquailles sont dénuées de valeur. De surcroît, leur vente menace d'empoisonner votre quotidien pendant quelques semaines, voire davantage. À moins que les dernières volontés de Mme Piote ne soient contestées par un parent, mais il semblerait qu'elle soit seule au monde. D'autre part, la thèse du suicide a été confirmée par une ordonnance médicale datant de juillet. Mme Piote souffrait d'une grave malformation cardiaque, elle était perdue à court terme, le savait-elle ? Son médecin nous l'a implicitement certifié. En conséquence, il n'y aura pas d'autopsie.

— Une autopsie ? Quelqu'un est mort ? s'écria Tasha.

L'inspecteur Valmy évalua discrètement sa tournure. Le corsage de taffetas plissé et la jupe à gros boutons de nacre dont elle s'était vêtue à la hâte, tous deux vert pomme, seyaient à son teint et à ses cheveux roux flottant sur ses épaules.

« Un beau petit brin de femme, pensa-t-il. Voyons comment elle se comporte. »

— Madame Legris ? Inspecteur Valmy, mes hommages, je suis enchanté.

Elle interrogea Victor du regard. Gêné, il fit mine de se passionner pour Kochka.

— Moi de même, monsieur Valmy. Comme je ne vous suis d'aucune utilité, je sors, je me reprocherais de troubler ce tête-à-tête.

— Détrompez-vous, madame, votre présence est requise, oh, une simple vérification. Est-il exact que votre époux ait dormi près de vous la nuit de mardi à mercredi ?

— Êtes-vous en train de contrôler son emploi du temps ou le mien ? répliqua-t-elle, indignée.

— Il ne vous a rien dit ? Il a eu hier le malheur d'être confronté au cadavre d'une brocanteuse, Mme Piote. On l'a retrouvée pendue… Elle lui vendait des livres. L'innocence de votre époux est flagrante, toutefois votre témoignage m'est primordial, c'est la routine.

Devinant la colère de Tasha, Victor fit montre d'un empressement subit pour Kochka. Il entendit Tasha déclarer d'un ton péremptoire :

— Évidemment, je suis au courant, je cherchais à vous éprouver. Oui, il est resté avec moi cette nuit-là et les précédentes. Quant aux prochaines, elles appartiennent au domaine de la contingence. Je ne suis qu'une étrangère, mais je crois que c'est ainsi que l'on nomme chez vous ce qui se produira ou non.

— Vous maniez admirablement notre langue et votre léger accent ajoute à votre séduction. Je suis convaincu qu'un mari doté d'une si ravissante épouse ne saurait la délaisser une seule nuit.

— Monsieur l'inspecteur, vous les hommes êtes parfois d'une frivolité démesurée, aussi sommes-nous habituées à nous préparer au pire.

L'inspecteur lui baisa la main un peu plus longuement qu'il n'était nécessaire. Il était sous le charme. L'épouse de ce Legris possédait le lustre de la jeunesse allié à l'expérience et à la maturité, elle soutiendrait son époux sans faillir.

Victor tiqua. Cet inspecteur était un rustre, il n'y avait qu'un rustre pour ignorer que l'on n'embrasse jamais la main d'une femme, on l'effleure de ses lèvres.

— Je taxerais de folie celui qui abuserait une personne de votre envergure, chère madame, susurra l'inspecteur Valmy, inconscient de sa goujaterie. Je suis moi-même d'une fidélité exemplaire quand mon célibat est interrompu par une aventure galante… Monsieur Legris, pressez-vous de recenser les trésors de Mme Piote, et si vous débuchez un élément susceptible de nous éclairer sur la motivation de son suicide, faites-m'en part, je vous en saurai gré.

Kochka raccompagna le visiteur, déçue qu'il refusât d'emplir son écuelle.

— Tu n'es pas fiable ! s'exclama Tasha. Évanouie, m'as-tu juré. Morte, oui ! Assassinée, peut-être !

— Un suicide, j'ai jugé stupide de t'inquiéter.

— Mais tu es suspect !

— J'étais. Je suis disculpé, un diagnostic médical me lave de tout soupçon.

— Tu es un fourbe !

À mesure qu'elle se montait contre lui, il tentait de l'enlacer. Il était sur le point de réussir quand elle se débattit et recula jusqu'au couloir.

— C'est toujours la même histoire ! Menteur, menteur, sale menteur !

— Et toi, mon amour, es-tu sûre d'avoir été sincère ? Qui était cet homme aux petits soins pour toi quand tu es rentrée du *Procope* ?

Désarçonnée, elle rougit, puis se reprit presque aussitôt.

— Un ami de Maurice, un sculpteur, son nom m'échappe. J'ai eu un malaise, je ne voulais pas que tu te tracasses. Il a eu l'obligeance de me reconduire.

— Une obligeance très affectueuse, à ce qu'il m'a paru.

— Victor, stop ! Tu m'étouffes sous ta jalousie, et tu t'arroges le droit de flirter avec les homicides de tout poil !

Un sanglot l'empêcha de poursuivre. Elle pirouetta et manqua renverser la chatte. Déjà, Victor l'étreignait.

— Cessons de nous chamailler, j'ai confiance en toi, s'il te plaît, rends-moi la pareille, nous nous sommes mal exprimés ou compris de travers hier soir.

Elle renifla, leva le menton vers lui.

— Tu ne vas rien entreprendre de dangereux ?

— Quel danger y a-t-il à classer le contenu d'un magasin de curiosités datant de la préhistoire ? Car, sans que j'en détecte la cause, Mme Piote m'a transmis ses possessions.

— Peut-être était-elle éprise de toi ?

— N'inversons pas les rôles, ma chérie. Je vais téléphoner à Joseph de me rejoindre cour de Rohan, je déjeunerai dehors.

Elle l'écouta parlementer avec Jojo, otage de la librairie tant que Kenji, en salle de ventes, n'aurait pas rallié le bercail, après quoi il lui faudrait effectuer quelques livraisons. Son intuition lui soufflait que Victor était sous l'emprise d'un nouveau mystère, et que cet inspecteur cauteleux ne l'avait blanchi qu'en apparence. Ses craintes reléguèrent dans l'ombre la silhouette de Hans.

Lucy Grémille s'étira, démoralisée de s'éveiller seule une fois de plus dans le lit à deux places récemment acheté. Sa liaison avec Alphonse Ballu l'avait incitée à cette dépense responsable d'une large brèche dans ses économies et d'une notable perte d'espace. La chambre carrée louée rue des Entrepreneurs s'en trouvait réduite de moitié, l'autre étant investie par une armoire de noyer aux portes envahies de faciès diaboliques, illusion créée par les veines du bois. Une cage où cohabitaient deux canaris et une minuscule table ronde supportant une cuvette et un broc parvenaient tout juste à s'insérer entre l'armoire et la fenêtre.

Si étriqué fût-il, ce nid était le sien, elle avait travaillé dur pour se l'offrir quand, en 1894, elle était arrivée de Bordeaux sans un sou. Elle aimait son métier, et Modeste Champlan était un patron facile à vivre. Jamais il ne s'était permis de la courtiser, il ne la critiquait pas et, outre les pourboires qu'elle empochait, la rémunérait correctement. Mais envisager un avenir solitaire n'avait aucun attrait. Lassée des rencontres de fortune que lui valait son minois, Lucy Grémille aspirait maintenant à une situation moins instable. Un amant au long cours l'emportant vers les flots de la vie maritale et la pourvoyant d'une sécurité qui mettrait fin à ses activités dans le salon de coiffure. Des enfants, deux. Et, surtout, un appartement de plusieurs pièces où le soleil ne se contenterait plus de s'introduire comme un voleur de dix à onze heures, mais luirait du matin au soir.

Elle croyait avoir déniché la perle qui lui assurerait une vie confortable en la personne d'Alphonse Ballu. Et voilà qu'il l'oubliait ! Était-il frappé d'amnésie ? Une rivale lui avait-elle mis le grappin dessus ? En avoir le cœur net et l'acculer à une explication devenaient indispensable. Elle recourut à un moyen réservé aux urgences, et, après avoir écrit à l'attention de Modeste Champlan un mot dans lequel elle affirmait souffrir d'une indisposition récurrente qui ne l'affecterait que quelques heures, elle se repoudra et descendit au rez-de-chaussée. La fille unique des portiers, Jaqueline, une gamine de santé précaire, occupait son temps à dévorer des feuilletons et à parader ensuite à travers la cour en prétendant, du haut de ses douze ans, être une belle et pauvre modiste adulée par un prince déguisé en mendiant. Ces rêveries étaient encouragées par ses parents, qui se tuaient à la tâche et la préservaient de toute corvée. Lucy interpella la gamine avide de connaître le dénouement du *Bossu*.

— Jaqueline, dix sous pour porter ce message au salon de coiffure.

— C'est que je n'ai pas une minute, il faut que je termine mon Paul Féval pour le raconter à maman.

— Tu as la flemme, oui ! Vingt sous, et c'est cher ! Tu te payeras un ruban et tu te l'enrouleras autour de la bobèche, crâneuse !

À contrecœur, Jaqueline prit l'enveloppe et, traînant la semelle, s'exécuta. Lucy Grémille attendit qu'elle eût franchi le porche avant de se diriger vers la place Beaugrenelle.

— Courrier spécial livré par un télégraphiste, avait proclamé Adhémar Findorge la veille au soir en déposant la missive sur une desserte de la pension de famille. Résultat : une nuit d'insomnie. Comment l'auteur, homme ou femme, de ce courrier était-il au fait d'un passé soigneusement gommé ? Pourquoi cette menace ?

> *« Si tu tiens à ta tranquillité, bouche cousue quant au départ d'Alphonse Ballu samedi dernier. Un mot suffirait à ruiner ta nouvelle vie en*

m'obligeant à révéler que la respectable propriétaire de cette pension de famille est une ancienne marcheuse. »

Bien qu'enfouie sous une pile de linge au fond d'une commode, cette lettre anonyme continuait d'épouvanter Armande Simonet. Une singulière aboulie l'empêchait de la détruire. Qui cherchait à l'intimider ? Un de ses locataires ? Un voisin ? Alexandrine Piote ? À moins que ce ne fût Alphonse, effrayé à l'idée qu'elle divulguât son inconduite ? Elle écarta cette éventualité parce qu'elle interdirait toute possibilité de retour au fringant capitaine dont les effets étaient ancrés rue Violet.

— Quelque chose vous turlupine, ma chère amie ? s'enquit Adhémar Findorge.

Son petit déjeuner expédié, il avait filé à la cuisine où Armande Simonet donnait à Catherine ses consignes relatives aux repas. En dépit de la fascination qu'exerçaient sur lui les tendrons, le professeur à la retraite comblait de prévenances celle qui, de logeuse, s'était récemment convertie en une chère amie. Il approchait d'un âge où l'arthrose, alliée aux crampes budgétaires, rend les mouvements périlleux. Épouser un bon parti, tel était l'objectif qu'il s'était fixé avant d'être rivé à un fauteuil roulant.

— Ce qui me turlupine, c'est le prix des denrées alimentaires ! Demain, jour maigre, nous mangerons du poisson à midi et au dîner.

— Du moment que vous me l'épargnez au saut du lit…

— Nous ne sommes pas en Angleterre !

On sonna. Catherine annonça une jeune femme nommée Lucy Grémille.

— La jolie coiffeuse, murmura Adhémar Findorge, émoustillé.

— Je la recevrai dans mon salon, rétorqua Armande Simonet avec aigreur.

Elle avait déjà guigné à travers les vitres la pimbêche au bras de son soupirant. Elle détestait les frisettes et l'allure mutine de cette créature faussement angélique.

En avait-elle fréquenté, au cours d'une vie antérieure, des minaudières du même acabit ! Dès qu'elles avaient accaparé un dadais enjôlé par leurs simagrées, les goules lui suçaient le sang. Elle avait assez pratiqué l'art de ces chasseresses pour être instruite de leur duplicité.

Lucy Grémille arpentait la pièce en évitant de s'empêtrer dans les franges d'un tapis râpé.

« On dirait une souris épileptique », songea son hôtesse, qui formula un bonjour contraint.

— Madame, il faut que je clarifie une énigme. M. Alphonse Ballu est-il malade ou en service commandé ? Voilà plus de six jours qu'il ne s'est manifesté à moi !

— Et à quel titre vous honorerait-il de son commerce ?

— À titre purement amical, cela va de soi, jeta Lucy Grémille d'un ton badin.

— La réalité est que cet individu a émigré de ma pension samedi vers une destination inconnue sans aucun commentaire et, privée de nouvelles, j'en ai déduit qu'il avait déménagé à la cloche de bois.

— Mais c'est impossible ! Un militaire !

— Pourquoi donc ? grommela Armande Simonet, soufflant sur la poussière d'un bouquet de fleurs séchées aux couleurs éteintes. Les militaires sont des hommes !

— Il m'aurait prévenue ! A-t-il des proches ?

— Je ne suis pas sa confidente, je n'en sais rien.

— J'ai pourtant l'impression qu'il m'a cité une parente.

— Vous avez sans conteste mal interprété ses propos. Il est orphelin.

Lucy Grémille pressentit qu'elle n'obtiendrait pas d'informations d'une interlocutrice hostile au point de nier la vérité. Car Alphonse, elle en était certaine à présent, rencontrait chaque samedi une cousine fautive de dérober de précieux instants à leur idylle. Dommage qu'elle ne lui eût pas soutiré son adresse ! Le seul endroit où elle avait une chance de le joindre était le ministère de la Guerre. Toutefois, elle hésitait à y aller, de peur qu'Alphonse n'eût fourni une excuse à son absence. Ou, pire, qu'il ne fût mécontent de son irruption. Elle regagna la rue d'un pas indécis, inconsciente d'être épiée par Armande Simonet le nez collé à la fenêtre, le front plissé de contrariété et d'animosité.

Ils étaient faciles à repérer, les deux argousins qui gardaient chacun une extrémité de la cour de Rohan. Un peu trop neuves, leurs défroques d'arsouilles en quête d'un mauvais coup, un peu trop étudiée, leur posture nonchalante de rôdeurs simulant l'indifférence. Victor conclut de cet espionnage que son rôle était toujours équivoque. Hériter de la brocanteuse n'était pas une sinécure, mais il y avait plus. Si la police l'épiait, c'était que la thèse du suicide était loin d'être démontrée. Or cela corroborait ses propres présomptions. Depuis la veille, un détail n'avait cessé de l'intriguer : le repose-pied qu'il avait dérangé était situé à un emplacement où, en toute logique, il n'eût pas dû se trouver s'il était exact que la revendeuse l'eût repoussé après s'être noué une corde autour du cou. Victor l'avait involontairement déplacé de telle sorte que l'inspecteur, malgré la distance qui le séparait du cadavre, avait jugé plausible qu'Alexandrine Piote l'eût envoyé valser. Plausible, mais pas avéré.

Victor, lui, était persuadé que seule une tierce personne avait pu mettre le repose-pied à gauche du bahut. Erreur stupide, comme c'était souvent le cas, même dans les meurtres les mieux combinés. En dépit de la conviction affichée par l'inspecteur Valmy que la brocanteuse avait préféré passer de vie à trépas plutôt que d'affronter la maladie, il se refusait à croire une femme aussi joyeuse et pétulante prête à se pendre. Ce qui ne le renseignait pas davantage sur le mobile d'un meurtre.

Une image s'était instillée en lui au cours de la nuit, sans qu'il fût capable d'en expliquer la source ni de dessiner un lien de cause à effet entre elle et le crime : celle d'une boîte de Migrainine d'où la marchande avait fait tomber dans sa paume un livre miniature empestant le poisson. Son esprit reconnaissait cette excitation lui imposant un désir de poursuite égal à celui qui envahit un chat lancé aux trousses d'un rongeur. Au cours de ses enquêtes, le rationalisme était étranger à l'élan qui l'animait. Possédé d'une certitude aussi subite qu'un accès de fièvre, il s'infiltrait alors dans la dimension des intentions secrètes et des manœuvres subreptices.

Il commença par l'appartement dévasté après la razzia des policiers. Des vêtements traînaient un peu partout, le matelas dénudé était jonché de draps en boule, les étagères à moitié vides ne servaient plus d'asile qu'à quelques volumes de guingois et à des babioles disséminées en pagaille. Avec un serrement de cœur, Victor songea qu'une vie était peu de chose et que, quel que fût le nombre de possessions acquises, lors de l'ultime culbute on n'emportait rien avec soi, pas même une rognure d'ongle. Pauvre tata Bric-à-brac, qui avait employé des années à s'agencer ce décor protecteur ! Il ramassa un pot de réséda et aligna un groupe de chiens en porcelaine de Saxe.

Mais il eut beau chercher la boîte, elle demeura invisible. Les enquêteurs l'avaient-ils subtilisée ? Ou bien l'assassin ? Une autre possibilité déprimante était qu'Alexandrine Piote ait enterré cet objet convoité dans les monceaux d'ustensiles et de papier entassés dans son hangar. Tôt ou tard, Victor serait obligé de trier ce salmigondis, mais, pour l'heure, il n'en avait guère la témérité.

Il alla manger un steak pommes Pont-Neuf dans un restaurant de la rue de l'Éperon et revint attendre Joseph. Celui-ci arriva peu après une heure, essoufflé et maussade.

— Kenji fulmine, il assure que vous aviez promis de tenir la boutique toute la journée, et que je devais livrer du matin au soir une tonne de commandes. Chanmoru me sert d'alibi. Ben oui, Chanmoru, le bouquiniste au coin du pont Saint-Michel.

— Ce toqué condamné pour insubordination aux autorités ?

— En personne. Il vous aurait réservé des ouvrages portant l'ex-libris d'Antoine Chevalier, chanoine de l'église de Paris en 1650. Ce n'est qu'une demi-craque, je l'ai entendu se vanter de cet achat auprès d'un étalagiste voisin.

— Prions que Kenji n'aille pas lui demander confirmation, grogna Victor.

— Allez-vous m'exposer le topo ? Qu'est-ce que nous fichons dans ce capharnaüm ?

Victor lui conta par le menu le déroulement des événements, depuis les révélations de tata Bric-à-brac jusqu'à sa confrontation avec l'inspecteur Valmy.

— Alexandrine Piote m'a institué son légataire. La police semble admettre le suicide, néanmoins je suis dans le collimateur, je…

— Pouce !… Alexandrine Piote, la particulière dont m'a parlé maman, celle qui a enlevé Alphonse Ballu ?

Victor opina. Alphonse… Il l'avait oublié, celui-là. Quel était son rôle dans cette affaire ? Et où avait-il filé ?

— Minute, dit Joseph, je m'y perds. Selon vous, on aurait assassiné cette femme et maquillé son meurtre en suicide ?

— Je le crois.

— Alors c'est reparti, on enquête ?

Joseph buvait du petit-lait.

— Vous vous souvenez de cette inscription que j'ai recopiée dans mon calepin – que vous m'avez emprunté et toujours pas rendu ?

— Si je m'en souviens ! Ça m'obsède ! J'ai passé une partie de la nuit à essayer de reconstituer les mots tronqués !

— L'original tenait dans une boîte de Migrainine.

— Oui, et puis quoi ?

— Impossible de mettre la main dessus.

— Faut dégoter la boîte et son contenu, c'est ça ?

— Je vous confie cette mission, puisque Kenji renâcle à gouverner sans moi. Mais je vous préviens, j'ai déjà exploré ce deux-pièces, et le hangar déborde d'un tel bazar ! Ça exigera plusieurs après-midi. Refermez à clé quand vous en aurez assez, et ne prêtez aucune attention aux deux gentlemen qui nous surveillent.

— Vous savez quoi ? Je regrette l'inspecteur Lecacheur, il nous flanquait une paix royale.

— Mon calepin.

— Le voilà. Merci pour vos encouragements. Allez, caltez, vos responsabilités vous réclament, je me chargerai des basses besognes, je suis rodé.

— Voyons, Joseph, cessez de me noircir, vous êtes le plus épatant beau-frère que j'aie jamais eu !

— Appréciez-vous votre fonction de tonton ?

— Que signifie cette question idiote ?

— Votre sœur et moi, nous avons mis en train un nouveau Pignot.

— Un deuxième !

Ému et surpris, Victor pressa Joseph contre sa poitrine. Il était la proie d'une morsure d'envie. Iris allait avoir un deuxième enfant, tandis que Tasha et lui... Il se morigéna aussitôt, n'avait-il pas prétendu être hostile à l'idée de devenir père ?

— C'est merveilleux, Joseph ! Salut à vos nuits blanches ! C'est pour quand ?

— Avril.

— *Avril l'honneur et des bois et des mois, avril la douce espérance...* chantonna Victor en se ruant dans l'escalier.

Joseph éprouvait un léger remords à s'être glorifié de sa paternité, il plaignait Victor de ne pas avoir de rejetons. Il haussa les épaules, cela finirait par se produire. En attendant, un problème le sollicitait, et, si de simples hypothèses en constituaient les bases, ce rébus était très alléchant.

— Résumons : Pentaour a inventé la formule alambiquée d'un machin inconnu, un poisson l'a boulottée, une patronne de taverne la lui a extraite des boyaux et l'a refilée à son amie Alexandrine, qui l'a planquée dans une boîte de Migrainine, Alexandrine a été zigouillée… Clair comme de l'eau de roche ! Et maintenant ?

Il décida de tirer les meubles et, à croupetons, d'examiner avec soin les lattes du parquet. Il se redressa bredouille, inquiet du craquement de ses genoux. Il s'attaqua ensuite aux étagères. Les livres qui les occupaient étaient pour la plupart des grands formats à cartonnage bariolé, œuvres de Daniel Defoe, Charles Perrault, Alexandre Dumas, Grandville ou Rodolphe Töpffer, à l'exception d'un broché in-octavo intitulé *Les Planètes et leurs influences*.

Démoralisé, il s'allongea sur le plancher. Ses paupières se fermèrent et bientôt il respira régulièrement. Des images indistinctes défilèrent devant lui. Il était sur la lune. Il avançait le long d'une crevasse bordée de piles de livres, il foulait un tapis de pages blanches. Il s'arrêtait et se livrait à des calculs compliqués. Quel bénéfice empocherait-il s'il vendait tous ces exemplaires ? Il déchiffrait les noms des auteurs : Joseph Pignot, Joseph Pignot, Joseph Pignot. Les piles de livres se transformaient en monstrueux bouquets gris, s'ébranlaient lentement et penchaient dans sa direction. Il voulait fuir, mais ses jambes rechignaient. Les bouquets s'écroulaient, l'ensevelissaient de leur poids écrasant…

— V'là l'cresson d'fontaine, c'est la santé du corps… perçut-il vaguement.

Il ouvrit les yeux. Déjà le matin ? Une pensée incongrue lui traversa l'esprit. Comment fait-on pour être ami avec la lune ? Il se releva en soliloquant :

— Il suffit d'aller lui parler… La fleur moche battit l'air de ses pétales et une fois là-haut… Eh bien, on ne sait pas ce qui s'est passé, parce qu'elle est allée vers le côté caché de la lune et on n'a rien vu du tout. Et moi non plus je ne vois rien du tout. Migrainine, où es-tu ?

Il se sentait si fatigué ! Il tourna la tête, contempla la rangée d'ouvrages littéraires. Une subtile impression de tenir le bon bout l'effleura :

— La face cachée de la lune !

Il s'empara de l'ouvrage *Les Planètes et leurs influences*, d'où s'échappa une liasse entourée d'une faveur mauve. Il la délia afin de compulser une dizaine de photos floues d'un vieux commissaire-priseur nu-tête dont le bâton dressé rappelait celui d'un chef d'orchestre, et un paquet de lettres datées de 1883 qui se terminaient invariablement par cette tournure :

> *Ton Mercure véloce qui dépose à tes pieds adulés son cœur de messager des Dieux.*

— Nom d'un glockenspiel fêlé, j'éviterai cc style ampoulé dans mes romans !

Il y avait aussi quelques factures et une enveloppe contenant la copie d'un document officiel :

> *Extrait des actes de naissance de la commune de Maison-Blanche pendant l'année 1840.*
>
> *L'an mille huit cent quarante, le 17 juillet à cinq heures du soir, acte de naissance d'Alexandrine Eugénie Prospérine Piote, de sexe féminin, née le 16 juillet courant, à trois heures du matin, au domicile de ses père et mère, fille d'Antoine Piote, âgé de vingt-trois ans, ouvrier ébéniste, et de Philomène Fournier, âgée de vingt ans, lingère, domiciliés rue de l'Espérance, numéro 12* bis. *Dressé par nous, Eugène Sulpice Boursaud, maire, officier de l'état civil de Maison-Blanche, sur la présentation de l'enfant et la déclaration*

faite par le père, en présence de Michel André Rémy, âgé de trente-neuf ans, maçon, demeurant à...

Excédé de ces énumérations, Joseph interrompit sa lecture. Il allait restituer ces feuillets aux *Planètes* et à leurs influences, quand il se figea. À défaut de la boîte de Migrainine, il rapporterait à Victor cet indice abscons.

Modeste Champlan avait été assez magnanime pour abréger en fin d'après-midi les souffrances de sa coiffeuse, frappée de ce fléau menstruel dont il redoutait les effets sur sa propre épouse.

Laissant derrière elle des rues embrasées de vapeurs rougeâtres, Lucy Grémille faillit s'égarer plusieurs fois avant d'atteindre au crépuscule le quartier du « Village de l'Avenir » créé près de quarante ans plus tôt par un certain Chauvelot. Ce défricheur avait attribué aux voies de son lotissement les noms des principales victoires de la campagne d'Italie de 1859, de villes rattachées à la France ou de héros gaulois. Effarouchée par ce labyrinthe désert éclairé à l'huile, Lucy Grémille ne s'attarda guère dans l'impasse du Labrador.

Jean-Pierre Verberin, attablé devant un assortiment de fromages, un verre de vin et une baguette, se préparait à étudier une brochure proposant aux ouvriers et aux retraités une maison pour la modique somme de neuf cent quatre-vingt-quinze francs. D'une superficie de vingt-cinq mètres carrés, cette construction à monter soi-même comportait une cuisine et deux chambres. Le devis estimatif incluait une charpente avec couverture en cornières sapin au prix de huit francs le mètre superficiel. On suggérait aux propriétaires d'un terrain glaiseux, ce qui était le cas de

Jean-Pierre Verberin, possesseur d'une ultime parcelle aux lisières de Gentilly, d'établir sous les fondations un lit de sable. Perdu dans ses calculs, il ne perçut les coups qu'au bout de quelques minutes.

Il entrouvrit prudemment sa porte et, apercevant sa visiteuse, manqua la lui claquer au nez sous le coup de l'affolement.

— Monsieur Verberin, vous avez peur que je vous mange ? Oh ! C'est vous qui alliez manger, excusez-moi, je vous ennuie…

— Du tout, asseyez-vous, je vous en prie.

Cramoisi et confus, il essuya de la paume une chaise cannée.

— Ravissant ! C'est vous qui avez cousu ce manteau d'Arlequin ? s'exclama-t-elle, désignant sur un fauteuil une couverture constituée de tissus multicolores.

— Non, c'est Monette, ma femme. Chaque semaine, elle y ajoutait un morceau, elle disait que c'était son combat contre la maladie, et que, quand nous serions séparés, je n'aurais qu'à compter les pièces assemblées pour savoir combien de jours elle avait résisté.

— Je suis désolée. Le faites-vous ?

— Je n'en ai plus besoin, je connais le nombre par cœur : quatre-vingt-douze. J'ai sauvegardé les huit carrés qu'elle n'a pas eu le temps de réunir. Elle avait la certitude qu'elle ne dépasserait pas la centaine.

Embarrassée, Lucy tenta une diversion.

— Vous vous intéressez aux maisons ?

— Oui, j'envisage d'en bâtir une, j'ai un lopin de terre et quelques économies, alors maintenant que mon temps m'appartient… Ce ne sera pas un palais, mais je m'en contenterai, et au moins je serai tranquille, ici c'est très vétuste et la promiscuité de mon voisin, un ancien boucher qui s'adonne à la boisson, m'est extrêmement pénible.

— Et vous en seriez capable ?

— Je crois. Monette affirmait que j'étais un as du bricolage, c'est moi qui ai fabriqué nos meubles.

— Je vous envie, je n'ai pas ce talent.

— Vous en avez d'autres, par exemple couper les cheveux.

Elle profita avec soulagement de cette transition.

— Justement, j'ai réfléchi à cette carte-réclame que votre ami Brin…

— Bringart, Jean-Baptiste. Bringolo, quoi ! Une de ces cartes lui servait de marque-page.

— Mon fiancé, le capitaine Alphonse Ballu, du ministère de la Guerre, en conserve aussi sur lui. Or il a disparu. Même s'il n'y a qu'une chance sur dix mille, j'ai songé que peut-être votre ami et lui avaient tissé des relations cordiales. Vous comprenez, je m'en voudrais de négliger une piste.

Le menton appuyé sur ses mains jointes, Jean-Pierre Verberin esquissa une moue.

— Cela me surprendrait, Bringolo n'est pas du genre à fréquenter les ronds-de-cuir des ministères. J'ai prétendu qu'il est voyageur, c'est trimardeur qui conviendrait. Il vit à la petite semaine et couche à la belle étoile.

Lucy Grémille ne se laissa pas démonter.

— Vous en avez, des préjugés ! On a déjà vu sympathiser des gens issus de milieux très différents !

— En tout cas, ils ont un point commun : Bringolo également est introuvable.

— Ah ! Vous voyez ! Et où habite-t-il ?

— Quand je l'ai quitté, il s'accordait une escale dans une bâtisse inoccupée du côté de la rue Corvisart.

— Pourquoi n'irions-nous pas la visiter ensemble ? proposa-t-elle.

— Tout de suite ?

— Demain ?... Non, plutôt dimanche, c'est mon jour de congé. Pour l'heure, vous savez quoi ? Je grignoterais volontiers une portion de camembert et une tartine, je suis partie de chez moi l'estomac vide.

Tandis qu'il s'empressait de lui préparer une assiette avec la maladresse des timides, elle l'observait à la dérobée. Ce visage buriné au crâne tonsuré ceint d'une couronne grise, ces bons yeux bruns aux commissures striées de rides d'expression l'attendrissaient. Il n'était pas si vieux, après tout, et il émanait de lui beaucoup de gentillesse. Elle se prit à rêver qu'il lui offrait la clé de la maison de poupée peinte de couleurs vives sur le catalogue plié près de la bouteille. Aussi l'écouta-t-elle d'une oreille distraite.

— Le recueil en question, c'est *La Chanson des gueux*. Bien sûr, il a coutume de se débarrasser des livres sitôt qu'il les a dévorés. Mais celui-là, c'est spécial, il l'apprécie vraiment. Vous avez lu Jean Richepin ?

— Ne me dites pas que vous n'avez pas reçu *Deux Sphinx* d'Abel Hermant, il est paru au début du mois ! C'est un texte très court et charmant dans lequel un savant s'entretient avec un petit sphinx appelé Marika.

— Je suis navré, madame de Salignac, mais les deux exemplaires commandés ont été vendus, armez-vous de patience, conseilla Victor, excédé.

Kenji avait filé à l'anglaise, et par un fait exprès, les clients affluaient dans la librairie Elzévir. Mathilde de Flavignol y avait donné rendez-vous à Helga Becker, en compagnie de laquelle elle voulait assister au championnat de vitesse des Gais Cyclistes Parisiens, au vélodrome de l'Est. Les deux pies tardaient à lever le camp et achevaient d'exaspérer Victor, victime non seulement de la comtesse de Salignac mais aussi d'un amateur de romans médiévaux.

— J'ai croisé Mme Legris : elle a donc succombé à la « petite fée mécanique qui multiplie les pouvoirs de l'homme », ainsi que l'écrit un journaliste, constata Mathilde de Flavignol.

— Et de la femme, sans conteste. Je suis son professeur, c'est une élève fort douée.

— Ce costume est d'une impudeur ! marmonna la comtesse de Salignac, qui ne cachait pas son mépris envers la jupe-culotte dont s'affublait Helga Becker.

— Je le juge pratique. Il n'est d'ailleurs pas le privilège des adultes, repartit celle-ci. J'ai lu que le plus jeune bicycliste de ce pays a trois ans, il est né à Limoges. C'est un curieux spécimen d'hérédité puisque son père est chef-consul de l'Union vélocipédique de France. Ce prodige est le Pic de la Mirandole de l'athlétisme, il canote mieux qu'il pédale !

— Peut-il marcher, au moins ? demanda l'amateur de textes médiévaux.

— S'il danse, nul doute qu'il ne se divertisse avec la berline, ce pas américain a conquis les salons parisiens à l'instar du boston et du rackett-galop, souffla Mathilde de Flavignol, qui tenait à briller aux yeux du libraire.

— Certes, mais le tout dernier amusement parisien, c'est la photographie aux rayons X, cela devrait vous passionner, *Herr* Legris ! s'écria Helga Becker.

— Quelle horreur ! Contempler l'intérieur de ses mains, c'est encore plus indécent que de révéler ses jambes, décidément je déteste le progrès !

La comtesse de Salignac fut approuvée par le médiéviste, et tous deux échangèrent des regards dédaigneux pendant qu'Helga Becker se récriait :

— Vous avez tort, grâce à M. Wilhelm Conrad Röntgen, mon compatriote de Wurzbourg, découvreur de cette source lumineuse susceptible de traverser les corps opaques, la médecine va exécuter un bond de géant ! *Wunderbar !*

— La médecine n'est pas un haricot sauteur, gronda la comtesse.

— Monsieur Legris, le bruit court que vous êtes l'un des spectateurs de la première séance du cinématographe Lumière. Est-il exact que l'on ait expérimenté cette innovation dans les sous-sols du *Grand Café* ?

Mathilde de Flavignol implorait le libraire d'engager la conversation avec elle. Si elle avait lu en Victor, elle eût ravalé sa question, car il était déterminé à pulvériser en particules invisibles à l'œil nu les fâcheux perturbant sa quiétude.

Joseph surgit en libérateur. Lorsqu'il eut verrouillé la serrure, il brandit triomphalement l'extrait d'acte de naissance d'Alexandrine Piote.

— Hourra ! Le quartier d'enfance de la brocanteuse, c'est le XIIIe arrondissement !

Victor parcourut le papier.

— Vous êtes sûr ? Il s'agit de la commune de Maison-Blanche.

— J'ai téléphoné à Isidore Gouvier, il m'a fourni l'historique de l'annexion à la ville de Paris de cette fraction de la commune d'Ivry. C'est arrivé en 1860. En réalité, c'est le XVIe arrondissement qui aurait dû devenir le XIIIe. Mais il y avait à cette époque, où seuls existaient douze arrondissements, un dicton selon lequel se marier dans le XIIIe équivalait à ne pas se marier du tout, alors les rupins ont opté pour le numéro 16 et le numéro 13 a été collé aux purotins.

— Et la rue de l'Espérance ?

— Elle est située sur la Butte-aux-Cailles, qui, avant 1860, était... que je ne vous induise pas en erreur...

Il lut ses notes.

— Voilà... était un des hameaux formant, avec le Petit-Gentilly, dit aussi « la Glacière » et le Bel-Air, la Maison-Blanche.

— Donc c'est là que nous allons chercher *À la soupente garnie* et son Adélaïde, dès qu'il nous sera loisible d'échapper à l'œil de faucon de Kenji.

— Demain ?

— Normalement je peux me dégager, j'avais prévu de consacrer la journée à des développements photographiques. Vous, en revanche, êtes de garde. Comment comptez-vous vous y prendre ?

— La nuit porte conseil. Je vais inventer un stratagème digne d'Émile Gaboriau. Un imaginatif de mon genre résout en un éclair ce type de problème. Dès que je serai affranchi, je vous rejoindrai rue Fontaine. D'ici là, je vous autorise à me complimenter pour ma trouvaille.

Il adopta une pose avantageuse.

— Admettez que vous avez une chance de cocu, lança Victor en tapotant le buste de Molière.

— Vous insultez l'honneur de votre propre sœur !

— C'est M. Poquelin Jean-Baptiste qui s'exprime par ma bouche. Bien sûr que je vous félicite !

CHAPITRE XII

18 septembre

Kenji s'était couché tard, mais ne regrettait pas d'avoir invité Djina à dîner chez *Maxim's*, rue Royale. Les huîtres d'Ostende, les petits homards à la nage et les soles à la Polignac étaient un régal, rehaussé par le champagne et par l'orchestre tzigane de Boldi. Certes, en début de soirée, la clientèle était mal dégrossie et composée en majorité de gens dont le violon d'Ingres était l'oisiveté ou la débauche, pourtant, sous les peintures de naïades entortillées dans des nénuphars et les glaces cernées de volutes, Djina avait été flattée d'apercevoir la princesse de Chimay, née Clara Ward, et le duc de Morny. À partir de dix heures du soir, les habitués, le grand-duc Cyrille, le prince Galitzine, l'actrice Réjane, ou d'éminentes courtisanes, telles Liane de Pougy, Émilienne d'Alençon, Aphrodite d'Enghien, la belle Otéro, parcouraient « l'omnibus », galerie unissant le bar à la salle.

Il se versa un verre d'eau additionnée de bicarbonate de soude et, après des ablutions hasardeuses tant sa vésicule lui reprochait ses agapes, descendit à la boutique où Joseph s'activait depuis un bon moment.

— Aujourd'hui, je ne vous accorderai aucune permission de sortie, que cela soit limpide, énonça Kenji d'une voix pâteuse.

— Pas de danger, je serais navré de rater la merveilleuse incarnation de Vénus qui a franchi hier le seuil cinq minutes avant la fermeture et a juré qu'elle emploierait la journée à recenser notre gisement d'écrits. Elle ne se contente pas d'être une beauté, c'est une érudite. Si vous désirez digérer en paix, remontez donc, je m'occuperai d'elle, je me sens aussi aérien qu'un papillon, c'est le résultat d'un régime allégé.

— Vos sous-entendus sont déplaisants, vous semblez insinuer que j'ai commis des excès de table. « Lorsqu'il n'y aura plus de cuisine dans le monde, il n'y aura plus de lettres, d'intelligence élevée et rapide, de relations liantes, il n'y aura plus d'unité sociale », a prédit Carême. Afin de vous prouver que, sur le plan social, je suis invincible, je recevrai en personne cette cliente. Au fait, avez-vous pu délivrer tous vos colis ? Vous vous êtes mis en branle si tardivement…

La mine contrite, Joseph avoua qu'il ne s'était rendu la veille ni chez Salomé de Flavignol, à Passy, ni chez le professeur Mendole, place du Panthéon, ni chez l'élève de l'École des ponts et chaussées.

— Il étudie de l'autre côté du carrefour, mais il crèche à Levallois-Perret !

— Je vous autorise à vous acquitter de ces tâches sur-le-champ, je flaire quelque remords d'avoir imparfaitement accompli votre devoir, concéda Kenji, magnanime.

« Cause toujours, tu m'intéresses », pensa Joseph, qui jubilait sous une apparence désolée.

Il se pressa d'aller déposer ses paquets ficelés à la hâte au café *Le Temps perdu*, leurs destinataires survivraient s'ils les réceptionnaient avec un peu de retard.

— Surtout, pas un mot à M. Mori, c'est une surprise, notifia-t-il à la patronne, familiarisée avec ses frasques.

Nestor Belgrand ouvrit une bouche large comme un four, s'étira et demeura immobile. De peur de se lever du pied gauche, il préférait ne pas se lever du tout. Pourquoi affronter une entreprise aussi périlleuse alors que ses abattis lui infligeaient de si vives douleurs ? Et puis la brave Adélaïde pourvoirait à ses exigences ainsi qu'à l'accoutumée.

Les mains croisées derrière la nuque, il songea à rédiger ses Mémoires, moyen lucratif de meubler ses loisirs. Le public s'était rué chat en poche sur ceux de policiers célèbres, il y avait donc tout à parier qu'il se délecterait des confidences d'un authentique escarpe. Qui mieux que lui serait susceptible de décrire les fausses religieuses suppliant les vendeuses des Halles de leur bailler une aumône pour les pauvres épaves des hospices ? N'avait-il pas été, lors de ses premières armes dans la carrière criminelle, un de leurs comparses, longtemps ange gardien des ivrognes de la haute vautrés sur les bancs qu'il aidait à rallier leur logis et dévalisait au passage ? N'avait-il pas ensuite pratiqué, de concert avec deux amis répondant aux sobriquets de Tomate pourrie et de Pince-moi-le-pif, le « coup du père François » ? Il s'imaginait transcrivant la recette de ce populaire assassinat :

« Muni d'un foulard de soie, vous épinglez un client et vous lui serrez le kiki jusqu'à ce que jamais plus il ne participe à complies. Puis vous le délestez de sa vaisselle de poche, dans le meilleur des cas une poignée de cigues[1] et de thunes[2]. Le lendemain, à vous le pèze, les limaces et les galurins à viscope. Rideau. »

— N'y a pas mieux pour un Pantinois que le coup du père François ! vociféra-t-il.

Il renonça à ce projet littéraire, réclamant une traduction simultanée des termes sibyllins dont était truffé le langage argotique, et une foi absolue dans l'éditeur, qui pourrait trahir son auteur et le dénoncer aux cognes. Détail fondamental, Nestor Belgrand n'avait pas appris à tracer les lettres de l'alphabet.

— Nénesse ! Ramène ta fraise, y a plus d'bâtards ! brailla une voix de crécelle.

Il gagna le rez-de-chaussée, une salle étroite et sombre dotée de deux tables et de bancs où l'on se nourrissait pour huit sous, deux sous de pain, quatre de viande et de légumes. Les deux sous de vin se payaient d'avance. Chacun prenait son couvert en entrant et allait se servir au zinc où fumaient diverses casseroles mitonnées par la cuisinière, présentement campée poings aux hanches devant son homme qu'elle jaugeait d'un regard critique. Âgé d'une quarantaine d'années, son compagnon, qui n'était ni beau ni élancé, affichait une ressemblance non dénuée de charme avec un bouledogue : visage carré aux fortes mâchoires directement vissé aux épaules, silhouette trapue, bras et jambes plus courts que la normale aux extrémités capables de le protéger d'une détente efficace.

Nestor, lui, devinait qu'Adélaïde, son aînée de six ans, attirait encore les mâles, non qu'elle fût une

1. Pièces de vingt francs.
2. Pièces de cinq francs.

sirène, mais parce que sa taille restée mince, ses yeux pervenche et ses cheveux blonds striés de fils argentés témoignaient de la fougue de son tempérament. Elle l'avait recueilli alors que, gravement amoché à la suite d'une rixe, il se vidait de son sang sur le trottoir de la rue des Cinq-Diamants, où elle tenait sa gargote contre vents et marées. Dès qu'il avait été rétabli, il s'était fixé à *La soupente garnie* où il veillait sur la bonne marche des affaires et sur la propriétaire, à laquelle une connivence tacite l'unissait désormais. Ils n'étaient guère enclins aux serments amoureux, mais, épris l'un de l'autre, n'envisageaient pas de se séparer.

Nestor se chargeait des courses, encaissait les additions, prélevait une part réservée à son tabac et à ses menues dépenses, et s'en remettait à Adélaïde en ce qui concernait la gestion des finances, la confection des repas, la vaisselle et le ménage. Quand la clientèle abondait en raison d'une fête ou d'une noce, on louait un extra. La plupart du temps, le couple se débrouillait sans assistance, et rares étaient les querelles, car Nestor filait doux devant celle qui avait été sa providence.

— Des bâtards ? Combien ?

— Une dizaine suffiront, y a les rassis d'hier que j'ai fait griller, et puis c'est la période creuse. Ah ! Tant que tu y es, prends aussi une livre de lardons et trois douzaines d'œufs, la mère Blondeau n'aura qu'à inscrire ça sur notre ardoise.

Elle soupira d'aise. Enfin seule. Elle pourrait aérer leur chambre, se pomponner et surtout refaire son pansement. Le plat du jour, omelette au lard, serait vite expédié. À peine se dirigeait-elle vers l'escalier que deux hommes à la mise plus raffinée que celle de ses habitués apparurent.

— Madame Lesueur ? Vous vous prénommez bien Adélaïde ? Nous sommes des amis d'Alexandrine Piote, déclara le plus élégant des deux.

— On s'est perdus dix fois, un vrai dédale, ce coin, heureusement que votre restaurant est connu et qu'on nous a aiguillés dans la bonne direction, ajouta le plus jeune.

— Alexandrine ? On a papoté ensemble pas plus tard que la semaine dernière, je suis catégorique, c'était le matin où l'hurluberlu m'a troqué cette carpe en échange d'une entrecôte.

Victor se racla la gorge.

— Nous avons une mauvaise nouvelle à vous transmettre. Mme Piote s'est suicidée avant-hier, par pendaison.

Adélaïde Lesueur émit un glapissement et vacilla, heurtant son index droit bandé contre un dressoir. Elle poussa un second cri, de douleur cette fois.

— Pourquoi aurait-elle commis cette bêtise ? Elle aimait la vie et elle aurait eu trop peur de rôtir en enfer !

— Espérons que le tribunal de l'au-delà la comblera de circonstances atténuantes, puisque telle est, hélas, la triste réalité. Vous êtes blessée, remarqua Victor.

— Une broutille. Je me suis égratignée en écaillant une carpe, précisément le jeudi où Alexandrine s'est radinée, elle rappliquait tous les quinze jours, mieux réglée qu'une horloge. Un type a surgi, un traîne-misère, il m'a proposé un énorme poisson pour un repas et un litre de rouge. Alexandrine était au comptoir en train de siroter un mêlé-casse en attendant que la tambouille, une blanquette, soit cuite. Il n'y avait pas encore de monde, il devait être onze heures, parce que après j'ai dû me consacrer à un régiment de maçons italiens affamés. Alexandrine m'a emboîté le pas vers la cuisine et a reniflé le poisson, histoire de vérifier qu'il était comestible. Elle raffole des fritures, je l'ai invitée à déjeuner avec Nestor – mon cher et tendre – et moi, dès que j'aurais servi les ouvriers.

— Et c'est à ce moment que vous vous êtes écorchée ? s'enquit Victor.

— Exactement : une coupure au doigt. Alexandrine m'a enroulé un mouchoir autour, Nestor ne supporte pas le sang, ce qui, vu ses antécédents, est étrange, et pendant qu'elle reprenait le flambeau j'ai rempli les assiettes de la compagnie et je suis retournée à la cuisine. « Visez un peu ça ! » a beuglé Alexandrine. Figurez-vous qu'elle avait flanqué la carpe sur une planchette, qu'elle lui avait tranché la caboche, et qu'en fourrageant dans son ventre pour le vider elle en avait extirpé l'estomac, bourré d'un truc pas catholique, une sorte d'enveloppe de toile paillée qu'on a dépiautée. À l'intérieur, y avait un minuscule carnet couvert de chiffres et de lettres sans queue ni tête.

— J'espère que vous l'avez jeté, cet objet satanique ! Ça empeste le maléfice, assura Joseph.

— Alexandrine m'en a offert cent sous, parce que ça lui rappelait les cahiers qu'on façonnait dans notre jeunesse pour jouer à la maîtresse. Moi, j'ai accepté, après tout la Bible nous rapporte bien que Jonas a été gobé par une baleine, même qu'une rue qui porte son nom aboutit à la nôtre, y a rien de sorcier là-dedans, ces bêtes-là, ça ouvre la gueule et ça déglutit, les pigeons c'est pareil, quand ils ont que dalle à s'enfourner dans le bec, ils se goinfrent de cailloux…

— Où le trimardeur avait-il pêché cet animal ?

— On a essayé de lui tirer les vers du nez mais il était paf, quelques verres avaient suffi. Il divaguait, il causait d'une maison maudite, d'un épouvantail qui flottait sur une mare. Des calembredaines. Mon Nestor soutient que c'était une allusion à une baraque inhabitée, dans un état de délabrement avancé, pas très loin d'ici. C'est probable. Une éternité qu'on doit raser ça ! Les gens des environs ont la trouille. Parfois, la nuit, on distingue des lueurs baladeuses. Bref, deux des maçons ont agrafé le bonhomme sous les aisselles et l'ont viré de chez moi. La charité à la rigueur, les poivrots en aucune manière, ça vous ruine une réputation. L'hurluberlu est allé cuver sur un banc. Deux heures plus tard, quand Nestor s'est tiré des flûtes pour acheter son paquet de caporal, y avait plus personne. Pauvre Alexandrine !

Elle se tamponna les yeux avec son tablier. Le sens du commerce eut raison de son chagrin, et elle offrit à ses visiteurs de boire un coup. Victor commanda un vermouth, Joseph une chopine.

— Et si c'était dans la Bièvre que votre énergumène avait appâté son poisson ? suggéra Joseph.

— Vous rigolez, c'est pas une rivière, c'est un égout, avec les saletés que les tanneries y déversent ! On aurait recraché la première bouchée, tandis que là c'était un fameux régal.

— L'archange a signalé que la bestiole avait sans doute été volée chez un poissonnier, mais le vagabond a juré ses grands dieux que non.

Celui qui venait de s'exprimer, un homme épais et courtaud à l'allure belliqueuse, se débarrassa du carton lui encombrant les bras.

— Je vous présente Nestor. Nestor, ces messieurs sont des amis d'Alexandrine. Tu vas en tomber à la renverse : elle s'est pendue !

Nestor Belgrand se roula une cigarette et, courbé vers Adélaïde, lui souffla à l'oreille :

— Gaffe ! C'est p'têt' des roussins.

— Qui est cet archange ? Un de vos consommateurs ?

— Il a son rond de serviette et sa bouteille attitrés. C'est un fabricant de paradis, son atelier est tout près.

— Je ne saisis pas un traître mot : un archange qui façonne des paradis, c'est un moine touché par la grâce ? questionna Joseph.

— Ben mon gars, tu vas pas souvent à confesse ! T'as déjà mis les pieds dans une église ?

— Fiche-lui donc la paix, ordonna Adélaïde en ramassant les pièces que Victor étalait devant elle. L'archange, il enseigne aux novices à forger ces effigies religieuses qui ornent les chapelles. C'est aussi un pêcheur invétéré, il est friand d'ablettes, dès qu'il s'évade du turbin il va lancer sa ligne à La Varenne. Merci de votre générosité, messieurs.

— Et il se situe où, son paradis ?

— Pose ta chique et fais la morte, Dèdèle, conseilla Nestor.

— Au milieu de la rue Michal, facile à repérer.

Victor et Joseph saluèrent.

— T'inquiète, Nénesse, c'est des citoyens honnêtes. Les flics, y m'provoquent des crises d'urticaire. Et là, pas un bouton !

Le décor était presque champêtre, des coins de campagne s'intercalaient entre les masures et les garnis où plusieurs pensionnaires partageaient le même lit. Une population démunie tentait de s'enraciner à ces ébauches de rues parsemées de lopins où l'été se côtoyaient coquelicots et blé. Misère et délinquance allant fréquemment de pair, Joseph goûtait peu la promenade et craignait un guet-apens. Victor, lui, projetait de photographier ce pourvoyeur de lait d'ânesse, ce marchand d'écouvillons, de brosses et de raclettes, ou cet affûteur de scies croisés au hasard des sentes bordées de guinguettes et d'épiceries-fruiteries.

— À raccommoder les vieux seaux, les vieux soufflets, vieux parapluies ! brama un rétameur coiffé d'un béret troué au moment où ils embouquaient la rue Michal.

Aux lisières d'une cour engorgée d'échafaudages, de sacs de plâtre et de quelques troncs d'arbres, un saint Nicolas et une sainte Rose de Lima, statues longilignes d'un blanc tirant sur le jaune, montaient la garde. Un panonceau était suspendu au-dessus d'un porche lézardé :

MICHEL FORESTIER
Statuaire mouleur
Carton-pierre, stuc, plâtre, bois.

Victor et Joseph bousculèrent deux adolescents qui déplaçaient d'une étagère vers une caisse des figurines de divers formats sous le contrôle d'un gaillard vautré sur une paillasse.

— Bonjour, vous êtes le patron ? demanda Victor.

L'homme se redressa. Si ses cheveux fournis et blonds le paraient d'une physionomie angélique, sa carrure d'athlète et son paletot maculé étaient plutôt ceux d'un débardeur. Il examina les visiteurs en caressant son menton imberbe.

— C'est pour une commande ?

— Non. On nous a dit de nous adresser à l'archange.

— C'est ainsi qu'on me désigne.

— Le bruit court que vous êtes pêcheur.

Le gaillard daigna sourire.

— Les archanges n'ont jamais pêché. Blague dans le coin, j'aime surveiller le bouchon pendant mes heures de liberté. Le reste du temps, je me démène et ce n'est pas d'écouter vos sornettes qui augmentera mes revenus.

— Mme Lesueur nous a parlé de vous.

— Ah oui ? En bien ?

Il se tourna vers les apprentis.

— Cessez de lambiner, les mômes, y a trois autres livraisons à préparer.

Les gamins obtempérèrent en ricanant.

— Armand, un peu plus de doigté, sinon tu finiras par bousiller la marchandise ! C'est qu'il faut les brider, ces garnements, j'en suis responsable. S'ils n'en fichent pas une ramée, le fabricant de Bon Dieu va renauder.

Avisant les mines ahuries de Victor et Joseph, il précisa :

— Le commanditaire. Celui qui vend les statues dans la boutique, à Saint-Sulpice, où je trime une partie de la semaine. Il m'expédie des moutards et me charge de leur apprendre à modeler. Quand la besogne est bouclée, ils l'emballent en prime. Alors, Adélaïde ?

— Elle nous a débité l'histoire de la carpe miraculeuse. Vous auriez prétendu qu'elle provenait de l'étal d'un poissonnier.

— Sûr. Comment ce loqueteux aurait-il récolté une si belle pièce ? Dans la Seine ? Si je me postais au Pont-Neuf, je n'attraperais que du menu fretin. La Marne est un vivier de qualité, seulement côté carpes, ceinture !

— Vous connaissez ce trimardeur ?

— Si je connais le Bringolo ? Tout le monde connaît Bringolo ! Il grappille dans le quartier. Il a débarqué il y a une vingtaine de jours, même que je lui ai permis de roupiller ici deux nuits. Pochard, hâbleur, mais bon bougre.

— Où loge-t-il ?

— Ce que j'en sais ! Au pays des nuages, déguisé en courant d'air. Ces olibrius ne moisissent guère sur place !

— Nous cherchons aussi une baraque au milieu d'un terrain vague, dans le secteur, souligna Joseph.

— Vous êtes des petits curieux, vous. Votre baraque, elle jouxte la rue Corvisart. Un jour, tout va s'effondrer et il y aura des morts, parce qu'il arrive que les mioches y jouent aux gendarmes et aux voleurs, et que leurs aînés y fassent la bête à deux dos. On a accroché un panneau qui décrète : « Propriété privée, interdiction d'entrer sous peine d'amende », en pure perte. Vivement qu'on démolisse tout ça ! Sans compter qu'elle est hantée, la bicoque. La nuit, des feux follets y dansent la gigue. Prochaine méridienne demain à la même heure, maintenant le devoir m'appelle. Le prolétaire qui a le ventre creux, ça trime mieux qu'un bourgeois plein de nectar. J'ai commencé à tailler un tronçon de tilleul d'où ne tardera pas à naître un chérubin digne de Raphaël. Je m'y attellerai dès qu'Armand et Gaston m'auront aidé à couler dans les « bons creux » la pâte liquide destinée aux jambes et aux torses de notre tribu de saints. Je garde le meilleur pour ce soir : le moulage sur nature d'une ravissante demoiselle dont je vais enduire d'un jet l'épiderme d'huile et de plâtre.

— Elle va étouffer, prédit Joseph.

— Mais non. Lorsqu'elle sera sèche, je la démoulerai à l'instar d'un gâteau, et je comblerai la forme négative obtenue d'un mélange de ma composition.

Le résultat embellira non un lieu de culte, mais la demeure d'un riche importateur de fruits exotiques. Cela requiert beaucoup de virtuosité, mais aucun spectateur de moins de vingt ans n'est admis, conclut l'archange en bottant le postérieur d'Armand, à l'affût de leur conversation.

— Je lis vos pensées, Joseph. La réponse est non. Et puis la grille est cadenassée.

Ils longeaient la rue Corvisart pour tenter d'apercevoir la fameuse maison. Le ciel plombé s'était allégé d'une averse si brutale que la flore sauvage exhalait des effluves de forêt.

— Zyeutez ça ! Il suffit de se tortiller dans ce trou-là, et hop !

En dépit de ses appréhensions, Joseph se sentait l'âme d'un avatar du Dr David Livingstone. Tandis qu'il pataugeait dans la boue et se battait contre les arbustes, sourd aux admonestations de Victor, celui-ci se percha au sommet d'un monticule pierreux, espérant dominer le terrain accidenté. Il n'était pas sujet au vertige mais soudain, sur ce tas de cailloux glissants, il se sentit près de perdre l'équilibre. Un malaise s'installait en lui, la végétation le repoussait, un flux pernicieux vibrionnait autour de sa tête et l'enserrait de visions qu'il ne s'expliquait pas. Ces parages malsains recelaient des ombres menaçantes. N'eût été l'envie d'interroger le vagabond pourvoyeur de la carpe bibliophile, il se fût empressé de tourner casaque.

De son côté, Joseph déployait un enthousiasme récurrent en de telles circonstances. Il se coulait dans la peau d'un découvreur de territoires vierges et plantait un drapeau imaginaire tous les deux mètres. Que ne s'était-il muni d'une machette avant de se frayer une voie à travers cette savane arborée ? Une saucée brisa net son élan. S'il prisait l'exploration, il détestait la pluie. Il rebroussa chemin.

— Vous avez raison, l'instant est mal choisi. Mais je reviendrai !

S'extraire du tunnel broussailleux équivalait à un véritable défi, et Victor pesta contre sa propension à romancer des conjonctures en somme inconsistantes. Il bénit le ciel que nul pandore ne le surprît à quatre pattes sur le trottoir, coupable d'une violation de domicile caractérisée.

— M'est avis qu'il serait judicieux que vous vous absteniez d'insister, Joseph. Comparez notre affaire avec l'imbroglio de la rue Fontaine. La police ne parvient pas à déterminer s'il s'agit d'une tentative de suicide à l'arme blanche ou d'une agression délibérée.

— Ah oui, cette histoire que j'ai découpée, au début du mois, un monsieur Bedel, la gorge tailladée à coups de rasoir… Il a soutenu avoir été attaqué par trois individus qui l'ont soulagé de neuf cents francs. Tenez, je l'ai, là, dans mon carnet : une concierge balayait son escalier, quand, sur le palier du premier, a jailli son locataire, la figure et la chemise pleines de sang. Rue Fontaine, numéro 17, votre rue ! Quel cachottier vous êtes !

— Je proclame mon innocence. Pourquoi aurais-je tenté de trucider un roquentin ? Nous nous égarons. En tout cas, supposons que je me sois appuyé sur un postulat erroné…

— Vous ? Impossible, vous ne vous fondez que sur des preuves en chêne massif !

— Dispensez-moi de votre ironie. J'ai bâti, un peu vite, une intrigue selon laquelle Alexandrine Piote aurait été sacrifiée à cause de la boîte de Migrainine où elle avait rangé le livre miniature.

— Moi, je pense que ça tient debout.

— Ce ne sont que des théories. Elle l'avait peut-être vendu ou donné, ce livre. Elle s'est pendue pour des motifs personnels, son assassinat est une hypothèse.

— Hier vous étiez positif. Avec vous, c'est un pas en avant, deux pas en arrière !

Ils avaient marché jusqu'à l'avenue d'Italie. Devant une boutique qui proposait les produits de la ferme, un chanteur ambulant psalmodiait avec des trémolos dans la voix :

Ma gigolette, elle est perdue !

Il enchaîna avec *Tha-ma-ra-boum-dié*, rengaine que bissa le public de chalands. Joseph se fût volontiers joint à ce chœur et eût même acheté un petit format, mais Victor le remorqua jusqu'à la station de fiacres où, nonobstant le temps pluvieux, un arroseur inondait la chaussée.

— Modérez-vous, sinon vous serez inapte au service de la librairie.

Joseph se tint coi, ce qui ne l'empêcha pas de songer : « S'il se figure que je vais me contenter de débiter des bouquins, il se fourre le doigt dans l'œil ! Je refuse de lâcher cette charade ! C'est pas pour des nèfles que maman m'attribue une trombine de mule ! »

En mettant le couvert, Euphrosine fredonnait le premier air trottant dans sa mémoire.

— *On vend d'excellent's côt'lettes, ru'd'l'Arbalète, et de succulent gigot, ru'd'Turbigo !*

Elle se souciait peu que l'auteur des paroles se nommât Jules Jouy. En revanche, elle déplorait d'avoir été contrainte par sa belle-fille à mijoter des grondins sauce au beurre plutôt qu'une culotte de bœuf aux choux.

— *Prends gard', si jamais j'te r'pince, ru'Monsieur-l'Prince, j't'accommod'rai aux p'tits oignons, ru'Matignon !* rugit-elle, la prunelle vengeresse.

On sonna. C'était Micheline Ballu, le chignon en bataille, le châle à l'envers.

— Vous ? Qu'es-aco ? Une tuile ?

La bouche crispée, la concierge avala sa salive et articula :

— C'est… C'est… J'ai fui ma loge, j'étais au bord de la crise nerveuse, y a qu'à vous qu'j'ose me confier. J'importune ?

— Joseph n'est pas rentré et mon fricot est prêt, allons à la cuisine, on sera mieux pour une causette.

— Quelle poisse, j'en ai jusque-là de cet embrouillamini, j'vais choper un ulcère !

— Moi, c'est mes cors qui me lancinent, je commanderai des anneaux de Wasmuth, paraît que c'est souverain.

Micheline Ballu se laissa choir sur un tabouret, secouée de sanglots.

— Ben, calmez-vous, qu'est-ce qui cloche ? Ils vous ont flanqué votre congé, les mollusques ? J'vous sers un remontant, du vin d'Espagne, ça vous réchauffera.

— J'ai pas froid, déjà qu'on cuit dans son jus, ici… C'est à propos de mon cousin.

— Alphonse ? Le militaire ?

— Qui d'autre ? J'en ai qu'un, de cousin, Dieu soit loué. Ce matin…

Elle hoquetait. Euphrosine s'octroya une bonne rasade de malaga et, s'asseyant à son tour, rapprocha sa chaise.

— Vous êtes à ramasser à la cuiller. Sacré Alphonse !

Micheline Ballu réussit à se contrôler.

— Ce matin, deux militaires m'ont posé des tas de questions, est-ce que j'avais croisé Alphonse récemment, est-ce que j'étais au courant de sa nouvelle résidence, est-ce qu'il m'avait livré ses projets, et patati, et patata ! Moi qui suis privée de mon Onésime, ma famille se réduit à un unique parent, et voilà presque une semaine qu'il n'a pas pointé le nez au bureau ! Alphonse, un déserteur !

— Il est avec cette femme. Ah ! La gueuse, elle doit avoir une remarquable emprise sur lui, l'obliger à trahir sa patrie ! Les hommes, quand ça les démange, y deviennent pires que des hyènes !

Précédée de Daphné qui galopait en agitant un tambourin, Iris s'informa de l'heure du repas.

— On attend Joseph, mais la bouillie de la petiote est tiède, allez, mange, ma chérie, et pis file aux Quinze-Vingts[1].

Daphné lui jeta un regard interrogateur.

— Quinze ? Vingt ? Dix ? demanda-t-elle.

— Est-elle intelligente ! C'est une évidence, on a de la cervelle chez les Courlac, enfin les Pignot, s'extasia sa grand-mère.

— Restez à souper, madame Ballu, proposa Iris qui, sa fille sur les genoux, la gavait de porridge.

— Oh non, je vous remercie, il a peut-être déposé un mot à la loge… La loge, moi qui ai toujours été zélée ! Personne pour tirer le cordon ! J'ai oublié de prévenir Lulu.

1. Hôpital où l'on soigne les maladies de la vue. Devenue une expression populaire signifiant aller se coucher.

— Jésus-Marie-Joseph ! soupira Euphrosine, en se versant un verre de vin.

— De qui parlez-vous ?

— De son cousin Alphonse qui travaille au ministère de la Guerre, il manque à l'appel.

— Il doit y avoir une explication, il va se manifester, observa Iris dont la robe s'étoilait de taches blanches.

Les deux commères échangèrent un clin d'œil entendu.

— J'avais prié M. Legris de se renseigner, j'ai l'impression que je le canule. Vous en avez touché un mot à Joseph ?

Euphrosine hocha le menton, la saveur liquoreuse imprégnait ses papilles et la comblait.

— Si votre cousin ne donne aucun signe de vie... Ne le prenez pas en mauvaise part, madame Ballu, mais a-t-il une amie intime ? hasarda Iris.

— Laquelle ? aboya la concierge. En ce qui concerne les femmes, il est champion, Alphonse ! Mais de là à s'enticher d'une roulure qui pourrait être sa mère ! Pourvu qu'il aille pas nous attraper une chaude-pisse !

— Micheline, un peu de retenue ! gronda Euphrosine, les mains plaquées aux oreilles de Daphné.

La concierge se moucha bruyamment.

— Excusez-moi. Dire que je lui lave son linge, que je lui amidonne ses cols, que je lui mitonne des quiches. Et son deuxième uniforme que je lui avais repassé, j'en fais quoi ?

— Si vous l'apportiez à son adresse ?

Les trois femmes sursautèrent, Daphné cria :

— Papa !

Joseph, qui s'était introduit dans la cuisine, les espionnait en silence.

— Tu as mis les patins, mon minet ? J'ai ciré les planchers.

Il se drapa dans l'attitude de l'artiste que les détails triviaux emplissent de dédain.

— Cette adresse, vous la connaissez ?

— Pension Simonet, 37 *ter*, rue Violet, à Grenelle.

— Eh bien, madame Ballu, parole que, dès que j'en aurai le loisir, je me dirigerai vers la rue améthyste où vit votre cousin et, fidèle à M. Lecoq, je divulguerai le pot aux roses !

Micheline Ballu se répandit en bénédictions et se sauva, Euphrosine alla quérir les patins, Iris emmena Daphné au lit et, demeuré seul, Joseph, perdant de sa superbe, médita un plan qui lui permettrait de bénéficier d'une journée de liberté dès le lendemain.

« Faudra te résigner jusqu'au soir, vu que le samedi Victor est en vadrouille et que Kenji roucoule auprès de sa fiancée à la mode de Bretagne... Rue Corvisart, rue Violet, mon coco, tu t'éparpilles ! »

Malmené par la tornade du 10 septembre, le bateau-lavoir du Pont-Neuf avait été rafistolé de façon que les laveuses se cassent à nouveau les reins en martelant le linge sale. C'était un métier ingrat, Rose Varlet l'avait compris dès le début, lorsqu'elle avait été embauchée par une blanchisseuse de la rue Poulletier au cœur de l'été. De six heures du matin à la tombée de la nuit, un garçon lui remettait, de la part de sa patronne, le *fin*, le *demi-gros* et le *gros* qu'elle était chargée de trier puis de tremper, savonner, frotter, essorer et plier. Pantalons, mouchoirs, chemises, draps, torchons étaient comptés avec soin, de peur qu'une pièce fût égarée. Rose déduisait de son salaire les quarante centimes quotidiens de sa place, ainsi que les cinq centimes que coûtait chaque seau de douze litres de lessive, et le compartiment de séchoir loué à l'établissement quarante-cinq centimes pour vingt-quatre heures. Ces frais défalqués, elle gagnait à peine trois francs par jour. À l'horizon de ses quarante ans la guettait une silhouette de pocharde dévergondée aux jambes gonflées de varices. Cet avenir était certes lointain, toutefois quand, à proximité d'une chaudière brûlante et d'un fleuve venteux, on risque sans cesse une fluxion de poitrine, on redoute d'atteindre rapidement la limite de ses forces.

Elle avait conquis un gagne-pain et s'efforçait d'être ponctuelle afin de le conserver. Elle avait assisté à quantité de bagarres terribles entre fortes en gueule qui n'hésitaient nullement à se servir de leur battoir comme d'une arme offensive, aussi espérait-elle échapper à ces pugilats. Elle évitait également de céder à la tentation de participer aux tournées d'absinthe ou de devenir une coureuse de barrières. Combien de temps résisterait-elle ? Les fois où on l'avait employée à délivrer un ballot chez un célibataire, elle avait prudemment gardé ses distances, méfiante envers ces clients prompts à traiter les ouvrières pire que des catins.

Pourtant, elle appréciait la danse et ne rechignait pas à boire une verte le samedi soir, au bal Bullier, carrefour de l'Observatoire, avec sa copine Rolande. C'est là qu'elle avait chaloupé le mois précédent entre les bras d'un homme qui l'avait séduite au point de lui extorquer son adresse. Lorsqu'elle revenait au 13, quai d'Anjou, où elle occupait une mansarde, elle rêvait de discerner au pied de l'escalier la carrure de ce danseur blond. Non qu'elle envisageât une idylle, elle qui avait gobé nombre de serments amoureux et s'était amèrement repentie à l'aube, délaissée dans un lit ravagé, de sa crédulité. Sa mère lui ressassait une ritournelle de mauvais augure.

— T'es née sous le signe de la poire, encore heureux que tu n'aies pas déjà récolté un député dans l'urne, surtout qu'les faiseuses d'anges à Parthenay, c'est une denrée rare ! À Paris, ma main au feu qu'tu passeras à la casserole plus souvent qu'une toupie, gourde comme t'es. En tout cas, t'avise jamais d'nous honorer d'un polichinelle dans l'tiroir, ton père et moi, ça serait la honte !

À la brune, l'île Saint-Louis rappelait à Rose sa ville natale, tant les boutiques closes, les rues peu éclairées et désertes et les spacieuses fenêtres aux volets intérieurs étaient provinciales.

Munie du pain et du fromage qui constitueraient son dîner, elle s'attarda, attirée par une embarcation ahanant en direction du port de Bercy. Si elle avait eu assez d'argent, elle eût franchi la porte du *Rendez-vous des mariniers* et eût commandé des croquettes de volaille et un gâteau de riz. Avec un peu de chance, elle eût été susceptible, malgré sa timidité, d'enjôler un snob ravi d'être servi sur une des six tables de marbre. Elle manquait encore de l'audace des autres laveuses résolues à arrondir leurs fins de mois en vidant les poches de quelque barbon. Coucher, oui, mais avec un homme doté d'un charme tel qu'elle négligerait les conséquences possibles de cet acte.

Les becs de gaz du pont Marie se miraient dans l'eau noire. Rose aimait les cinq arches grêles d'aspect sévère, compagnes dévouées qui la protégeaient. Puis son regard dévia vers le port Saint-Paul où clignaient les gros yeux des péniches. Elle s'apprêtait à traverser la cour pavée de son immeuble, quand un homme lui barra le passage. Elle bondit en arrière.

— Rassurez-vous, ce n'est que moi, enfin je me décide. Un modèle m'a posé un lapin, je me sens solitaire et j'ai le spleen…

— L'archange, chuchota-t-elle.

CHAPITRE XIII

19 septembre

Chaque tirage accélérait son rythme cardiaque. Sur la feuille vierge immergée dans le bac se dessinaient des taches plus ou moins sombres qui finissaient par s'amarrer l'une à l'autre. Le magma initial se fondait peu à peu en une image inattendue, souvent différente de celle qu'avait anticipée Victor en pressant le déclencheur de son appareil. Cette fois, il vit apparaître Tasha allongée, nue, une main nonchalamment posée sur le pubis, semblable à l'*Olympia* sensuelle et pudique de Manet. L'expression de son visage paraissait empreinte d'ironie et le bras légèrement flou sur lequel s'appuyait sa tête suggérait une invite.

Pourquoi chérissait-il cette femme entre toutes ? Certes, elle était belle et leurs corps s'accordaient avec délices. Mais selon lui, il était impensable que la passion se résumât à ce que Chamfort avait décrit comme « le contact de deux épidermes ». De quelle mystérieuse alchimie était-elle l'aboutissement ?

Une association d'idées lui remit en mémoire les mots tronqués, recopiés d'après le livre miniature d'Alexandrine Piote. « Une formule quelconque », avait avancé le professeur Mendole. Un médicament ? Un onguent ? Une pommade de Jouvence ? Une drogue ? Il passa dans la chambre à coucher.

Son carnet ouvert devant lui, il éplucha le vieux codex pharmaceutique posé sur un rayonnage de la bibliothèque.

— *Cinnamome* : arbrisseau originaire des régions chaudes de l'Asie. *Myrrhe* : gomme résine aromatique fournie par le balsamier. *Nard* : plante herbacée exotique… Qu'y a-t-il encore ? *Aloès*…

La survenue du facteur interrompit ses recherches. Celui-ci lui remit le courrier et *L'Illustration*, une revue hebdomadaire à laquelle Tasha et lui étaient abonnés. Il ne résista pas à l'envie de la parcourir et lut un démenti formel de la prétendue évasion du capitaine Dreyfus, toujours relégué à l'île du Diable. M. Émile Chautemps, ex-ministre des Colonies, faisait savoir à l'opinion publique que le condamné, désormais enchaîné, était spécialement gardé par un sous-officier qui, un revolver chargé au ceinturon, avait ordre de lui brûler la cervelle à la moindre tentative de fuite.

— Charmant, grommela-t-il.

Un coup d'œil à sa montre le contraignit à fermer revue et codex, Euphrosine n'allait pas tarder, aussi était-il prudent de quitter l'appartement sur l'heure, tant pis si la séance de cinématographe de Georges Méliès ne débutait qu'à midi et demi.

« Il faudra soumettre cette liste à M. Chaudrey, l'apothicaire. Peut-être en tirera-t-il une hypothèse cohérente ? »

Pendant qu'il rangeait son matériel, il se remémorait la suite des faits qui les avaient conduits la veille, Joseph et lui, au terrain de la propriété de la rue Corvisart. Il se reprocha sa pusillanimité.

« Je flotte constamment entre deux impressions contraires. Alexandrine Piote s'est-elle suicidée ou est-ce un meurtre déguisé ? Il me faut une certitude. Nous continuons l'enquête. »

Dès la fin des projections au théâtre Robert-Houdin, il ferait un saut à la librairie afin de remettre Joseph en selle.

Riche idée qu'avait eue la cliente, au téléphone, d'être la proie d'une angine ! Cela permit à Joseph de se plaindre à son beau-père d'un mal similaire, un virus, sans doute, et d'être exempté de travail à partir de quatre heures.

« Pauvre Mme Kherson, les cataplasmes, c'est douloureux… Si elle croit que je n'ai pas reconnu sa voix ! Grâce à elle, je vais organiser mon expédition *piano* et *sano* », pensait Joseph en fonçant rue Visconti. Par bonheur, Euphrosine initiait Mélie Bellac au nain jaune dans l'ancien appartement de Victor, rue des Saints-Pères.

— Surtout, pas un mot à maman, elle serait capable de renoncer à son jeu pour me préparer du lait de poule et de la farine de moutarde, avait-il recommandé à Kenji.

Joseph avait conservé la jouissance de la caverne aux trésors de son défunt père, bouquiniste quai Voltaire. Elle se trouvait à l'intérieur d'une cour pavée où des écuries, attribuées jadis aux carrosses, avaient été reconverties en remises. Cette tour d'ivoire donnait sur les deux pièces-cuisine du rez-de-chaussée où dorénavant sa mère habitait seule.

Selon un rituel immuable, Joseph caressa du bout des doigts la photo punaisée à la cloison. Un bouquiniste rondouillard le regardait en souriant, adossé au parapet.

— Bonjour, papa ! Comment ça va, là-haut ? J'ai une sacrée nouvelle, tu vas encore être grand-père, sois vigilant, éloigne de moi les embûches, parce que j'ai besoin de protection, surtout ce soir.

Puis il employa un long moment à rassembler son attirail d'explorateur et, après avoir vainement traqué sa lampe de Ruhmkorff, se rabattit sur des bougies et des allumettes. Il piocha une boussole enfouie dans un carton débordant de lainages mités, pieusement préservés par Euphrosine en vue de la prochaine guerre, exhuma un calepin neuf de dessous un amas de *Gil Blas*, supputa le poids d'un sabre de garde national rouillé, le reposa, bourra ses poches de gommes et de crayons. Sur le point de sortir, il se ravisa et se munit d'une pelote de ficelle et de ciseaux.

— Bon, je suis paré. Je vais, je pars et je reviens.

Lourd de ces accessoires, il se hasarda dans la cuisine où il déroba un quart de saucisson, une demi-baguette et un couteau. Ce larcin pesa sur sa conscience le temps de gagner l'échoppe du *Petit Maure*. Là, au milieu de ses sacs de légumes secs et de ses tonneaux de harengs en saumure, le patron proposait un excellent café. Joseph se restaura sur le pouce, enchanté de cette aubaine qui éveillait en lui la nostalgie des occasions où, gamin, il avait échappé à la tutelle envahissante de sa mère.

— Qu'est-ce qui nous vaut l'honneur ? On vous voit pas bésef, m'sieu Pignot, remarqua la serveuse.

— Le travail, madame Bouchardat, le travail. Au fait, ça vous ennuierait de porter un mot à ma femme ?

Il griffonna un gros mensonge à l'intention d'Iris où il lui enjoignait de rassurer sa mère et de se coucher, il rentrerait tard.

— C'est bien au 31, rue de Seine ? s'enquit Mme Bouchardat, empochant papier et pourboire.

— Exact, deuxième étage. Merci, madame Bouchardat, à un de ces jours !

Un fiacre le conduisit rue des Cinq-Diamants où il espérait avoir une seconde conversation avec Adélaïde Lesueur. Si la chance était avec lui, son compagnon patibulaire serait absent. Le trajet fut assez lent pour qu'il revécût une lointaine incursion nocturne dans les ruines de la sinistre Cour des comptes[1]. Il y avait frôlé la mort de près et en entretenait un souvenir aussi effrayé qu'excité.

À la soupente garnie était barricadée de contrevents. Étonné que les propriétaires aient déserté un samedi soir, Joseph interrogea un bourrelier dont le commerce jouxtait le restaurant.

— Adélaïde ? Elle est à l'hôpital à cause d'une blessure à la main, ça s'est infecté et c'était très enflé, elle avait tellement de fièvre que Totor s'est affolé, expliqua l'homme, la cigarette collée à la lèvre.

— Quel hôpital ?

— J'en sais fichtre rien. Le Totor, il a avalé sa bavarde, une vraie carpe !

« Décidément, tout nous ramène à ce satané poisson ! En route pour le manoir aux spectres », se dit Joseph.

Il s'était égaré, avait dépassé une grande cheminée à toit conique, qu'il devina être le puits artésien de la Butte-aux-Cailles. Demi-tour. Enfin il foula le boule-

1. Voir *La Disparue du Père-Lachaise*, 10-18, n° 3506.

vard d'Italie et, rue Corvisart, repéra le tunnel de verdure menant à la brousse qu'il baptisa « Territoire autonome Pignot, célèbre géographe français ».

Il arpenta le trottoir jusqu'à ce que les quelques passants aient consenti à s'évaporer, et plongea. Inutile pour l'instant d'allumer une bougie, la clarté déclinante suffisait encore à s'orienter. Il s'arma d'une branche pour lacérer les clématites et les viornes tressées autour des arbres. Cet enfer vert devait attendre sa venue, car il s'écarta sur son passage et referma derrière lui ses lianes et ses frondaisons.

— Le tas de cailloux de Victor. C'est par ici que je m'étais embourbé, il y a toujours mes traces, pourvu que je ne sois pas pompé par des sables mouvants. Et si je me brisais un membre ou me faisais mordre par un serpent, ou tombais dans le sumac vénéneux ? Faut des ripatons solides pour venir à bout de ce maudit labyrinthe, ça grimpe, ça descend, je t'aplanirais ce salmigondis en vitesse, on construirait un dispensaire et une école destinés à inculquer aux indigènes que leurs ancêtres étaient gaulois.

Il ne cessait de perdre l'équilibre, pestait, se raccrochait de justesse à des cascades de lierre. Il rata une marche couverte de feuilles mortes, faillit embrasser un acacia. Une allée moussue se révéla plus spongieuse qu'un savarin à la confiture. Les souliers gorgés d'eau, il considéra un bassin où flottait ce qu'il prit pour des morceaux de liège, mais n'était manifestement que des poissons morts.

— Beurk ! Qu'est donc cette chose gélatineuse à museau pointu, une tête de chacal fossilisé ? C'est ragoûtant… L'équipe sanitaire éradiquera ce cloaque fétide, on édifiera un kiosque où l'on distribuera gratis des cachets de quinine. C'est quoi, ce machin, au milieu ?

Il plissa les paupières afin d'accommoder sur une sorte d'îlot surélevé, puis il salua une statue féminine en piteux état, doigts tendus vers le firmament.

— Ben, ma vieille, on te ravalera un tantinet, et puis on te couronnera d'un joli bonnet phrygien, de sorte que nul n'ignore les bienfaits de la République. Les autochtones te déposeront des noix de coco en hommage.

Pendant qu'il piétinait des planches et des caillasses, vraisemblablement les restes d'un abri protohistorique, un mulot terrorisé lui fila entre les jambes. Joseph alluma sa bougie, une goutte de cire lui brûla le poignet. Blessure de guerre.

Le parc s'éclaircit, la maison haussa ses pignons au-dessus des bosquets. En s'approchant, il discerna deux lions accroupis.

— Même la crème des hardis conquérants s'accorde des pauses, histoire de consigner leurs observations dont se régalera la postérité.

Il cala la bougie sur le socle d'un des fauves, avant de noter une description confuse des terres vierges récemment parcourues.

— Je vais où, moi ?

Il opta pour le pavillon central. Sa porte détériorée ne résista pas à une vigoureuse secousse. Il pénétra dans un couloir poisseux et toussa, agressé par la fétidité de l'atmosphère. À sa droite, une vaste pièce trouée de trois fenêtres crevées. Pas de meubles, à l'exception d'une caisse retournée de manière à supporter quelques chiffons et un alambic estropié. À sa gauche, une pièce étroite et sombre. Le parquet gémit quand il s'y engagea. Des graviers crissèrent sous ses semelles. Sa bougie décrivit des cercles sur un matelas d'où fusèrent des piaillements suivis d'une cavalcade.

— C'est habité. Des gaspards… Sale engeance !

Le couloir aboutissait à un escalier à rampe de fer. Les marches craquaient si fort qu'il redoutait d'être expédié dans les entrailles de la maison. Néanmoins, il rejoignit un entresol d'où une autre volée le mena au premier étage, copie conforme du rez-de-chaussée.

Côté ouest, une chambre aussi vide que celle du bas, à la différence que les volets cassés étaient clos. Les murs avaient la pelade et le sol était jonché de déchets dont quelques-uns paraissaient de nature organique. Joseph refréna sa curiosité, la lueur de sa bougie tremblota vers un plafond écaillé, puis filocha le long d'un lambeau poussiéreux qui avait dû être jadis une tenture. Cela sentait le moisi et le champignon. Une tige encore verte attira son regard. Il se baissa. C'était un mince ruban de velours qu'il aplatit entre deux pages de calepin.

Côté est, le remugle empirait, probablement parce que les volets, intacts, n'autorisaient aucun souffle extérieur. Joseph se pinça le nez de la main gauche. Une cheminée au foyer exigu et deux placards encastrés dans une cloison attestaient une présence humaine en des temps reculés.

— Décor parfait pour *Double assassinat dans la rue Morgue*, grogna-t-il en avisant une des fenêtres condamnées.

Il essaya de deviner la vue qu'il aurait contemplée s'il eût été possible de la délivrer de sa persienne : éventuellement la toiture prétentieuse de l'aile gauche, bâtisse biscornue qu'il visiterait ensuite.

La flamme jaune lui permit de lire plusieurs graffitis tracés au charbon. La plupart étaient obscènes, certains s'accompagnaient de dessins chargés de rendre plus explicites des assertions concernant les prouesses anatomiques que des individus de sexe mâle envisageaient d'accomplir dans un futur indéterminé. Isolée parmi ces promesses graveleuses, une inscription s'affichait sur une corniche effritée :

Marcel Taupin est un corbillard à deux roues[1].

Joseph renifla, méprisant, et dédaigna de recopier ces preuves d'une culture locale encore très primitive. Il détala avec d'autant plus de rapidité que les araignées, qui semblaient beaucoup se plaire en cet intérieur calfeutré, avaient tissé d'innombrables toiles autour de la cheminée.

Le second niveau serait-il aussi décrépi ? Joseph n'eut pas le loisir de le vérifier, car il eut soudain la certitude d'entendre un bruit trop régulier pour être le fait d'un rongeur. Il s'immobilisa, terrifié de se savoir coupé de toute civilisation, bloqué dans cette lugubre bâtisse qui avait englouti et digéré ses occupants successifs. Les fantômes reprenaient à présent possession des lieux où l'irruption d'un intrus les avait tirés d'un monde parallèle. Il y avait là quelque chose de surnaturel, les pulsations précipitées de son sang en témoignaient. L'esprit d'un trépassé rôdait. Les fenêtres refusaient de s'ouvrir, et, tapie au pied de l'escalier, l'attendait une créature infernale, émanation du rite vaudou.

Joseph était incapable d'aspirer une goulée d'air. Grimper ? Les genoux flageolants, il allait s'y résoudre lorsqu'il comprit que c'était un choix déplorable. En effet, les raclements répétitifs provenaient justement du palier supérieur.

La proximité du danger le libéra de sa léthargie. Il se propulsa doucement et dressa la tête. Un importun se baladait, là-haut. S'il s'agissait d'un revenant, il avait dû chausser des bottes de scaphandrier.

1. Personne triste, en langue populaire.

Une lueur nimbée d'un halo orangé illumina furtivement l'étage, Joseph souffla aussitôt sa bougie et se rabattit dans le domaine des arachnides. Quelqu'un descendait en sifflotant. Joseph connaissait cette mélodie, une berceuse que sa mère lui ressassait chaque soir sans réaliser qu'elle faisait naître en lui un sentiment d'effroi. Impossible de se rappeler les paroles.

Grincement, toussotements, claquement de porte.

Joseph courut vers l'un des volets déglingués de la chambre à la tenture. Une silhouette floue se profila sous un bouquet de noisetiers et disparut.

Sans se soucier de la solidité des marches, Joseph les dévala quatre à quatre. La sueur lui dégoulinait sur les yeux, il préférait ne pas penser à ce qui le guettait dehors et se serait lové dans un buisson s'il n'avait trébuché contre un obstacle. Il roula comme un sac de farine. Quand sa course prit fin, il était sonné. Il se ressaisit, repêcha sa bougie et ses allumettes au fond d'une poche. Une issue s'offrait à lui.

— La cave ? Ah, fichtre non ! Ça doit être plein de cafards et de rats. Tu ferais mieux de poursuivre ce type !

Mais l'inconnu aux souliers de plomb était loin, et le chercheur qu'était Joseph eût été un piètre exemple pour les générations à venir s'il avait négligé une grotte où s'épanouissaient peut-être des cristaux géants dignes du professeur Lindenbrock[1]. Il largua les amarres en se récitant à mi-voix :

« Voilà les terrains primitifs ! Nous sommes dans la bonne voie, marchons ! Marchons[2] ! »

L'escalier taillé dans la pierre procurait une stabilité garantie. Vingt-quatre marches séparaient le rez-

1. Héros du *Voyage au centre de la Terre*, de Jules Verne.
2. *Voyage au centre de la Terre*.

de-chaussée du sous-sol. Les exhalaisons qui frappèrent cette fois ses narines émanaient d'un charnier en putréfaction.

— Leurs cabinets d'aisances sont-ils bouchés ? Ou serait-ce le garde-manger d'une mygale colossale ? Courage, imagine tes lecteurs captivés par tes aventures, oublieux de leurs tracas, aveugles au monde qui les entoure. Nourris-toi d'expériences vécues, juste un petit coup d'œil et tu déguerpis.

Il s'approcha d'un renfoncement ménagé dans un mur, une sorte de niche peuplée d'objets étranges.

— Ce sont des animistes qui crèchent ici ! On dirait des reliques de sorcier… Ça fouette ! Des poupées ?… Non…

Il abaissa sa bougie, faillit la lâcher, poussa un cri d'horreur.

Il s'écarta vivement et eut toutes les peines à s'emparer de son calepin et à y noter d'une écriture tremblée :

> *Six mains de dimensions variées. Un pied avec le gros orteil manquant, des animaux, chiens, chats, à moitié emmaillotés de bandelettes, et…*

— Jésus-Marie-Joseph, maman, au secours !

> *… un cadavre de mouton desséché…*

Un hoquet le plia en deux. Il crut qu'il allait vomir son en-cas, quand il vit un reflet doré sous la niche. Sa main se posa sur une matière dure coincée entre deux briques. Il ramena un colifichet en métal, légèrement bombé, muni d'un minuscule anneau au revers, cela ressemblait à un bouton d'uniforme. Une inscription en relief se détachait : « Régiment colonial d'infanterie. » La pensée d'Alphonse Ballu lui traversa l'esprit. Alphonse Ballu mêlé à cette affaire ?

L'émoi que soulevait cette hypothèse coupa net sa nausée. Insensible aux piqûres de cire brûlante, il escalada les degrés, mû par une idée fixe, se remplir les poumons d'oxygène.

En nage, exténué, dégoûté du métier d'explorateur, il se traîna jusqu'au trou de la rue Corvisart.

— J'ai intérêt à me récurer avant de me coucher, j'embaume… Des embaumeurs ! J'ai découvert une manufacture de momies en plein Paris.

CHAPITRE XIV

20 septembre

Paupières mi-closes, Iris guettait Joseph. Il contemplait le plafond, mains jointes sur la couverture, doigts croisés et, entre ses yeux, les petites lignes de son front se creusaient en sillons avant-coureurs d'une méditation intense, elle le savait d'expérience.

Joseph avait changé, ces derniers temps. Non qu'il fût moins tendre envers elle ou Daphné, ni qu'il négligeât son travail. Elle le sentait préoccupé. Lorsqu'il rentrait, le soir, il n'accourait plus à la rencontre de sa fille, prêt à s'amuser avec elle. Il peinait à élaborer le plan de son prochain roman, et la parution en feuilleton de *La Vengeance du lémure* ne l'emplissait guère d'enthousiasme. Était-ce parce qu'il allait être à nouveau papa ?

Il s'était introduit en sourdine au milieu de la nuit. Elle l'avait entendu se débarbouiller. À l'aube, victime d'un écœurement lié à sa grossesse, elle avait défroissé dans la panière à linge sale les vêtements maculés, imprégnés d'une odeur malsaine, qu'il y avait bouchonnés. Ce n'était pas une femme qui l'avait retenu si tard, elle ne doutait pas de sa fidélité, mais s'il escomptait la berner grâce à un mot d'excuse aussi naïf, il la connaissait bien mal. Une expertise à Gif-sur-Yvette un samedi après le travail !

Il s'était rendormi. Elle l'observa ronfler, étendu sur le dos, bouche ouverte, bras sous l'occiput, et sourit. Elle n'était pas née d'hier.

« Mon retors de frère l'a sûrement embobiné pour qu'il se lance dans une énième enquête. Quels gamins ! Pourvu que, cette fois encore, ils s'en sortent indemnes… Tasha a désigné le bon mot, des douraks ! Je ne vais pas être responsable de deux enfants, mais de trois. »

Tout en égrenant ces considérations, elle se drapa d'une robe de chambre et sortit sur la pointe des pieds. Elle s'installa près du piano afin de poursuivre son conte : Le chat de l'île de Man, débarqué à Cherbourg, errait le long des docks lorsqu'il aborda un congénère. Iris décréta que les félidés ignoraient les barrières linguistiques et n'avaient aucun besoin de se trimbaler avec un dictionnaire bilingue.

— Blackie, tel sera le nom du greffier français, murmura-t-elle. Quant à notre héros de Man, nous l'appellerons Shorty. Shorty se lamentait sur sa queue inexistante, conclut-elle, les sens alertés par des trottinements.

Daphné ralliait à toute allure le lit de ses parents.

Joseph tambourinait sans relâche, décidé à s'entretenir avec Victor. Celui-ci, les paupières gonflées, se résigna enfin à s'arracher au sommeil.

— Joseph ! Qu'est-ce qui vous prend ? Un dimanche ? Vous avez des cernes, une panne d'oreiller ?

— Il fallait que je vous relate de toute urgence ce qui s'est produit hier. Figurez-vous que je suis retourné rue Corvisart et…

— Voilà pourquoi je vous ai raté à la librairie. Kenji m'a dit que vous souffriez d'une angine ! J'étais à deux doigts de monter chez vous, heureusement je me suis ravisé, je connais votre mère et ses remèdes de cheval. Quand elle vous soigne, ça tourne systématiquement à la tragédie. Venez, je vais attraper la mort, grogna-t-il, frissonnant dans son pyjama.

— Tasha est couchée ?

— Non, elle est cloîtrée dans le cabinet de toilette. La migraine, des vertiges, ça m'inquiète.

— Elle a peut-être pris froid, elle aussi.

— Pourquoi « aussi » ? Vous êtes réellement malade ?

— Oh, non, c'est Mme Kherson. Kenji est à son chevet, rien de grave. Notez, après la nuit que j'ai passée, y aurait des possibilités que j'incube l'influenza, mais vous vous en fichez !

Tasha parut, livide, chancelante. Victor se précipita et la soutint jusqu'à leur chambre.

Avec un soupir, Joseph s'affala sur une des chaises de la cuisine et préleva un quotidien d'une pile sous la table. C'était un exemplaire du *Passe-partout*. Il sauta plusieurs chroniques et en remarqua une soulignée au crayon rouge :

UNE DÉCOUVERTE MORBIDE

> « Hier, une marchande de café qui faisait sa tournée matinale a manqué mourir de frayeur en trouvant une moitié de crâne humain sur la berge du port Saint-Nicolas. La police enquête. »

— Ma parole, je rêve ! C'est un de mes journaux, c'est moi qui ai sélectionné cet entrefilet ! Comment diantre ?... Maman ! C'est trop fort ! Quel culot !

Il tira un second journal, le feuilleta frénétiquement et ne put contenir son indignation.

— Elle a fouillé dans la remise, ça se paiera, elle va m'entendre !

Un trafic criminel

> « On a découvert dans le port de Rouen trois pseudo-momies destinées aux collectionneurs. Après avoir éviscéré des cadavres récents, les escrocs les ont bourrés de papier et enveloppés de bandelettes, dont certaines authentiques. Les corps, décorés d'amulettes de pacotille, côtoyaient une trentaine d'animaux, momifiés eux aussi, dont une demi-douzaine de chats. »

Euphrosine avait donc récidivé et outrepassé l'interdiction formelle de son fils. Elle s'était permis de subtiliser une partie de sa précieuse documentation concernant les événements insolites qu'il collationnait. Il vérifia la date du dernier journal, 10 janvier 1896, et poursuivit sa lecture :

> « Comment séparer le vrai de la contrefaçon ? Des faussaires se livrent à des travaux d'art abusant les mieux informés. Citons pour exemple le scandale du sceptre de Charlemagne que la galerie d'Apollon au Louvre exposa de 1805 à 1882, date à laquelle on divulgua la supercherie. Ce sceptre n'était qu'un bâton de chantre moyenâgeux[1] habilement maquillé. »

— Ben ça, c'est du toupet ! M'escamoter des perles pareilles pour les accrocher dans les water-closets de Victor ou allumer sa cuisinière ! Si ce n'était pas ma mère, elle mériterait une bénédiction de parade ! s'exclama Joseph, outré.

— De quoi ? s'enquit une voix de rogomme derrière lui.

1. Anecdote véridique.

Euphrosine jeta rageusement son cabas sur la paillasse de l'évier.

— Ah, j'la porte, ma croix ! Mon propre fils, me menacer de violences physiques !

— C'était juste une métaphore, marmotta Joseph.

— Une méta quoi ? C'est ça, moque-toi de ta mère, cause-lui en jargon d'l'Académie française ! J'ai sué sang et eau depuis l'âge de huit ans, j'ai pas eu le privilège d'aller à l'école, moi, monsieur ! C'est ton pauvre papa qui m'a appris à lire. Ah, s'il était là, il t'en retournerait une ! J'suis un esprit simple, moi, faudra t'y faire. Puisque t'as le coco fêlé, j'me déguise en courant d'air, la cuistance ce sera pour plus tard, tu préviendras m'sieu Legris !

Furieuse, elle effectua une retraite de reine offensée.

— C'est facile d'accabler les autres quand on est dans son tort ! s'écria Joseph.

La suite de l'article le détourna de l'incident.

> « Quant aux momies dissimulées parmi un chargement d'oranges emplissant le cargo *Dakar*, il est probable qu'elles ont été embarquées au cours d'une escale au Caire. L'Égypte bénéficierait-elle de la bienveillance de douaniers sensibles aux bakchichs ? Bravant les lois, les habitants de ce pays se dédommagent des pillages commis chez eux par l'Europe et l'Amérique. Même si le commerce des antiquités est illégal, la vogue en est telle que les amateurs de nos pays succombent à la tentation de s'en procurer à tout prix. La demande pousse des individus peu scrupuleux à déterrer des cadavres frais et à les métamorphoser en momies ancestrales. Seulement, cette fois, un accident… »

— Avec qui cette altercation ?

Victor venait de retrouver Joseph, agacé de devoir renoncer à sa lecture.

— Ma mère. Elle m'a carotté mes journaux. Je lui ai dit ce que j'en pensais, elle s'est fâchée rouge. Comment va Mme Tasha ?

— Elle est indisposée, j'ai téléphoné au Dr Reynaud.

— Si on allait dans un endroit tranquille où on ne serait embêtés par personne ? Ce que j'ai à vous révéler est d'une importance capitale, et comme un fait exprès, ce canard…

— Me suggérez-vous d'abandonner mon épouse en un instant critique ?

— Rien qu'une heure. De toute façon, maman veillera au grain. Elle est de l'autre côté de la cour, elle boude. Allez donc lui expliquer, elle comprendra. Vaut mieux que je me tienne à l'écart.

— Vous l'avez vexée ?

— Ça, c'est un comble ! clama Joseph, qui roula le journal en un cylindre dont il se frappa la poitrine.

— Calmez-vous. Je m'habille. *Le Bibulus*, ça vous convient ?

Si les convictions religieuses de Victor se résumaient à quelques points d'interrogation, il s'obstinait néanmoins à estimer que les défunts tendrement chéris protègent les vivants, et que les lieux conservent les images des événements qui s'y sont déroulés. La gargote *Le Bibulus*, à l'enseigne du *Chien qui tète*, rue Tholozé, avait jadis été fréquentée par Tasha. À ce titre, cette taverne demeurait chère à son cœur. Lorsqu'il ressentait l'envie de s'y rendre, il humait avec félicité l'odeur de bière et de tabac qui imprégnait l'atmosphère. Le percolateur, les becs de gaz, le couloir abouché à une académie de billard n'existaient pas au temps où Tasha se joignait à ses camarades peintres dans l'atelier dénommé la « Chapelle de Thélème », pourtant l'ancien décor prenait toujours le dessus dans sa mémoire.

Firmin, le mastroquet aux joues rubicondes, exhiba fièrement la photographie de ses héritiers et, ajustant ses bésicles, s'étendit sur les mérites respectifs de Rupert, quatre ans, et de Servais, deux ans et demi. Assis face à face sur des chaises cannées, leurs consommations trônant au centre d'un guéridon, Victor et Joseph ne s'avouaient pas leur nostalgie de l'époque où des trépieds et des tonneaux encombraient la salle. Joseph entama le récit de son épopée et lut à voix haute l'article du *Passe-partout*.

— Curieuse coïncidence que vous ayez compulsé ce journal chez moi ce matin !

— Ça se discute. Évidemment, vous auriez pu le détruire sans qu'on le soupçonne. Mais ce trait rouge, ça prouve que l'histoire m'avait déjà attiré l'œil. Je l'avais mise de côté, cette gazette, et maman… N'en parlons plus, je suis résigné, je ne peux tout de même pas flanquer un cadenas à la porte, elle ne me le pardonnerait jamais. Quoi qu'il en soit, cet article, je l'aurais prochainement dépisté, parce que, étant donné que mon carnet est bourré, je prévoyais d'en…

Brusquement, Joseph se surprit à siffloter d'une manière assez forte et fausse les mesures de la mélodie entendue dans la maison de la rue Corvisart et sentit se hérisser les poils de sa nuque. Victor l'observait en tapotant nerveusement sur la table.

— Joseph, vous n'allez pas vous formaliser si je me montre impatient ?

— Quoi ? Oh non, je suis aguerri ! Y a une relation entre ce qui est imprimé là-dedans et Adélaïde Lesueur, c'est évident. Comment s'est-elle écorchée ?

En écaillant la carpe du trimardeur. Où a-t-il affirmé l'avoir pêchée ? Dans une pièce d'eau pleine de poissons crevés, à deux pas d'une baraque recélant des mains, un pied, des chats, des chiens emmaillotés et un mouton déshydraté.

— Relisez-moi la fin.

> « Seulement, cette fois, un accident est survenu. M. Jean Doussard, vingt-quatre ans, père de triplés, a été hospitalisé après s'être plaint d'une meurtrissure à l'épaule pendant le déchargement du *Dakar*. L'examen des sacs dont le contenu tranchant était incriminé a permis de répertorier des restes que la bienséance nous interdit de décrire, tant leur état était lamentable. Un compagnon de labeur de M. Doussard nous a déclaré : "Le travail est maigre et nous sommes nombreux. Quand on a la chance d'être désigné par le contremaître, on débarque tout ce qui se présente. Dame, faut nourrir la famille." »

— Qui a signé ce reportage ?

— Virus, autrement dit Antonin Clusel *himself*.

— Il nous en apprend trop peu. De deux choses l'une, soit des conclusions ont été fournies dans un numéro ultérieur, soit Clusel a opté pour la rétention d'informations. La seule façon de s'en assurer est de le cuisiner. Je vous propose de le rencontrer demain. J'ai peu d'espoir de le surprendre à son bureau un dimanche, et puis je veux consacrer ma journée à Tasha.

— Bonne idée. Dans l'éventualité où les symptômes de ce débardeur seraient analogues à ceux d'Adélaïde Lesueur : œdème de la main, forte fièvre, on serait certains qu'un lien relie ces deux histoires…

Des momies, vous vous rendez compte ! Des momies en villégiature à Paris !

— Des momies… Vous êtes sûr que votre imagination ne vous a pas joué des tours ? Ces débris animaux que vous avez entrevus à la lueur d'une bougie pourraient provenir d'un abattoir clandestin.

— Drôle d'endroit pour aménager une boucherie ! En tout cas, c'était du second choix. Je suppose qu'une deuxième promenade à la brune s'impose pour vous convaincre. Ce coup-ci, vous viendrez, ça vous permettra de constater *de visu* que je ne suis pas sujet aux hallucinations.

— D'accord. Ce sera un lundi de galérien.

Victor se leva. Il se sentait las.

— Attendez ! J'vous ai pas montré ça ! Je l'ai trouvé dans ce que vous appelez l'abattoir clandestin.

Victor roula le bouton doré entre ses doigts.

— « Régiment colonial d'infanterie », déchiffra-t-il.

— Hein ! Ça vous fait penser à qui ?

— Alphonse Ballu ? hasarda Victor.

— Qui d'autre ? Il a disparu, non ? Même que maman m'a dit que deux militaires s'étaient manifestés à la loge de Micheline Ballu pour lui tirer les vers du nez, ils appréhendent une désertion. Alors je me suis dit, mon vieux Jojo, conçois un plan pour le certifier, et je l'ai conçu, ce plan. Je vais emprunter à Mme Ballu l'uniforme de rechange de son cousin, j'inventerai un prétexte. Je sais qu'il est chez elle parce qu'elle rouspète assez de repasser les effets de son cher Alphonse. Tout à l'heure, j'irai le livrer à son domicile : 37 *ter*, rue Violet. J'exigerai de sa logeuse de le troquer contre son deuxième uniforme et s'il manque un bouton…

— Mais s'il le portait, cet uniforme, et s'il est en cavale ?

— Au moins on saura qu'il a vraiment pris la poudre d'escampette, et ça m'occupera, parce que j'ai besoin de me dépenser après ce fourbi de conjectures.

Victor soupira, dépassé par l'impétuosité de son beau-frère. Celui-ci insista pour le raccompagner rue Fontaine afin de s'enquérir de la santé de Tasha. Gavée de lait de poule et requinquée par les soins maternels d'Euphrosine, elle allait beaucoup mieux et avait décommandé le Dr Reynaud. Lorsque Victor suggéra une virée à Joinville, elle accepta avec joie. Réconcilié avec sa mère, Joseph s'en fut, conscient d'être le seul à se soucier sérieusement de l'investigation en cours.

Victor se confina dans son laboratoire. Fatigué, il ferma les yeux. Devant lui défilaient des chevaux de bois, des bateaux-mouches, des joueurs de cartes. Une dame se volatilisait subitement place de l'Opéra, des vagues se brisaient sur des rochers… La projection au théâtre Robert-Houdin l'avait davantage impressionné que la séance du cinématographe Lumière. Apparitions, substitutions… Il pressentait que Georges Méliès et ses alter ego enfanteraient des fantasmagories qui supplanteraient les rêves les plus ahurissants et il désirait par-dessus tout y participer.

Armande Simonet toisa l'intrus. Sa minceur, ses cheveux filasse et ses yeux bleus eussent fait de lui un individu séduisant, n'eût été la légère bosse déformant son dos.

Quand, un paquet sur le bras, il lui eut exposé sa requête, elle ne lui proposa pas de s'asseoir et refusa d'accéder à son souhait.

— Je suis navrée, mais je m'oppose à ce qu'on pénètre chez mes locataires en leur absence. Puisque vous avez eu l'amabilité de délivrer à M. Ballu son second uniforme, je l'accrocherai sur un cintre jusqu'à son retour.

— Il est donc vraiment parti ? Où est-il ? Sa cousine et moi-même aimerions vivement nous entretenir avec lui.

« Vous n'êtes pas les seuls », songea Armande Simonet, humiliée de l'interrogatoire auquel un fonctionnaire du ministère de la Guerre l'avait soumise la veille.

— Je gère une pension meublée, non un internat. Mes hôtes sont des adultes libres de leurs mouvements aussi longtemps qu'ils règlent leur terme. M. Ballu m'a payé un mois d'avance, c'est pourquoi je ne m'inquiète guère de ses déplacements. Peut-être est-il chargé d'une mission ultra-secrète.

— Ça m'étonnerait ! Micheline, enfin je veux dire Mme Ballu, a été sollicitée par le supérieur hiérarchique de son cousin et lui aussi vise à le harponner. De toute façon, elle sait, grâce à vous, qu'il s'est esbigné en compagnie d'une brocanteuse samedi dernier. Après on perd sa trace.

Elle haussa un sourcil, choquée de la familiarité de son langage.

— Renseignez-moi au moins sur un détail : a-t-il enfilé son uniforme avant de décaniller ?

Son interlocutrice répugnait à répondre. Ce ton naïf et suppliant n'émanait-il pas d'un esprit malintentionné ? Et si ce boscot était l'auteur de la lettre menaçant de ressusciter la jeunesse dissipée d'Armande Simonet ? Si cette scène n'était qu'une ruse destinée à l'éprouver ? Elle secoua la tête.

— Je l'ignore.

— Ben, c'est facile de contrôler, vous n'avez qu'à fouiller dans son armoire !

Elle eut un haut-le-corps et, scandalisée, lui intima l'ordre de se retirer.

— Quel manque d'éducation ! Me demander à moi, sa logeuse, de fouiner chez lui ! Me confondez-vous avec une concierge ?

Cette allusion à Mme Ballu acheva de courroucer Joseph qui s'éclipsa sans un salut.

Il percuta trois personnes, deux hommes et une femme âgés espionnant de toute évidence la conversation de la veuve et de son visiteur. Ils entamèrent sur-le-champ un dialogue artificiel concernant des ossements préhistoriques déterrés par l'un des deux hommes, pourvu de larges favoris bruns.

— Une maison de fous ! jeta Joseph à la servante prête à le reconduire.

— Chut, monsieur, isolons-nous une minute à la cuisine, j'ai quelque chose à vous dire, souffla la jeune fille, plutôt mignonne, avec un coup d'œil prudent de part et d'autre du corridor. En longeant le salon, j'ai surpris une de vos questions à Mme Simonet. M. Ballu était vêtu de son uniforme quand cette femme s'est présentée. C'est son nouvel habit à rayures qui est pendu dans sa chambre. Il le couve comme un œuf, ce costume de serge, c'est drôle qu'il ne soit pas encore venu le chercher !

— Mademoiselle, vous me rendez un immense service ! s'exclama Joseph.

Cramoisie, elle marmonna :

— Je m'appelle Catherine.

Joseph stationna à un arrêt d'omnibus. Dommage que cette gracieuse soubrette eût été inapte à lui décrire l'état de l'uniforme que portait Alphonse. Les boutons étaient-ils au complet ? La tenue qu'il avait extorquée après bien des palabres à Micheline Ballu et qu'il allait devoir lui restituer était impeccable. Si la moisson récoltée était médiocre, une conviction s'imposait : le capitaine Ballu s'était évanoui dans la nature depuis maintenant neuf jours.

Il compta les pièces au fond de sa poche. Un fiacre était un luxe à sa portée. Il s'éloigna au moment où Lucy Grémille, pomponnée et frisottée, accostait l'abri afin d'attendre le véhicule qui la mènerait auprès de l'ancien copiste.

Ils avaient dîné avenue de Choisy, près de l'usine à gaz, dans un troquet dont le propriétaire était le père d'un collègue de Jean-Pierre Verberin.

Ensuite ils avaient marché, d'abord à distance respectueuse, puis de plus en plus proche, jusqu'à ce que la lumière déclinât.

Muets et apeurés, ils examinaicnt la grillc cadcnassée, espérant la voir s'entrebâiller par miracle. Deux fois déjà ils étaient allés considérer la brèche menant à la propriété. Jean-Pierre Verberin avait eu beau assurer à la jeune fille que c'était l'unique accès au terrain vague, elle renâclait à l'emprunter.

— Si quelqu'un nous surprenait… Et puis, attifée de cette manière, je vais vous ralentir. Il serait préférable que vous agissiez seul, je resterai ici.

— Le quartier est mal famé, surtout la nuit, ça m'embête de vous laisser. Le mieux, c'est de reporter à demain.

Ils tergiversaient à voix basse lorsqu'une silhouette massive tangua vers eux. Ils foncèrent vers un recoin obscur à quelques pas d'un réverbère.

La silhouette adopta l'aspect d'un homme corpulent entre deux vins. Titubant, il s'agenouilla devant le trou et proféra une bordée de jurons terminée par ce cri de guerre :

— Je l'écorcherai vif, ce damné galvaudeux !

Il eut autant de peine à franchir la galerie qu'un bébé à s'arracher au ventre maternel.

Quand Nestor Belgrand se releva et reconquit un équilibre précaire, il n'avait rien d'un nouveau-né. La sentinelle, en faction dans un lilas, se fondit sous l'enchevêtrement des branches et marmotta entre ses dents :

— Bienvenue sur mes terres, chien galeux !

Nestor Belgrand ne perçut pas ce murmure, mêlé aux bruissements de la végétation, bientôt noyés sous ses imprécations rauques.

Malgré l'acuité de son regard, la sentinelle négligea de l'autre côté du mur le couple toujours dans la pénombre. Elle ne se tourmentait que de cet ennemi, lancé vers la maison d'une démarche bringuebalante, inconscient d'être l'objet d'un tel intérêt.

— Vous grelottez, dit Jean-Pierre Verberin, le bras autour de la taille de Lucy.

— N'est-ce pas votre ami que cet homme recherche ? Quel endroit morbide !... Allons-nous-en, je vous en conjure.

Ils titubèrent sur le trottoir dépavé, Lucy cramponnée à son compagnon comme si elle redoutait d'être repoussée. Pourtant, elle n'avait rien à craindre sur ce point, car il l'étreignait plus fort qu'il n'avait jamais étreint sa propre épouse.

CHAPITRE XV

21 septembre

Mélie Bellac en aurait pleuré. Elle qui escomptait avoir amadoué la parente par alliance de son employeur en se gavant des règles d'un jeu auquel elle ne comprenait rien ! Qu'avait donc cette femme à lui chercher des poux ? Et pourquoi intervenait-elle dans les affaires d'autrui ? Elle se vengea sur un innocent poireau dilacéré et plongé dans une casserole d'eau bouillante où il rejoignit la cause du litige, un morceau d'aloyau que, selon Euphrosine, il était criminel de cuire de cette façon.

— M. Mori adore la viande au four ! Vous allez lui flanquer une indigestion !

— *La charonha !* marmonnait Mélie, ce qui ne nécessitait pas de traduction.

Elle regrettait que la tante de M. Chaudrey l'eût incitée à accepter cette place. M. Mori était un patron quasiment mutique, dont l'appartement recelait des gravures licencieuses représentant des femmes et des hommes aux yeux bridés exhibant des parties de leur anatomie que seul le démon avait pu concevoir. De plus, chaque ingérence de Mme Pignot était catastrophique. En guise de consolation, Mélie entonna :

Durara' co pichounela
Durara' co toujourn...

Un crayon sur l'oreille, Kenji entassait des « retours », exemplaires défraîchis de livres que le soleil d'été avait décolorés tandis qu'ils se morfondaient en vitrine. Il poursuivit incontinent de sa voix grave : « *Tan que l'argen durara...* » sans s'apercevoir qu'il contrariait les efforts de Joseph qui s'évertuait à se remémorer la chansonnette sifflotée par l'inconnu dans la maison hantée.

Ce fut l'instant choisi par Mathilde de Flavignol pour surgir dans la librairie en toilette de popeline écossaise et chapeau rond orné de choux.

— Quel bon va vous amène ? s'enquit Kenji, de nouveau possédé par le patois corrézien.

Déconcertée, Mathilde de Flavignol déroula une publicité pour les cycles Bouxel et Dubois, qu'elle se glorifiait d'avoir extorquée à un colleur d'affiches qui en tapissait une palissade.

— Je vais l'offrir à Helga Becker, elle les collectionne. Elle ne serait pas là, par hasard ?

D'un air ingénu, elle essayait de sonder les profondeurs du magasin où seul Joseph s'activait. Dans le secret de son cœur, il n'y avait qu'une personne qu'elle aspirât à voir, c'était Victor Legris.

Mais celui-ci s'entretenait au même moment avec le bouquiniste Chanmoru, qu'il s'appliquait à circonvenir afin qu'il servît ses projets et ceux de Joseph. Il dépensa pas mal de salive et quelques francs avant d'être exaucé et, quand il apparut, Mathilde de Flavignol avait levé le camp. Il gara sa bicyclette à côté de l'armoire où Kenji avait engrangé ses souvenirs de voyages. À son tour, Joseph se coula dans ce refuge.

Incliné vers une pile de *Mourir*, roman d'Arthur Schnitzler traduit de l'allemand et paru chez Perrin, Kenji s'imaginait entendre Djina lui annoncer qu'ils ne se rencontreraient que la semaine suivante. Il avait insisté, s'était proposé comme infirmier, mais n'avait récolté que des « trop laide, cernes violets, joues rouges, préférable de me voir sous un meilleur aspect... ». Aurait-il dû persévérer ? Et si elle lui reprochait de lui avoir obéi ? Les femmes étaient tellement compliquées. Comment être certain que leurs interdits n'étaient pas des barrières vouées à la transgression ? Il soupira, brusquement découragé. Il avait beau aimer Djina, il déplorait ses liaisons d'autrefois, notamment celle qu'il avait eue avec Eudoxie Allard. Avec elle, pas de chichis, on se déshabillait, on consommait l'acte, on se rhabillait, et on se fixait un prochain cinq à sept.

— Cette logeuse est un faux-jeton, elle m'a empêché de monter chez Alphonse parce qu'elle camoufle un truc équivoque. Et si elle l'avait estourbi et suspendu dans la penderie près de son costume de serge à rayures ?

— Vous exagérez, Joseph. Calmez-vous, sinon Kenji ne sera pas berné par notre manœuvre.

Comme s'il n'avait attendu que ces propos, le carillon tinta. Un curieux personnage marcha vers Kenji. Une ample blouse caca d'oie recouvrait son pardessus, un cache-nez de laine emmitouflait son menton. Il était chaussé de sabots de bois blanc qui ébranlèrent le plancher, et coiffé d'une toque de castor sous laquelle sa longue chevelure jaune était torsadée en chignon sur la nuque. Deux minuscules orifices bleu pâle perçaient un visage fripé à moitié englouti par une barbe hirsute et se braquèrent sur les jaquettes fanées des romans.

— Hello, cher confrère. J'espère que votre librairie adhérera à mon plan de rénovation sociale et que, quand j'aurai créé mon syndicat, elle se soumettra à ses règles.

— Quelles seront-elles, monsieur Chanmoru ? demanda froidement Kenji.

— Ne vendre aucun ouvrage d'un montant inférieur à celui que j'aurai établi. Un comité entérinera les cotes. De même que dans mes vingt boîtes, tous les bouquins seront classés par ordre alphabétique, une étiquette en indiquera le titre et le prix, une ficelle en emprisonnera les pages, une pancarte rédigée en vieux français dispensera des conseils judicieux sur les soins à leur prodiguer, ainsi qu'une défense formelle de répandre sur leurs tranches des cendres de cigarette.

— Et ce comité, de qui se compose-t-il ?

— Essentiellement de ma personne. Mais je vous en reparlerai. *Hic et nunc*, une autre affaire m'amène. Vos deux associés m'ont promis de venir estimer les reliés rehaussés de l'ex-libris du chanoine Antoine Chevalier comprimés dans ma remise comme harengs en caque. Des raretés de 1650.

— *Ikénouk ?* Serait-ce de l'inuit ?

— Du latin, monsieur Mori, du latin : ici et maintenant.

Victor et Joseph jaillirent de l'arrière-boutique, deux enfants de chœur au sourire candide.

— Je me disposais à me rendre à Drouot, protesta Kenji.

— Je vous jure sur la tête de maman de rappliquer à midi ! brama Joseph.

— Économisez vos serments, de peur que vos fredaines n'aient raison de la santé de votre mère et de la patience de votre beau-père.

« Ils me prennent pour un dindon ! Chanmoru, des raretés ! Cette conspiration ne me dit rien qui vaille », rumina Kenji, épiant les trois larrons à travers les vitrines.

— Surtout, muselez votre bouche et n'oubliez pas d'empaqueter à votre étalage deux volumes contenant le fameux ex-libris, recommanda Victor à Chanmoru, dont les sabots claquaient déjà sur le trottoir de la rue des Saints-Pères.

Chavagnac et Gerbecourt, les agents du commissaire Raoul Pérot, veillaient sur la cour de Rohan avec la discrétion d'épouvantails à moineaux. Tout juste si Chavagnac ne salua pas Victor et Joseph dont il était censé épier les visites à la maison d'Alexandrine Piote. Il adressa un grand signe à Gerbecourt afin d'attirer son attention du côté du hangar où les deux suspects s'étaient faufilés.

Au spectacle du capharnaüm où était peut-être ensevelie la boîte de Migrainine, Victor émit un soupir auquel Joseph fit écho.

— Ça me donne une idée : supposez que, dans des millions d'années, nos descendants chargent des archéologues d'éplucher le quartier. Vlan ! Ils cueillent une loutre empaillée, une passoire et une crinoline et ils en déduisent que leurs ancêtres étaient de petits mammifères velus qui se coiffaient de chapeaux à trous et enfermaient leurs ennemis dans des armatures de baleines.

— Joseph, nous sommes pressés, oubliez vos lubies et au travail !

Ils employèrent l'heure suivante à déplacer des objets saugrenus dont certains étaient difficiles à identifier, telle cette raquette de badminton dépossédée de son manche et piquée de fleurs artificielles. Ils frôlaient parfois un gisement de gaufriers ou un filon de cuillers à absinthe. Dès qu'ils repéraient une boîte, ils n'avaient de cesse qu'ils ne l'aient extirpée du fatras l'enrobant et, désappointés, éternuaient, les yeux pleins de poussière, face à un emballage de Gouttes Livoniennes, de chocolat Menier ou d'Élixir des Bénédictins.

— C'est inutile, nous perdons notre temps, finit par admettre Victor.

— Pas tout à fait, rectifia Joseph, une liasse de feuillets à la main. Ça concerne les corps gras et l'acide stéarique, et c'est signé Chevreul, ça devrait satisfaire M. Mendole !

— Bravo, Joseph ! Il sera comblé et nous en profiterons pour creuser la question de la formule chimique contenue dans le petit livre. Préférez-vous imposer à M. Chaudrey un interrogatoire similaire ?

— Non, merci, il me harcèle avec les portraits politiques d'Eugène de Mirecourt que je n'arrive pas à lui compléter. Alors vrai, on se débine ? Chouette ! Vous permettez ?

Joseph gribouilla quelques notes dans son calepin tout en sifflotant inconsciemment l'air de la rue Corvisart. Refrénant son agacement, Victor grommela :

— Pourriez-vous cesser de me bassiner avec vos trilles ?

— Vous fâchez pas, Victor, quand j'entends une scie dont j'ai oublié les paroles, elle se grave dans ma caboche et j'en ai pour des mois. On part vraiment ? Sans regrets ?

— Autant chercher une allumette dans un terrain vague. Semez Chavagnac et regagnez le bercail, je m'occupe de Gerbecourt et je file au *Passe-partout*. Rendez-vous ce soir au *Temps perdu*, ultime étape avant la maison maudite.

Au sortir du fiacre, Hans marqua une pause. Aborder la rue Fontaine était une épreuve redoutée. Il méditait la reconquête de Tasha. Il avait longtemps pensé à elle avec irritation, mais aussi avec toute la chaleur de l'ancienne affection et un sentiment de poignante mélancolie. Depuis qu'il résidait à Paris, il s'était imprégné des lieux où il escomptait une rencontre fortuite, il avait fréquenté les mêmes personnes qu'elle, il s'était même complu à s'entretenir avec le damné libraire qu'elle avait épousé, un homme plutôt en retrait dont on prétendait qu'il avait débrouillé plusieurs affaires criminelles. Selon Hans, l'opinion publique égarait ceux qui l'écoutaient, et il n'était pas du nombre. En revanche, il ne renonçait jamais à assouvir ses appétences. Lorsqu'il avait accepté de participer à l'exposition du *Procope*, il avait cédé à son ambition, mais également à son envie de renouer avec celle qui l'obsédait à tel point qu'elle volait l'apparence de ses modèles. Les statues féminines disséminées dans son atelier étaient des duplicata de Tasha. À présent, il fallait la convaincre de s'abandonner à la flambée du désir qu'il éprouvait pour elle. Pourvu qu'elle fût seule !

La chance était son alliée : Tasha lui ouvrit, accoutrée d'une de ces blouses grisâtres qu'elle portait déjà à Berlin et sous laquelle il la devinait nue. Elle voulut refermer la porte, il la bloqua de son pied et la claqua derrière lui.

— Serais-je importun ? Tu sembles pourtant privée de compagnie.

— Victor est dans l'appartement de l'autre côté de la cour.

— Menteuse, je sais qu'il est absent. Nous avons tant de choses à nous dire. T'ai-je parlé du livre qu'un ami de Daudet et de Rodin, un correspondant de la *Neue Freie Presse*, Theodor Herzl, a écrit à la suite du procès de ce capitaine Dreyfus ? J'en ai un exemplaire, cela devrait t'intéresser, il y est question de la nécessité de créer un État pour les Juifs.

— Désormais je suis française, mon nom est Legris, objecta-t-elle, reculant pas à pas.

— J'ai bien peur que changer de nationalité ne soit insuffisant. Russe, française, tu es, tu seras toujours juive.

— En France, il n'y a pas de pogroms.

— Sans doute, mais il y a des antisémites. Es-tu aveugle ? La condamnation de Dreyfus a jeté bas les masques. Ton Legris ne fait pas le poids, moi je saurai te protéger. Jamais tu ne seras désirée comme je te désire.

— Tais-toi !

— Pourquoi te dérober ? Tu brûles de tomber dans mes bras.

Il devenait nerveux, sa désinvolture avait disparu. Il la prit aux épaules et l'attira à lui. Elle se laissa faire avec la passivité d'une poupée de son. Il resserra son étreinte. Elle tenta de lui échapper et se retrouva ployée en arrière, l'embrassant à pleine bouche sans manifester la moindre résistance. Les doigts puissants du sculpteur chiffonnaient son vêtement de travail, le retroussaient, palpaient ses cuisses. Ensemble, ils oscillaient en direction de l'alcôve. En dépit d'une voix qui criait « Non ! » à l'intérieur de Tasha, ils s'affaissèrent lentement, Hans pesait davantage sur elle à mesure qu'il déchirait sa blouse. Elle restait silencieuse, comme hypnotisée, il l'entendait faire un effort pour respirer. Soudain, elle le repoussa violemment parce qu'elle sentait qu'elle était sur le point de capituler.

— Non, Hans, dit-elle, c'est fini. Il n'y a plus à revenir là-dessus.

— Vraiment ?

— En ce qui me concerne, oui, vraiment. Tu peux te cramponner au passé si ça te fait plaisir, mais, pour moi, le passé est révolu.

— Ne sois pas méchante, tu en as envie.

— Je suis heureuse de constater que tu es toujours aussi autoritaire. Rien ni personne ne contrecarre tes décisions, hein ? lui lança-t-elle, glaciale.

Elle se dégagea sans cesser de le regarder avec mépris. Il n'était pas habitué à être traité de la sorte et, saisi de fureur, il la secoua brutalement, elle trébucha sur un obstacle mou. Un miaulement indigné brisa net leur corps-à-corps, une boule de poils jaillit toutes griffes dehors tandis qu'elle récupérait son équilibre.

— Sale bête ! hurla-t-il.

Elle profita du court laps de temps où il lâchait prise afin de sucer son poignet où perlaient quelques gouttes de sang, serra contre elle des lambeaux de sa blouse et s'élança à l'air libre à la suite de Kochka.

— Merci, Demi-Pinceau, tu m'as sauvée de moi-même, murmura-t-elle à la chatte dès qu'elles furent enfermées à double tour dans l'appartement.

Habillée à la hâte, elle guetta le moment où une tierce personne lui permettrait de fuir celui qui assiégeait son refuge.

— Je t'en prie, implorait-il, je t'en prie, laisse-moi entrer ! Je regrette, sois gentille.

— Va-t'en, Hans. Restons-en là avant d'en arriver à des mots et à des gestes encore plus inconvenants, dit-elle, les lèvres collées au vantail de la porte.

Enfin, les filles du menuisier se poursuivirent autour de la pompe de la fontaine, se suspendirent à une branche d'acacia et chantonnèrent *Dansons la capucine* en sautillant vers le porche. Tasha s'empara de son réticule, bouscula rudement Hans au passage et bondit à l'extérieur.

— Zoé ! Chloé ! Attendez-moi !

Elle se coula entre les gamines hilares et les entraîna dans la rue. Elle n'eut que peu de mètres à parcourir avant qu'un fiacre vide ne roulât à sa hauteur. Elle s'y engouffra à l'instant où la poigne de Hans allait l'agripper.

Où aller ? À la librairie ?... Non, surtout pas ! Rue de Seine, chez Iris, le temps de reprendre ses esprits ! Les larmes embuaient ses paupières, elle chercha son mouchoir. Un papier froissé surmontait le fouillis dont était bourré son réticule. Une adresse rue Saint-Sulpice, un nom, Michel Forestier. Elle se souvint vaguement d'un ami de Laumier qui lui avait porté secours au *Procope* quand elle avait eu son malaise, et en avait profité pour lui palper la cheville.

« Décidément, tous les mêmes, des obsédés, des libidineux ! »

Elle déchira le papier en menus morceaux et les glissa entre la banquette et le dossier du véhicule alors que le fiacre abordait le quai Malaquais. La rue Saint-Sulpice lui évoqua le jardin du Luxembourg et ses premières leçons de bicyclette avec Helga Becker. Une promenade autour du bassin lui ferait le plus grand bien. Marcher, se payer une gaufre, oublier sa faiblesse, chasser Hans de ses pensées. Elle toqua à la vitre de séparation et ordonna au cocher de changer d'itinéraire. Elle descendit à l'angle de la rue Férou.

Rien ne se déroula comme elle l'avait envisagé. Dès qu'elle eut posé le pied sur le trottoir, une femme plus très jeune mais extrêmement chic – toilette de ville en astrakan – accourut à sa rencontre.

— Vous vous souvenez de moi ? Félicité Ducrest, nous avons lié connaissance au *Procope*, je me suis plainte de mes divorces ! s'écria-t-elle en riant.

Tasha identifia sans peine cette évaporée à nez et incisives de lapin, la tante de Michel Forestier.

— Pardonnez mon indiscrétion, mais venez-vous voir mon neveu ?

« Comment cette pimbêche ose-t-elle ? »

— Non, je projetais de me promener au Luxembourg. J'ignorais que votre neveu habite par ici, ajouta-t-elle avec une surprise feinte.

— Il y travaille aussi. J'y songe, puisque vous avez tout votre temps, me concéderiez-vous un thé chez moi ? La solitaire que je suis serait flattée de papoter avec une artiste, et vous pourriez admirer à loisir mes Renoir et mes Gauguin. Je loge place des Vosges.

Tasha opina sans réfléchir. Si Hans la filait, cela lui ferait visiter Paris.

— Mon coupé stationne rue Guisarde.

Victor grimpa au premier étage de l'immeuble abritant la salle de rédaction du *Passe-partout*, rue de la Grange-Batelière. Il y avait longtemps qu'il n'avait humé l'odeur de l'encre fraîche, et la vue d'Antonin Clusel, *alias* Virus, surnommé le beau Brummell, alliée à ce souvenir olfactif, l'emplit de nostalgie. Qu'elle était déjà lointaine l'époque où il fréquentait l'univers bourdonnant du journal pour lequel il avait jadis rédigé des articles !

— M'sieu Clusel, j'ai tracé l'itinéraire du tsar, arrivé à Breslau le 5 septembre et prévu à Cherbourg le 5 octobre, après avoir honoré de son auguste présence Kiel, Copenhague et Balmoral. On met ça à la une ? demanda un jeune reporter à casquette.

— Tarte à la crème, les lecteurs s'en sont goinfrés. Dégotez un truc plus original, tiens, je sais, une chronique sur Tombouctou la mystérieuse, glorieusement occupée par nos troupes en 1893.

— Plutôt rassis, comme nouvelle.

— Bon, les grandes manœuvres ou la prochaine inauguration du *Triomphe de la République* de Dalou, sur la place du Trône, c'est votre boulot, mon vieux, soyez ingénieux. Oh ! Sang Dieu ! Legris !

Avant d'avoir pu proférer un bonjour, Victor fut séquestré dans un bureau investi par une secrétaire potelée qui pianotait sur le clavier d'une machine à écrire.

— Eulalie ! Toujours fidèle à la tâche, constata-t-il.

— D'autant plus fidèle que c'est désormais son sacerdoce, nous nous sommes mariés en juin, dit Antonin Clusel avec un geste de propriétaire. Mon bouchon en sucre, nous n'avons plus de secrets l'un envers l'autre, toutefois, si tu éprouvais l'envie soudaine de déguster un chou à la crème, j'y consentirais.

— Inutile de me faire un dessin, je sonne la retraite, grogna Eulalie, en claquant la porte.

Antonin Clusel alluma un londrès. Des ronds de fumée s'élevèrent au-dessus de son bureau sous lequel il attrapa une bouteille de curaçao.

— Trinquons à nos retrouvailles, mon bon. Mes deux péchés mignons, remarqua-t-il en agitant son cigare et son verre. Dommage qu'ils me soient interdits par la médecine ! Aussi, je mets à profit la moindre absence de ma charmante épouse, qui seconde la science dans le noble but de préserver ma santé, pour enfreindre le règlement.

— Vous me paraissez en pleine forme.

— Ah, l'être et le paraître, une salade russe !... Sur quelle piste le limier est-il lancé ? Ne froncez pas les sourcils, j'augure dans votre apparition l'espoir d'éclaircir un quelconque sac d'embrouilles.

— Juste. J'ai là un exemplaire du *Passe-partout* datant du 10 janvier, et j'aimerais connaître le fin mot de cette histoire concernant le *Dakar*.

— Le *Dakar* ? Montrez... Ah, oui, je me rappelle. Mon bon, la presse exploite les bas instincts et les mauvais penchants, les échos relatant les crimes et les scandales sont la pâture des lecteurs.

Antonin Clusel ouvrit la fenêtre.

— J'assure mes arrières, mieux vaut éviter que mon Eulalie en sucre m'assomme de ses prêchi-prêcha. Calez-vous dans ce fauteuil, vous me flanquez le tournis.

— Vous savez quelque chose, ma main au feu.

— Ne titillez pas le diable, Legris. Le 10 janvier, c'est du refroidi. La nourriture que nous donne un quotidien est à consommer immédiatement. Personne ne collectionne les vieux journaux, sauf vous.

— Allons, Antonin, je ne vous réclame pas la lune.

— Encore sur un coup tordu, Legris ? Bon, je me rends. Les omissions délibérées sont totalement inoffensives parce qu'elles ont la vie courte.

— Pourquoi prenez-vous des gants avec moi ? Je suis la discrétion même.

— Je possède peut-être encore un brin de déontologie.

— Par altruisme ?

— Par prudence, mon bon, par prudence. Il faut vous engager à…

— Je m'engage.

— Virus a jugé plus sage de ne pas affoler ses abonnés, j'ai étouffé l'affaire sous la pression des autorités maritimes. Mais vous, j'accepte de vous mettre au parfum. Le *Dakar*, quel dommage, nous aurions réalisé de jolis tirages…

Il souleva une pile de dossiers et en extirpa une chemise contenant deux feuillets dactylographiés qu'il tendit à Victor.

— Lisez, c'est la première version que j'avais rédigée.

> « On vient de découvrir dans le port de Rouen un trafic d'objets peu ragoûtants, il s'agit de trois fausses momies destinées aux collectionneurs. Ces prétendues momies étaient simplement des cadavres anonymes et récents. Après les avoir éviscérés et bourrés de papier, les faussaires les avaient enveloppés de bandelettes. Elles étaient accompagnées d'une bonne trentaine d'animaux, momifiés eux aussi, dont une dizaine de chats, dissimulés parmi le chargement de bananes que transportait le cargo *Dakar*, il est probable qu'elles gagnaient la capitale par voie fluviale. Seulement, cette fois, l'affaire est allée trop loin. M. Jean Doussard, vingt-quatre ans, docker à Rouen, a été transporté à l'hôpital après s'être plaint d'avoir été blessé à l'épaule par le contenu tranchant d'un sac lors du déchargement du *Dakar*. Après ouverture des sacs incriminés, on a mis au jour des cadavres en putréfaction. Le professeur Sadeillan a diagnostiqué un empoisonnement de l'organisme humain. Au bout de deux semaines d'hospitalisation et

en dépit des soins prodigués, l'intoxication de M. Doussard s'est terminée par une issue fatale due à la maladie du charbon. »

— La maladie du charbon ! s'exclama Victor.

— C'est indéniable, mon bon. J'ai moi-même interrogé ce toubib, qui a été formel.

— Et pourquoi cette rétention d'informations, vous qui vouez la censure aux gémonies ?

— Parce qu'il y a tout à parier que des sacs destinés à la confection de momies ont probablement atterri dans notre chère capitale. Alors, de là à redouter que le corps médical ne soit aux prises avec de braves mères de famille affirmant, l'écume à la bouche, que leur Gustin et leur Fifine se sont amusés à construire des châteaux dans les fortifs et en creusant la terre se sont entaillé les doigts avec des tronçons d'humérus viciés… Voyons, Legris, un peu de jugeote, vous imaginez la panique ?

— Et l'éthique, dans tout ça ?

— L'éthique ? Bah ! Elle se consume comme ce cigare, et on en balaie les cendres sous un tapis. Soyez assez aimable pour me débarrasser de ce mégot, je vais me servir de votre journal comme d'un éventail, tout parfum nicotinique doit s'être évanoui d'ici cinq minutes ! Mes hommages à votre épouse.

À l'extrémité de la rue de Birague se dessina la place des Vosges, où Félicité Ducrest résidait à l'entresol d'une séculaire maison vermeille de pierre et de brique coiffée d'un toit en éteignoir. Le cocher mena le coupé dans une remise rue de Béarn, et les deux femmes longèrent le jardin, dont le silence fut perturbé par le passage de l'omnibus Bastille-Wagram. Après quoi la place Royale, jadis hantée par Ninon de Lenclos, Marion Delorme, Mme de Sévigné, la tragédienne Rachel, Victor Hugo et Théophile Gautier, replongea dans son atmosphère désuète et sereine. Si trois des côtés du vaste quadrilatère étaient déserts, le quatrième accueillait sous ses arcades une succession de modestes boutiques, fruitier, brocanteur, épicier, librairie.

L'appartement de Félicité Ducrest se composait d'un salon aux trumeaux dédorés mais à la cheminée de marbre majestueuse – où ottomanes, plantes vertes et meubles Directoire disputaient l'espace à un gros calorifère –, de deux chambres en enfilade tendues de velours d'Utrecht jaune, d'une cuisine étroite où une bonne à tablier ruché préparait une tourte à la viande et d'une salle à manger reconvertie en musée. Seules quelques chaises en merisier et un sofa couvert de liberty à fleurs s'offraient aux visiteurs afin qu'ils contemplent les nombreux tableaux suspendus aux murs peints en blanc. Cette sobriété séduisit d'autant plus Tasha qu'elle mettait en valeur les teintes éclatantes des toiles accrochées à touche-touche.

Elle prisa particulièrement une jeune femme en barque, vêtue de clair et coiffée de noir, brossée par Renoir au début de sa carrière.

— J'apprécie ces taches de rouge et de bleu au milieu de la tonalité verte dominante, il y a du Courbet là-dedans, dit Tasha.

Puis elle s'arrêta longuement devant une ferme peinte à la Martinique par Gauguin en 1887.

Les goûts de la propriétaire étaient éclectiques, car elle avait aussi acquis des gravures de Dürer et des caricatures de Daumier. D'autres œuvres, de facture récente, avaient moins d'intérêt aux yeux de Tasha, qui fut néanmoins très flattée de découvrir une de ses propres natures mortes, un compotier empli de poires et de pommes.

— Où avez-vous acheté cette gouache ?

— Je l'ai extorquée à un des amis de Sir Reginald Leamington. Il m'a consenti un rabais, je suis mortifiée de vous l'avouer, mes finances finissent par souffrir de mes folies.

Elles s'assirent et Félicité Ducrest sonna la bonne pour qu'elle apportât une collation. Un plateau fut promptement posé sur une table de trictrac.

— Piochez, je raffole de ces canapés au fromage, et je bois toujours un verre de madère avant le souper, mais si vous préférez ce breuvage britannique insipide…

— Merci, je réserve le thé au petit déjeuner.

Tasha observa avec une certaine répugnance les lèvres trop rouges de son hôtesse engloutir un canapé.

— Vous avez fait une grosse impression sur mon neveu, articula Félicité Ducrest. Lorsque tout à l'heure je vous ai aperçue si près du magasin qui l'emploie, j'ai cru… Je me suis trompée, et c'est tant mieux. Michel est adorable, ce n'en est pas moins un coureur de jupons. Il fréquente assidûment les bals publics et me charge ensuite de réparer les bêtises qu'il a commises. Il lui arrive de s'enivrer et de casser des pots que je dois payer. Parfois, il met dans des situations embarrassantes des filles plus niaises que dévergondées. Je suis lasse de consoler ces cœurs cabossés ou, plus concrètement, de leur fournir les noms de faiseuses d'anges. Et puis cela coûte cher.

Tasha se leva.

— Je vous rassure, mon mariage est heureux. Toutefois, si la fantaisie me prenait de cocufier mon époux, ce ne serait en aucun cas avec votre neveu. Merci pour la collation et pour la visite, votre collection est superbe ! cria-t-elle, déjà à l'autre bout de l'appartement.

Si les sirènes du mystère n'avaient modulé leur mélopée à l'oreille de Victor, il se fût sans regret dispensé d'affronter une seconde fois la jungle entourant la maison abandonnée, surtout après les tribulations de Joseph. Celui-ci lui fourra de force une bougie entre les doigts et prit la tête de l'expédition.

— Une statue à tête de chacal, des poissons morts, des restes humains, vous fabulez. Avez-vous conscience qu'il s'agit d'une violation de domicile ? maugréait Victor, quand ils atteignirent un bassin.

— Éclairez ce coin, là, par terre. Rien, bizarre. Et la poissonnaille… envolée ! Je vous jure que ce n'était pas une hallucination ! Un bon coup de vent, peut-être…

Dès qu'ils pénétrèrent dans la bâtisse, les narines de Victor furent assaillies par un relent de putréfaction. Sur ce point, Joseph avait été exact, sans doute en avait-il minimisé la pestilence. Engagé dans l'escalier à la suite de son beau-frère, Victor tergiversait : valait-il mieux se pincer le nez ou respirer la bouche ouverte ? Il choisit cette deuxième option, encore qu'il en eût volontiers adopté une troisième, une dérobade éperdue et immédiate. Mais l'image qu'il s'était forgée de lui-même et qu'il avait imposée aux siens, notamment à Joseph, celle d'un enquêteur hors pair, l'empêchait de céder à cette tentation.

Quand la lueur de sa bougie tremblota craintivement au-dessus des immondices, il étouffa un hoquet.

— Quelle horreur !…

— Qu'est-ce qu'on prend ? chuchota Joseph, moins intimidé par ce spectacle qui n'avait plus l'impact brutal d'une première confrontation.

— Ma parole, on croirait que vous faites votre marché ! N'y touchez pas ! s'exclama Victor à l'instant où son beau-frère s'apprêtait à démailloter une momie de chat. Avons-nous un sac ?

— Affirmatif, c'est un des cabas de maman.

— Il faudra impérativement le brûler. Protégez-vous la main avec votre mouchoir, je ne plaisante pas.

— Bon, entendu. Vous m'aidez, oui ou non ?

— Je voudrais bien mais mon costume m'a coûté deux cents francs. Chut ! Il y a quelqu'un !

Un pas feutré effleurait les marches, une ombre se profila. Dans la panique qui s'ensuivit, Joseph subtilisa le plus proche des déchets, l'enfourna dans le cabas et s'élança aux trousses de Victor qui, malgré sa peur, ou à cause d'elle, était passé à l'action et poursuivait l'ombre à travers le parc. Les bougies furent vite soufflées et ce fut au jugé que Victor et Joseph rabattirent leur proie vers un bosquet de coudriers. Ils se jetèrent sur un homme qu'ils n'eurent aucun mal à maîtriser.

— Je vous en prie, épargnez-moi, implora-t-il.

Ils l'entraînèrent sans trop de résistance jusqu'au mur séparant la propriété de la rue Corvisart. Sous la clarté blême d'un réverbère, ils détaillèrent leur prise : un homme chétif, la cinquantaine, le front et les joues sillonnés de rides profondes, le crâne auréolé de cheveux gris, l'œil sombre.

— Qui êtes-vous ? Que fabriquez-vous ici ? gronda Joseph.

— Allez-vous le lâcher, butors ! piaula une voix haut perchée.

Elle appartenait à une jeune femme blonde et frisée dont le regard furibond eût souhaité changer en statues de sel Victor et son acolyte.

— En voilà une autre ! Y en a encore beaucoup en réserve ?

— Nous sommes ensemble, Jean-Pierre et moi, nous cherchons des amis, il y a une loi qui l'interdit ?

— Dans une propriété privée ? Qui cherchez-vous ?

— De quoi je me mêle ! On n'a rien fait, dit la blonde. On essaie de retrouver M. Bringart et M. Ballu, à supposer qu'ils soient quelque part aux alentours.

— Ballu ? Vous avez dit Ballu ? Alphonse Ballu ?

— Vous le connaissez ? interrogea la femme, sidérée.

— Et comment ! C'est le cousin de la concierge de l'immeuble à côté de la librairie.

— Joseph, taisez-vous deux minutes, je vais m'efforcer d'être plus précis. Mais d'abord, les présentations. Je me nomme Victor Legris, et voici mon beau-frère et associé, Joseph Pignot.

— Et écrivain, glissa Joseph.

— Je suis Jean-Pierre Verberin, cette demoiselle, Lucy Grémille, est la fiancée de M. Ballu.

— Fiancée, c'est un grand mot, objecta Lucy.

Une demi-heure plus tard, l'ex-copiste et la coiffeuse, s'interrompant l'un l'autre et eux-mêmes coupés à intervalles réguliers par Joseph, avaient cahin-caha reconstitué l'installation, puis la disparition de Jean-Baptiste Bringart, dit Bringolo, dans le terrain vague. Alphonse Ballu s'était lui aussi volatilisé, sans qu'on fût positif quant au lien unissant les deux manquants, sinon une carte-réclame vantant les mérites du salon de coiffure où s'éreintait Mlle Grémille.

— Donc le trimardeur qui a vendu la carpe à Adélaïde Lesueur s'appelle bien Bringolo, constata Joseph.

— Quelle carpe ? demanda Lucy Grémille.

— Oh, rien ! Et vous affirmez qu'il habite cette propriété ?

— Oui, confirma Jean-Pierre Verberin. Il s'y est installé à la mi-août, quand on m'a expulsé de ma cabane de Gentilly.

Joseph demeura songeur. Et si le siffleur n'était autre que ce Bringolo ?

« Quel est son rôle ? Ce serait intéressant de lui mettre le grappin dessus. »

Il garda ses réflexions pour lui et enchaîna :

— Nous détenons une preuve du passage ici même d'Alphonse Ballu. Un bouton d'uniforme, j'ai vérifié, c'est le jumeau de ceux qui sont cousus sur sa tenue de rechange. S'il a zyeuté les immondices qui moisissent au sous-sol, il a dû prendre ses jambes à son cou !

— Quelles immondices ?

— Ce genre d'article, répliqua Joseph, qui entortilla sa dextre dans son mouchoir avant d'extraire avec précaution du cabas une main décharnée récoltée dans la cave.

Lucy couina et s'accrocha à l'épaule de Jean-Pierre Verberin, qui n'en menait pas large.

— Un cadavre ! glapit-elle. Découpé en morceaux !

— Je penche plutôt pour des débris animaux entreposés en un lieu où, en principe, nul ne suspecte leur existence. Il pourrait s'agir d'un trafic de fausses momies, expliqua Victor.

— Et Alphonse serait impliqué ?

— Soit il est sur les traces des coupables, soit il dépend de leur bande, repartit Joseph.

— Lui ? Impossible ! Il est trop gentil, et, excusez-moi, trop ballot.

— M. Mori, mon beau-père, assure que le crime naît de l'accouplement de l'idiotie avec la cupidité.

— Tant pis pour M. Mori ! Alphonse serait incapable d'écraser une mouche.

— Pour un militaire, c'est le comble ! marmonna Victor.

— Je veux bien vous croire, mademoiselle, sauf si cette mouche était la gardienne d'un trésor. Prenez celles qui permettent aux paysans de repérer les truffes et…

— Monsieur, je crains néanmoins que mon ami Bringolo n'ait été tué, intervint Jean-Pierre Verberin. Voyez ce livre, c'est *La Chanson des gueux*, de Jean Richepin, il est à lui. Or il a été trouvé aux environs de la maison, et sur cette page, où le poète décrit un meurtre, était imprimée l'empreinte d'une paume sanglante.

— On ne patauge plus, on s'embourbe ! gémit Joseph.

— Mon associé a raison. Le mieux, c'est que nous rentrions nous coucher. Demain matin, nous unirons nos forces afin de percer les secrets de cette demeure.

— Moi, demain, je travaille, objecta Lucy.

— De mon côté, je ne suis pas de taille à continuer, mes nerfs sont trop fragiles pour supporter de telles émotions. Je suis navré, ajouta Jean-Pierre Verberin.

— Votre réaction est normale. Joseph et moi nous persévérerons, promit Victor. Si nous débroussaillons cette énigme, je vous avertirai.

Ils échangèrent leurs adresses et se faufilèrent à la queue leu leu dans le tunnel végétal. Quand ils se furent redressés et époussetés, Victor proposa d'emprunter un fiacre commun, mais l'homme et sa compagne déclinèrent son offre.

— À votre avis, ils sont fiables ?

— Il me semble que oui, Joseph. Vous allez isoler ce cabas, votre mouchoir et son contenu dans un carton ficelé. Personne ne doit y avoir accès. Déposez-le dans votre cave.

— Pourquoi ?

— Parce que je vous en prie instamment. Savonnez-vous des pieds à la tête avant le moindre contact avec vos proches. Juré, promis ?

— Cochon qui s'en dédie.

— Nous rempilons aux aurores.

— Vous oubliez un détail : Kenji.

— Soit, je me dévouerai. Je vous téléphonerai auparavant.

— Comme d'habitude, on m'élimine !

Ils rejoignirent en se chamaillant le boulevard d'Italie pendant que, sur le trottoir opposé, se dépêchait en sens inverse la sentinelle, retardée par une algarade imprévue. Le guet serait de courte durée, à cause de la fatigue et du calendrier chargé.

Lové contre Tasha, Victor en était à son cent vingt-deuxième mouton. Il réfléchit. Où pouvait être Alphonse Ballu ? Avait-il déserté ? Avait-il trempé dans la mort d'Alexandrine Piote ? Cette hypothèse n'était pas à négliger. Après tout, il fréquentait sa boutique.

« Peut-être a-t-il été victime d'un accident ? En ce cas, l'état-major le saurait… Nous débrouillerons demain ce méli-mélo, il faut que je dorme. Et cependant… Ses objets personnels ? Ils sont restés rue Violet. »

Victor envisageait la question sous ses multiples facettes, mais il ne parvenait pas à écarter de son esprit l'idée d'une disparition louche. Il se leva sans bruit, gagna la cuisine où Kochka lui réclama impérativement un rabiot de pâtée. Il s'aspergea le visage d'eau froide et s'échoua sur une chaise. Il était las, anxieux, plein de funestes pressentiments. L'inspecteur Valmy, sous des dehors débonnaires, ne s'en laisserait pas conter.

CHAPITRE XVI

22 septembre

Si Tasha n'avait promis au commanditaire suisse d'*Émaux et Camées*, de passage à Paris, de le rencontrer tôt le matin, Victor aurait différé la perquisition prévue rue Corvisart. Ils se séparèrent après des baisers d'autant plus impétueux que chacun d'eux se sentait la conscience lourde. Au souvenir de la visite de Hans, Tasha ressentait le dégoût d'une femme qui s'est rendue coupable d'une faiblesse indigne d'elle, et Victor, rentré tard la veille, avait inventé un mensonge inédit.

À la librairie, Joseph décrocha presque aussitôt et manifesta son déplaisir d'être hors jeu par un bougonnement, signe que Kenji était proche. Partagé entre l'excitation et la répugnance, Victor entreprit d'exécuter en solitaire le programme qu'il s'était fixé : retourner rue Corvisart collationner les résidus momifiés afin de les soumettre à une expertise.

Un vent de sud tiédissait les rues baignées d'une lumière frisante. Il avait renoncé à sa bicyclette, craignant qu'on ne la lui volât sur la Butte-aux-Cailles. Le fiacre filait bon train dans la ville assoupie et il toucha vite au but.

Sous le ciel lessivé après plusieurs averses nocturnes, chaque goutte d'eau réfractait les rayons du soleil. Rassuré, Victor marchait comme un écolier en vadrouille et revivait la joie des lointains séjours d'été à Londres, où les parcs se muaient, durant les vacances scolaires, en forêts exotiques.

Aux abords du bassin, non loin de la carcasse d'un abri rudimentaire, se dressait une effigie féminine, main pointée vers l'azur. Les deux lions de pierre lui firent l'effet de vieux amis. Il s'intéressa à l'aile gauche, mais la barrière de planches qui tenait lieu de porte était bloquée par un gros cadenas requérant l'emploi d'une tenaille. On s'en occuperait plus tard. Il enfila des gants épais et rajusta sa besace. Après avoir jeté un coup d'œil dans les décombres de la loge de concierge, il se consacra au pavillon central. Y pénétrer réveilla toutefois son inquiétude, il hésita sur le seuil, prétextant s'accoutumer à l'obscurité.

Enfin, il osa s'avancer. L'odeur de charogne lui parut atténuée. Moins organisé que Joseph, il n'avait que des allumettes. Il en craqua une et s'enfonça sous terre vers l'emplacement où, la veille encore, s'accumulaient les déchets anatomiques. Mais il eut beau se brûler les doigts, tout ce qu'il aperçut fut une souris qui se fondit dans la pierre. Tendu comme un ressort, il explora les recoins. Rien. Quelqu'un avait fait le ménage. Sa gorge se serra et il ne put que regarder le sol de terre battue, bien balayé. Il eut un moment de confusion, d'anciennes lectures resurgirent.

« Avoue que tu redoutes de te heurter au monstre du Dr Frankenstein, ça te fiche le trac, hein ? Poule mouillée ! »

Il fit volte-face et se mit à courir.

Il se rua sous les arbustes, remerciant la Providence de lui avoir accordé une vie somme toute plutôt agréable et l'implorant de continuer à le préserver. Il ne lui demandait qu'une petite faveur supplémentaire : consentir à ce qu'il déguerpît incontinent et sans dommage de cet endroit maléfique.

Les voisins du restaurant *À la soupente garnie* lui fournirent des renseignements contradictoires. Selon les uns, la patronne avait été transportée d'urgence chez les dames augustines du Sacré-Cœur de Marie, selon les autres on l'avait admise à l'Hôpital international. La controverse virait au pugilat, le bourrelier dont l'échoppe était mitoyenne de la gargote donna de la voix : Adélaïde Lesueur luttait contre la mort à l'hôpital de Lourcine, qui portait aussi depuis peu le nom du chirurgien Broca.

— Je le tiens de son mari, Nestor. Il est tellement paumé qu'il en oublie de se caler les amygdales, du coup je l'ai invité à souper hier, et il m'a dégoisé un paquet de détails avant de se prendre une biture de derrière les fagots. Aux aurores, il était dans les brouillards et battait la campagne, mais ça l'a pas empêché d'aller veiller sa moitié.

— Et ces détails, quels sont-ils ?

— Ça, monsieur, j'ai juré de ne pas moufter, question d'honneur !

Victor comprit qu'insister serait inutile. Il revint sur ses pas, remonta la rue Corvisart et s'engagea rue Pascal.

L'infirmière qui l'accueillit, une brune replète aux yeux langoureux, lui expliqua que l'établissement, bien que réservé aux femmes atteintes de maladies vénériennes ou d'affections de la peau, hébergeait effectivement la dépouille d'une malheureuse souffrant d'une intoxication sanguine et décédée à l'aube.

— Serait-ce trop exiger que de rencontrer le médecin qui l'a soignée ? Je suis journaliste, énonça Victor en présentant une vieille accréditation délivrée par Isidore Gouvier.

L'infirmière pesa le contre – le Dr Sombrin se reposait après une matinée épuisante – et le pour – ce visiteur était plutôt joli garçon. Le pour l'emporta.

Victor détestait le fumet de phénol et de fièvre propre aux salles où croupissaient, dans des lits blancs identiques, les valétudinaires. En l'occurrence, il s'agissait de femmes, le regard rivé à cet homme élégant dont chacune espérait qu'il n'était là que dans le but de la guérir et lui dédiant de ce fait qui un sourire, qui un hochement de menton.

Mécontent d'être dérangé, le médecin se remboursa de cette intrusion en pinçant la taille de l'infirmière prompte à détaler. Victor fut convié à s'asseoir dans l'étroit bureau parfumé au désinfectant.

— Les journalistes se complaisent à fourrer leur nez dans les draps de leurs semblables, à l'affût de potins scabreux.

— Rien de tel en ce qui me concerne. Je suis ici à titre privé. J'ai mon couvert chez Mme Lesueur, je suis devenu un ami, et, sachant que seul un membre de sa famille serait autorisé à la voir, je me suis permis de signaler ma profession.

— Je suis désolé de vous apprendre que nous avons dû isoler le corps, par mesure d'hygiène. Je suis quasiment sûr que cette patiente avait contracté la maladie du charbon. L'autopsie nous le confirmera. C'est très ennuyeux et je préférerais que vous ne l'ébruitiez pas. Elle aura manipulé des viandes avariées sans en pressentir la nocivité. C'est ce qui se produit sur les marchés et dans les boucheries de second ordre, où les morceaux de basse qualité sont quelquefois imprudemment maniés par le patron ou le client, il suffit d'une écorchure…

— Comment estimez-vous que Mme Lesueur ait été contaminée ?

— Elle tenait un restaurant, n'est-ce pas ? Son mari a fait mention d'une arête de poisson, c'est possible, la moindre plaie est de nature à provoquer l'inoculation du charbon. Deux jours après l'incident, on note sur l'épiderme un point comparable à une piqûre de puce, qui entraîne chaleur et démangeaisons. Ensuite apparaît une petite pustule, puis, peu à peu, la douleur et le gonflement augmentent et il se forme de nouvelles pustules. Si l'on néglige de se soigner aux antiseptiques et au quinquina, le mal se propage au tissu cellulaire avant d'attaquer les muscles et les parties profondes. Il est hélas généralement fatal aux animaux et aux humains.

— L'ingestion d'une viande souillée serait-elle susceptible de transmettre cette maladie ? demanda Victor, se rappelant avoir mangé un steak pommes Pont-Neuf rue de l'Éperon la semaine précédente.

— La viande rôtie conserve parfois des bactéries, oui, c'est plausible. Les dangers liés à la consommation de chairs gâtées dépendent des préparations culinaires. L'essentiel, c'est que la viande soit de premier choix, et surtout bien cuite. Voilà, monsieur. J'ai prévenu les services de santé. À vous de garder la discrétion recommandée en de telles circonstances. Je regrette de vous avoir confié ce que j'ai révélé au mari de cette dame, anéanti par son décès. Puisque vous êtes une relation intime, vous feriez assurément mieux de le surveiller, au cas où le chagrin le pousserait à commettre une bêtise…

Boulevard Arago, Victor observa un moment des clochards vautrés sur un banc, qui mastiquaient avec application un bout de pain et une croûte de fromage. Il s'en voulait de ne pas, à l'instar de sa sœur, avoir renoncé au régime carné, comme il l'avait désiré en découvrant les abattoirs de la Villette, en 1894.

« Deux ans, déjà ! Dans quel gouffre ces semaines ont-elles été aspirées ? Pourtant, c'est toujours moi, à Paris, maintenant... Mon cher, tu t'égares. Adélaïde Lesueur s'entaille le doigt à cause d'un poisson, qui a été pêché dans la pièce d'eau de la maison où sont entreposés des restes viciés. Cette histoire ne tient pas debout : les fragments momifiés se morfondaient à l'intérieur d'une cave, à bonne distance du bassin. J'omets un point... Ah ! La tornade. Le trimardeur a vendu sa carpe le même jour. Mais le vent n'a pu s'insinuer dans le sous-sol. À moins que... cette chose à tête de chien que Joseph prétend avoir examinée... L'ouragan la renverse, elle trempe dans la mare, les poissons s'en nourrissent. Et Mme Adélaïde Lesueur en meurt. Tout comme ce débardeur du *Dakar* dont Antonin Clusel a narré la triste fin et qui présentait des symptômes similaires à ceux d'Adélaïde. Victor, concentre-toi et récapitule. Alexandrine Piote a été assassinée pour la possession d'un carnet couvert de formules, qui servent probablement à élaborer une potion. Ce carnet a, par l'opération du Saint-Esprit, échoué dans l'estomac d'une carpe batifolant dans le bassin d'une propriété abandonnée. Un vagabond, surnommé Bringolo, harponne cet animal le 10 septembre et le dépose chez Mme Lesueur, qui chope un empoisonnement mortel. C'est époustouflant mais ça prend tournure. Des inconnues demeurent. *Quid* d'Alphonse Ballu ? Dois-je me soucier de ce Nestor ? Et puis la moitié de ce qui était consigné dans ce calepin est illisible ! Il faut que je prévienne Joseph immédiatement. »

Les pupilles écarquillées, Joseph s'hypnotisait en relisant les phrases incomplètes recopiées par Victor. Au grand agacement de Kenji, plongé dans ses fiches, il ne cessait de siffloter l'air entendu dans la maison maudite. Obsédé par l'inscription C RE T N qu'à présent il identifiait au prénom Corentin, il sursauta lorsque la porte tinta.

— Monsieur Pignot, avancez-moi un siège.

Olympe de Salignac prononça ces paroles du ton cassant avec lequel un général de l'arrière ordonne à ses troupes de se faire hacher menu et enchaîna :

— Mes neveux, les jumeaux, ont de telles dispositions pour le piano qu'à trois ans ils jouent à quatre mains.

— Heureusement que ce n'est pas le contraire, grommela Joseph.

— Plaît-il, jeune homme ?

— Rien, j'en suis absolument baba.

— Une méthode de solfège appropriée s'avère indispensable, soyez diligent !... Et votre fille ? On colporte qu'elle a le sens musical, ce qui me laisse sceptique.

— Oh ! Ma fille ne joue encore qu'à quatre pattes.

Kenji jugea bon de s'arracher à la protection de son bureau et de s'occuper en personne de la comtesse, prête à châtier l'impertinent d'un coup de face-à-main. À cet instant une sonnerie aigrelette retentit.

— Excusez-moi, le téléphone, dit Joseph tandis que Kenji entraînait la comtesse vers l'arrière-boutique.

— Allô ? Ah, c'est vous ?... Quoi !... La maladie du charbon ! s'exclama Joseph, l'écouteur collé à l'oreille. Oui, je suis seul... Non, je ne crie pas... Merde alors ! Je les ai approchées de près, ces saloperies !... Je ne risque rien, c'est vite dit !... Non, je ne les ai pas manipulées, tout de même… Non, je n'ai ni coupure ni écorchure… Oui, j'ai suivi vos conseils à la lettre, je me suis étrillé au savon noir de la tête aux pieds… Oh, la morale, hein !… J'ai tout flanqué à la cave empaqueté dans un carton… Je sais, je sais, vous avez couru les mêmes risques… Oui, je vous fais confiance… Je raccroche, Kenji rapplique.

— Qui était-ce ? demanda Kenji.

— Rien, un client qui traque le mouton à cinq pattes.

— Offrez un siège à Mme la comtesse, descendez à la réserve et trouvez-moi les *Mémoires d'un bourgeois de Paris*, du Dr Véron.

Joseph s'exécuta avec empressement. Il s'assit dans la pénombre sur une pile de reliés.

« Tu as tort, se raisonna-t-il. Tu ne cours aucun danger. Victor a raison. »

Il contempla son domaine de papier, chassa de son esprit la conversation qu'il venait d'avoir et se focalisa sur la recherche des cinq tomes des *Mémoires* du Dr Véron.

Quel ne fut pas son étonnement quand, après le départ de la moukère, loin de critiquer la conduite de son gendre, son beau-père le congédia deux heures avant la fermeture !

— Étant donné la pénurie de clients aujourd'hui, je suffirai à la tâche. Daphné sera enchantée que son papa se montre plus tôt que de coutume.

Joseph obtempéra, troublé par ces prévenances auxquelles Kenji ne l'avait pas habitué. Une bouffée de joie l'envahit en pénétrant dans l'appartement, son royaume d'amour et de paix. Il évita la cuisine où s'affairait Euphrosine et courut au salon embrasser Iris, les cheveux ébouriffés et les joues rouges après une promenade dans le jardin des Tuileries avec

Daphné. Celle-ci s'amusait à construire une muraille de cubes immédiatement démantelée, et fut ravie que son père acceptât de se joindre à ce dur labeur.

Brusquement, Joseph avisa la lettre C. Il la plaça près d'un R, d'un E, d'un T et d'un N. Fâchée qu'on la privât d'une partie de ses matériaux, sa fille voulut récupérer son bien, mais, avec douceur et fermeté, Joseph l'en empêcha. Il venait de poser un A au milieu de l'alignement. Un nom essayait de se former, une vague idée naissait en lui.

— Déniche la lettre ronde comme un cerceau, mon poussin, on va inventer un jeu.

Daphné renonça illico à son mur et l'arasa afin d'un extraire un O. Elle surveillait la main paternelle inversant les cubes, les éloignant, les rapprochant, insatisfaite.

— Il manque quelque chose, mais quoi ?

— Côa ? répéta Daphné.

Intriguée, Iris délaissa son ouvrage et se pencha vers le tapis.

— Quel nom cherches-tu ?

— Une ville, enfin il me semble…

— C…A…REN…TON. Il faut placer un H après le C, et tu obtiens Charenton, localité célèbre pour son asile. J'espère que tu ne projettes pas d'y séjourner, ajouta-t-elle.

— Ma chérie, tu es fantastique ! Sherlock Holmes, que les femmes laissent de marbre, en pincerait pour toi !

— Chat ! s'écria Daphné.

— Un Sherlock me suffit. Serais-tu en train d'enquêter, par hasard ?

— Moi ? En aucun cas ! Je m'acharne sur un rébus que j'ai découpé dans *Le Passe-partout* !

Sans remarquer la moue dubitative de son épouse, il se rua vers leur chambre où était rangé un dictionnaire des communes limitrophes de la capitale.

— Chantilly… Chaponval… Charenton ! Y a plus qu'à repérer les rues sur le plan. 2, rue de l'Arc v… De l'Archevêché ! Un triple hourra ! Qui c'est le meilleur ? Manque encore l'identité du quidam, ce R MA T. Un seul moyen de tirer ça au clair, prétexter un oubli et foncer à la librairie d'où je solliciterai une demoiselle du téléphone…

Ce que Joseph fit sans tarder, jurant ses grands dieux que son précieux carnet était resté sur le comptoir. Mais, quand il atteignit le 18, rue des Saints-Pères, les contrevents obturaient les fenêtres.

— Le lièvre a déserté le gîte avec une heure d'avance ! Quelle guigne !

Par bonheur, *Le Temps perdu* jouissait du téléphone, ce qui permit à Joseph d'entendre une voix monocorde lui réciter :

— Maison Romant, fabrique de parfums, 12, rue de l'Archevêché à…

— Je sais ! s'exclama Joseph. À Charenton !

— Vous !… J'ai reçu votre mot ce matin.

D'un coup, Kenji perdit son calme. Il se leva si précipitamment que sa chaise tomba.

— J'ai attendu que la librairie soit vide, j'eusse été navrée de vous compromettre. Me voici de retour, mon cher Mikado. Pas d'associés à l'horizon ?

— Non. Vous allez vous installer à Paris ? demanda-t-il, perturbé par les zibelines odorantes et le regard ténébreux de la brune Eudoxie Maximova.

— Oh, contre le gré de mon mari ! Mais comment résister à l'appel de l'Art ? Figurez-vous que le cinématographe requiert avec insistance la participation de

Fiammetta à une saynète de trois ou quatre minutes qui s'intitulerait *La Jarretière de la mariée*. Ce serait une version plus édulcorée du spectacle que, s'il vous en souvient, j'interprétais l'an dernier à l'*Éden-Théâtre*. Méchant, tu n'es jamais venu dans ma loge, pourtant…

S'il lui en souvenait ! Il frissonnait à la pensée de l'affriolante épouse d'un invisible Pedro parti guerroyer à Cuba, seule en scène auprès d'un vaste lit où elle se couchait, poitrine dénudée, privée de ses bas noirs, de son corset et de ses jupons, en chemisette à petits plis…

— Fi du passé, je suis là, n'est-ce pas ? Cela vous fait plaisir ?

— Beaucoup, oui, murmura-t-il.

Cette femme avait le don de lui chauffer le sang.

— C'est un programme encore un peu flou, aussi me suis-je déterminée à résider ici jusqu'au printemps prochain. Une de mes amies, Olga Vologda, qui est premier sujet dans le corps de ballet de l'Opéra, a gentiment proposé de m'héberger chez elle. Son amant lui loue un appartement, square Montholon… Ah ! Je vais me sentir solitaire dans cette métropole où chacun courtise sa chacune… Je suppose que votre relation avec cette dame… son nom m'échappe, vous interdit désormais de me fréquenter. Vous êtes un homme sage, la fidélité est une vertu, hélas, je suis une vilaine fille, je la cultive difficilement.

Elle ôta sa zibeline et exhiba son décolleté au-dessus du comptoir.

— Tant pis, mon cher Mikado, je ne goûterai plus l'agrément de ta compagnie. Ah, quel regret ! Je me faisais une joie de nos retrouvailles. Je vous laisse mon adresse, j'espère une petite visite, en tout bien tout honneur.

Elle lui dédia un sourire prometteur et poussa la porte de la librairie dans un froufrou de cotillons sans qu'il ait eu le temps de répliquer.

Il redressa sa chaise et considéra le bristol : Square Montholon. Une agréable tension s'empara de son corps.

Combien cela devenait simple avec Eudoxie ! Quelle sorcière efficace ! S'il ne s'était contrôlé, il l'aurait suivie comme on mange quand on a faim, comme on boit lorsqu'on a soif. Il fut parcouru d'un frémissement d'excitation. Sans qu'il cherchât à magnifier le passé, des souvenirs voluptueux se formaient en lui. Il revivait sa liaison avec cette femme facile, libre de mœurs, séductrice consommée, une liaison mue par le régal des sens et ressemblant à l'accomplissement de ses estampes érotiques. Avec Eudoxie, inutile de se montrer tendre et pressant.

Square Montholon. D'ores et déjà il était certain de capituler, aussi profonde et sincère que fût son inclination pour Djina. Eudoxie Maximova, c'était l'aventure, une friandise prohibée qui rend fou, jusqu'à l'écœurement. Djina, c'était la sécurité, avec elle il avait envie de parler, de badiner, de l'écouter avant de faire l'amour, après quoi il se sentait comblé et enrichi.

Il rangea le bristol dans son portefeuille. Square Montholon. Il faudrait se cacher. Était-il de taille à manœuvrer sur deux fronts sans la moindre culpabilité ? Djina ne saurait rien, ce que l'on ignore ne peut faire de mal.

Depuis le seuil du *Rendez-vous des cochers* où il noyait son affliction, Nestor Belgrand observait d'un œil vide un employé municipal arroser la chaussée du boulevard. Un maraîcher s'échinait à fixer sur la tête de sa rosse un chapeau de paille qui laissait passer ses oreilles par des trous ménagés sur les côtés. Deux gardiens de la paix arpentaient le bitume en s'épongeant le visage. Ils jetèrent un regard suspicieux à Nestor, à son menton en galoche et à sa trogne chiffonnée où luisait un nez proéminent briqué à l'encaustique, mais la chaleur les dissuada d'épingler un poivrot qui ne troublait pas l'ordre public. Ils s'éloignèrent en devisant. Nestor hoqueta, les larmes ruisselèrent sur ses joues. Morte ! Elle était morte par la faute d'un chemineau qui lui avait vendu un poisson pourri. On l'avait empêché de la voir.

« Ces fumiers de carabins vont la découper en morceaux ! T'en fais pas, Adélaïde, j'vais t'faire justice. »

Nestor se décida à retourner dans la maison de la rue Corvisart, ce serait pour ce soir. Au cours de l'été, il avait croisé plusieurs fois le chemineau au poisson venimeux, il savait qu'il se dissimulait quelque part dans le fouillis de plantes, derrière le mur. Quoi qu'il lui en coûtât, il allait le débusquer.

Des images fugitives s'imposaient à lui et décuplaient sa rage et son chagrin. Terminé la vie douillette à *La soupente garnie*. Le décès d'Adélaïde anéantissait l'univers qu'il s'était forgé loin de l'adversité. Jamais plus il ne serrerait contre lui le corps alangui de sa maîtresse, qui poussait la bienveillance jusqu'à lui porter son café au lit. Jamais plus il n'irait acheter des bâtards chez la mère Gazelle dont la boulangerie embaumait le pain croustillant, ni des œufs chez la mère Blondeau. Il était orphelin, sans toit, sans argent, avec son lumbago pour compagnon d'infortune. À présent, l'unique perspective qui s'offrait à lui, c'était les taudis de la cité Jeanne-d'Arc, repaires des repris de justice et des misérables. Il faudrait qu'il s'y fasse tout petit parce que, avec les ans, ses relations clairsemées et ses combines devenues caduques ne lui seraient d'aucun secours.

Le soir semblait affamé et s'attaquait de plus en plus vite à l'éclat du jour. Nestor pestait. Son ventre était trop lourd et ses jambes empâtées peu rompues à l'exercice. Seule la volonté de venger Adélaïde l'incitait à prendre le taureau par les cornes.

Deux prostituées battaient le pavé près d'un bec de gaz anémique. Elles lui lancèrent des quolibets, il les agonit de grossièretés sans ralentir la cadence.

Il repéra le trou dans le mur. Il n'était pas du genre « Avec qui voulez-vous lutter ? ». Ses méthodes multiples et retorses méprisaient les règles de la chevalerie. Il s'insinua sous une futaie vers le gros rocher gravé d'un « Nono aime Nini » où il paressait au frais pendant les jours d'été. Il ricana en sourdine car, à proximité, il trouva une boîte de conserve éventrée, une bouteille vide et une lanterne Levant hors d'usage. L'autre était là, et puisqu'il était là il ne manquerait pas d'allumer un feu.

Tête basse, il s'engagea sur le mail qui menait à la propriété. Il connaissait la maison pour y avoir plus d'une fois cuvé son vin et le parc lui avait livré ses secrets.

« Attends un peu, j'vais t'faire la peau, tu vas souffrir et tu sauras pourquoi. »

Entre les taillis, une lumière approchait. Il se faufila d'arbre en arbre, en longeant une piste parallèle à l'allée. Une chouette hulula.

— Le voilà, murmura-t-il.

Accroupi dans les hautes herbes, il éprouva la même réaction qu'autrefois, quand il s'apprêtait à commettre un forfait.

La lumière se déplaçait furtivement. Soudain, elle se scinda en deux, il se colla au sol. Un instant plus tard, il comprit de quoi il s'agissait. C'étaient les lumignons d'une charrette. Tout à coup, elle bifurqua et suivit une sente sinueuse. Nestor sauta sur ses pieds et, dos courbé, se glissa à sa suite. L'instinct de la chasse reprenait ses droits.

La charrette avait disparu. Une faible lueur vacillait au premier étage. L'homme devait avoir élu domicile dans l'une des chambres. Nestor gravit l'escalier. Le bois vermoulu s'écroula sous son poids. Il fut projeté en avant et tendit les mains pour amortir sa chute. Il s'écorcha les paumes.

La lumière se décala sur sa gauche. Grimpé sur un tas de briques, il entrevit une ombre gigantesque qui s'effilait vers l'autre entrée de la bâtisse. Il contempla les gravats qui jonchaient la terre et sortit son couteau à cran d'arrêt.

Une porte entrebâillée sur un couloir l'attirait. Il écouta, analysant le moindre bruit. Il entendit son propre souffle, des planches craquèrent.

« Il est là », se dit-il.

Brusquement, ce fut la pénombre. Il enflamma une allumette. Un second escalier descendait. Il se risqua sur les marches, laissant courir sa main le long d'un mur saturé d'une odeur putride. Il frotta une deuxième allumette. Quelque chose frôla son pantalon, il noya ses souliers dans une flaque.

« Merde, des rats ! »

Il y eut un grattement derrière lui. Il fit volte-face, le couteau bien en main.

Il eut conscience d'une forme qui jaillissait, il s'affaissa sur les genoux et leva un bras pour se protéger. Un objet métallique lui écrasa la main. Il hurla, le couteau lui échappa, un corps s'effondra sur le sien. Il sentit des doigts se refermer autour de sa gorge. La panique l'envahit. Il tomba à la renverse et ne vit pas venir le coup fatal.

La nuit fut agitée. Au marteau qui ne cessait de fracasser son crâne se mêlait un mirage au cours duquel des mains démultipliées suspendaient à une poutre une femme étranglée par un nœud coulant. Ces images papillonnaient, se modifiaient en scènes incohérentes. Un pigeon se muait en loup-garou. Une robe scintillante fondait jusqu'à n'être qu'une minuscule flaque rouge. Un homme prisonnier d'une bouteille explosait en confettis qui ensevelissaient une maison d'un tourbillon de feuilles mortes, une mare se vidait de son eau.

Une sueur glacée chassa ces chimères. La sentinelle se dressa sur son lit et comprit aussitôt que les fantasmes diurnes sont plus redoutables que ceux du sommeil. Désormais, cette compagnie serait permanente, et la hantise pèserait autant qu'un boulet.

CHAPITRE XVII

23 septembre

Alertée par un remous le long de l'édredon, Kochka se camoufla sous le lit. Victor venait de jeter l'ancre dans la réalité d'une matinée maussade et s'efforçait d'atténuer la douleur lui mordant le cou. Un torticolis, il ne manquait plus que ça. Il se tourna vers Tasha toujours endormie, les lèvres entrouvertes, le souffle régulier. Elle gémit. De qui rêvait-elle ? Comme si l'insistance de son regard avait détruit le songe, elle souleva les paupières et mit un certain temps à rassembler ses idées.

— Victor, quelle heure est-il ?

— Trop tôt pour se lever, murmura-t-il.

Il l'attira vers lui et, engourdis l'un contre l'autre, ils savourèrent un moment de tendresse dénuée de désir.

— Ces derniers jours je t'ai sentie lointaine, ma chérie. Es-tu surmenée ?

Elle se dégagea de son étreinte et se rongea l'ongle du pouce.

— J'ai revu Hans Richter, avoua-t-elle enfin.

— Hans ? L'homme de Berlin ?

En voilà un qu'il avait évacué de son esprit. Il en avait été jaloux, ainsi que de tous les hommes qui avaient approché Tasha, mais leur liaison appartenait au passé, un passé dans lequel lui, Victor, était encore invisible.

— Et alors ? Qu'as-tu ressenti ?

— De l'ennui, s'empressa-t-elle de répliquer. Il ne compte plus depuis des années, huit ans, une éternité, et sa présence à Paris éveille des réminiscences pénibles. Il a participé à une exposition, sous le nom de sa mère, Kampers.

— Il a l'intention de se fixer ici ?

— Je sais qu'il réside provisoirement au 33, passage Radziwill, il envisage de repartir bientôt. En attendant, il m'importune, je redoute de l'affronter au hasard de mes déplacements.

Elle éprouva un grand apaisement, débarrassée du poids qui l'oppressait depuis que Hans, dépité qu'elle eût fui ses ardeurs, lui avait écrit une lettre enflammée la sommant de le rejoindre chez lui. Cette épître, elle l'avait brûlée. Elle comprenait que seul Victor la sauverait du sculpteur si, selon la logique de son caractère farouche, les alarmes suscitées par ce trouble-fête l'incitaient à le congédier.

— Souhaites-tu que j'aie une explication avec lui ?

— J'aimerais qu'il accepte le fait que je suis ta femme, et qu'il ne saurait être question de ranimer ce qui a autrefois existé entre nous.

Victor jubilait. C'était la plus exquise preuve d'amour qu'elle lui eût jamais accordée. En se confiant à lui, en lui conférant ce rôle de conciliateur, elle le délivrait, pour quelque temps du moins, de cette méfiance envers elle qui souvent le taraudait. L'image détestable d'une ombre pressée contre sa dulcinée dans la cour obscure tenta de gâcher son bonheur, il pulvérisa cette vision. Il embrassa une épaule, un bras, l'échancrure d'une camisole, avant que ses mains, mues par un appétit qu'il ne contrôlait plus, ne s'aventurent sous le linon et ne pétrissent des seins ronds et tièdes.

Au va-et-vient qui ébranlait le matelas, Kochka pressentit que la voie menant à la cuisine où elle était supposée avoir passé la nuit était un itinéraire recommandé. Elle y disposait d'ailleurs d'une soucoupe encore à demi pleine de lait qui la consolerait de sa volte-face.

Le client était vêtu à la diable d'une méchante redingote boutonnée haut et d'un pantalon de velours rapiécé. Un sombrero de feutre, une barbe blanche hugolienne et une longue pipe en porcelaine toujours éteinte complétaient sa mise. On prétendait qu'il était richissime. Pour l'heure, Joseph avait entrepris de lui vendre *Les Amours de Psyché et de Cupidon*[1] par M. de La Fontaine, édition originale d'un ouvrage paru en 1669 chez Claude Barbin.

— Une rareté pareille, avec une reliure ancienne en maroquin ornée par Trautz, 1 500 francs, ce n'est pas une affaire, c'est un cadeau !

— J'hésite, marmonna le bonhomme.

Joseph prit un air inspiré et récita :

— *Volupté, volupté, qui fus jadis maîtresse*
Du plus bel esprit de la Grèce,
Ne me dédaigne pas ; viens t'en loger chez moi...

« Avouez que la tentation est forte ! poursuivit-il.

— Certes, certes... Entendu, j'y cède, portez-le-moi dès que possible à mon domicile, rue de Vaugirard.

1. Le titre est orthographié : *Les amours de PSICHE et de CUPIDON.*

— À condition que vous me versiez un acompte, monsieur le baron.

Joseph serra les trois billets bleus dans un tiroir qu'il ferma à clé et raccompagna son client à la porte.

— Vous êtes expert en l'art de la persuasion, assurément, remarqua Victor qui avait assisté à la scène.

— Le baron de Weber vient de nous éponger six mois de factures diverses, remerciez ce brave La Fontaine. J'ai du neuf, j'ai déchiffré l'adresse du bouquin miniature ! C'est une fabrique de parfums à Charenton, la maison Romant, 12 *bis* et 12 *ter*, rue de l'Archevêché.

Lorsqu'ils eurent échangé leurs informations, Victor décréta qu'il était temps de soumettre la main cueillie dans la cave de la bâtisse abandonnée à l'examen d'un spécialiste. Il se proposait de la montrer à M. Mendole qu'il espérait épingler place du Panthéon. Il y louait un entresol dans un tournebride quand il ne séjournait pas en sa bonne ville de Senlis.

De mauvaise grâce, Joseph descendit à la réserve où le cabas, que traquait vainement sa mère, avait été réduit en cendres. Il s'empara de la main dûment emmaillotée d'une quadruple couche de charpie et des monographies de Chevreul provenant du hangar de tata Bric-à-brac.

— Si vous empruntez l'omnibus, vous aurez une place et même deux sans problème, ça schlingue.

Victor harponna le paquet de toile et les feuillets avec l'enthousiasme d'un condamné marchant vers l'échafaud.

Quand il franchit de nouveau le seuil de la librairie trois heures plus tard, il affichait la mine d'un ressuscité.

Il trépigna jusqu'au départ de deux dames chargées des œuvres de François Coppée, puis enjoignit à Joseph d'ôter le bec-de-cane.

— Mélie est là ?

— Non, elle vaque aux provisions. Alors, il y était, dans sa piaule ?

— Je me suis réjoui de l'y agrafer, bien que l'atmosphère y fût tellement délétère que l'odeur exhalée par ce paquet évoquait presque celle du muguet. Pouah, comment peut-on négliger sa résidence à ce point ?

— Le muguet, vous exagérez, marmotta Joseph qui, avant d'en entendre davantage, préféra exiler derechef le paquet au sous-sol.

Ils s'installèrent sur deux des chaises qui peuplaient l'unique espace dépourvu de livres.

— Le buste de la statue à tête de chien que vous soutenez avoir discerné est sans conteste celui du dieu égyptien Anubis. C'était le patron des embaumeurs, la divinité de la momification qui coopérait avec Osiris au tribunal de la mort. Nous avons peut-être mis le doigt sur un commerce illicite. Figurez-vous, Joseph, que l'engouement pour les pièces antiques égyptiennes est extraordinaire. Les collections d'amulettes, qu'elles soient destinées à des musées ou à des particuliers, font florès. Nombreux sont les pilleurs de tombeaux et les chasseurs de momies.

— Décidément, ce siècle bat la breloque, vous auriez l'idée d'acheter une main pourrie et de la fourrer au milieu de votre salon ?

— Moi, non, les amateurs, oui. Il y a un important trafic de dépouilles, que ce soit celles d'humains, de chats, de chiens ou de moutons, dont toutes ne sont pas aussi anciennes qu'on le certifie. La demande excite l'offre. Souvent, un cadavre frais enveloppé de bandelettes et décoré de bijoux authentiques se vend une fortune à un preneur. Certaines affaires défient l'imagination. Le propriétaire d'une de ces momies a constaté que la cavité abdominale de son acquisition était bourrée de papier journal, des exemplaires du *Times* pour être précis.

— Manière idéale de s'imprégner du langage de Byron.

— En 1892, le musée royal de Berlin possédait une prestigieuse cohorte de rois et de reines d'Égypte des dynasties les plus reculées. Plusieurs d'entre ces majestés étaient dans un état de conservation exceptionnel. Leur teint radieux éveilla des soupçons, et l'on découvrit que dix-sept d'entre elles étaient fausses. Elles avaient été confectionnées à Alexandrie par d'ingénieux mais peu délicats égyptologues.

— Ben, si on peut plus se fier aux savants… Alors, notre main ?

— C'est celle d'un singe.

— On ne va tout de même pas continuer à se décarcasser pour un chimpanzé ou un ouistiti ! En définitive, j'ai beau vous accorder que ce qu'on a vendangé emplit une hotte maousse, on n'a que du vent !

— Mme Piote ne s'est pas suicidée, Alphonse Ballu a disparu, Jean-Baptiste Bringart aussi. Enfin, un commerce de momies susceptibles de propager la maladie du charbon, ça vous laisse de bois ?

— Du vent, je vous dis. Rien de tangible. Je vais noter dans mon carnet ce que vous a relaté le professeur, sans aucune conviction.

Victor soupira, près d'admettre sa défaite. Découragé, Joseph saisit son calepin. Un mince ruban de velours vert en marquait une page.

— Tiens, ça m'était sorti des méninges. Avec le bouton d'uniforme j'avais embarqué ça.

— Il a pu être perdu par n'importe qui. L'archange nous a conté que des gamins jouent fréquemment dans la maison.

— C'est un indice, non ?

— Je capitule, ajoutez cet objet à notre inventaire et maintenez-le au chaud. Je suis las, une promenade à bicyclette m'oxygénera le cerveau.

Victor confia sa bicyclette à la garde d'une concierge à califourchon sur un tabouret devant sa loge où mijotait un petit salé. L'immeuble de huit étages accueillant Hans Richter avait longtemps été considéré comme le plus élevé de la capitale. Deux allées étroites chichement éclairées, nées rue de Valois, menaient à la rue des Bons-Enfants après s'être réunies en un sombre couloir coupé d'une volée de marches reliées à d'autres diverticules. Au cœur de ce caravansérail, autrefois voué au vice et aux rafles policières, trônait un escalier à double révolution. Les deux rampes permettaient à ceux qui montaient d'éviter ceux qui descendaient sans jamais se croiser. Victor se hâtait, persuadé que la chance ne le servirait pas deux fois de suite, et que, s'il avait surpris M. Mendole dans sa garçonnière, il était peu probable qu'il en fût de même pour le sculpteur.

Mais, après s'être égaré dans un labyrinthe de corridors et avoir obtenu l'aide d'une imposante péripatéticienne au décolleté généreux, la porte qu'il effleura s'entrebâilla sur un personnage qu'il se souvint d'avoir déjà rencontré à la librairie.

— Monsieur Legris, que me vaut l'honneur… Entrez donc et excusez ma mise, j'ai veillé tard.

Derrière son hôte en robe de chambre, Victor se fraya un chemin parmi des bronzes et des terres cuites représentant en majorité des nus féminins. Ils atteignirent vite une minuscule table encombrée d'un réchaud et de vaisselle sale.

— Un café ? proposa Hans.

— Non, merci. Je serai bref. Mon épouse vous interdit désormais de la harceler.

— Tasha a-t-elle peur de moi ou de ses propres impulsions ?

— Je vous serais reconnaissant de ravaler vos réflexions désobligeantes, riposta Victor dont les poings se serrèrent sans qu'il le leur eût commandé.

— Je prends acte de votre requête. Que Tasha se rassure, je n'insisterai plus. Elle vous appartient, tâchez de la mériter et de vous montrer capable de la retenir, c'est un vrai papillon, elle butine où bon lui semble.

— Comment osez-vous ?

Hans adopta une position défensive. Son expression inquiète démentait l'insolence de sa moue. Victor demeurait figé, ignorant la façon dont il convenait de cogner. Jamais encore il ne s'était battu dans les règles. Fallait-il frapper le menton ? Le nez ? Le bas-ventre ? Il se figura être un spectateur, jaugea le ridicule de la situation, préconisa au Victor pugiliste de baisser pavillon. Ses bras retombèrent.

— Je refuse de me résoudre à un combat stupide, parce que j'ai foi en ma femme, quelles que soient vos insinuations.

— Bravo, vous êtes magnanime ! À moins que ce ne soit de la lâcheté ?

— Essayez donc de vous frotter à moi !

Hans esquissa un geste offensif, mais le cœur n'y était pas. Au fond, Victor lui était sympathique. Quant à Tasha, mieux valait renoncer temporairement à elle que de s'exposer à un coquard.

Il tendit la main.

— Brisons là, monsieur Legris, je ne vous reconduis pas, adieu, au plaisir de ne pas vous revoir.

Victor allait sortir lorsqu'il pivota et lança au sculpteur :

— Votre compagnie m'avait été beaucoup plus agréable quand vous m'aviez rendu visite afin, paraît-il, d'acquérir des ouvrages sur l'histoire de l'art. Mon associé, créateur de dictons, aurait constaté : Le port du masque embellit les bellâtres.

La colère abusa Victor. Le passage connectait deux niveaux divergents, aussi déboucha-t-il à l'arrière de la construction où il dut contourner un pâté de maisons avant d'apercevoir la concierge.

— C'est la terreur des cochers, ce coin, y a trop de clients malhonnêtes qui les laissent en plan à cause de cette issue double.

Victor la gratifia d'un pourboire et enfourcha sa bicyclette. Il pédala d'une traite le long de la rue des Petits-Champs et ne ralentit que rue Volney. Il y stationna quelques minutes devant la façade du Cercle artistique et littéraire pour contempler la frise ornant le bandeau du premier étage. Membre de ce club au temps où il fréquentait Odette de Valois, il y avait plusieurs fois compulsé les parutions et griffonné son courrier dans une luxueuse salle de correspondance. Des domestiques en culotte courte emplissaient son assiette et son verre à volonté, et, une fois par an, il jouissait du privilège d'applaudir une œuvre théâtrale inédite.

Odette… Il était différent alors, superficiel, mondain. Sa passion envers Tasha avait bonifié son tempérament.

Il s'aventura sur les Boulevards. Marchands de cristaux, bottiers, joailliers, boutiques de frivolités, hôtels et restaurants rameutaient les badauds. À la faveur d'une journée lumineuse, les messieurs sirotaient un quinquina à la terrasse d'un café, les dames papotaient sous les marronniers où la chaisière, vêtue de noir, sa sacoche en bandoulière, réclamait sa créance.

Le magasin d'un figaro aux boiseries jaune vif attirait l'attention. Des mèches de cheveux bouclées ou raides assemblées dans un cadre reproduisaient une procession de prêtres devant une pyramide. « Manifestement, tout me ramène à l'Égypte », se dit Victor. Soudain, il avisa les vitrines d'un parfumeur. Il pria un groom à calotte et veste rouges de surveiller son engin, et se proposa d'acheter du benjoin pour Tasha. Ce cadeau atténuerait l'impression fâcheuse que son entrevue avec Hans, Richter ou Kampers, avait eue sur ses nerfs.

Il se promena entre des comptoirs où des femmes en fourrures soumettaient leur poignet aux vendeuses et humaient ensuite une fragrance prétendant surpasser celle du lilas ou de la rose. Il dédaigna les nouveautés de Lubin, de Houbigant, de Bourjois ou de Pinaud, malgré les signaux désespérés que lui adressait une jeune fille en blouse turquoise. Quelques mètres plus loin, il s'immobilisa devant un flacon autour duquel s'entortillait un ruban vert semblable à celui que lui avait montré Joseph. La blouse turquoise accourut à la rescousse.

— Monsieur désire humer *Sourire des Indes* ? Ou bien avez-vous simplement besoin d'un conseil ?

Il examinait le satin crème du coffret où était couché cet exquis *Sourire*. Son rythme cardiaque s'était accéléré, il avait la sensation de conduire la Serpolet de Sir Reginald Leamington, tellement enviée un an plus tôt, et crut discerner le clignotement de la petite lampe rouge placée dans la librairie près du buste de Molière. Que lui avait appris Joseph ?

« Imbécile que je suis, 12 *bis* et 12 *ter*, rue de l'Archevêché, parfums Romant ! »

— Mademoiselle, la marque Romant est-elle d'aussi bonne qualité que ses rivales ?

— Excellente. Mais on ne choisit pas un parfum comme un article ordinaire, car tous ne conviennent pas à toutes. Il y a ceux des blondes, ceux des rousses, ceux des brunes. Sourire des Indes est parfait pour une brune, légèrement poivré, avec un je-ne-sais-quoi d'acidulé, toutefois…

— Je le prends.

Déconcertée, la vendeuse reposa le flacon qu'elle s'apprêtait déjà à décalotter afin d'en inonder les doigts de Victor.

— Je suppose que c'est un cadeau ? Nous allons vous l'emballer.

— Une minute ! Avez-vous du benjoin ?

La vendeuse réprima un gloussement. « En voilà un qui est pourvu d'une femme et d'une maîtresse », conclut-elle.

— Doit-on également envelopper le benjoin ?

Victor opina du chef. Ainsi la formule sur le livret contenu dans la carpe était celle d'un parfum. Aloès, nard, encens, cinnamome, myrrhe, des substances aromatiques combinées entre elles suivant des dosages spécifiques rebelles à l'entendement de M. Mendole : inutile de cuisiner le pharmacien de la rue Jacob, cela concordait avec ce qui venait de lui être démontré. Mais en quoi la maison Romant à Charenton était-elle mêlée à la genèse d'une essence créée par un certain Pentaour ? Quel lien l'unissait à la mort d'Alexandrine Piote, détentrice d'une formule enfermée dans une boîte de Migrainine ?

— Vos paquets, monsieur. Veuillez régler à la caisse, annonça d'un air obséquieux la jeune fille en blouse turquoise.

L'inspecteur Valmy se félicitait d'avoir déployé cour de Rohan le zèle nécessaire à l'obtention d'indications capitales. Il avait mené une fastidieuse enquête de voisinage, consultant chaque personne au sujet des familiers d'Alexandrine Piote. La veille seulement, une plumassière à peine âgée de quinze ans, paralysée de peur, les yeux baissés, les doigts meurtris par son travail, avait risqué une allusion à un militaire côtoyé à plusieurs reprises, M. Alphonse Ballu.

— C'est une espèce de saligaud, y m'a souvent coincée sous un porche, il exigeait qu'j'soulève ma jupe, et pis y m'a exhibé sa boutique… Vous lui répéterez pas, hein, ça m'coûterait ma place. Déjà qu'les vieilles du métier m'traitent en coursière et m'obligent à leur acheter un chou à la crème ou à porter leurs billets doux pour m'piquer mon turbin !

Dégoûté mais satisfait, Augustin Valmy était allé se laver les mains, souillées par la promiscuité de l'atelier et les racontars de cette fille. Un de ses subordonnés s'était attelé à la quête du susdit Ballu. En fin de journée, on s'était rendu compte qu'il était nanti d'une cousine concierge rue des Saints-Pères, juste à côté de la librairie du sieur Victor Legris. Et l'adresse de ce fonctionnaire au ministère de la Guerre était dévoilée : 37 *ter*, rue Violet.

Si Mme Armande Simonet ne parut guère bouleversée de recevoir la visite d'un policier, ce fut grâce à l'emprise exercée sur elle-même. Toute émotion un peu vive déclenchait des effets similaires : ses intestins se contractaient, son palais se desséchait, ses genoux s'entrechoquaient. Habituée à ne rien trahir de ce tumulte, elle désigna un fauteuil à l'inspecteur et s'assit face à lui.

— Un de vos pensionnaires se nomme bien Alphonse Ballu ?

— C'est exact. Il est actuellement absent.

— Cette absence perturbe fort le général Barnet, dont il est le secrétaire, car aucune permission ne lui a été octroyée. Avez-vous une idée de sa destination ?

— Ma foi non, il est peu courant que mes locataires m'avertissent de leurs voyages.

Elle mentait, Augustin Valmy le devinait à son regard fuyant, à ses lèvres qu'elle suçotait entre deux mots.

— Vraiment ? Et n'êtes-vous pas inquiète si leur éloignement se prolonge ?

— Je ne suis pas censée les dorloter au point d'échanger des lettres avec eux.

— Vous souvenez-vous du jour où le capitaine Ballu a pris congé ?

Armande Simonet fit mine de réfléchir. Quel danger était le pire, avouer ou se taire ? Elle esquiva le problème en arrangeant les faits.

— La dernière fois que je lui ai parlé, c'était le samedi 12 septembre. Il a rejoint une femme à l'extérieur et ils sont partis ensemble.

— Bigre, une semaine et demie. Pourriez-vous la décrire ?

— Elle paraissait plus âgée que lui.

— Son costume ? Sa coiffure ?

— Quelle raison aurais-je eue de m'en soucier ?

L'inspecteur se leva, mécontent. La dame était coriace. Une convocation en bonne et due forme à la Préfecture de police vaincrait peut-être sa mauvaise volonté. Par la même occasion, il chicanerait la cousine, Micheline Ballu, ainsi que Victor Legris, ce roué qui fouillait sans relâche, secondé de son beau-frère, la remise de la brocanteuse. En sortant, il caressa machinalement le manteau de la cheminée. Son index gris de poussière le réduisit à salir un mouchoir immaculé avant d'enfiler ses gants de suède.

Armande Simonet s'adossa au chambranle, partagée entre la panique et la rage. De quel droit chamboulait-on son existence ? Des réflexions discourtoises, des propos monitoires, une critique muette de la propreté des lieux ! Elle n'avait jamais prisé la fréquentation des policiers, et si cet olibrius ganté espérait l'intimider, il se fourvoyait autant que l'inconnu qui l'avait sommée de se museler. Gare à la sauce !

Kenji et Victor s'entretinrent un long moment des affaires de la librairie pendant que Joseph discourait tantôt avec un spécialiste de Stendhal, tantôt avec un disciple d'Auguste Comte, et provoquait l'écroulement d'une pile de paperasses par son empressement à satisfaire un marquis fanatique d'études généalogiques.

Quand tout ce petit monde se fut dispersé, Kenji retrouva ses chères fiches et la question qui le rongeait : céder au moins une fois aux charmes d'Eudoxie équivalait-il à se priver de Djina ?

— Joseph, dénichez-moi quelques ouvrages sur la parfumerie, demanda Victor, qui ajouta à voix basse : J'ai du nouveau, proposez-moi de vous suivre dans l'arrière-boutique.

Dès qu'ils furent à l'écart, il murmura :

— Le ruban vert, s'il vous plaît.

Joseph l'extirpa de son calepin, tandis que Victor déchirait le papier mauve emprisonnant *Sourire des Indes*. Ils comparèrent les deux rubans, de taille et de texture identiques.

— Sapristi ! Vous vous êtes inscrit à un cours accéléré de magie ? Comment avez-vous réalisé cet exploit ?

— Les desseins de la Providence sont impénétrables. Maintenant, il s'agit d'inspecter la fabrique Romant. J'ai songé à un reportage photographique, le plus tôt sera le mieux.

— Brillante idée, ça nous permettra de fureter. Je vais leur téléphoner, demain, ça conviendrait ?

— Je viens de prévenir Kenji que vous et moi irions chez Chanmoru collationner des livres illustrés.

— Préparez votre matériel, s'ils agréent, je laisse le téléphone sonner deux fois de suite chez vous ce soir, je marque un bref arrêt et je réitère. Traduction : on se fixe rendez-vous au pied de mon immeuble à huit heures du matin.

Lorsqu'ils remontèrent, Euphrosine, manches retroussées, vivante incarnation de la Justice, se découpait dans l'embrasure.

— Maman, je t'ai déjà priée…

— Je sais, territoire interdit ! Fils sans vergogne, ta propre mère ! Si j'ai bravé la vindicte de mon rejeton, c'est que la pauvre Micheline se ronger les sangs à cause de son cousin que tu t'étais engagé à pister. Vous aussi, monsieur Legris !

— Nous sommes débordés, mais dès demain…

— Demain ou à la saint-glinglin, oui ! Dis donc, Joseph, tu n'aurais pas aperçu mon cabas vert, par hasard ?

— Non.

— C'est fort ! Où a-t-il pu se fourrer ?

Elle jeta un œil soupçonneux à son fils qui feignait de feuilleter le livre de commandes.

— Ce serait pas toi ?

— Moi quoi ? D'abord, qu'est-ce que j'en ferais, de ton cabas vert ?

Euphrosine claqua si vivement la porte que le carillon faillit se décrocher. Kenji en oublia son dilemme et, abaissant ses besicles, considéra ses associés.

— Des gamins jouant aux conspirateurs ! À votre âge, vous n'avez pas honte ?

Joseph s'apprêtait à nier, mais Victor le devança.

— Impossible de révéler à Euphrosine que le cousin de sa meilleure amie file le parfait amour avec une fromagère des Halles !

Le mot « amour » attisa la conscience de Kenji, incontinent replongé dans ses fiches.

CHAPITRE XVIII

24 septembre

Un mur gris ceignait un vaste parc au milieu duquel s'agglutinaient des magasins, des ateliers, des entrepôts. Dépêché par la direction, un petit homme aussi rond que large, surmonté d'un gibus mité, les reconnut de loin à l'appareil à pied que Victor portait sur l'épaule et se démena avec des gestes frénétiques.

— S'il se figure être un sémaphore, et nous, deux coques de noix dans la tempête, il est près d'la vérité, grogna Joseph que la bise frigorifiait.

— Bien le bonjour, messieurs, vous devez être les envoyés du *Passe-partout*, on m'a investi de la mission de vous piloter au sein de notre entreprise. Je me nomme Mathias Hervé, je suis un nez.

— Un nez ? s'exclama Joseph, toisant la pomme de terre qui, au-dessus d'une moustache de phoque, constituait l'appendice nasal de leur interlocuteur.

— Je suis, si vous préférez, un de ces magiciens qui créent l'odeur et l'âme d'un parfum. Mon cerveau, quoique de modestes dimensions, est capable de classer et doser les composantes de l'accord sublime des fragrances. Mon prédécesseur était doué, mais j'envisage de le détrôner. Veuillez m'emboîter le pas, nous ne disposons que d'une heure, sinon mes alambics se languiront de moi.

Ils longèrent des écuries où des chevaux attelés à des carrioles encensaient et martelaient le sol de leurs sabots, impatients d'être délivrés de leur harnachement. Du ton d'un guide historique, Mathias Hervé récita :

— La maison Romant fut fondée en 1873 par Louis Romant, frère de Charles Romant, ministre des Finances de juin à septembre 1890. Louis Romant épousa une demoiselle Surjet, riche héritière de Grasse. Son père y avait créé une distillerie de lavande, ce qui permit au couple de quitter sa Provence natale et de créer cette usine. J'ai l'honneur de vous convier à vous attacher à mes pas.

Il leur expliqua qu'ils ne parcourraient pas les locaux dédiés à l'élaboration des parfums, car ces opérations s'entouraient d'un mystère qualifié de chasse gardée.

— Divulguer nos procédés à la concurrence est prohibé. Toutefois, pour l'édification de vos lecteurs, M. le directeur vous autorise à photographier l'agitateur mécanique.

Il s'approcha d'une table en fonte montée sur un axe vertical. Un moteur transmettait un mouvement de rotation à des arcs verticaux garnis de crans auxquels étaient scellés des vases fixés par des courroies. Les remous facilitaient la dissolution des essences.

Victor avait choisi d'emporter une chambre de format 18 × 24 sur trépied et une dizaine de plaques. Il fallait impressionner le personnel et un simple Pocket Kodak n'aurait pas fait l'affaire. Tandis qu'il déballait son matériel, il surprit M. Mathias Hervé en train de prendre la pose, torse bombé, sans cesser son laïus.

— Nous nous servons aussi d'extracteurs, des cylindres en tôle où sont malaxés, grâce à l'effet de palettes, les matières grasses et l'alcool indispensables à d'autres arômes. La direction désire que cela ne soit pas dévoilé à la presse. Vous avez terminé ?

Victor rangea son attirail. Il n'avait pas l'intention d'exécuter le moindre cliché, de toute façon la lumière était mauvaise.

Mathias Hervé les entraîna vers une salle réservée à la « toilette des produits ».

Pantelants, ils parvinrent sous une verrière où s'échinait une ruche féminine. Une odeur forte et fraîche, haleine de dizaines de plantes, les essouffla davantage. La rose pompon, le trèfle incarnat, l'oranger, l'iris, la fougère, le mimosa, la cannelle se fondaient en un bouquet sauvage additionné de celui de la vanilline et du musc nitré. Joseph éternua.

— Ça y est, j'en ai pour des heures, maugréa-t-il.

Les femmes se les désignaient du menton en ricanant. Toutes exerçaient un travail pénible, mais les poudrières étaient les plus mal loties. Battre et secouer les sachets de toile afin de leur procurer une tournure agréable dégageait une poussière telle qu'elles ressemblaient à des mitrons. Lorsqu'elles les avaient emplis de poudre de riz ou de poudre de savon, elles les répartissaient dans des emballages doublés de dentelles à l'instar de boîtes de dragées.

Aux éternuements répétés de Joseph s'ajouta la toux de Victor, qui se sauva en catastrophe, tant pour la sauvegarde de ses poumons que pour celle de son matériel photographique.

L'atelier où ils aboutirent était celui des préposés aux coffrets.

— Ces flacons de cristal sont exécutés de manière artisanale à Baccarat. Notre directeur affectionne les formes carrées ou rectangulaires, mais il arrive qu'il cède à un caprice, par exemple cette amphore à la grecque. Que ces reflets ambrés sont harmonieux ! Un parfum s'admire autant qu'il se sent, il est objet avant d'être adjuvant de séduction !

Il rôda derrière un gaillard qui couchait délicatement sur du satin une bouteille oblongue à deux anses maintenue par un bolduc bleu.

— Comme vous le constatez, nous créons aussi des onguents à base de graisses animales ou végétales – cette estampille est d'un raffiné, elle donne envie de se laver du haut en bas !

Joseph recula, redoutant que le petit homme ne décidât de se plonger immédiatement dans une baignoire afin d'étrenner la savonnette qu'il palpait.

— Nous sommes fiers de notre dentifrice Polly, de notre fameux classique, *Mimosette*, de notre pâte Romant pour la douceur des mains qui éblouit, charme les coquettes et que prescrivent à leurs patients souffrant d'engelures des médecins célèbres, de notre crème *Nuage d'été* avec laquelle les messieurs se rasent désormais sans eau et sans savon.

— Et sans rasoir ? interrogea Joseph.

Victor actionna de nouveau son appareil.

— À présent, veuillez prendre note de l'importance du flaconnage, continua leur cicérone.

Enveloppées de tabliers blancs, des ouvrières travaillaient en équipe de quatre. Dans de grands récipients appelés balarus, elles versaient vingt ou trente litres de parfum, émeraude, grenat, orangé ou rubis. L'une d'elles emplissait les flacons, une autre collait les étiquettes. Après le bouchage à l'émeri, le flacon était gainé d'une capsule de peau et d'un ruban décoratif noué par les deux dernières ouvrières qui « coiffaient faveur ».

— L'esthétique du flacon est améliorée par cette bagatelle, qui doit être appropriée à la couleur du contenu, régulière, fantaisiste, légère, solide et prompte à se dénouer. Ces dames ont des doigts de fée, elles ne se contentent pas d'un chiffonnage sommaire comme de vulgaires modistes.

Victor jeta un regard apitoyé aux fées. À la fin de la journée, elles enduraient sans conteste des migraines provoquées par un contact permanent avec les liqueurs enivrantes.

— Pour bien se parfumer, savez-vous, messieurs, qu'il convient de quelques touches sur les points de pulsation ? On peut préférer déposer une ou deux gouttes sur un oreiller ou des draps. Ah ! Cela vous change la vie ! proclama le petit homme qui psalmodia :

Lecteur, as-tu quelquefois respiré
Avec ivresse et lente gourmandise
Ce grain d'encens qui remplit une église
Ou d'un sachet le musc invétéré[1] *?*

— Et ceux-là, couverts de poussière, sur cette étagère, *Éternel féminin*, un programme prometteur ? demanda Joseph.

Il désigna à Victor un ruban vert semblable à celui qui ornait *Sourire des Indes*.

Gêné, le petit homme tenta d'esquiver la réponse en s'écartant, mais Victor lui coupa le chemin.

— On en a arrêté la production.

— Pour quelle raison ?

— Je ne suis pas censé le savoir.

— Ce qui signifie que vous êtes au courant, conclut Victor.

1. Baudelaire, *Un fantôme*, II-*Le Parfum* in *Les Fleurs du mal*.

— Nous ne sommes ni sourds ni aveugles, nous écoutons, nous savons ce qui se colporte.

— Et que colporte-t-on dans les couloirs de l'établissement Romant ?

— Si je vous le confie et que vous le publiiez, j'encours un blâme.

— Nous vous jurons d'être discrets.

— Discrets, des journalistes ? Je ne suis pas né de la dernière pluie !

— Une discrétion absolue, chuchota Victor en dépliant un billet de banque sous le nez du petit homme.

Celui-ci observa autour de lui et escamota la coupure.

— Après tout, ce sont des bruits qui circulent, nul ne sait de qui ils émanent. Il y aurait eu un défaut à la base de la préparation, notre direction a été obligée de rapatrier tout le stock d'*Éternel féminin* déjà en place dans les magasins et les colis destinés à l'exportation. L'affaire a été étouffée par crainte du scandale. C'est que nous avons des clientes dans le monde de la *high life*, les hautes sphères, les esbroufeurs, quoi. C'était un coup à fermer l'usine, c'est ce que nous a expliqué Ginette, et elle n'a pas tort.

— Ginette ?

— Ginette Mercier. Une pimbêche. Elle a travaillé ici un an en tant que contremaîtresse, nous étions en très mauvais termes. J'ai été ravi d'apprendre son départ juste après la fête organisée à la gloire de M. Magnus. Le pauvre ! Ils l'ont fichu dehors, mais ils y ont mis les formes. Il a eu droit à une médaille, en argent s'il vous plaît, avec son profil gravé.

— Il a été remercié ?

— Personne n'a été dupe. En réalité, loin d'opter pour une retraite anticipée comme le clamait la direction, il a été renvoyé parce qu'il semble être le responsable de la malfaçon qui a frappé *Éternel féminin*. Moi, je soupçonne Ginette de l'avoir noirci à dessein. Elle avait une liaison avec Serge Romant, le fils du patron, un quadragénaire célibataire, cavaleur et libidineux, gestionnaire plutôt brouillon. On a fait porter le chapeau à ce pauvre Benoît.

— Benoît Magnus ? C'est son nom ? Quel poste occupait-il ?

— Le mien, je suis son successeur. Il m'a initié à cette profession. Il est devenu chimiste à force d'étudier dans son coin, il combinait les mélanges. À l'origine, on a une aptitude, puis on se perfectionne. Cela requiert une conscience olfactive, de la fantaisie, du goût, de la persévérance, de la méthode, de la réflex…

— Y avait-il un motif valable à l'hostilité de Ginette ? l'interrompit Victor.

— Peut-être était-elle jalouse, je l'ignore. Elle rêvait peut-être d'inventer des parfums. Sans doute son amant s'est-il lassé d'elle. En tout cas, c'était une vraie teigne qui régentait le personnel, pas un de nous ne la regrette. J'espère que Benoît a réussi à être embauché quelque part, il n'est pas si vieux, et la pension qu'on lui verse est une aumône.

— Vous l'aimez bien, votre rival, remarqua Joseph.

— Oui, parce que c'est un brave homme. Une fois, il m'a prêté une somme rondelette pour que je finisse le mois. Je lui soutirais pourtant ses connaissances afin de le supplanter, mais lui, pas rancunier pour un sou. C'est une qualité peu fréquente, la générosité. Il ne méritait pas d'être traité en brebis galeuse. Son métier, c'était toute sa vie. Il poursuivait des recherches à son domicile. Je me suis rendu deux fois chez lui, je ne suis pas près d'oublier son concierge…

— Où habite-t-il ?

— 28, boulevard de Bercy. Si jamais on devine que je vous ai tuyautés…

— Ne vous inquiétez pas, nous voulons simplement qu'il nous décrive son travail.

— Mes éclaircissements ne vous satisfont pas ?

— Deux narrations valent mieux qu'une. Lui aussi sera rémunéré, ce qui, vous en conviendrez, ne saurait nuire à ses finances, pas plus que mon billet de dix francs aux vôtres, rétorqua Victor.

— Bon, mais ne citez jamais mon nom. Vos photos sont dans la boîte ? Oui ? Messieurs, j'ai bien l'honneur.

— Il était soulagé de nous expédier, le pif ! s'écria Joseph dès qu'ils foulèrent l'herbe pelée de la cour. Pour un type désolé d'avoir piqué le boulot d'un collègue, il n'est guère compatissant, il s'est gardé d'aller s'informer de la situation actuelle de ce Magnus.

— Mais moi, je vais m'y intéresser de ce pas, mâchonna Victor.

— Vous ? Et moi, alors ?

— Vous, cher beau-frère, vous rapportez mon appareil à la librairie, vous prenez le relais de Kenji et vous exigez de vos merveilleux neurones qu'ils vous assistent dans l'élucidation de cet embrouillamini.

— Vous avez l'art de m'envoyer aux pelotes, vous !

Jules Friquet détestait avec un acharnement identique les enfants et les locataires. Aux premiers, il distribuait avec libéralité crocs-en-jambe, pinçons, gifles et autres gestes susceptibles de provoquer cris de douleur et larmes. N'importe quel faux-fuyant lui était bon pour exercer sa brutalité à l'encontre d'un être incapable de se défendre. Il joignait à cette lâche violence le plaisir de dérober à ses victimes une de leurs précieuses possessions. Dans la chambre accolée à la minuscule salle à manger de sa loge, il avait accumulé quantité de ces trophées : une poupée manchote, un ballon, une vingtaine de toupies, des billes d'argile, des agates de verre, un âne en peluche, cinq cordes à sauter, de quoi emplir un magasin de jouets d'occasion. Quant aux friandises, sucettes, sucres d'orge, pastilles de réglisse ou boules de gomme, elles s'entassaient dans un placard et constituaient le dessert favori du concierge.

Aux seconds, il accordait non moins grassement des prévenances hypocrites, mais, s'il leur montait leur courrier, il s'ingéniait à intervertir certaines lettres, quand il ne les chapardait pas. Dûment brossés, les paillassons recouvraient des processions de moutons. Les escaliers enduits d'une encaustique liquide se muaient en toboggans, et les poignées de porte collaient aux doigts parce qu'elles avaient été astiquées à l'aide d'un chiffon poisseux.

Parmi les habitants de l'immeuble, les plus indigents subissaient des persécutions plus franches. S'il advenait qu'ils fussent en retard pour le règlement du terme, une cuvette d'eau sale giclait malencontreusement sur leurs pieds au moment où ils se hasardaient dans le vestibule. D'aucuns se voyaient interdire l'accès du local à poubelles sous prétexte que des rats y avaient élu domicile, et ils étaient contraints de jeter leurs ordures ailleurs. Les canalisations sur les paliers se grippaient sans préambule, les serrures gorgées de guimauve refusaient de fonctionner, des cafards transportés dans des boîtes d'allumettes envahissaient les mansardes.

De tous ces martyrs, celle qui remportait la palme était Madeleine Duméril, une vieille femme qui, sa vie durant, avait cardé la laine des matelas, le varech des paillasses et le crin des fauteuils sous le pont Marie. Une aïeule récemment décédée au fin fond de la Picardie lui avait légué une rente grâce à laquelle elle parvenait tout juste à payer son loyer, à se nourrir de bouillon et de pommes de terre et à s'offrir le luxe d'un sac de charbon hebdomadaire pour tiédir sa soupente à la mauvaise saison. Jules Friquet ne le lui pardonnait pas plus qu'à la République car, selon lui, un gouvernement qui se respecte se devait d'exiler les miséreux aux lisières de la capitale, et non sous les toits des honnêtes gens.

Ce fut auprès de cette femme, qui s'apprêtait à entrer au 28, boulevard de Bercy, la tête courbée jusqu'aux genoux, les épaules étayées par deux cannes, que Victor s'enquit de Benoît Magnus.

— Voulez-vous que je vous porte vos commissions ? proposa-t-il, la main tendue vers un filet presque vide.

Méfiante, elle l'examina de son œil unique – l'autre était caché sous un carré de tissu noir.

— J'ai l'habitude, je vous remercie.

— Puisque vous vivez ici, vous pouvez peut-être me renseigner. Je cherche M. Benoît Magnus.

Avant qu'elle ait eu le temps d'ouvrir la bouche, le concierge bondit de sa loge et se planta devant Victor.

— C'est pas la mère Meurt-de-soif qui vous sera d'un quelconque secours ! Elle est trop imbibée pour recenser ses voisins !

— C'est faux, je n'ai jamais été encline aux bitures !

— Un surnom comme le vôtre, ça parle de soi-même. Quand on est un purotin, on estime le jus de la treille, c'est connu.

— Si on m'appelait ainsi, c'était parce que l'été, sous le pont, on crevait de chaud et que j'avalais des litres de flotte ! riposta la vieille femme, indignée.

Victor s'interposa.

— Monsieur, soyez poli envers cette dame.

— Cette dame ! Qu'est-ce qu'y faut pas entendre ! Et moi, monsieur, je vous réponds. Le mieux informé c'est bibi, que ça vous chante ou non. Votre Magnus, un drôle d'aztèque qui rechignait toujours à débourser l'argent du terme, il s'est sauvé dans la nature, évaporé, depuis le mois de février ! Et sans casquer, le cochon ! Au bout de quelques jours, je me suis bilé de ne pas l'aviser. Je me suis dit qu'il s'était esbigné à cause de son travail et qu'il allait rappliquer. Des nèfles ! J'ai alerté le proprio. On a encore poireauté, et puis on a fini par utiliser mon passe, des fois qu'la camarde nous aurait débarrassés de lui, le filou. J't'en fiche : personne. Le proprio a prévenu les flics, aucune trace. Ses affaires étaient là, les papiers, le mobilier, les cornues avec lesquelles il aurait pu nous incendier dix fois, les vêtements. Comme le proprio excluait de se ruiner avec un garde-meuble, il m'a chargé de tout bazarder, j'ai convoqué un brocanteur, et un autre locataire s'est installé, une canaille, ce Pierre André, pire que Magnus, pensez, un poète ! Ah, elle est belle, la France, avec ces rimailleurs qui se croient futés !

— Moi, je l'appréciais beaucoup, M. Benoît, marmotta la vieille. Remarquez, M. André est très sociable.

— M'étonne pas, qui se ressemble s'assemble. Vous êtes content, je vous ai déballé l'histoire, non ? Celle-là ne s'était pas aperçue du changement, ma main à couper !

— Celle-là a un nom, et, si vous lui en aviez laissé le loisir, elle m'aurait narré les faits aussi bien que vous.

— Ah, elle est jolie, la reconnaissance ! Et puis qui vous êtes, vous, d'abord ? Un proche de Magnus ? Si c'est le cas, j'vous fournis le montant de son terme, vous vous ferez une joie de l'régler !

Victor commençait à perdre son flegme. Il tira de sa poche l'accréditation d'Isidore Gouvier et la secoua au visage du concierge.

— Je suis journaliste. Je vais vous affliger d'une réclame désastreuse.

Jules Friquet se réfugia dans sa loge comme s'il venait d'être mordu par un chien enragé. La vieille se mit à rire.

— C'est-y vrai que vous rédigez des articles ? Je vais vous confier une nouvelle qu'il ne vous a pas révélée, le pipelet. Il a tout vu, comme moi, j'arrivais de chez le boulanger.

— Qu'avez-vous vu, lui et vous ?

— Ce bon M. Magnus est grimpé dans un fiacre, et fouette cocher, il a décampé. Après ça, il ne s'est plus pointé dans le quartier. Et dans ce fiacre, j'ai l'impression qu'il y avait une galante. Brave M. Benoît, il a fini par conquérir un cœur, j'en suis aise pour lui. Au plaisir, monsieur.

Les bourrasques plissaient la surface de la Seine souillée de branchages et de papiers gras. Redoutant que son chapeau ne s'envolât, Victor décida de passer nu-tête le pont de Bercy. Était-il vraisemblable que Benoît Magnus ait abandonné ses possessions lors d'une escapade voluptueuse ? Il envisagea le problème sous un angle différent : si Tasha lui avait ordonné qu'il désertât son logement, eût-il consenti à ne rien emporter ?

« C'est improbable. Je me serais lesté de certains souvenirs. Mais nul indice n'établit que ce Magnus n'ait pas empli une ou deux valises subrepticement descendues quelques jours avant sa fugue. Février ! Six mois sans donner signe de vie ! »

Deux heures plus tard, exténué après une longue marche et trempé par une averse de grêle, il fit part de ses réflexions à Joseph, seul maître à bord de la librairie.

— Évanoui ! C'est contagieux. Où sont-ils tous allés ? Sur la face cachée de la Lune ? s'écria celui-ci.

— Le carnet était constitué de fiches de paie. Benoît Magnus en aurait-il rédigé le contenu ? La formule d'un parfum, l'adresse de Romant… les fils conducteurs convergent vers cette certitude. Il a égaré le livre miniature dans la maison de la rue Corvisart, plus précisément au fond du bassin, où la carpe s'en est délectée.

— Que faisait-il là-bas ? C'est un nez, ce bonhomme, et les odeurs qui se dégagent de la baraque sont rien moins que chouettes !

Épuisé, Victor se massait les tempes en tâchant de se concentrer. Il avait besoin de repos et de sérénité. Joseph, lui, tentait de structurer ses pensées en musique. Il chantonnait machinalement un air qui l'obnubilait.

— Mes déductions s'embrouillent, êtes-vous incapable de rester silencieux ? gronda Victor.

— Cette rengaine me trotte par la tête, c'est pas ma faute. Je l'ai entendue la nuit où j'ai fouillé la propriété, un type la sifflotait. Le pire, c'est que je la connais, cette chanson, maman me la…

— Dommage que nous ne sachions pas à quoi ressemble votre siffleur. Je rentre, j'ai mal au crâne, nous en reparlerons demain.

— Demain, ne comptez pas sur moi avant le début de l'après-midi. J'accompagne Daphné à la salle des fêtes de la mairie, il y a une séance de guignol et je ne peux pas me défiler parce que Iris a rendez-vous avec le Dr Reynaud, et que ma mère nettoie à fond vos deux logements, rue Fontaine.

Effrayé par cette perspective, Victor se promit de vouer la matinée à la photographie, plaisir qu'il avait délaissé depuis le commencement de cette enquête. Fuir, le plus loin possible des balais et des plumeaux qui danseraient la sarabande au cœur de son sanctuaire !

CHAPITRE XIX

25 septembre

Être le point de mire eût été divertissant en d'autres circonstances. Mais, unique élément masculin du public, Joseph prisait peu la curiosité dont il était l'objet. La salle des fêtes de la mairie contenait des bancs, empruntés à une école voisine, où, au coude à coude, se tassaient des femmes de boutiquiers, quelques rares bourgeoises et des soubrettes, peinant à maîtriser leur marmaille. Leur ironie masquait la jalousie éprouvée envers cet homme doté d'une gamine si sage. Daphné trônait fièrement sur les genoux de son père, fascinée par le castelet de bois recouvert de tentures vermillon installé sur une estrade. Les premiers rangs étaient réservés aux marmots plus âgés, fillettes en robe de velours à col de dentelle et capote à bride, garçonnets déguisés en officiers de marine et surmontés d'une casquette à pont. Ils pépiaient et trépignaient, raclant leurs galoches sur le carrelage, pendant que des yeux en amande les inspectaient, déconcertés et réprobateurs. Daphné n'avait guère eu l'opportunité de fréquenter des enfants, aussi ce comportement relâché lui était-il étranger. Elle devinait qu'un mystère merveilleux allait lui être révélé.

Une douairière efflanquée à chignon blanc prit place au chevet d'une harpe. Dès que le rideau s'ouvrit, elle pinça les cordes de son instrument. Aussitôt, Daphné brassa l'air de ses poings, aspirant à s'emparer de la mélodie qu'elle croyait voir s'écouler telle une rivière sinueuse. Mais quand un personnage à face lunaire, nez camard, en jaquette de drap brun et tricorne, punit d'une bastonnade un vaurien coupable d'avoir dérobé des pommes, les mêmes poings se plaquèrent à un visage déformé par la peur. Joseph s'efforça de calmer l'émoi de sa fille tandis que le marionnettiste, les gants glissés sous les robes de ses figurines à gaine, les ballottait davantage. D'une voix suraiguë, il interprétait tous les rôles, et, à la grande joie de son auditoire, les fredaines de ses héros s'achevaient invariablement par une rossée que Guignol administrait à Gnafron ou à un garde municipal.

Vint l'entracte et l'intermède musical, des mesures de la *Ballade des gros dindons* d'Emmanuel Chabrier, qui apaisèrent Daphné. Joseph activait ses mollets sur un tempo effréné, métamorphosé en un coursier emportant la princesse vers un château à douves, pont-levis et canons où jamais n'oserait accoster le malheur. Mais la seconde partie du spectacle fut encore plus pénible. Le montreur de pantins avait jeté son dévolu sur de vieilles chansons populaires. Cadet Rousselle et ses trois maisons, le rossignolet sauvage et son langage d'amour, les geôles de Nantes et leur prisonnier eurent l'heur de plaire à Daphné. Mais quand le roi fit battre tambour et que marquise mourut d'avoir senti un bouquet empoisonné, puis quand le roi Renaud de guerre vint portant ses tripes en sa main et que la terre engloutit sa belle épouse désespérée, Daphné se révolta. Les nounous et les femmes de commerçants froncèrent les sourcils devant cette gamine qui se tortillait afin de se soustraire à l'emprise paternelle. L'apothéose survint lorsque Guignol, encerclé de poupées lilliputiennes, affronta un forcené à tablier sanglant qui le menaçait de sa hache.

Ils étaient trois petits enfants
Qui s'en allaient glaner aux champs...

nasilla l'ordonnateur du spectacle, maudit par Joseph.

Ils n'étaient pas sitôt entrés
Que le boucher les a tués,
Les a coupés en petits morceaux,
Mis au saloir comme pourceau.

Joseph dut déranger une dizaine de matrones exaspérées, écraser des pieds, se répandre en excuses et se ruer vers la sortie, son héritière hurlante sous le bras, pendant que la chanson se poursuivait.

Seule la vue des élèves fuyant l'école de garçons de la rue Madame pour aller déjeuner chez eux mit fin aux sanglots de Daphné, soudain passionnée par ce flot de fantoches en chair, en os et en culottes courtes. Une brioche dorée accrut son bonheur, son père essuya ses dernières larmes et s'octroya enfin une pause devant l'église Saint-Germain-des-Prés.

« Et ça prétend distraire les moutards ! Ce sinistre emplâtre mériterait qu'on... Mince, mais c'est l'air que j'ai entendu dans la baraque de la rue Corvisart, *La Légende de saint Nicolas* ! Ah, l'affreuse comptine de maman qui m'a flanqué tant de cauchemars ! Quel crétin je suis de ne pas avoir trouvé plus tôt ! »

Il s'accroupit à la hauteur de Daphné.

— Tu sais, ma chérie, ça se termine bien, ce pataquès. Tu veux que je te le chante ?

Petits enfants qui dormez là
Je suis le grand saint Nicolas.

Et le saint étendit trois doigts,
Les petits se relèvent tous trois !

« Et toi, mon poussin, tu vas aller manger ta bouillie avec maman et faire un gros dodo !

— Pas dodo ! protesta Daphné. Cor paquès, fait jour !

Joseph se releva. Il entendait sa propre respiration, il était essoufflé comme s'il avait escaladé un escalier en courant.

Jours, jours, jours... Verberin leur avait affirmé que Bringolo s'était installé rue Corvisart à la mi-août. L'archange, qu'il sillonnait la Butte-aux-Cailles depuis vingt jours. Ou bien ces deux lascars n'avaient aucune mesure du temps écoulé, ou bien l'un des deux mentait. Si Bringolo était encore dans le secteur, il pouvait être porteur de la maladie du charbon, et alors là...

« Est-ce lui que j'ai entendu siffler ? Verberin affirme qu'il a disparu. Où est la vérité ? J'ignore l'adresse de Verberin, reste l'archange. Je dois en avoir le cœur net. »

Quatre versions de la même histoire, chacune enjolivée de détails supplémentaires, furent dévidées avant que Daphné ne consentît à sombrer dans une sieste. Elle avait pris goût à ce récit et s'accommodait sans réticence du funeste destin des trois jeunes victimes du boucher, puisque en définitive saint Nicolas en recollait les morceaux et leur insufflait la vie. Alors qu'importait qu'ils fussent tranchés en quatre, huit ou douze rondelles !

Le docteur avait conseillé du repos. Un baiser hâtif à sa femme alanguie sur une méridienne précéda le départ de Joseph. Iris soupira. Elle se sentait délaissée. Un brusque découragement pesait sur elle.

Était-elle donc venue au monde pour cette vie végétative où ses seules distractions consisteraient à broder des napperons dans l'attente d'un prochain enfant ? Deviendrait-elle semblable à ces femmes, déformées par des grossesses successives, qui potinaient dans les salons de leurs amies à l'occasion de leur « jour » ? Quand elle était pensionnaire à Londres puis à Saint-Mandé, elle avait espéré un avenir plus captivant que celui de mère de famille. Elle voyagerait, elle explorerait des contrées lointaines, elle deviendrait célèbre. Son pragmatisme avait eu raison de ces enfantillages, et lorsque Joseph était apparu, elle avait accepté avec joie d'unir sa vie à la sienne. La naissance de Daphné l'avait comblée. Elle adorait sa fille, elle jouait avec elle comme avec une poupée. Mais elle savait à présent que ces joies s'accompagnaient de contraintes et même de corvées. Allait-elle être de taille à les subir de nouveau ? Supporterait-elle ces cris, ces pleurs, cette récurrence de soins à prodiguer ? Partagerait-elle avec l'enfant à venir l'amour exclusif qui l'unissait à Daphné ? À la pensée qu'au futur bébé en succéderait un autre, puis un autre encore, elle serra les dents. Euphrosine la régenterait davantage d'année en année, lui imposerait ses récriminations, ses critiques et sa loi. Eh bien, non !

Un bref instant, le souvenir de la sollicitude trop vive déployée à son égard par le peintre Maurice Laumier se teinta d'une pointe de regret. Elle aimait profondément Joseph et n'envisageait pas de le tromper, mais elle déplorait de ne plus avoir à repousser d'hommages masculins. Elle comprenait mieux pourquoi Kenji éprouvait le besoin de plaire aux femmes : exercer une séduction sur autrui renforce la confiance que l'on a en soi.

Elle se leva, déterra le cahier de contes, unique remède à son exaspération, et laissa courir sa plume sur le papier :

> *Blackie expliqua à Shorty qu'un chat à neuf queues ne résoudrait en rien son problème, car il s'agissait tout bonnement d'un fouet utilisé dans la marine à voile pour châtier les matelots rebelles...*

Le restaurant *À la soupente garnie*, toujours fermé, attestait que l'époux de la défunte Adélaïde Lesueur n'avait plus le cœur à l'ouvrage. Dans sa hâte d'atteindre l'atelier de Michel Forestier, Joseph dérapa sur un monceau d'épluchures et évita de justesse un tas de fumier. Un essaim de poules s'éparpilla en caquetant pendant que des commères glapissaient de fenêtre à fenêtre.

— Quel gugusse ! Il est fin soûl !

— Dans les brindezingues, ouiche ! Hé, le poivrot ! Décarre ou j'te secoue les puces !

Il se précipita vers une cour étroite et se tapit derrière une barricade d'édredons tachés et de vieilles carpettes calfatées de couches en charpie. Lorsque le calme régna, il gagna la rue Michal. Dépasser une boutique d'emballeur, une boucherie, une plomberie, contourner un camion qui bloquait la chaussée, éviter une aïeule sommeillant sur le pas de sa porte, tels furent les préalables de sa réussite.

Livrés à eux-mêmes, les apprentis Gaston et Armand s'étaient d'abord hissés sur des troncs d'arbres où ils avaient fumé puis jonglé avec des balles. S'ensuivit un concours de grimaces sous la surveillance réprobatrice de saint Nicolas et de sainte Rose de Lima. Puis, lassés, ils entamèrent une partie de quinet. Un piquet aux extrémités pointues avait été posé devant le porche. À tour de rôle, les gamins le frappaient afin de le projeter le plus loin possible. Quand Joseph déboula, Gaston faillit l'éborgner.

— C'est à ça qu'on vous paie, chenapans ? Où est l'archange ?

Les apprentis ricanèrent. Gaston se dandina d'un sac de plâtre à l'autre.

— Il a le béguin, alors dès qu'il a terminé sa besogne, il se carapate chez Rose, sa maîtresse.

Armand traçait du bout de sa galoche des ronds dans la poussière en sifflotant *La Légende de saint Nicolas*.

— Tu connais cet air ? s'exclama Joseph, interloqué.

— Dame, à force d'entendre le patron le dégoiser du matin au soir, ça s'est imprimé dans ma sorbonne et ça refuse de s'en effacer !

— Mince alors ! Se pourrait-il que le siffleur de la maison hantée et l'archange ne fassent qu'un ?

— Quoi qu'vous jactez ?

— Rien, rien. Où loge-t-elle, cette Rose ?

— Pourquoi que j'vous l'dirais ?

— Parce que je te rétribue, répondit Joseph en extirpant de sa poche une pièce de un franc.

— Pour deux ! Vous êtes rat ! On manque de braise, nous, on veut une thune !

— Cinq francs ! Vous croyez que je suis un chercheur d'or ?

Joseph étala sur sa paume la monnaie dont il disposait.

— Il faudra vous contenter de trois francs vingt-six.

Après de longs conciliabules avec son compère, Armand opina.

— Elle habite 13, quai d'Anjou. Rose Varlet, qu'elle se nomme.

— Comment en êtes-vous si sûrs ? L'archange vous confie ses bonnes fortunes ?

— Il a laissé traîner un agenda, marmonna Gaston.

— Tu sais donc lire ?

— C'est mon paternel qui m'a appris, il a de l'instruction, il est trimballeur de refroidis[1].

— Joli métier, murmura Joseph, désolé de monnayer si cher un renseignement qu'il jugeait peu fiable.

— Non mais, sans blague, insultez pas mon dab ! Le soir, il figure dans un vrai théâtre. Avec ses copains il balade un palanquin où que s'prélasse l'impératrice de Chine !

Haussant les épaules, Joseph griffonna le nom et l'adresse fournis par l'apprenti et tourna les talons. Quel dommage que Victor fût absent justement ce jour-là !

— C'est drôle, à peine j'arrive que vous fichez le camp. Je vous gênerais, des fois ?

— Mais non, Euphrosine, qu'allez-vous imaginer ? J'ai des rendez-vous.

Suivant de peu Tasha, convoquée chez Raphaëlle de Gouveline pour une première séance de pose, Victor empocha son Pocket Kodak. Après avoir déambulé deux heures au hasard des rues, l'esprit encombré de pensées relatives à la mort d'Alexandrine Piote, il eut faim. Il piétinait près de l'église Saint-Philippe-du-Roule. Plutôt que de privilégier un de ces restaurants chics qu'il appelait « à ronds de jambe », il choisit un estaminet fréquenté par des cochers de fiacre. Un menu complet, potage, tomates persillées, côtelette de mouton-purée, entremets, compote, ne

1. Cocher de corbillard.

l'allégea que de quarante sous. Accoudés au zinc, les clients lui jetaient des regards obliques en trempant le pouce dans un bol de panade. Le garçon, qui balayait la sciure sur le carrelage entre des pots de fusains, se penchait parfois par-dessus son épaule comme s'il espérait deviner pourquoi ce client élégamment vêtu l'honorait de sa présence.

Victor préféra fuir et marcher jusqu'au *Napolitain*, au numéro 1, boulevard des Capucines, afin d'y savourer son café. Un homme à monocle et cheveux longs s'écroula près d'un personnage corpulent aux allures de prophète, dont l'énorme serviette de cuir occupait un siège. Il reconnut le critique Ernest La Jeunesse et l'écrivain Catulle Mendès. Pendant qu'un serveur obséquieux déposait sur leur table cirée des glaces et des quarts d'eau gazeuse, ils échangeaient les derniers ragots du monde littéraire. Désignant le café-restaurant *Américain* sis sur le trottoir opposé, Catulle Mendès fit allusion à Aurélien Scholl, chroniqueur dont ce lieu était le domaine.

— Connaissez-vous sa repartie à un financier de mes amis ? « Voulez-vous que je vous indique une affaire superbe ? Acheter les consciences au prix qu'elles valent et les revendre à celui qu'elles s'estiment ! »

Victor prisa ce trait. Il eût aimé en entendre davantage, mais un attroupement interrompit les conversations. Il se leva et rejoignit la foule massée autour d'un véhicule à pétrole en vis-à-vis à roues légères équipées de pneus Dunlop. Le propriétaire, noyé dans une pelisse de fourrure, masqué de lunettes fumées, exhibait un sombrero et une pipe de porcelaine.

— Le baron de Weber, chuchota Victor.

Le vieil excentrique expliquait aux badauds que son automobile, conçue par Édouard Rochet et Théodore Schneider, était dotée d'un système d'éclairage constitué de deux lanternes à bougie et atteignait la vitesse record de 35 kilomètres à l'heure.

— Une de ces machines s'est hissée jusqu'au col du Galibier, ce qu'aucune voiture sans chevaux n'avait réussi auparavant !

Des percherons qui, non loin de cette merveille, mâchonnaient leur avoine, n'en parurent nullement affectés. Admiratif et envieux, Victor examinait le métal chromé qu'il eût volontiers caressé du plat de la main. Il recula de quelques pas et son regard accrocha la devanture d'une parfumerie. N'était-ce pas celle où il avait acheté du benjoin et le fameux *Sourire des Indes* au ruban vert de la maison Romant ? La silhouette lasse de Georges Feydeau se découpa un instant devant les vitrines où il fut abordé par un individu aux gestes saccadés, vêtu d'une vareuse rouge. Victor identifia le photographe Félix Tournachon, dit Nadar, dont il admirait les travaux et avec qui il eût apprécié de s'entretenir. Mais une désagréable association d'idées le ramena à sa visite à Hans. Ses soupçons se pressaient au galop. Il s'efforça en pure perte de les pulvériser sous la carcasse métallique pétaradant au nez des curieux. La perspective de devoir patienter jusqu'au soir avant de discuter du sculpteur allemand avec Tasha lui noua l'estomac. Mieux valait poursuivre son errance à travers la ville que de se claquemurer rue Fontaine.

Jean-Pierre Verberin s'était tassé à l'angle du salon de coiffure. Il pouvait ainsi observer sans être vu Lucy Grémille, dont il n'apercevait que la moitié gauche du visage et les mains agitant de minuscules ciseaux. Elle s'empara d'un pinceau qui peignit de rose les ongles d'une cliente plus maigre qu'un coucou. Puis elle sautilla derrière la chaise, armée d'une brosse et de peignes aux dents aiguës. Pendant ce temps, le patron plongeait les index dans un pot de crème et frictionnait la tignasse rebelle d'un petit homme qui cherchait vainement à lui échapper et put enfin se gratter frénétiquement le crâne.

Comment attirer l'attention de la jeune femme ? Jean-Pierre Verberin tergiversait. Pénétrer dans le salon ? Entrebâiller la porte ? Il n'osait se manifester, après avoir passé la nuit à mettre en scène ses retrouvailles avec celle qui, depuis qu'il avait eu le bonheur de goûter sa compagnie, lui chavirait le cœur. Trop vieux, trop laid, comment espérer la séduire ? Elle était amoureuse de cet Alphonse Ballu, qu'il commençait à détester. Grâce fût rendue au ciel d'avoir consenti à l'élimination de ce personnage envahissant !

Il tambourina au carreau. Lucy le remarqua, se précipita. Interdite, elle contempla son expression tourmentée.

— Une mauvaise nouvelle ?

— Votre fiancé…

— Alphonse n'est pas officiellement mon fiancé. Quoi ? Qu'y a-t-il ?

Pris de court, il débita tout à trac :

— On l'a ramassé, décédé, dans cette maudite maison.

Elle émit un gémissement, s'agrippa à son bras.

— Voulez-vous dire qu'on l'a…

Il s'enferrait, mais impossible de se rétracter.

— Assassiné, je n'ai pas de détails, j'ai eu un mot de ce libraire que nous avons croisé là-bas il y a quatre jours, c'est un peu vague mais explicite.

— Oh ! Montrez-le-moi.

— Sous le coup de l'émotion, je l'ai oublié.

— En ce cas, pourquoi ne pas le lire à votre domicile ce soir ? proposa-t-elle en lui dédiant son plus charmant sourire.

Il avait prévu des larmes, un malaise, tout sauf cela. Décontenancé, il ouvrit la bouche, nul son n'en sortit.

— Cela vous ennuie de me recevoir, si, si, allez, inutile de protester. Au moins, acceptez que nous dînions ensemble, je fréquente une crémerie du côté de la place du Commerce, c'est économique et succulent… Vous musarderez dans le quartier jusqu'à la fermeture ?

— Certes, mais qu'il soit bien clair que vous êtes mon invitée.

— C'est affreux, imaginer qu'Alphonse… Et votre ami, ce Bringolo ?

— Il n'est pas mentionné dans la lettre.

Était-il le jouet d'une illusion ou avait-elle réellement déposé un baiser furtif sur sa joue ? Il regrettait déjà son mensonge : parviendrait-il à s'en dépêtrer sans perdre la face ?

Il serait toujours temps de soutenir le lendemain que le libraire s'était trompé.

Victor attendait Tasha assis sur le lit, dans l'alcôve, Kochka lovée sur ses genoux. Il feuilletait son carnet et parcourait ses notes concernant le livre minuscule de tata Bric-à-brac. Ses enquêtes précédentes lui avaient révélé qu'à partir d'un certain point il possédait un fatras d'informations ne demandant qu'à être connectées entre elles. Le plus difficile était de repérer le fil d'Ariane idoine. Cette façon de procéder était risquée. À plusieurs reprises, il avait sélectionné une voie sans issue, évitant de justesse un désastre. Saurait-il mieux manœuvrer, cette fois ? Il négligea le fait que des vies étaient en jeu, agença un rébus composé de chiffres et de noms reliés par des flèches autour desquelles s'enroulaient des spirales et des arabesques. Résumer l'affaire en quelques phrases, était-ce envisageable ? Il écrivit :

Benoît Magnus détenait la formule d'un parfum égyptien que convoitait une certaine Ginette, contremaîtresse dans la fabrique de parfums Romant. L'a-t-elle tué ? Ou bien l'a-t-elle convaincu de la seconder ? Récapitulons. Bringolo apporte sa pêche à La soupente garnie. *Quelqu'un assiste à la transaction et...*

L'arrivée de Tasha le contraignit à fourrer le carnet dans sa redingote. Kochka bondit pour accueillir la jeune femme.

— Demi-Pinceau, tu es un vrai chien ! s'écria-t-elle en jetant sa jaquette sur un dossier.

Elle accourut vers Victor, auprès duquel elle se blottit.

— Ce tableau promet d'être une horreur ! La dame insiste pour porter un abominable paletot jaune canari et une jupe à carreaux, et ses chéris, qui croulent sous les rubans et dont il est hors de question de se débarrasser, refusent de tenir en place !

— Un cadeau pour toi, marmonna-t-il en lui offrant le flacon de benjoin.

Ravie, elle se parfuma sur-le-champ et tenta de l'en asperger. Il se débattit en riant et leur lutte s'acheva en un tendre corps-à-corps. Alors qu'elle lui mordillait l'oreille, il murmura :

— J'ai parlé à ton Hans. C'est un crétin absolu. Devine ce qu'il m'a déclaré : qu'il t'a raccompagnée ici le soir de l'expo au *Procope* et t'a extorqué une étreinte.

Elle se dégagea brusquement et le considéra.

— C'est faux ! affirma-t-elle en haussant le ton.

Face à sa mine méfiante et navrée, elle se radoucit. Elle avait raison de nier, elle le sentait, car si Victor découvrait la vérité, elle et lui en souffriraient.

— Nous avons déjà évoqué cette histoire, mais si tu insistes… Quand j'ai rencontré Hans, au *Procope*, j'ai eu une sorte d'étourdissement, oh, trois fois rien, la surprise, la chaleur… Un ami de Laumier s'est présenté à moi, Michel Forestier. Il a insisté afin de m'escorter, un type gentil, un tantinet collant, il m'a fait des avances, je les ai repoussées, voilà. Je suis persuadée qu'avec cet indice tu remonteras aisément jusqu'à l'auteur du délit !

— Lui ? Ça alors, curieuse coïncidence, je le connais !

— Tiens, vraiment ? Raconte !

Il pinça les lèvres. Il redoutait de commettre une bévue laissant supposer qu'une investigation était en cours.

Elle guetta sa réponse et fut soulagée qu'il parût désireux de clore l'entretien. Il lui était déplaisant d'admettre que son bonheur dépendait d'une fiction. Qu'adviendrait-il si Victor s'entretenait un jour avec Félicité Ducrest ? Elle se hâta de se boucler dans le cabinet de toilette.

On frappa plusieurs coups. Machinalement, Victor cria :

— Entrez !

Joseph se rua dans la chambre-atelier, hors d'haleine.

— Quelle veine que vous soyez au bercail ! Je crois savoir qui sifflotait dans la baraque de la rue Corvisart quand j'y étais ! Je détiens même l'adresse de sa maîtresse ! L'archange ! Il doit tremper dans le trafic des momies !

Pendant que Joseph, écarlate, débitait ce discours, il ne remarquait pas plus les signes désespérés de

Victor que la porte du cabinet de toilette qui s'ouvrait lentement. Ce ne fut que lorsque Tasha, abasourdie, apparut, ses bas à la main, qu'il se tut enfin et, gêné, détourna les yeux.

— Videz votre sac, tous les deux ! s'exclama-t-elle.

— Voyons, chérie, c'est une mauvaise plaisanterie que Joseph…

— Hypocrite ! Cachottier ! Tu as recommencé ! Le roi des redresseurs de torts ! Et vous, Joseph, vous devriez avoir honte, vous allez être père d'un second enfant et… voilà ! conclut-elle, un vibrato dans la voix.

Penaud, Victor se creusait les méninges, à la recherche d'une explication plausible. Elle pointa le doigt vers lui.

— Toi, inutile de me servir des billevesées, je ne suis pas idiote. J'exige la vérité !

— C'est que… c'est très complexe, balbutia Joseph.

— Eh bien, simplifiez, mais si vous échouez, rassurez-vous, nous avons la nuit devant nous.

Et pour bien démontrer qu'elle ne céderait pas, elle s'installa dans un fauteuil et tapota ses cuisses afin que Kochka sautât sur elle.

Abandonnant le néant du sommeil, Alphonse Ballu réintégra cette contrée close qui depuis une éternité le retenait prisonnier. Il émanait de ce lieu peuplé d'ombres une odeur fétide qui le prenait à la gorge. Le poêle à sciure et la couverture de cheval ne parvenaient pas à le réchauffer, il claquait des dents. On lui avait ôté ses liens dès le premier jour. Au début, il s'était astreint à aller et venir pour éviter l'engourdissement, à présent il n'en avait ni l'envie ni la force. Qu'attendait-on de lui ? Il n'en savait rien. Son geôlier ne lui parlait jamais, il se contentait d'entrebâiller la porte et de déposer sa pitance, puis il refermait à double tour et s'éloignait en sifflotant une comptine.

Dans la vie courante, Alphonse Ballu était un homme de bon sens, infatué de sa personne, dénué de la moindre compassion envers son prochain. En Afrique, son rôle s'était borné à quelques équipées à la tête d'une colonne montée. Le reste du temps, il estampillait des paperasses dans un bureau de Saint-Louis du Sénégal, assistait régulièrement aux soirées du gouverneur et assouvissait ses ardeurs érotiques avec de belles femmes à la peau d'ébène. Il aimait par-dessus tout se pavaner à travers la ville sanglé dans son uniforme. Il était convaincu de sa mission civilisatrice, n'était-il pas le serviteur de la mère patrie ?

Le passé se diluait en un rêve fiévreux. Il sentait que tout était perdu. Tout. Il était impuissant, hébété, inapte à la plus élémentaire compréhension.

CHAPITRE XX

26 septembre

Rose Varlet s'éveilla en sursaut. Le monstre qui, dans son cauchemar, feulait au fond d'une caverne où luisaient ses prunelles se révéla n'être qu'un remorqueur saluant l'île de trois coups de sirène. Gagner l'appui noirci de sa fenêtre la soulagea. Éradiqués, le mauvais rêve, la chambre minuscule sous les toits, le travail harassant, les déconvenues amoureuses. De sa dunette, elle embrassait le fleuve embrumé clapotant le long du quai d'Anjou mélancolique, où les trembles se dressaient au-dessus des modestes embarcations des pêcheurs d'épinoches. Elle vit glisser un chaland et s'installer sur la berge le tondeur de chiens, officieusement « coupeur » de chats. Des chevaux se baignaient sous le pont de Sully, près duquel un vieux peintre en veston d'alpaga et panama se préparait à déployer l'ombrelle de tussor sous laquelle il poserait son chevalet.

Sept heures sonnèrent à un clocher. Le samedi, Rose jouissait du privilège de commencer sa journée plus tard. Elle se vêtit à la va-vite et se versa du café qu'elle blanchit d'une goutte de lait.

Elle ignorait qu'au même moment, dans la cour pavée plantée d'arbustes, un homme en costume à carreaux coiffé d'un melon harcelait avec force œillades la concierge jusqu'à ce qu'il extirpât d'elle l'information désirée, à savoir qu'une certaine Rose Varlet logeait dans l'immeuble et allait incessamment apparaître.

Joseph entrebâilla la lourde porte cloutée et rejoignit Victor et Tasha, perchés sur leurs bicyclettes et postés sous un réverbère.

— C'est confirmé. Elle est jeune, brune et sera nantie d'un large panier. Tenez, la voilà. N'ayons l'air de rien.

Tasha avait préféré se lever aux aurores plutôt que de renoncer à la décision adoptée au cours de la nuit. Cette fois, elle participerait à l'enquête, sans se ronger sangs et ongles en redoutant le pire pour son mari.

Si Rose Varlet avait deviné que, sur les deux vélocipèdes qui roulaient à bonne distance d'elle, trois espions surveillaient chacun de ses pas, elle eût détalé comme un lapin. Mais elle était incapable de se croire l'objet d'une telle sollicitude, aussi savourait-elle son temps. Elle gagna la rue Poulletier, saluant au passage une vieille buraliste à lunettes et une femme aux traits émaciés affligée de deux enfants ensommeillés.

— Z'avez pas lorgné mon Hector ? Il a encore cédé au démon des carambolages ! Le père Mayen m'a raconté qu'il avait fait du barouf vers minuit au *Café de la Pointe* à cause d'un « coulé sur bande » raté. Maudit billard, y sera cause de notre ruine !

La lavandière consola la malheureuse et se pressa vers la blanchisserie. Le trio examina en vain l'atelier occulté par des rideaux.

Rose s'approcha d'un établi garni de perse bleue croulant sous des chemises d'homme à plis abondants et des robes froissées. Pendus à des tringles de laiton, des bonnets de dentelle surmontaient un poêle à coke et plusieurs planches encombrées de paquets de linge marqué. Sur une table tiédissaient des fers, polonais arrondis, champignons oblongs ou coqs rivés à une poignée. Parmi un fouillis de bols d'amidon, de brosses et de soucoupes pleines d'eau se dépensaient les repasseuses, en nage.

Son panier comblé, Rose trottina vers la rue Saint-Louis-en-l'Île, trait rectiligne festonné d'échoppes étroites où l'on accédait par des degrés. Dépourvus de pignons sur trottoir, beaucoup d'artisans – cordonniers, encadreurs, serruriers, ébénistes – se terraient au bout de corridors sombres et se contentaient d'une modeste enseigne signalant leur existence. Un poissonnier lavait son étal à grand jet. À l'angle de la rue Le Regrattier, un cabaretier aérait son local enfumé. D'autres commerçants, confiseur, antiquaire, fleuriste, n'ôteraient leurs contrevents qu'en milieu de matinée. Mais d'une boulangerie s'échappait une odeur de pain frais à laquelle succomba Rose Varlet. Grignotant un chausson aux pommes, elle se pencha vers un soupirail afin d'engager la conversation avec un vieillard à calotte et robe de chambre adonné à une réussite. La crémerie Brunat eut ensuite l'heur de la séduire. Après y avoir acheté un morceau de fromage qui, avec une baguette, constituerait son déjeuner, elle accéléra l'allure.

Juché sur le porte-bagages de Victor, Joseph se cramponnait à son beau-frère au risque de les renverser tous deux. Il s'acharnait à sembler très à l'aise alors qu'il appréhendait une chute fatale. Cependant,

Kenji ne décrétait-il pas à juste titre que : « Qui veut vaincre est déjà bien près de la victoire[1] » ? Chaque mètre gagné affermissait l'assiette du débutant, si cela continuait, il deviendrait un champion d'ici le crépuscule. Quant à Tasha, elle pédalait en éclaireuse et se retournait régulièrement pour s'assurer que Victor suivait.

Dès qu'ils touchèrent l'île de la Cité, le vent succéda au brouillard. Aveuglés par les brindilles et les feuilles mortes, ils peinaient à filer la blanchisseuse, elle-même gênée dans sa progression. Enfin elle passa le Pont-Neuf et dévala un escalier au pied duquel un bateau-lavoir l'engloutit. Victor se rangea à côté de Tasha dans une demi-lune.

— Elle en a peut-être pour la journée, tu devrais nous abandonner, ma chérie.

— Pas question, je reste.

Un fiacre s'arrêta au coin du pont. Une femme enveloppée d'une cape noire sauta à terre et se dirigea vers la berge.

— Ça, par exemple ! La tante de Michel Forestier, je l'ai rencontrée au *Procope* ! s'écria Tasha, aussitôt sur ses gardes en avisant la personne dont elle redoutait la collision avec Victor.

— Une telle coïncidence ? Impossible, tu dois confondre.

Elle eût voulu nier, pourtant c'était bien Félicité Ducrest qui pénétrait dans le bateau-lavoir.

— Que fricote-t-elle ici ?

— Des complices, cette fille et elle ? De quoi y perdre son latin ! grommela Joseph, qui n'avait jamais appris cette langue.

1. Citation de Rotrou, *Venceslas*, II, 1647.

La cape noire surgit, agrippant par le poignet une Rose Varlet en larmes. Elles remontèrent jusqu'au véhicule où l'intruse, gonflée par la bourrasque à l'instar d'un gros coléoptère, força presque la jeune femme à s'effondrer.

Sans échanger un regard ni un mot, les trois complices enfourchèrent leurs montures, disposés à pourchasser le fiacre.

Tête baissée, dents serrées, ils rejoignirent la rive gauche qu'ils longèrent jusqu'au port Saint-Bernard. Les doigts gourds, Victor regrettait qu'un départ brusqué l'eût privé de gants. Joseph grelottait derrière lui, et, devant, Tasha, en culotte et veste de serge brune recouvrant un corsage de soie écrue, souffrait certainement de la fraîcheur matinale. Elle avait rassemblé la masse de ses cheveux flamboyants en un chignon auquel était piqué un bibi de velours bleu marine. Sur sa nuque voletaient des frisottis. Victor s'évertuait à garder une distance appréciable, de crainte qu'on ne notât leur présence, et, alliée au froid, cette vigilance rudoyait ses nerfs.

À mesure que le fiacre s'enfonçait dans les profondeurs du quartier de la Gare, une prémonition submergea Victor. Cette direction lui déplaisait. Persuadé que cet itinéraire répugnait autant à Joseph, il longea néanmoins l'hospice de la Salpêtrière, puis l'abattoir de Villejuif, réservé aux chevaux, traversa la place d'Italie, attrapa le boulevard du même nom, de plus en plus perturbé. Ce fut sans aucun étonnement qu'il constata que le fiacre virait dans la rue Corvisart et ralentissait près d'un domaine qu'il eût préféré éviter.

Tasha s'était garée à l'abri d'une palissade. Victor eut l'heureuse fortune d'être dissimulé par un tombereau empli de gravats. Dès que le fiacre eut pilé, la tante de Michel Forestier et Rose Varlet en jaillirent. À quatre pattes, elles se faufilèrent dans la trouée conduisant à la propriété. Victor parlementa brièvement avec Tasha et obtint qu'elle consentît à garder les vélos.

— Où sont-elles ? murmura Joseph lorsqu'ils eurent à leur tour franchi les buissons.

— Il n'y a qu'un endroit !

Ils se battirent contre les griffes végétales et dérapèrent sur le sol boueux. Quand ils arrivèrent au corps de logis, la barrière de planches pourries du petit édifice pivotait doucement. Joseph allait bondir quand Victor le retint.

— Accordons-leur un peu d'avance... Maintenant.

Ils tâtonnèrent dans un corridor tapissé de fils gluants, et Joseph songea que la totalité des araignées parisiennes avaient élu domicile à l'intérieur de ces horribles constructions en raison du faible loyer. En contrebas tremblotait une lumière. Une voix de femme lança :

— Terminus, ma colombe, voilà ton amoureux !

Une autre voix, plus jeune, s'exclama :

— Toi ! Pourquoi es-tu ici ?

La première voix reprit :

— Jolie surprise, non ? Amusez-vous bien ensemble, vous n'êtes pas près de vous désunir, les tourtereaux, et vous ne serez pas seuls !

Avant que Rose pût répliquer, la lumière s'élargit à vive allure vers la surface.

— Marche arrière, siffla Victor.

Joseph et lui galopèrent jusqu'aux fourrés les plus proches. Accroupis sur la terre meuble, ils distinguèrent une ombre qui enclenchait une clé et repartait en sens inverse.

— Tasha ! Elle va la reconnaître ! cria Victor.

Ils se ruèrent sur les traces de la femme, mais elle était déjà hors d'atteinte. Lorsqu'ils débouchèrent dans la rue, le fiacre s'éloignait, Tasha à ses trousses. Elle lâcha le guidon l'espace d'un signe rassurant.

— Vous bilez pas, Victor, elle est de taille à régler son compte à cette vipère. Nous, faut qu'on délivre les séquestrés.

Le cœur chaviré, Victor renonça. S'il advenait que Tasha fût blessée – intolérable d'envisager plus grand désastre –, il coulerait à pic.

En dépit des nombreuses leçons d'Helga Becker, cette course d'un bout à l'autre de la capitale éprouvait sévèrement l'endurance de Tasha. La selle la meurtrissait, le pédalier l'ankylosait, la vitesse la soûlait. Elle était transie et ses yeux, rivés au fiacre, la brûlaient. Rue Saint-Antoine, elle eut beaucoup de peine à éviter un tilbury, qu'elle doubla à grands coups de grelot.

La cavalcade s'interrompit brutalement lorsque la voiture s'immobilisa place des Vosges puis déguerpit, délestée de sa passagère. Sans réfléchir, Tasha s'élança vers la maison où demeurait Félicité Ducrest et, après avoir celé sa bicyclette derrière une rangée de poubelles, gravit les deux étages au rythme effréné de la chamade affligeant son cœur. D'une pesée, elle eut raison du loquet. Elle déboula dans le salon aux trumeaux à l'instant où Félicité, consciente de sa présence, pirouettait sur elle-même. Les deux femmes se dévisagèrent en silence. Le souffle court, Tasha bredouillait en vain des mots refusant de franchir ses lèvres. Elle guettait les gestes de son ennemie qui, bouche crispée, torse déjeté, dégrafait lentement sa cape.

— C'est grossier de s'introduire chez les gens avant d'y avoir été conviée, susurra celle-ci.

Et, bondissant sur l'indésirable, elle lui envoya la cape à la figure. Mais Tasha avait prévu le coup et se baissa en un éclair, ce qui lui permit de s'emparer d'un ficus et de le transformer en bouclier. Félicité s'arma d'un caoutchouc arraché de son pot. Elle en fouetta les mollets de l'importune dont la riposte fut cinglante. Atteinte aux joues par le ficus, Félicité balança sa plante offensive et continua le duel munie d'un tisonnier. Une attaque, suivie d'une feinte puis d'un engagement, l'amena presque à frôler la tête de Tasha. Celle-ci effectua une volte et, lâchant son ficus, saisit un soufflet qu'elle actionna violemment au nez de son assaillante. Félicité recula, trébucha contre une ottomane, manqua tomber à la renverse. Elle desserra son emprise sur sa barre de fer, projetée sur le carrelage avec fracas. Une fuite éperdue dans l'enfilade des deux chambres tapissées de velours d'Utrecht la gratifia d'une légère avance. D'une détente, elle fondit sur la table de la cuisine occupée par des assiettes sales et un gigot entamé dans lequel était fichée une longue fourchette à deux dents.

— Votre ingérence dans ma vie privée est inepte, ma chère. Pensiez-vous que j'étais indifférente à votre manège ? Courbée sur votre dérisoire mécanique… Qu'espérez-vous ?

— Vous reléguer derrière les verrous d'une prison. Cette maison, rue Corvisart, sert manifestement à des manigances qu'il vous faudra exposer à la justice.

— La justice ! N'employez pas un substantif dont le sens vous est étranger. La véritable justice appartient au domaine du divin. Celle des humains est un faux-semblant aveuglé d'un bandeau. Mais puisque l'équité vous appâte, je vous propose ma propre ordalie, attention, elle pique !

Un éclair brilla devant les yeux de Tasha, protégés in extremis par une passoire qu'elle cueillit en même temps qu'un épluche-légumes. Se menaçant mutuellement, les antagonistes abordèrent la salle à manger-musée où elles tournèrent lentement en rond sans se quitter des yeux. Soudain, Félicité Ducrest s'approcha de la nature morte au compotier, œuvre de Tasha.

— Garce ! Si tu n'implores pas merci, je lacère ton tableau !

— Que m'importe cette croûte ! Je préfère taillader ta barque de Renoir !

— Chienne ! Je t'interdis…

Remplaçant la fourchette, une chaise en merisier fut catapultée vers Tasha, qui s'écarta promptement. Le projectile se brisa contre le mur, épargnant de justesse le Renoir. Tasha ramassa un des barreaux, sauta en direction de sa rivale et l'assomma d'un violent coup sur le crâne. Félicité oscilla et s'écroula. Affolée, Tasha lui prit le pouls. Hosanna ! Sa victime était encore de ce monde. Avec quoi la ligoter ? Déchiqueter cette étoffe liberty à fleurs drapant le sofa serait regrettable, mais inévitable.

Victor et Joseph s'acharnaient sur les parois de bois moisi à demi décomposé qui interdisaient l'entrée du corps de logis. Après quinze minutes d'effort, ils avaient ménagé une ouverture suffisamment large pour s'y faufiler. Ils allaient se précipiter quand ils se heurtèrent à un second obstacle.

Joseph, les yeux ronds, les lèvres écartées, considéra la porte en chêne qui s'élevait à environ deux mètres derrière les planches pourries. Victor et lui ne l'avaient pas remarquée lors de leur récente intrusion à l'intérieur, probablement parce qu'elle était rabattue contre le mur. Un énorme cadenas fixé à des pièces d'acier en équerre interdisait l'accès au sous-sol.

— Nom d'un pétard, il est flambant neuf ! Le problème se présente sous un angle différent. Il nous faudrait une scie à métaux ou une masse ! s'exclama Joseph.

— Ah oui ? Et de quelle façon comptez-vous faire sortir ces instruments du chapeau ?

— Une grosse pierre ferait l'affaire, non ? J'ai beaucoup appris en lisant les méthodes des escarpes.

— Je vous laisse l'initiative, à vous de jouer.

Victor songeait à Tasha et priait pour qu'il ne lui arrive rien de mauvais. Jamais il n'avait eu besoin de sa présence avec autant de force.

Joseph descellait un pavé de l'escalier décrépi. Cet exercice nécessita un certain temps. Victor l'observait en tirant nerveusement sur une cigarette.

— Pressez-vous, Joseph.

— Ça y est ! Vous allez voir ce que vous allez voir !

Serrant les dents, Joseph s'attaqua au cadenas sans autre résultat que de s'écorcher les phalanges. Un coup ajusté avec rage fut fatal à son index gauche. Il sautilla d'un pied sur l'autre en lâchant une bordée de jurons.

— Joseph, montrez-moi ça.

— Je souffre. Sûr que je ne pourrai utiliser un porte-plume d'ici une quinzaine, répondit-il en considérant, l'œil mauvais, le cadenas intact.

— Allons, ce n'est rien, un hématome, le consola Victor. Je vais vous faire une poupée.

Il entortilla son mouchoir autour du doigt de son patient qui se trémoussait avec une sensibilité de vestale.

— On voit bien que ce n'est pas vous ! Alors, qu'est-ce qu'on fait maintenant, on ne peut pas abandonner ces gens !

Les principes de Victor s'opposaient à ce qu'on enfonçât les portes, activité dont pâtissaient toujours les épaules. Il privilégia donc l'emploi d'un manche de pelle rouillée qu'il avait repéré sous des paquets de feuilles mortes.

— Voici un levier de premier choix, je vais faire pression, cela devrait marcher.

— Je vous le souhaite, grogna Joseph, tentant d'oublier sa main qui le lançait.

Victor avait préjugé de son énergie. Régulièrement, il s'arrêtait pour reprendre son souffle et s'éponger le front. Il lui fallut plus de trois quarts d'heure de lutte avant que le cadenas ne rendît l'âme.

S'effaçant devant Joseph, qui s'était contenté de le surveiller en lui dispensant de judicieux avis, il l'invita d'un ample geste à le précéder.

— Pourquoi moi ? articula le conseiller. Je suis blessé.

— Parce que vous en mourez d'envie. Ce serait injuste de ma part d'accaparer la direction d'une enquête si bien menée grâce à votre audace. Vous qui avez nuitamment bravé les spectres et les momies, vous vous ferez un jeu de libérer des prisonniers en plein jour !

— C'est un vrai four, là-dedans !

— Je vous prête mes allumettes, employez-les à bon escient.

Ils n'éprouvèrent qu'un médiocre plaisir à partager une nouvelle fois l'obscurité du couloir peuplé du clan des arachnides. Joseph craqua deux allumettes en s'efforçant de laisser les cloisons dans les ténèbres, se fixant pour unique objectif le sommet d'un escalier qui ne tarda pas à se présenter.

— Y a quelqu'un ? chuchota-t-il, de peur de déplaire aux huit-pattes.

— En bas, nous sommes là, dépêchez-vous, il ne peut pas bouger, il est attaché, l'autre aussi ! hurla une femme.

— L'autre ? Quel autre ? Mademoiselle Rose ? C'est bien vous ?

— Oui, vite, je vous en supplie, je n'arrive pas à détacher leurs bâillons et leurs liens.

La boîte d'allumettes entière apporta sa contribution à la délivrance des cloîtrés, ombres chancelantes qui escaladèrent à grand-peine les marches humides, Joseph en tête.

— L'archange ! s'exclama-t-il en découvrant la physionomie du compagnon de Rose. C'est vous qui sifflotiez *La Légende de saint Nicolas* la nuit du samedi 19 sous les combles !

Le grand gaillard, les cheveux blonds parsemés de flocons poudreux, avait perdu de sa superbe. Il contemplait son interlocuteur sans paraître l'entendre. Mais déjà Joseph se désintéressait de lui et s'inquiétait du troisième larron, un homme pâle, le visage embroussaillé d'une barbe de plusieurs jours, un costume militaire déchiré flottant autour de sa silhouette amaigrie.

— Le cousin Alphonse ! Dans quel état ! Saperlotte, c'est à devenir marteau, qu'est-ce que vous fabriquiez tous dans ce souterrain, pourquoi cette abrutie de Chaillot vous a-t-elle regroupés là ? Au fait, Bringolo, ça vous rappelle quelqu'un ?

Rose Varlet, blottie contre l'archange, visa de l'index les bosquets comme si elle pointait un revolver invisible. Le cou démanché, Joseph s'efforça de distinguer ce qu'elle lui montrait. Il reconnut Victor sur le point d'attraper un fuyard. Ils disparurent derrière une rangée de coudriers. Joseph planta là les rescapés.

Quand il rejoignit son beau-frère, celui-ci avait empoigné un individu fortement charpenté et tous deux se vautraient au milieu de la mare où, à tour de rôle, ils se prosternaient dans la gadoue. Des exclamations rauques ponctuaient leur lutte. Dès que l'un triomphait, son adversaire le terrassait et pesait sur son crâne afin de l'enfoncer dans l'eau noirâtre. Avant que Joseph n'ait eu le loisir de courir au secours de Victor, un long coup de sifflet retentit et, presque aussitôt, deux gendarmes et un imposant brigadier à bicyclette pédalèrent jusqu'au bassin, une jolie rouquine à leur traîne. Les gendarmes eurent tôt fait de remettre les deux hommes sur pied et de les séparer.

— Qui est le coupable ? s'écria le brigadier.

— Le plus costaud, celui-ci, répondit Tasha, sautant de sa machine. Mon Dieu, mais c'est... Michel Forestier !

— Forestier ? Impossible, rétorqua Joseph. Il est là !

Il désignait l'archange qui, accompagné de Rose Varlet et d'Alphonse Ballu, avait assisté à la capture.

— Vous confondez, monsieur, je suis Pierre Marcelin, l'employé de Michel.

— Mais alors... Victor, nous sommes des billes ! brama Joseph.

— Ce n'est pas moi qui démentirai cette assertion, approuva une voix ironique.

Les regards convergèrent vers un élégant Japonais à lavallière pervenche, appuyé sur une canne dont le pommeau de jade figurait une tête de cheval.

— Kenji ! Comment avez-vous su ?... murmura Victor en essuyant son visage maculé de boue.

— Iris flairait des complications. Elle s'est confiée à Tasha, qui lui a téléphoné depuis le commissariat où elle a informé les sergents de ville. Étant donné que j'étais chez vous, monsieur mon gendre, pour embrasser ma petite-fille, j'ai proposé mes services à ma fille qui, vous vous en souvenez, va prochainement vous doter d'un nouvel héritier, à moins qu'une trop vive émotion ne soit responsable d'une fausse couche.

Profitant de la consternation générale, Michel Forestier abattit son poing sur le menton d'un des pandores et, d'une bourrade, fit vaciller son compère. C'était sans compter avec Alphonse Ballu, dont la faiblesse se dissipa sous le coup d'un soudain afflux de fureur. Il dompta rapidement le fugitif et l'eût étranglé si le brigadier n'était intervenu.

— Mesdames et messieurs, je vous prierai de vous calmer et de nous emboîter le pas, direction la Préfecture de police.

— Un détail me titille, chuchota Joseph à Victor. Comment des vélos ont-ils réussi à pénétrer dans le parc ?

— En empruntant la grille, dont la maréchaussée a scié les cadenas, répondit celui-ci avec lassitude.

Sa tête était douloureuse, il ressentait de vives douleurs aux reins.

— Monsieur Legris, je suis contrit, infiniment contrit, de votre comportement si peu coopératif. Moi qui vous avais accordé entière licence...

— Une licence encadrée, inspecteur Valmy, rétorqua Victor, hypnotisé par les rectangles marron imprimés sur le papier beige.

— Je m'imaginais que vous étiez guéri de ce mal absurde évoqué par mon prédécesseur et que vous aviez renoncé à piétiner nos brisées… Que serait-il advenu si votre vaillante, votre merveilleuse épouse n'avait alerté les autorités ?

— Mon beau-frère et moi aurions mis Forestier hors d'état de nuire.

— Vous êtes pourtant de piètres boxeurs. Bon, je suppose que je devrais malgré tout vous être redevable d'avoir contribué à démêler cette affaire criminelle, dont nombre de points restent encore à élucider. Toutefois, vous remercier me contrarie, car votre intervention aurait pu provoquer bien des drames. Aussi me contenterai-je de vous serrer la main, en vous prévenant que nous serons amenés à nous revoir fréquemment dans les prochaines semaines. Dites à vos amis de donner leurs adresses et de rentrer chez eux, je recevrai leurs dépositions à partir de lundi.

Sur cette note menaçante, Victor s'esquiva. Dès qu'il fut parti, l'inspecteur alla se frotter les doigts sous le robinet de l'évier doté d'une glace tavelée. Victor Legris goûterait une fin d'année difficile, en butte à des interrogatoires si pointus qu'il ne recommencerait pas de sitôt à jouer les limiers. Cette perspective était tellement douce que l'inspecteur se savonna plus longtemps qu'il n'était nécessaire, avant de s'essuyer les mains et d'enfiler ses gants.

Dans le couloir mal éclairé, Victor retrouva, alignée sur un banc, la brochette de ses compagnons.

— La curiosité m'oblige à m'enquérir des raisons pour lesquelles Michel Forestier et… quel est le nom de cette femme que tu as fait coffrer, ma chérie ?

— Félicité Ducrest.

— Merci… et Félicité Ducrest vous ont bouclé dans cette cave, monsieur l'archange.

— Pierre Marcelin. Je soupçonnais Michel de se livrer à quelque combine. Un soir, je l'ai talonné jusqu'à la maison de la rue Corvisart, je l'ai surpris déménageant des sacs et les enterrant dans le sous-bois. Il ne m'a pas repéré, mais, quand je suis sorti, j'ai remarqué un véhicule non loin de la grille.

— Avez-vous idée de ce que contenaient ces sacs ?

— Du plâtre, aussi dur que du béton. J'ai tout replacé en ordre et j'ai pensé que je me fourvoyais. À quoi rime cette histoire ?

— C'est clair comme du jus de chique, répliqua Joseph. Les tenants et les aboutissants de ce micmac composeraient un tableau pointilliste : un minuscule bouquin, un poisson, une pendaison, un trafic de momies, un battoir de singe, la formule d'un parf…

— Épargnons-leur ce casse-tête. Après une journée de cet acabit, mieux vaut que chacun se repose, l'inspecteur nous permet de regagner nos domiciles, conclut Victor.

— Gloire à lui, déclara Kenji. Joseph a certainement hâte de rassurer ma fille, et vous, Victor, d'avertir Mme Ballu que son cousin, victime de dénutrition, a été hospitalisé. Acceptez-vous que je vous reconduise en fiacre rue Fontaine, ma chère ? Je prierai le cocher de charger votre bicyclette.

Il offrit galamment son bras à Tasha. Rose et Pierre s'en allèrent ensuite, elle énergique et satisfaite, lui docile et accablé. Victor et Joseph, en queue du cortège, étaient partagés entre la joie d'avoir mis un terme aux agissements de deux criminels, et l'ennui des multiples explications à fournir tant à leur entourage qu'à la police. L'horizon était menaçant.

— On en a affronté d'autres, résuma Joseph avec insouciance.

Victor lui fut reconnaissant de cet optimisme et l'invita incontinent à boire une absinthe anisette aux *Noctambules*, rue Champollion. Ensuite, ils iraient récupérer leur vélo d'un cœur plus léger.

— Et Iris ? Et Mme Ballu… et Tasha ? Elles vont se faire du souci, non ?

— « J'étais très soucieux lorsque je n'avais plus de chaussures. Je ne l'ai plus été quand j'ai vu un homme sans pieds. »

— C'est de Kenji, ce baragouin ?

— Non, Joseph, de Confucius.

CHAPITRE XXI

28 septembre

Victor poussa la porte du bureau avec une désinvolture calculée. La pièce était éclairée par un bec de gaz qui lui donnait l'aspect d'une cellule monacale, n'eussent été les dossiers poussiéreux empilés contre l'un des murs. L'inspecteur Valmy, courbé sur un évier, lui tournait le dos. Celui-ci prit le temps de s'essuyer les mains et, sans un mot, lui désigna un siège. Victor se laissa tomber dans l'unique fauteuil qui émit un craquement sinistre. L'inspecteur Valmy fit une grimace désapprobatrice, puis s'assit face à lui.

— Vous m'avez donné du fil à retordre, monsieur Legris. Est-il dans vos intentions de supplanter la police ?

— Vous faites fausse route, inspecteur, je ne suis qu'un amateur. Il y a des faits que je n'ai pu résoudre. Je savais que M. Magnus était introuvable, mais j'ignorais qu'on l'avait assassiné. Avez-vous retrouvé le corps ?

Augustin Valmy se demanda pourquoi le libraire avait mis tant de hâte à lui poser une telle question. Il décida de l'éluder.

— Vous êtes tous les mêmes, dit-il d'une voix posée. Vous semez la confusion, et les autres doivent être prêts à dérouler le tapis devant vous et à faire résonner la fanfare. Vous brouillez les pistes à plaisir.

— Je n'ai pas de raison de m'en vanter, inspecteur, je respecte vos méthodes d'investigation.

— Ça va, c'est du boniment, Legris, mais du boniment sympathique.

— Je dis cela avec énormément de respect, inspecteur.

— Trop aimable. Ne plaisantez pas avec moi, je pourrais vous inculper pour entrave à la bonne marche de la justice.

— Vous pourriez, évidemment, mais vous ne le ferez pas.

— Pourquoi ?

— Nous possédons un point commun, vous et moi, nous avons en horreur les tracasseries administratives, et puis, officiellement, c'est vous qui tirez les marrons du feu. Je ne doute pas une seconde de votre perspicacité, vous saviez dès le début que Mme Piote avait été victime d'un assassinat.

Augustin Valmy se perdit dans la contemplation de son encrier. Il hocha la tête.

— Il n'y a pas de miracle, dit-il doucement. Le métier de policier ne s'improvise pas, on le porte en soi depuis l'enfance.

Il sembla sur le point de se livrer davantage, comme si cette phrase lui rappelait quelque chose, mais il refréna son impulsion.

— Peut-être, monsieur Legris, sommes-nous faits pour nous entendre. Je suppose que vous désirez satisfaire votre curiosité ? Les deux prévenus sont passés aux aveux. Ils ne manifestent aucun remords, aucun sentiment de culpabilité, en particulier la dame

Félicité Ducrest. Elle affirme n'avoir en rien participé aux meurtres. En fait, le cerveau, c'était elle, son neveu et acolyte n'en était que l'exécutant.

— Michel Forestier, son neveu ?

Pour la première fois l'inspecteur Valmy daigna sourire.

— Me prenez-vous pour un imbécile, monsieur Legris ? Vous avez lu la presse. Entre nous, les journalistes ne révèlent que ce que nous leur donnons à se mettre sous la dent.

Il consulta sa montre.

— Je vous fournis les détails avant ou après le déjeuner que vous allez m'offrir ? demanda-t-il.

— Le déjeuner d'abord, répondit Victor. *Foyot*, cela vous convient ?

— Mon pauvre Poulot, si c'est pas malheureux ! Regardez-le, madame Pignot, il n'a même plus la force de soulever sa cuiller, j'lui enfourne sa becquée. Ah, les salauds ! Si j'les tenais…

— Il a maigri. Ce qui lui faudrait, c'est un râble de lièvre mouillé à la poivrade, arrosé d'un verre de bordeaux, ça le requinquerait.

— Vous avez perdu la boule ! Le Dr Reynaud lui a prescrit du potage de poule aux vermicelles, s'il se charge l'estomac après son régime à la sauce caillou, il risque la mort !

— Remarquez, Micheline, faut voir le bon côté des choses, l'armée l'a réformé avec une pension substantielle, il va pouvoir vous seconder à la loge. Dame, vous formez presque un couple à présent, le proprio ne pourra plus vous congédier.

— Ouais, si on veut. En attendant, il occupe mon lit, le Poulot, j'en suis réduite à dormir au sixième. Vous avez le journal ?

— J'vais vous le lire, venez donc à la cuisine, inutile que votre cousin entende, ça risquerait de lui tourner la rate au court-bouillon.

Elles tirèrent leurs chaises près de la cuisinière. Euphrosine chaussa ses lunettes.

— À l'origine y a deux complices, une aventurière, Félicité Ducrest, et un sculpteur religieux, Michel Forestier.

— Me racontez pas, lisez.

— Je commence :

> « Félicité Ducrest est née à Joursac, Cantal, en 1869. À l'âge de dix-huit ans, elle est montée à Paris et a trouvé une place de vendeuse dans un magasin de vêtements et fournitures coloniales. En 1889, elle a épousé un Anglais, Hugues Stevens, employé par l'agence de voyages Cook à Louqsor… »

— C'est où, Louqsor ?

— Ben, si vous m'coupez à tout bout d'champ, alors ! Je reprends.

> « … Louqsor, village qui fait face à la nécropole de Thèbes, ancienne résidence des pharaons. Le couple s'installe en Égypte où Hugues Stevens est chargé de guider les touristes. Les rues de Louqsor sont envahies de visiteurs européens, d'égyptologues amateurs et de missions officielles de fouilles. Ils viennent pour visiter les tombeaux de la rive ouest du Nil et frissonner à la vue des momies. »

— Quelle horreur ! s'exclama Micheline Ballu. En momie qu'ils l'ont transformé, mon Poulot, ma seule famille, en momie !

— Il est vivant. Calmez-vous, Micheline, sinon j'arrête. Tiens, vous devriez nous servir un p'tit porto, ça fera passer les atrocités commises par ces deux raclures. Restez assise, j'me charge du service.

Les deux femmes trinquèrent et firent claquer leurs langues. Euphrosine reprit sa lecture :

> « Hugues Stevens arrondit ses fins de mois en pratiquant un trafic qui alimente sa bourse et la fièvre archéologique, car, pour les Européens, une momie ou l'un de ses fragments constituent le plus beau souvenir à ramener d'Égypte. D'autant que cette acquisition prend des tours mystérieux et comploteurs, puisque nul n'ignore que le commerce des antiquités égyptiennes, celui des momies en particulier, est illégal. La demande est telle que les Égyptiens les plus entreprenants établissent des fabriques clandestines de momies humaines et animales, dans lesquelles des morts contemporains prennent miraculeusement l'aspect de momies millénaires. »

— Jésus, Marie, Joseph ! Faut vraiment être frappé pour collectionner des saletés pareilles ! s'écria Euphrosine en remplissant les verres vides à ras bord. Et ça rapporte des sous, ces déchets ? Eh oui, c'est écrit là :

> « De 1890 à 1892, le couple s'enrichit en expédiant clandestinement leurs trouvailles destinées à des collectionneurs et des marchands. À Paris, elles sont réceptionnées par Michel Forestier, le neveu de Félicité, un statuaire. Michel Forestier a repéré une bâtisse abandonnée dans le quartier de la Butte-aux-Cailles. C'est dans cette maison ceinte d'un parc qu'il entrepose les "arrivées" transportées par péniche. Il a donc

installé son atelier de sculpture à proximité, rue Michal.

Fin 1892, Hugues Stevens décède. Félicité reprend son nom de jeune fille et rentre en France, avec dans ses bagages un parchemin mystérieux dont nous ignorons la teneur. »

— Mimine ! Mimine, t'es là ? J'ai soif !

— C'est Poulot, laissez-moi le journal, madame Pignot, je le lirai ce soir.

— Délicieux, dit Augustin Valmy, cuisine raffinée. Aussi raffinée que le dessein de Mme Félicité Ducrest. Elle est riche. Elle a loué un appartement place des Vosges, elle pourrait vivre de ses rentes, mais ça ne lui suffit pas. Cette formule inscrite sur un parchemin acheté dans une échoppe de Louqsor peut la projeter dans les plus hautes sphères du Tout-Paris. Vous vouliez connaître le mobile, monsieur Legris, le voici.

Il fouilla sa poche, en tira un papier et lut :

« L'encens et la myrrhe étaient utilisés en Égypte du temps des pharaons. Les Égyptiens ne résistaient pas aux sortilèges des parfums. Ils en imprégnaient les bandelettes dont ils enveloppaient les morts pour leur voyage vers l'éternité, ils les incorporaient à tous les actes de la vie religieuse et sociale. Alexandrie avait son quartier des parfumeurs et ses fabriques de parfums… Pentaour est un prénom égyptien, Pentaour l'a créé… Il a créé un parfum ! »

Le nez plongé dans son velouté au chocolat, Victor feignit la naïveté.

— Mme Ducrest voulait lancer un nouveau parfum sur le marché ? A-t-elle décroché la timbale ?

— Oui et non. C'est une rouée, une femme machiavélique. Elle mûrit un plan qu'elle ne peut réaliser seule. Elle met son neveu Michel dans le secret. Le trafic de momies périclite. En janvier, Michel réceptionne la dernière livraison au port Saint-Nicolas. Quelques mois auparavant, Félicité Ducrest a loué une chambre à Charenton sous le nom de Ginette Mercier et est parvenue à se faire engager comme contremaîtresse dans une fabrique de parfums. Les deux complices ont besoin d'un chimiste de haut niveau pour aboutir. La mission de Félicité Ducrest : recruter un « nez ». Le travail de Michel Forestier : aménager en laboratoire l'une des caves de la maison de la Butte-aux-Cailles. Au début de 1896, Félicité a déniché la perle rare. Il s'agit d'un chimiste de quarante-six ans, Benoît Magnus, célibataire, employé depuis plus de trente ans dans la parfumerie où elle travaille. Elle joue le grand jeu et sabote la préparation d'*Éternel féminin*, une fragrance distribuée par des magasins de luxe. Horreur ! À l'ouverture des flacons, une odeur atroce s'en dégage, c'est une perte sèche pour l'usine. Benoît Magnus est jugé responsable. Pour éviter un scandale, il est mis d'office à la retraite. Félicité Ducrest, alias Ginette Mercier, lui fait alors une proposition alléchante. Moyennant une grosse rétribution, il mettra au point un parfum d'après une formule en sa possession. Il accepte, quitte son domicile au pied levé et s'installe dans la maison abandonnée. Seulement, Magnus est méfiant. Il copie la formule sur ses dernières feuilles de paye, les coud ensemble et les camoufle sous la semelle d'un de ses souliers. Ce qu'il ignore, c'est que les deux complices ont l'intention de se débarrasser de lui et de dissimuler son cadavre dans un moulage.

— Un moulage ? Comment cela ?

— Il suffit d'enduire d'huile d'olive le corps du modèle, puis vous gâchez votre plâtre en quantité généreuse, vous l'appliquez et vous attendez qu'il sèche. On démoule, on obtient une forme négative et on y coule en creux un autre plâtre qui, une fois durci, vous donnera un positif restitué. Le pauvre M. Magnus a bénéficié de ce traitement, mais n'a pas eu la bonne fortune d'être démoulé, et pour cause, il était occis. Par jeu, et pour dissimuler ses traits, Michel Forestier lui a fait une tête de dieu égyptien. Malheureusement, nos assassins ont commis une erreur : ils ont jugé superflu de dévêtir le cadavre et ils l'ont scellé sur un monticule, au milieu d'un bassin. La tornade a bousillé leur programme. La pseudo-statue s'est brisée, une carpe a avalé le mini-carnet et…

— Je connais la suite, murmura Victor, qui, écœuré, repoussa son dessert. Comment Félicité Ducrest et Michel Forestier sont-ils remontés jusqu'à Alexandrine Piote et pourquoi ont-ils séquestré le capitaine Ballu ? Vous désirez un café ?

— Avec plaisir. J'apprécie ce restaurant, on y côtoie des personnalités intéressantes. L'homme aux favoris blancs, ne serait-ce pas le président des Assises, Ferdinand Lamastre ?

— Oui, ici c'est sa cantine. Un pousse-café ?

— Je prendrais volontiers un cognac. Ce que vous ignorez, monsieur Legris, c'est que Pierre Marcelin, surnommé l'archange, était présent lors du troc de la carpe à *La soupente garnie* et, sans penser à mal, il a divulgué cette bonne blague à Michel Forestier, son patron. Celui-ci, affolé, s'est empressé de téléphoner à sa complice qui a décidé d'agir. Elle s'est rendue chez Alexandrine Piote dès le lendemain. Personne ne devait savoir ce que contenait ce mini-carnet…

— Vous ne m'avez pas… Le corps de M. Magnus, par quel procédé l'avez-vous identifié ?

Augustin Valmy considéra ses mains avant de répondre entre ses dents :

— La médaille, monsieur Legris, la médaille d'honneur décernée à ce pauvre homme en compensation de ses services. Nous l'avons découverte en curant le bassin. Où puis-je me laver les mains ?

22 octobre

— Ben mince alors ! s'exclama Joseph. C'est digne d'un roman de Jules Lermina[1] !

Il déploya *Le Passe-partout* sur le comptoir de la librairie et se plongea dans sa lecture :

> « Hier se sont ouverts devant la cour d'assises de la Seine les débats d'une affaire qui a remué l'opinion. Nous avons jugé intéressant de reproduire les déclarations d'une des deux accusés, Mme Félicité Ducrest, interrogée par M. le président Lamastre.
>
> — Comment avez-vous procédé pour circonvenir Mme Piote ?
>
> — Je me suis présentée chez elle sous le nom de Mme Lacour. Je lui ai dit que j'étais au courant de la découverte d'un carnet dans l'estomac d'une carpe et que, collectionnant ce genre de rareté, je désirais l'acquérir. Son prix serait le mien. Vous comprenez, monsieur le président, pour Michel et moi, perdre ce carnet eût été une

1. Littérateur français (1839-1915). Il a publié une dizaine d'ouvrages fantastiques et de science-fiction, dont certains signés du pseudonyme de William Cobb.

catastrophe, tous nos efforts tombaient à l'eau à cause de cette canaille de Benoît Magnus qui avait recopié les formules en douce.

— Ne vous écartez pas du sujet.

— Alexandrine Piote m'a crue et nous sommes montées chez elle où l'attendait un militaire amateur de médailles. Elle a sorti une boîte d'un placard. Le carnet se trouvait dans la boîte et nous avons pu l'examiner tout à loisir. J'ai fait une proposition d'achat à Mme Piote, elle a refusé sous prétexte qu'elle attendait l'expertise d'un de ses amis, un libraire de la rue des Saints-Pères, un certain Victor Legris, très au fait des manuscrits anciens. Il devait lui donner sous peu une réponse. J'ai noté ce nom et cette adresse dans un coin de ma tête. Mme Piote désirait également l'avis du militaire présent, le capitaine Alphonse Ballu, du ministère de la Guerre. Celui-ci a promis de se renseigner auprès d'un membre de son cercle employé au bureau des brevets. Il fallait neutraliser ce témoin. Lorsqu'il a pris congé, je l'ai abordé et lui ai proposé de lui vendre à bas prix des médailles léguées par un mari défunt. Il est tombé dans le panneau et m'a suivie sans rechigner, c'en était comique, il trépignait d'impatience. Nous avons hélé un fiacre. Je lui ai raconté que je déménageais d'une propriété en banlieue, que je n'avais pas la clé et que je devais téléphoner au gardien afin qu'il nous ouvre. En fait, j'ai prévenu Michel Forestier, mon neveu, je lui ai expliqué la situation et l'ai prié de m'attendre rue Corvisart. Nous avons bouclé le militaire au sous-sol. Il s'agissait à présent de récupérer le carnet. Nous sommes retournés cour de Rohan, chez Mme Piote, munis de babioles et d'une corde.

— Vous n'avez pas hésité à aller jusqu'au meurtre !

— Mme Piote était chez elle. Je lui ai présenté Michel sous le nom de M. Juillet, un vieil ami. Elle a renâclé à nous recevoir, mais quand Michel lui a fait miroiter des cuillers en argent et des bijoux, elle a changé d'attitude. Nous nous sommes mis d'accord pour les lui laisser en dépôt. J'avais besoin d'un échantillon de son écriture.

— Vous lui avez donc demandé un reçu.

— Oui, monsieur le président.

— Lui avez-vous dicté ce que vous avez déclaré au cours de l'instruction :

Je, soussignée, Alexandrine Piote, brocanteuse, domiciliée à Paris, 12, cour de Rohan, reconnais par la présente que M. Juillet, 1, rue Ampère, a déposé quelques biens à mon logement, soit 18 (dix-huit) cuillers en argent et 2 (deux) bagues en or.

Fait et écrit entièrement de ma main, à Paris...

— Oui, monsieur le président.

— Votre manœuvre était donc préméditée ?

— Oh, non ! Tout s'est fait au pied levé.

— Voilà une jolie formule. Ensuite...

— Lorsqu'elle a eu paraphé, Michel, qui était allé farfouiller à la cuisine, lui a vivement passé une serviette torsadée autour du cou et il a tiré vers le haut. Les vertèbres ont craqué. Nous nous sommes assurés qu'elle était morte et nous l'avons pendue à la poutre en plaçant un repose-pied à environ un mètre de l'entrée afin de semer la confusion chez les enquêteurs. Ensuite nous avons récupéré la boîte contenant le carnet et, en me fondant sur le texte dicté à Mme Piote, j'ai rédigé un testament digne des plus grands faussaires afin de compromettre M. Legris.

— Pendant l'instruction, vous avez répondu que vous n'aviez pas participé au meurtre.

— C'est la vérité, monsieur le président. Michel a agi seul. Après… nous avons remis la serviette à sa place et tout nettoyé. J'ai glissé le testament dans une enveloppe et je l'ai déposé sur une étagère. Nous sommes repartis sans être vus. Il restait un détail à régler : Armande Simonet, la logeuse de cet imbécile de capitaine Ballu. J'ai fouillé le passé peu reluisant de la dame et je l'ai menacée d'une lettre anonyme pour qu'elle se morde la langue.

— Pourquoi avoir détenu Alphonse Ballu ?

— Il m'avait vue chez Mme Piote, et puis il connaissait des fonctionnaires au bureau des brevets. Il a eu de la chance, Michel avait pris la décision de s'en débarrasser comme des autres, ce trimardeur et cet escarpe de Nestor Belgrand. Ah, si cette saleté de tempête n'avait pas eu lieu… »

— La réalité supplante la fiction, c'est à vous dégoûter d'écrire des bouquins. En tout cas, si cette vipère espère sauver sa tête en accablant son neveu, des nèfles ! maugréa Joseph en s'armant de ciseaux.

ÉPILOGUE

7 novembre

Victor avait obtenu de l'inspecteur Valmy l'autorisation de s'éloigner trois jours de France. Un court voyage en Angleterre lui était apparu comme un moyen efficace de calmer la surexcitation liée à l'instruction de l'affaire Forestier-Ducrest, et au prochain bouleversement de sa vie quotidienne. Un bébé ! Si ce dernier point le comblait de joie, il l'emplissait aussi de tourments. Papa ! Il allait devenir papa ! Il était de ces êtres qui, lorsqu'ils obtiennent ce qu'ils ont instamment désiré, déplorent aussitôt la perte prochaine de leur tranquillité. Le travail seul se révélait susceptible de l'aider à surmonter ces contradictions. C'est pourquoi il avait décidé de joindre l'utile à l'agréable en se rendant à Cambridge pour y collecter un ensemble de gravures et de livres anciens, héritage d'un cousin de sa mère récemment décédé, puis en effectuant un arrêt à Londres, où il avait assisté, à l'Alhambra de Leicester Square, à la projection d'une série de films de Robert William Paul évoquant ceux des frères Lumière, dont *The Derby* et *A Sea Cave near Lisbon*. Si la plupart de ces œuvres s'inspiraient de l'actualité, certaines, notamment *The Soldier's Courtship*, étaient des saynètes utilisant des acteurs.

Dès son retour à Paris, Victor s'en était entretenu avec Georges Méliès, en passe de devenir un véritable ami. Celui-ci lui avait alors offert la primeur de son *Manoir du diable*, provoquant un émerveillement semblable à celui suscité par Kenji quand, près de trente ans plus tôt, il lui narrait les exploits fabuleux de Souen-Wou-Kong, le roi des singes, ou le conte de la princesse Surabaya et du dragon Djepu.

Assis à la table de la cuisine, il chipotait la salade de pommes de terre et de lardons d'Euphrosine. Insensible aux supplications de Demi-Pinceau, il s'inquiétait de l'absence de Tasha et s'employait à s'apaiser en s'interrogeant sur la manière dont Méliès avait réussi à transformer une chauve-souris en messire Satan et à congédier celui-ci au milieu d'un nuage de fumée. Concrétiser les visions les plus extravagantes en photos animées était enfin à la portée des humains. Au divertissement fourni par cette nouvelle dimension s'ajouterait la possibilité d'explorer des zones inconnues de l'imaginaire. Et Victor ressentait l'envie de plus en plus impérieuse de collaborer à cette expérience.

— À t'écouter, je suis désorientée. Devenir mère sera-t-il dans ton cas une bénédiction ou un cauchemar ? demanda Iris.

Tasha se contraignit à sourire. Comment expliquer le flux d'émotions complexes dont elle était la proie depuis qu'elle comprenait la cause de ses malaises ? D'ici quelques mois, elle allait mettre au monde une vie nouvelle, elle en serait responsable et perdrait du même coup son indépendance. Mais que de bonheur cet enfant leur apporterait, à Victor et à elle ! Ce serait leur création commune, ils lui transmettraient leurs connaissances, leur enthousiasme et bien sûr leur tendresse.

— Souffre-t-on beaucoup ?

— Tu te préoccupes de l'accouchement ? Ce n'est pas une partie de plaisir, seulement il y a cet immense espoir de mener à terme ce qu'on appelle à juste titre le travail. Le premier cri du bébé, le premier contact avec ce qui était en toi et qui est à présent hors de toi… C'est magique.

Elle caressa la tête de Daphné qui, lovée près d'elle sur un canapé en compagnie de sa poupée favorite, dormait, appuyée contre son épaule.

— Mais j'aimerais mieux que ce genre d'heureux événement ne se reproduise pas une troisième fois. Où peut-on se procurer, euh… des condoms ?

— Chez la maison Bador. Il suffit d'écrire et tu les reçois par la poste sans aucune marque extérieure. Tu as largement le temps de t'en préoccuper. As-tu terminé ton conte ?

— Presque.

Tasha feuilleta le cahier où Iris achevait de relater l'histoire du chat de l'île de Man.

— Cela me plaît. J'ai quelques idées concernant l'apparence des deux matous. Kochka me servira de modèle. N'as-tu jamais envisagé la publication ?

Iris eut un geste évasif.

— Plus tard, peut-être, quand j'aurai rédigé d'autres fables. Un écrivain dans la famille, c'est suffisant ! conclut-elle en désignant la Remington qui lui servait à taper les textes de son mari.

Joseph maudissait le destin qui s'acharnait contre lui. Le départ de Victor et, aujourd'hui, celui de

Kenji, alléguant à son tour le besoin de se reposer, l'empêchaient d'assister à la réception du tsar à Paris.

Toujours prête à semer la zizanie, Euphrosine en profitait pour l'asticoter.

— Et toi, mon minet, quand c'est qu'tu t'reposes ?

Son fils estimait une piètre consolation le fait que Mélie Bellac fût elle aussi consignée et combattait sa *Pichounela* en ressassant *La Légende de saint Nicolas* à longueur de journée.

« C'était pourtant une occasion à saisir aux cheveux ! Les quotidiens annoncent une berline de cérémonie, deux de demi-gala, cinq calèches à huit ressorts ! J'aurais nourri mon roman de détails véridiques… »

En guise de vengeance, il marmonna :

— *Poussons le cri de : Vive Félix Faure !*
L'écho répond : Vive le tsar[1] *!*

De là, son esprit vagabonda vers la remise d'Alexandrine Piote, que Victor avait proposé de lui céder afin qu'il y entreposât des livres. Son beau-frère était un bon bougre, en fin de compte, et cela lui réchauffait le cœur qu'il lui manifestât de la sympathie.

Il dut interrompre ses cogitations le temps de vendre un exemplaire illustré de *Jacques le fataliste*. De nouveau seul, il se morigéna. N'était-il pas un auteur ? Ne possédait-il pas le don d'échafauder des intrigues ? La presse était une alliée fidèle, il suffisait de se pénétrer des descriptions journalistiques. Il s'empara de son carnet. Les mots se bousculaient sous son porte-plume à réservoir.

1. Cité dans *Le Musée pittoresque du voyage du tsar* de Grand-Carteret.

Depuis des années, un vieillard contrefait mûrissait un plan machiavélique. Un sombre soir d'hiver, il fit claquer son fouet et lança son cheval au galop sur le plus laid boulevard de la capitale, qui commémore la prise de Sébastopol. Dans un tourbillon de poussière maléfique, Diableteau...

Jean-Pierre Verberin regrettait de s'être laissé entraîner par Lucy Grémille jusqu'à l'emplacement du futur pont Alexandre III, dont le souverain russe scellerait sous peu la première pierre. Cette atmosphère de liesse enfiévrée l'oppressait, cependant il n'osait l'avouer à sa jeune amie. Certes, ils ne distingueraient rien de la cérémonie, noyés qu'ils étaient au milieu d'une masse compacte de redingotes, de chapeaux à fleurs, de marmaille en larmes, de pieds assassins. Ils auraient néanmoins participé, et, par la suite, dans le salon de coiffure dont elle serait patronne, Lucy déclarerait à la moindre occasion : « J'y étais ! »

La main de sa compagne lui échappa soudain. Paniqué, il se raccrocha à celle d'une matrone qui, furibarde, l'envoya dinguer contre une provinciale à marmotte prête à risquer l'asphyxie dans le but de régaler sa descendance du récit de son épopée. Un énergumène à barbiche blonde entonna d'une voix de fausset :

Sont v'nus à Paris
On n'sait pas pourquoi
Le tsar Nicolas
L'impératrice Fédorah
La p'tite princesse Olga
Avec sa nourrice sèche.

Sont v'nus à Paris
On n'sait pas pourquoi[1] *!*

Jean-Pierre Verberin avait l'impression de s'enliser dans un marécage. Pourquoi son défunt ami Jean-Baptiste Bringart le hantait-il ainsi ? Sans doute était-il auprès de lui, le malheureux trimardeur oublié de tous, assassiné à cause d'une pêche malencontreuse. Quelle mort stupide ! Mais toute mort était-elle autre chose qu'un tissu d'absurdités ? Monette, Bringolo, ce parfumeur momifié et leurs milliers, leurs millions de prédécesseurs constituaient le sol sur lequel la foule piétinait, marchait et dansait une éternelle gigue !

« J'occupe un espace, mais pour combien de temps ? » se demanda-t-il avec inquiétude.

Une menotte se ferma sur son poignet et chassa ce vent de panique.

— Faut plus se lâcher, sinon on se perdra ! cria Lucy en riant.

Il hocha le menton, soulagé, satisfait qu'elle l'eût choisi, lui, et non ce militaire séquestré au fond d'une cave. Il eut une brève pensée apitoyée envers ce personnage filiforme au teint blafard, dont l'état de santé avait nécessité des soins médicaux. Il gomma ce souvenir et nc songea plus qu'au moment actuel, heureux de se presser contre la jeune fille enthousiaste. Il se surprit à s'exclamer :

— Vive la Russie !

— Vive le tsar ! clama l'archiduchesse Eudoxie Maximova, penchée à la fenêtre du quai Voltaire d'où elle tentait en pure perte d'apercevoir le cortège impérial.

1. Vincent Hyspa.

Derrière elle ne se tenait hélas pas celui dont elle eût souhaité la présence. Kenji Mori, son mikado adoré, ne lui avait accordé qu'une ultime nuit d'amour square Montholon, où elle prolongeait son séjour chez une de ses amies, la ballerine Olga Vologda. Celle-ci profitait en retour de la chambre louée un prix exorbitant à une dame à particule fréquentant la librairie Elzévir.

— Rendez-vous compte, ma chère, nous vivons un moment historique ! Depuis sa défaite en 1870, la France n'avait reçu qu'une visite de majesté étrangère, celle du shah de Perse ! déclara la danseuse en roulant les *r*.

— Oui, c'est la consécration de l'union de nos deux pays, bien que nos diplomates se refusent à prononcer l'adjectif « alliés ». J'ai ouï dire qu'on a construit une gare spécialement à l'intention de ces visiteurs, celle du Bois de Boulogne. Aujourd'hui une gare, demain, qui sait, un vélodrome ?

Eudoxie soupira. Elle se moquait éperdument de ces défilés grandioses. Que son époux l'archiduc appartînt à la garde équestre de Nicolas II importait peu. Qu'on la filmât en déshabillé était également secondaire. À quoi bon la gloire, si aucun homme digne de lui plaire ne se pâmait à ses genoux ?

— Ce galetas a dû vous coûter une fortune !

— Seulement cinq cents francs la semaine. Une paille, en comparaison des six mille francs exigés pour un grand salon à quatre fenêtres boulevard Saint-Germain.

— Quelle chance nous avons de nous connaître ! Sans vous, je m'ennuierais dans mon appartement, loin de ma patrie et de ma famille…

— Votre amant, Amédée Rozel, n'est-il pas le propriétaire de plusieurs ateliers de photographie d'art ?

N'allez-vous pas interpréter l'année prochaine Coppélia sur la scène de l'Opéra ?

— Certes, mais rien ne remplace une amitié sincère, soupira Olga Vologda.

Eudoxie ravala une réflexion discourtoise. Elle savait qu'Olga avait été la maîtresse de Fédor. Elle-même avait couché avec Amédée. Au fond, Olga avait raison, partager ce qu'on avait de plus précieux, telle était la base d'une affection solide.

— Moi qui me figurais qu'Olympe éprouvait à mon égard une confiance sans égale ! Et c'est vous qui m'apprenez sa rapacité !

Raphaëlle de Gouveline arpentait le salon d'apparat crème et céladon où trônait le tableau esquissé par Tasha. Son bichon et son schipperke s'attachaient à ses mules brodées et, chaque fois qu'elles virevoltaient, manquaient se tamponner.

— Bélinda, Chérubin, arrêtez de me tarabuster ! Êtes-vous certaine de ce que vous avancez, ma chère ?

— Parfaitement, répliqua Mathilde de Flavignol. Je le tiens d'Adalberte. Cinq cents francs la semaine, une misérable mansarde quai Voltaire. Faut-il qu'elle soit désargentée !

— Et faut-il que les gens soient idiots ! Cet engouement envers la Russie est d'un vulgaire ! On nous inonde de crèmes franco-russes, de fromage de Hollande franco-russe, de marrons franco-russes…

— Pourtant les cosaques du Don ont occupé Paris. L'époque n'est guère éloignée où leurs montures broutaient l'herbe des Champs-Élysées, nota Mathilde de Flavignol. Mon aïeul…

Raphaëlle de Gouveline l'interrompit d'un signe abrupt et la somma de la rejoindre devant le chevalet.

— Étrange, cette toile… Je ressemble un peu à la reine Victoria, en plus grand et en moins large, non ? Le plus surprenant, c'est mon paletot. Selon vous, de quelle couleur est-il ?

— Euh… vert, je présume.

— Eh bien, en vérité, il est jaune. De deux choses l'une, ou cette Tasha Legris – elle est russe, remarquez-le – a un problème de perception des pigments, ou c'est à dessein qu'elle a opté pour la couleur de l'espérance. Dommage, parce que moi, je trouve beaucoup plus seyant de m'apparenter à un canari.

« Ma parole, il a la jaunisse », songea Armande Simonet lorsque Alphonse Ballu, escorté de sa cousine, s'introduisit dans le parloir de la pension.

— Je ne vous espérais plus. Avez-vous été malade ? nasilla-t-elle.

— Oui, précisément, une sévère crise de foie. Je ne suis d'ailleurs qu'à moitié rétabli. Voici pourquoi j'envisage d'aller achever ma convalescence chez Micheline, qui va monter chercher mes affaires.

— À tout de suite, mon Poulot.

— Je suppose que vous allez me régler le terme ? s'enquit la veuve.

— Ai-je l'air d'un aigrefin ? Recevez au centime près la somme qui vous est due. Je suis au regret de quitter une si charmante hôtesse, dont la délicatesse de traits se bonifie avec l'âge.

Alphonse Ballu tenta sans succès d'enlacer sa logeuse, aussi rétive qu'un serpent menacé par un scorpion.

— Oh, ne vous évertuez pas à m'embobiner avec vos simagrées, j'ai l'habitude de l'engeance masculine ! Votre petite grue experte en papillotes ne vous suffit donc plus ?

— Cette mijaurée ? Une linotte, la cervelle vide, le cœur volage. Ah, je vous le certifie, Armande, rien ne vaut une femme mûre !

— Comment osez-vous m'appeler Armande et m'insulter en me traitant de mûre ?

Déboulant de la salle à manger, Adhémar Findorge se précipita au secours de sa belle.

— Vous, mûre, quand vous atteignez juste la fleur de l'âge ? Fi ! Goujat ! Madame, me ferez-vous l'honneur de venir admirer dans ma chambre ma molaire d'hippopotame ? Monsieur, je ne vous salue pas !

— Ben, qu'est-ce que t'as, mon Poulot ? s'inquiéta Micheline Ballu, les bras alourdis par deux imposantes valises. T'étais citron et t'es tomate !

Mélie Bellac leur avait préparé un assortiment de crudités ainsi qu'une tourte à la volaille. Lorsqu'ils eurent dîné, Kenji et Djina allèrent s'asseoir dans la chambre à coucher réaménagée.

— Pinkus m'a envoyé plusieurs lettres. Il n'est pas opposé au divorce, il craint toutefois que ce ne soit compliqué étant donné la distance qui nous sépare. C'est un premier pas. Vous ai-je déjà parlé de Doucia, l'amie d'enfance de Tasha ? Elle a émigré à New York, où Pinkus lui a déniché un logement. Lui et son associé l'emploient en tant que secrétaire.

Planté devant la fenêtre, Kenji lui tournait le dos. Était-il fasciné par le crépuscule ou mécontent ?

— De son côté, Doucia a écrit à Tasha. Elle lui a narré s'être fiancée en Russie avec un professeur de mathématiques, qui l'a repoussée lorsqu'il a découvert qu'elle est juive. Triste histoire. Mon autre fille, Ruhléa, m'a posté plusieurs photos de Marcus, il est très beau, le portrait de son père, j'en ai peut-être sur moi…

Elle fouilla son sac, les yeux rivés aux épaules hostiles de Kenji.

— Non, dommage. Quelle satisfaction que Tasha et Victor soient bientôt parents, bien que cela me vieillisse encore : deux fois grand-mère, c'est…

Kenji effectua un brusque demi-tour.

— Vous êtes une femme, avant tout, la femme que j'aime ! Alors, par pitié, cessez de m'infliger ces poupons ! Je suppose que, sans divorce, jamais vous n'accepterez de venir vivre ici, avec moi ?

Elle le fixa intensément, brûlante de confusion, de désir et de joie.

— Détrompez-vous, mon amour. J'ai toujours rêvé de disposer d'une baignoire.

POSTFACE

En 1896, la population de la planète est, selon les statistiques, de 1 milliard 480 millions d'âmes.

La compétition pour le partage du monde par les grandes puissances poursuit son cours.

Un aventurier anglais, le Dr Jameson, envahit le territoire des Boers. Il est battu et fait prisonnier. *Le Petit Journal* titre :

> « L'empereur d'Allemagne Guillaume II a envoyé une dépêche de congratulation à M. Kruger, le président de l'Union sud-africaine (Transvaal), qui a rossé les soldats de sa grand-mère. »

En Angleterre, c'est l'indignation. Le bruit s'y répand d'un conflit imminent avec l'Allemagne.

Les Italiens, déjà installés en Érythrée et en Somalie, affrontent en Abyssinie les troupes du négus Ménélik II. Ils essuient une terrible défaite à Adoua. L'émotion considérable ressentie en Italie entraîne la démission du président du Conseil des ministres, M. Crispi, ainsi que celle de son cabinet.

L'Anglais Lord Herbert Kitchener se bat contre le Mahdi (en arabe : « Le bien dirigé »), qui est devenu maître de tout le Soudan.

Aux Antilles, les Cubains soutiennent depuis deux ans leur lutte d'indépendance contre les forces de l'Espagne.

Le Japon signe un traité avec la Russie sur la Corée qui devient un condominium, c'est-à-dire la propriété des deux puissances.

En Turquie, de septembre 1895 à février 1896, le nombre des victimes arméniennes des massacres s'élève à 25 000. En Crète des troubles sanglants ont lieu.

Djibouti entre dans la famille des colonies françaises sous le nom de Côte française des Somalis.

Le général Gallieni est promu gouverneur de Madagascar.

Cette année-là, en France, on peut lire dans *L'Illustration* qu'un électricien américain, M. Rich, a proposé l'emploi d'une torpille aérienne pour bombarder les villes.

> « On ne peut que se réjouir de l'apparition d'engins aussi terribles, car le temps approche où les moyens de destruction seront tels que la guerre deviendra impossible. »

En attendant, dans l'armée française, la vitesse du pas accéléré est ramenée dans l'infanterie de 127 à 120 par minute, sa longueur restant fixée à 27 centimètres.

« Être curieux de tout et ne s'intéresser à rien, voilà le reportage », écrit Ferdinand Brunetière, le directeur de la *Revue des Deux Mondes*, honni par Verlaine. Le lecteur lambda, lui, se délecte des faits divers qui émaillent la presse. En février, les fêtes du Bœuf Gras, supprimées depuis vingt-six ans, sont remises au goût du jour. L'espérance de vie moyenne des médecins en 1896 est de 56 ans et 7 mois. Un fermier de Seine-et-Oise élève avec moult sollicitude un veau à deux têtes. Les statistiques de la Préfecture de police annoncent que Paris compte le plus grand nombre d'étrangers, soit 181 000. Ce chiffre « inquiétant », selon *Le Petit Journal*, n'est qu'une estimation : « Beaucoup d'immigrants exotiques ne se déclarent pas pour des raisons qui doivent les rendre suspects. » Une invention très pratique va révolutionner le quotidien des Français : le *Mouchivore*, sorte de plaque métallique à rainures imbibée de miel ou de confiture, dotée d'un mouvement rotatif, où s'emprisonneront dans un cône surmontant la plaque les mouches et autres insectes malvenus. Cette innovation n'est pas superflue quand on apprend que, tant qu'on secouera les chiffons par les fenêtres et qu'on crachera par terre, les microbes seront heureux. On se console avec le record détenu par nos voisins anglais dont les ice-creams qui se vendent en plein air contiennent de la poussière de charbon, des débris de paille et de bois, des fibres textiles, du tabac, des poils, des mouches, des pattes de punaises, voire des punaises entières, soit 7 millions de microbes par centimètre cube. En France, les limonades de marque n'atteignent que le score de 1 million de microbes par centimètre cube. *Le Monde illustré* n'est pas en reste et se pose une question cruciale : « Parmi les droits de l'homme, convient-il de faire figurer le droit au crachat ? » On espère que le triomphe de l'automobile modifiera les faits : « Avec l'automobile, la machine et son conducteur se mettront à cracher en chœur. »

La première automobile Ford est mise en service, mais la bicyclette est toujours reine et détrône encore les voiturettes de série sur pneus Léon Bollée. On dénombre 160 000 vélos en France, dont plus de 25 000 à Paris. Fin 1896, 300 fiacres seront équipés de pneus Michelin dans la capitale, ce qui contribuera à atténuer le vacarme des roues cerclées de fer. Désormais on peut prendre l'omnibus à des arrêts fixes. Les Américains, eux, sont tenants de la bicyclette à musique, qui sera à l'art ce que l'orgue de Barbarie est à l'opéra. « Qui jouera de l'opérette, qui *Parsifal* ? » s'interroge *L'Illustration*.

En janvier, à Vienne, a lieu la première application des rayons Röntgen à la chirurgie, tandis qu'à Hambourg M. Kisling a obtenu, au moyen de ces mêmes rayons, l'image du squelette de l'embryon d'une femme.

En France, on recense 38 228 969 habitants. À Paris, ils sont 2 511 955, en Algérie : 4 393 698.

Le 11 avril, le Sénat repousse un projet d'impôt sur le revenu proposé par M. Paul Doumer, ce qui réjouit les 2 500 000 rentiers, bien plus nombreux que les 52 500 travailleurs qui mèneront 465 grèves entre janvier et décembre.

Le 23 mai est créé un ministère des Postes et des Télégraphes. Le même jour, M. Poubelle est nommé ambassadeur auprès du Saint-Siège.

Le 30, au banquet de Saint-Mandé, les socialistes songent à faire leur unité. L'avocat Alexandre Millerand présente, faute de mieux, un programme réformiste : Jean-Denis Bredin, dans *L'Affaire*[1], résume ses directives et y ajoute son commentaire :

> « "La propriété sociale doit se substituer progressivement à la propriété capitaliste." Certaines industries, comme celles du sucre, "sont

1. Julliard, 1983.

mûres dès à présent pour l'appropriation sociale" [...] Les socialistes sont internationalistes, mais ils n'ont pas "l'idée impie et folle" de briser la patrie. Oui, ils sont patriotes. [...] Il faut d'abord s'emparer du gouvernement. Ainsi les socialistes français se disciplinent. »

Et Jean-Denis Bredin de conclure :

> « Se préparent-ils à conforter la République bourgeoise ? »

Le 25 mars, à Athènes, un événement majeur a lieu. À l'initiative du baron Pierre de Coubertin se déroulent les premiers Jeux olympiques : 285 athlètes représentent 14 pays. Louis Spyridon gagne le marathon, l'épreuve la plus populaire de Grèce.

À Paris, il n'est pas question de compétition. On s'amuse. Montmartre célèbre la Vachalcade. La reine est une vache squelettique en carton-pâte. Elle symbolise la « vache enragée », lot des poètes et des rapins. Artisans, peintres, chansonniers, illustrateurs, humoristes offrent leur participation bénévole. Le Moulin de la Galette possède son char. Adolphe Willette exécute la maquette de celui de la poésie et matérialise son fameux Pierrot. Jehan Rictus compose celui de la *Belle Étoile*, Roedel, celui de la place Pigalle et de *La Vache enragée*, muselée d'un panier à salade.

En avril, le pont Mirabeau est terminé. Cet important passage va compléter la vaste artère circulaire de la rive gauche qui part du pont de Tolbiac.

Des explorateurs d'un nouveau type voient le jour. Ils ont pour nom Eugène Promio, Félix Mesguich, Charles Moisson, Francis Doublier, Gabriel Veyre, ils n'emportent pas avec eux des instruments de mesure, des armes ou de la bimbeloterie. Leurs seuls atouts sont un trépied et une caméra qui peut contenir jusqu'à cent mètres de pellicule, soit cinq minutes de projection continue. Les frères Lumière les ont engagés afin qu'ils engrangent des images animées provenant des quatre coins de la planète.

Fin mai, Francis Doublier est chargé de tourner, à Moscou, le premier film d'actualités : le couronnement de Nicolas II, souverain, par la grâce de Dieu, de toutes les Russies. Quelques jours après la cérémonie, selon une vieille coutume, le tsar et la tsarine doivent distribuer des cadeaux au peuple. Plus de cinq cent mille personnes, nu-pieds, en haillons, vêtues de tous les costumes de cet immense empire, ont convergé vers Moscou. C'est une pagaille indescriptible, et cela pour recevoir soit une coupe, soit un mouchoir avec cette inscription : *En souvenir de la fête du peuple, 1896.* Cette foule impatiente a été parquée en dehors de la ville, dans la plaine de Chodinskoje. Un journal allemand, le *Berliner Tageblatt*, relate le drame :

> « Beaucoup de gens étaient là, debout, à attendre. Quand, vers le soir, fabriques et boutiques se vidèrent, la foule devint encore plus dense. L'afflux dura toute la nuit. À cinq heures du matin tout était déjà plein. Le fossé devant les boutiques – il pouvait avoir de cinquante à soixante mètres de large – était comble de gens serrés les uns contre les autres. Les plaintes, les cris, la respiration de plus de un demi-million d'hommes emplissaient l'atmosphère. En avant, sur la gauche, se produisit un mouvement. [...] Cela ne dura pas plus d'un quart d'heure : un champ de bataille en temps de paix. Hommes, femmes, vieillards, enfants gisaient là dans leur sang, écrasés, broyés, méconnaissables. »

Ancêtre des reporters modernes qui témoignent au péril de leur vie, Francis Doublier a tourné cette catastrophe. Il est jeté en prison, on lui confisque sa pellicule impressionnée. La caméra qui lui a servi à filmer ne lui sera rendue que six mois plus tard. Il n'en poursuit pas moins son périple à travers la Russie et s'arrête dans les cités dotées de l'électricité : Sébastopol, Arkhangelsk, Tiflis... Il développe ses négatifs dans les caves des hôtels et utilise de la vodka pour hâter le séchage de ses films.

Les publicités pour le Nord-Express affirment que la compagnie des wagons-lits hebdomadaire peut couvrir la distance Paris-Moscou en quarante-huit heures.

Le 22 juin, au Japon, un tsunami fait 27 000 victimes et détruit la ville de Kamaishi.

Le 12 août, l'aéronaute Otto Lilienthal se tue à Berlin au cours d'un vol sur sa machine volante.

Depuis deux ans, le capitaine Alfred Dreyfus est relégué à l'île du Diable. En ce mois de septembre 1896, sa condamnation et sa dégradation pour espionnage n'occupent plus les esprits, il est tombé dans l'oubli. Mathieu Dreyfus, son frère, se bat pour faire éclater son innocence, mais qui l'écoute ? Il requiert les services de détectives anglais. En avril, il est allé à Londres, dans une agence dirigée par Mr. Cook. En juillet, Mr. Cook vient à Paris et lui confie qu'il est en relation avec un correspondant en France du *Daily Chronicle*, Mr. Clifford Millage. Ce dernier est convaincu de l'innocence d'Alfred Dreyfus et il est décidé à faire passer dans la presse britannique et française, si cela est possible, quelques notes sur les conditions lamentables de détention du condamné.

Comment attirer l'attention lorsqu'on vous a confiné dans les culs-de-basse-fosse de l'histoire ? En faisant courir une fausse rumeur, suggère Clifford Millard.

Au début du mois de septembre, le *Daily Chronicle* publie un extrait d'article emprunté à un journal de Newport : le *South Wales Argus*. Mathieu Dreyfus raconte[1] :

> « Cette note portait que le capitaine Dreyfus s'était évadé et que la nouvelle en avait été apportée par le capitaine Hunter du vaisseau *Non pareil*. Cette note était due à Mr. Clifford Millage. Je crois d'ailleurs que le journal cité, le *South Wales Argus*, n'a jamais existé, pas plus que le capitaine Hunter et son bateau. »

Le but est atteint, on reparle de l'Affaire. Drumont, dans *La Libre Parole*, et Henri Rochefort, dans *L'Intransigeant*, vitupèrent certaines personnalités qui envisagent la possibilité d'une erreur judiciaire.

Le 14 septembre se produit un événement de taille. Le journal *L'Éclair*, sous la plume d'un journaliste antisémite qui ne cherche qu'à accabler Alfred Dreyfus, révèle au public la présence d'un dossier secret et une partie de son contenu, connus des seuls juges. Comment a-t-il été mis au courant ? Par les amis de Picquart, ce lieutenant-colonel attelé au dossier Dreyfus. Le journal publie la pièce ultra-secrète, portant cette phrase : « Ce canaille de D. »

Le 18 septembre, Lucie Dreyfus s'adresse à la Chambre des députés pour décrocher la révision du procès de son mari. Elle obtient une fin de non-recevoir. Mais, en novembre 1896, Bernard Lazare fait paraître

1. *Dreyfusards ! Souvenirs de Mathieu Dreyfus et autres inédits*, Julliard, collection « Archives », 1965.

une brochure intitulée *Une erreur judiciaire. La vérité sur l'affaire Dreyfus.*

« Vérité », « Affaire », deux mots qui sont en marche…

En 1894, un journaliste hongrois de trente-quatre ans, Theodor Herzl, écrivain, correspondant à Paris du journal viennois la *Neue Freie Presse*, a assisté à la dégradation d'Alfred Dreyfus. Il a entendu la foule hurler : « Mort aux Juifs ! » Ainsi, même ici, au cœur de la France, le pays des droits de l'homme et de la liberté, s'élève, de l'extrême droite à l'extrême gauche, cette clameur de haine, ces cris qui retentissent déjà à travers l'Europe moderne ?

La souffrance humaine le déprime et stimule son énergie. Quelques années auparavant, à Londres, il a découvert l'affreuse misère qui se cache sous le luxe de la civilisation. Il n'est guère au fait du judaïsme. Il se penche sur l'histoire juive, il conçoit l'espoir de créer pour ses frères du monde entier un pays où ils puissent vivre en paix, dans la dignité. Le 19 janvier 1896, après des semaines d'un labeur acharné, il termine un texte intitulé *Der Judenstaat* (*L'État juif*)[1].

« Il suffirait aux nations d'accorder aux masses juives malheureuses un petit coin de terre que le judaïsme aurait la chance d'organiser et de faire prospérer. »

Il trouve un éditeur qui accepte d'imprimer à 3 000 exemplaires. Le rêve d'un utopiste va lentement faire son chemin.

Le 26 septembre, l'administration des cultes est rattachée au ministère de la Justice.

1. La version française parut d'abord dans la *Nouvelle Revue française internationale* (numéro de décembre 1896 et de janvier 1897).

Le 27 septembre, place du Trône, *Le Triomphe de la République* de Dalou est inauguré.

Le 4 octobre, le restaurant *Gilet*, au bois de Boulogne, a l'honneur d'accueillir le tricycle de Dion, victorieux de la course Paris-Marseille et retour. Avec une moyenne de 25 kilomètres à l'heure, il a couvert une distance de 1 800 kilomètres en soixante-treize heures et quarante-six minutes. René de Kayff est deuxième sur une Panhard et Levassor. Les journalistes, enthousiastes, constatent qu'il a dépassé les 60 kilomètres à l'heure entre Versailles et Paris. Les distances et le temps seraient-ils vaincus ?

La France a subi une année météorologique déréglée, ouragans et trombes se sont déchaînés, Paris a essuyé de gros dégâts. L'*Almanach Hachette* publie que, depuis un siècle, il n'est jamais tombé autant d'eau. Toutefois, rien ne viendra troubler les festivités qui s'annoncent.

Dans quelques jours va s'ouvrir « la Semaine russe ». L'amitié qui unit les deux peuples, ébauchée sur les champs de bataille de Crimée et scellée en 1891-1893 à Cronstadt et à Toulon, va être solennellement consacrée par la visite du tsar et de la tsarine. Le 5 octobre, ils débarquent à Cherbourg où les reçoit le président de la République, Félix Faure, accompagné des membres du gouvernement. La pluie a cessé.

Les souverains russes rejoignent Paris dans leur propre train, expédié directement de Saint-Pétersbourg, qui va les mener à la gare du Ranelagh.

Durant les jours qui ont précédé leur arrivée, on a vu se mettre en branle dans la capitale un régiment de nettoyeurs. « Les balais et les seaux se démènent par centaines », écrit *Le Petit Journal*, qui conclut : « Le résultat fut de nous démontrer dans quelle crasse elle nous laisse vivre d'habitude, notre paternelle autorité. »

La venue de notre allié russe soulève l'enthousiasme populaire. Le tsar a vingt-huit ans, des yeux bleus, il est petit, trapu, sanglé dans son uniforme, il plaît aux femmes. Le cortège de carrosses de gala, les trois berlines, les deux « Daumont » et les cinq calèches à huit ressorts traversent la ville. Partout des girandoles. Paris a dressé des mâts vénitiens. C'est le marathon : du camp de Châlons à Versailles en passant par l'Élysée, l'hôtel de la Monnaie, Notre-Dame, le Panthéon, le Palais de Justice où la délégation séjourne cinq minutes à la Sainte-Chapelle, l'Institut, les Invalides et, enfin, l'apothéose : la pose de la première pierre du futur pont Alexandre III qui doit être terminé pour l'Exposition universelle de 1900.

On entonne l'hymne russe, *La Marseillaise*. Le chœur des enfants de Lutèce chante : *Gloire immortelle de nos aïeux*[1]. Puis M. Paul Mounet, de la Comédie-Française, s'avance et, d'une voix vibrante, déclame les vers écrits pour la circonstance par José Maria de Heredia :

Très illustre Empereur, fils d'Alexandre trois !
La France pour fêter ta grande bienvenue,
Dans la langue des Dieux par ma voix te salue,
Car le poète seul peut tutoyer les rois...

Après sept jours de visite, Nicolas II quitte la France sans avoir assisté à la première projection cinématographique du premier vrai film avec acteurs réalisé par Georges Méliès.

Le refus d'Antoine Lumière de lui vendre un cinématographe a décuplé l'énergie de Méliès de se procurer coûte que coûte un appareil de ce type. En janvier 1896, il s'est rendu à Londres et a rencontré Robert William Paul, l'inventeur de l'*Animatograph*.

1. In *Faust*, de Charles Gounod.

Il en a acheté un au prix de 1 000 francs. De retour à Paris, aidé de son associé Lucien Reulos et de l'ingénieur Korsten, après des tâtonnements, il a monté sa première caméra baptisée *Kinetograph*. Il a perforé lui-même en chambre noire, à la lueur d'une lampe rouge, les rouleaux de pellicule en tapant sur un poinçon avec un marteau, il a coupé la bande avec des ciseaux et l'a embobinée à la main sur des chargeurs de 20 mètres, ce qui équivaut à une minute de tournage. Il possède enfin son « moulin à café ». Pour attirer la clientèle, Méliès a installé un écran sur un immeuble du boulevard Montmartre, au-dessus du théâtre des Variétés. Il y a fait projeter chaque soir des petits films publicitaires qui vantent les vertus de la phosphatine Falières, du chocolat Menier, de la moutarde Bornibus et ont provoqué des attroupements. C'est dans sa propriété de Montreuil-sous-Bois qu'il s'apprête à faire construire le premier studio cinématographique du monde. En octobre, il s'est attaqué à un long métrage de 60 mètres. *Le Manoir du diable* est son premier film à scénario dans lequel, au côté de sa seconde épouse Jehanne d'Alcy, il incarne le diable, non pas un être malfaisant, mais plutôt un Méphistophélès bon enfant.

Cette année-là, l'écrivain Anatole France devient membre de l'Académie française. Au théâtre de l'Œuvre, *Ubu Roi* d'Alfred Jarry fait scandale. Sarah Bernhardt interprète *Lorenzaccio* d'Alfred de Musset.

Pierre Bonnard peint *La Partie de cartes*, Paul Cézanne, *Les Fumeurs*, Odilon Redon, *Songes*, Auguste Renoir, *La Famille de l'artiste*. En Espagne, Pablo Picasso peint *Le Mendiant*.

Paul Valéry publie *La Soirée avec M. Teste*, Henri Bergson, *Matière et mémoire*, Jules Renard ses *Histoires naturelles*, Marcel Proust, *Les Plaisirs et les jours*, Remy de Gourmont, le premier *Livre des masques. Rome*, d'Émile Zola, sort en librairie.

En Belgique, Émile Verhaeren a terminé *Les Heures claires* et Maurice Maeterlinck *Le Trésor des humbles*, tandis qu'en Italie paraît *Les Vierges aux rochers* de Gabriele D'Annunzio, et, en Russie, *La Mouette*, d'Anton Tchekhov. Herbert George Wells, l'un des premiers auteurs de science-fiction, passionne les lecteurs anglais avec *L'Île du Dr Moreau.*

À l'Opéra-Comique de Paris, on peut assister aux représentations d'*Orphée*, de Christoph Willibald Gluck. Camille Saint-Saëns vient de composer son *5e concerto en fa majeur*, Gustav Malher, sa *3e Symphonie*, Giacomo Puccini, *La Vie de bohème*. Richard Strauss, s'inspirant de l'œuvre éponyme de Nietzsche, crée *Ainsi parlait Zarathoustra*.

Paul Verlaine meurt en janvier et est inhumé au cimetière des Batignolles. En mai, à Francfort, Clara Schumann quitte ce monde, suivie en juillet aux États-Unis de Harriet Beecher-Stowe, célèbre romancière américaine, dont le livre *La Case de l'oncle Tom*, écrit en faveur de l'émancipation des esclaves noirs, eut un retentissement inouï, se vendit à plus de un million d'exemplaires et fut traduit dans presque toutes les langues. En octobre, à Vienne, décède le compositeur Anton Bruckner.

Les écrivains John Dos Passos, André Breton, Tristan Tzara, Antonin Artaud, Elsa Triolet, Francis Scott Fitzgerald, le cinéaste Howard Hawks, les comédiens Jean Tissier et Denise Grey viennent au monde ainsi que des millions d'autres anonymes… Ils fêteront leur dix-huitième anniversaire l'année du déclenchement de la Première Guerre mondiale.

Fabrice Bourland

Les enquêtes d'Andrew Singleton

Londres, 1932. Jean Conan Doyle, la veuve du fameux écrivain, demande aux détectives Andrew Singleton et James Trelawney d'enquêter sur les étranges phénomènes qui troublent le 221, Baker Street. Ont-ils un lien avec la série de meurtres qui défraie actuellement la chronique, rappelant ceux de Jack l'Éventreur, de Dracula ou du Dr Jekyll ? Entraînés dans le monde mystérieux du spiritisme, Andrew et James devront mettre leurs certitudes de côté pour rentrer en contact avec l'esprit de Sherlock Holmes : lui seul peut déjouer les drames à venir, que nul n'est préparé à affronter !

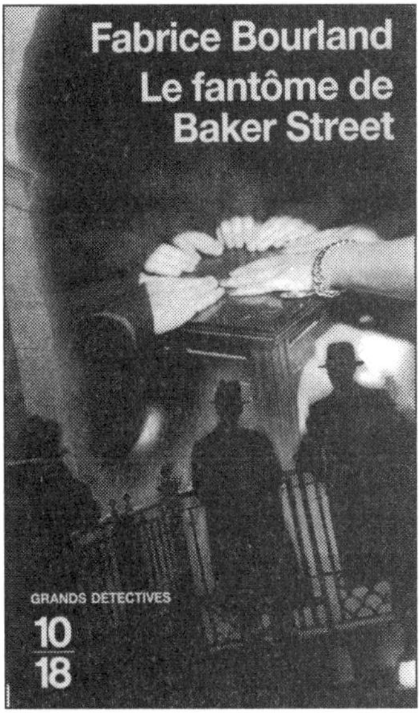

n° 4090 – 7 €

Lee Jackson

Les secrets de Londres

Rongée par les remords, une jeune femme saute du pont de Blackfriars. Nathalie Meadows est suspectée du meurtre de la célèbre chanteuse de music-hall, Ellen Warwick. Sauvée de justesse, elle met sa seconde chance au service de la quête du véritable assassin. Commence alors un dangereux voyage à travers les rues sombres et poussiéreuses du Londres victorien. Des bordels de Whitechapel en passant par les maisons bourgeoises de Manchester Square et les échoppes mal famées de Seven Dials, la ville n'a pas fini de révéler ses secrets...

n° 4152 – 7,40 €

Frank Tallis

Les enquêtes du Dr Max Liebermann

Élémentaire mon cher Rheinhardt ! À l'aube du XXe siècle, dans une Vienne en pleine effervescence artistique et scientifique, la police dispose d'une toute nouvelle arme pour piéger les criminels : la psychanalyse. Pour mener ses enquêtes, l'inspecteur Oskar Rheinhardt n'hésite pas à demander conseil à son ami le Dr Max Liebermann, disciple du très controversé Sigmund Freud. Qu'il s'agisse du meurtre inexpliqué d'un médium ou de la traque d'un serial killer, ses talents se révèlent de précieux atouts pour percer à jour la psychologie des tueurs. Une série originale et sans pareille dans une Vienne superbement restituée par l'écriture envoûtante de Frank Tallis.

n° 3982 – 8,60 €

GRANDS DÉTECTIVES, DES POLARS HORS LA LOI DU GENRE

Impression réalisée par

BRODARD & TAUPIN

La Flèche (Sarthe), 65338
N° d'édition : 4127
Dépôt légal : janvier 2009
X04491/05

Imprimé en France